风景

方方——著

人民文学出版社

图书在版编目(CIP)数据

风景/方方著.—北京:人民文学出版社,2014(2020.3重印)
(方方中篇小说系列)
ISBN 978-7-02-010261-7

Ⅰ.①风… Ⅱ.①方… Ⅲ.①中篇小说—小说集—中国—当代 Ⅳ.①I247.5

中国版本图书馆CIP数据核字(2014)第028793号

策划编辑　杨　柳
责任编辑　刘　稚
装帧设计　李思安
责任印制　任　祎

出版发行　人民文学出版社
社　　址　北京市朝内大街166号
邮政编码　100705
网　　址　http://www.rw-cn.com

印　　刷　三河市宏盛印务有限公司
经　　销　全国新华书店等

字　　数　303千字
开　　本　880毫米×1230毫米　1/32
印　　张　13.125　插页1
印　　数　10001—11000
版　　次　2015年1月北京第1版
印　　次　2020年3月第2次印刷

书　　号　978-7-02-010261-7
定　　价　35.00元

如有印装质量问题,请与本社图书销售中心调换。电话:010-65233595

目　　录

白梦	001
闲聊宦子塌	057
船的沉没	138
白雾	203
风景	248
黑洞	319
白驹	365

白　　梦

一

那天,家伙刚穿上那件黑毛衣,就觉得整个儿不对。小贩忙说:"真正的日本货哩。"家伙说:"不晓得从哪个日本死人身上扒下的。"小贩说:"没那么巧。我这儿八十四件中就十三件有血污,早卖了,连一分钱也没便宜。"

家伙脱下时,发现衣领上有块血斑之类的什么,忙把眼一闭,心说,我可什么也没看见。便走。小贩连说几句"喂喂,你重要个价吧",她也没理。

心里便老有一件黑毛衣挂着。走到街上,还觉得满街来来去去流水一般的活动衣架上都套着件黑毛衣。家伙左眼零点一,右眼零点二,对世界的认识很少有清楚的时候。电视剧部主任老吴常提醒她弄个眼镜挂脸上。还举出美工大牛和灯光皮匠双眼皆一点五都忙不迭配眼镜的例子来说明戴眼镜的重要。家伙告诉老吴,大牛近期正研究模糊美学,所以配了二百五十度的眼镜。皮匠则是想让人第一眼便能识出他已经拿了一个什么大的大专文凭。家伙又说我若戴了眼镜,把世界的底细看得个一清二楚便会不认识自己了,也不晓得自己究竟是在干无聊的事还是在干无用的事。老吴没听懂,却也有所启发,第二日即去配了眼镜。老吴没文凭,常牢骚说把事情干得花团锦绣也没什么指望头，接下便后悔不该初中没读完便急急忙忙跑出去闹革命。

出了街口，小腹便有些胀痛。家伙有慢性肠炎，总在关键时刻来点情况。兼之昨日在药厂拍代制片，好鱼好肉乱填了一气，夜里虽只起来过五至六回，却是把临去前厂里赠送的一瓶黄连素推销了个干净。谁料一瓶的阻挡力竟是不足。家伙想那药厂的厂长真是能干透顶了。

家伙抬着头步伐匆匆地寻找厕所。在大都市里干这事总是很难。这同农村比有着明显的城乡差别。那边猪圈的隔壁老给人留一个位置。即令猪在板缝里垂涎三尺哼哼哈哈让你惭愧得拉不出什么，却也毕竟给你一点希望。尤其是猪圈几乎家家都有，这一点足以让城市人欣喜若狂。有一回一个朋友不断向家伙诉苦彩电难买。家伙问："有没有在闹市里找厕所难？"朋友想想，终于说："没有。"果然不久买到了电视。

而家伙现在还没找到那蓝色的指示牌。家伙认识一个油漆工，他是个业余诗人，特别喜欢蓝色。常见他笔下有"蓝色的微笑使这爱焕发出蓝色的温柔"抑或"灿烂地走来我那蓝色的梦"。家伙老觉得那个蓝色的厕所指示牌是他给涂的油漆。有一回还对他说，啊，人们蓝色地蹲下。

难受得浑身紧张时，遇到一家小卫生院。家伙想医生护士总归是要方便方便的，便自信地进了去。看门的老头挺不怀善意地盯着她。盯得家伙觉得那老头宛如《黑三角》或《405谋杀案》里一个什么侦察科长似的。忙掏出五分钱挂了一个号。起先大叹亏了。后又想三年前在上海进厕所也还买过两分一张的"门票"，而眼下满天涨价都在瘾头上，"门票"涨上五分实在也不过分。心下便立刻坦然好多。

出了厕所，方发现那号上写着"内科"。便想昨天吃了药厂的鱼肉，也该为它一效犬马之力方是。即去了内科门诊。

医院历来热闹。全然可与节日的商场、公园、火车站以及什么个体户一条街媲美。这风景立即让家伙想到那年在江南见的"打一场计划生育的人民战争"的标语以及庵院寺庙墙上贴的"只生一个好"的口号实在是收效不大。家伙不顾自己在家里是老八的地位而痛恨那些无视指标而纷纷出笼的孩子,一个宁静的世界就是被他们搅得乱乱哄哄。万事万物,多了便贱。人亦是。医生护士便像吼小动物般地把病人吼得不再敢病。这动物还得排除熊猫金丝猴及华南虎那些珍贵一点的。

两个男女医生对面而坐。家伙溜进去,想趁其不备把号牌搁到前面。家伙不是存心要插队。她的确有些事:她下午要去采访一个女孩子。那女孩的邻居是个大学生。偷窃第五十三回后被抓获。不知什么原因,所有人都希望那女孩去爱大学生。动员她用爱情去感化那个并没进行第五十四回偷窃且有可能变为金不换的人。还列举了北京上海哪个哪个姑娘就敢反对偏见大胆同一个流氓或诈骗犯结婚的例子。有知情者提醒女孩子这么一来便能成为三八红旗手或者什么会议的代表。那女孩还在犹犹豫豫着而报社记者已将三千字的通讯写好了,只等女孩说同意便发头条。老吴极善抓现实题材,闻说此事,马上指示家伙采访,感慨这回总算可以搞出个在全国拿大奖的片子了。

男医生正拨弄病人口腔。女医生听着一个小孩的心脏。男医生说:"张嘴。啊——陈大夫,你儿子这回总分考了多少?"女医生说:"四百多。"男医生说:"有希望吗?"女医生说:"不要紧,教育局我有熟人。""肯帮忙?""他敢不帮?他乡下丈母娘得了癌全靠我开药开到他名下。把衣服穿上!"男医生说:"那是不能白开了。扁桃腺发炎。"

两人均低头写得处方笺上龙飞凤舞。家伙正欲上前递上号,只见进来个细高个。细高个行至男医生侧,大巴掌一拍肩,

"吴猴子,给开点药。"男医生另拿一处方笺,问:"开什么?"细高个说:"乌鸡白凤丸。""多少?""五盒……叫什么?""哟,忘了问。我同学的一个亲戚。算了,写我同学的名字,刘大飞。反正能报。""男的?""男的。"

细高个一转脸时,看见了家伙。迟疑几秒,问:"是……家伙?"家伙想了想,说:"是……丝瓜?"两人便都笑了。丝瓜说:"有十年没见了。看病?"家伙说:"想开点药。"丝瓜说:"要什么?"家伙说:"黄连素。"丝瓜说:"吴猴子你再给来一张。光黄连素?"家伙说:"就这。"丝瓜说:"吴猴子你再加两瓶膏子药,瓶子要清爽一点的。"家伙说:"我不吃膏子药,腻。"丝瓜说:"到水管子下一冲两个清清爽爽的空瓶子。反正报销,怕什么?!"

男医生把处方笺递给丝瓜,问桌子一侧的病人:"你怎么啦?"那病人说:"你说是扁桃腺发炎。"男医生怔了怔,方低下头寻出写了一半的处方笺,刷刷地又画了几笔,递给病人。又说:"下一个。"

家伙觉得所有医院都擅长医治一种病。这便是性急病。一进了那门,便开始了疗程。挂号,排队;就诊,排队;划价,排队;交款,排队;取药,排队。五大疗程,一次不能幸免。若化验,拍片子,做超声波之类,便还得几个回合。唯一缺憾是医生本人皆性急。三两分钟高速打发一个病人。这说明整个医治性急病的疗程不十分完美。为此,患者没法断根少不了还得都涌至医院。

有丝瓜,自然一切皆如瓦解冰消。三个窗口呈蛇形。老烟囱!二虾!花卷子!丝瓜三声叫,便见大瓶小瓶到了手。

丝瓜说:"到我那里坐坐。"家伙说:"你干哪行?"丝瓜说:"X光。"家伙说:"人不会少吧?"丝瓜说:"让他们等,反正死不了人。"又问:"你在哪混差事?"家伙说:"电视台。"丝瓜说:"呀,你好大的路子。"

果然见八九人等得一脸愁云。见丝瓜便有人叫:"来了,来了。"丝瓜说:"叫什么叫?!"那人说:"等了半个多小时了。"丝瓜说:"昨天吃了辣椒,上火拉不出屎,只等了半小时是你们的福气。"

稀里哗啦地很快照完八九人。两人便坐下聊天。喋喋呱呱地谈中学同学。秃三结了婚,得了个儿子,在老婆面前从此就像龟孙;四眼当了小学老师,总是布置多得不得了的作业,惹得小学生叫他"四眼狗";香秀得癌症死了;活鱼被汽车撞断一条腿后便找路子去了体委;王娜娜入了党调到市妇联工作,总是作报告号召少女把爱情献给残疾人;齐小静的姨妈在婚姻介绍所,几乎让她见了一个团的对象。最后真的挑了个团长。那团长刚死了老婆,说自己不久会提到师里。最后讲了团支部书记田贵生同他一个堂叔的小姨子结了婚,去了香港。那女人五十五岁,不过看上去才四十岁左右。

"不过,除了田贵生以外,都不如你。"丝瓜说。又说:"我记得你家不是高干,怎么让你搞进了电视台?"家伙说:"捞了张大学文凭。"丝瓜说:"不是说大学生都要分到最艰苦的地方去吗?"家伙说:"哪里,大多数都留在城市。"丝瓜说:"你是哪个路子进的电视台?"家伙说:"没路子。我发表了几篇小说,电视台就点名要了我。"丝瓜说:"这话只有鬼信!放心,我不会找你摸路子的。我姐夫的弟弟的老丈人在省委做事,经常见得到省长。要办什么事一句话就行了。你以后有什么需要帮忙的,尽管开口。"家伙说:"好的。"

家伙要走,丝瓜说:"再坐坐,难得碰到。"

便又再坐。

丝瓜说:"你爱人在哪里工作?"家伙说:"我还没结婚。"丝瓜说:"啊!还没结婚?!"家伙说:"怎么啦?"丝瓜说:"快三十了吧？我记得你只比我小几个月。"便很同情地叹了口气。又说："我替你留个心。不过，你也不要自卑，在离过婚的男人中还是可以碰到好人的。"家伙笑了笑，说："行呀。"便问丝瓜："你爱人在哪里工作？"丝瓜说："菜场。肉案组当组长。要买排骨、新鲜鱼，给我打个电话。52369。保险给你留最好的。"家伙说："好咧！"

丝瓜留着家伙吃完中饭，又一直把家伙送出大门。临了说："有那种……那种内部录像，带我去看几场。"

家伙一路琢磨"那种"是什么种，便想汉语实在深奥和奇妙。

二

苇儿来找家伙时，她正端着碗去食堂买饭。

"家伙！"苇儿叫一声。

家伙回过头，说："挺会赶时候的。"便又转回宿舍多拿了几张餐票。

苇儿是家伙低班同学，比家伙整整小七岁——差不多小了一个一年级的小学生。苇儿老是和家伙这帮高年级学生一块上选修课。同苇儿坐一个教室里听讲，让家伙觉得自己有七年的大米饭吃得有些冤枉。

小七岁的苇儿居然也弄小说这玩意儿。虽说头篇小说是爸爸的熟人、一个什么伯伯帮忙发的，但第二篇却是正经八百靠的本事。小说一出来，立即让大半个中国的老百姓倾倒。其人数绝不比倾倒《射雕英雄传》和《姿三四郎》的少。崇拜信求教信和情书便雪片似的飞来。还有人找上门拿着名人留言簿请苇儿题词签名。忙得苇儿胖脸消下来一圈。苇儿同家伙一起加入作协的。家伙最佩服苇儿在名流作家面前能像熊猫一般单纯、天真且憨态可掬。苇儿总是脖子一缩,双手绞着往膝前一放,羞怯怯地歪着头,眉头还皱上几皱。有时候还像一个受了虐待的小媳妇,让人涌出一股对她的同情,这同情又化为怜爱。家伙觉得这么干挺要勇气。有几回想学学,终是拿不出手。名流们便常慈祥地拍着苇儿的头说:"这孩子真是朴实可爱。"接下来便漫天地夸奖苇儿的小说实在写得清新明朗真挚感人。苇儿一定是不负众望地用极细弱甜美的声音说:"哪……里。写得不……好。还应该向各位老师学习……呢。"那声音颇不像是从隐匿在她粗脖子中的喉管发出来的,倒是仿佛来自隔壁的一个什么汗毛孔。名流们便都笑:"小姑娘单纯得透明。"说罢,一反他们作品中聪敏睿智的风度而傻乎乎地发一阵哈哈。

苇儿喜欢管所有的人叫老师。有一回叫了一个老师,那"老师"吓一跳,说:"我是来找我爸爸的。"苇儿说:"你爸爸是我的老师,你也可以是。"那"老师"挺发愁,说:"我让我爸爸帮我找个人替我去参加初中文凭考试。"

家伙总是想,苇儿谦虚得这么厉害,都让人怀疑那小说是不是她一个字一个字想出来的了。不过,凭着苇儿这么副纯洁可爱的天使模样,国家级小说评奖若不给苇儿一个,简直可以说有人昧了良心。

幸而世界还公正。苇儿捞了大奖。去了趟北京,拾得三百元奖金和数顿宴席的便宜。见识了高级宾馆和最出色的名人。回来后消一圈的脸又鼓胀起来。见人便讲谁谁谁为她祝酒,谁谁谁为她签名,谁谁谁为她背书。清一色是文坛泰斗或巨匠的名字,听得家伙们有些战战兢兢,始觉得苇儿加入那行列实在是指日可待。苇儿将北京之旅为全校同学作了次报告,那天她穿上了用奖金在北京买的一件红毛衣。苇儿上身宽胖,上台时,便像摇摇晃晃地走出来一面红旗。

家伙跟苇儿交往还多。尤其夏天她们常一起去湖边游泳。苇儿能狗爬式地游四十米。不过苇儿最拿手的还是趁家伙不备时抄到背后,把家伙的脑袋往水里狠狠一按。那一刻家伙除了灌几口水毫无他法。扬起头时,还能听见苇儿咯咯地在一边笑得畅快。不过尽管如此,家伙还是觉得自己同苇儿关系还不错。

排到窗口,家伙说:"豆腐烧肉,再加个小白菜?"苇儿说:"随你。"家伙说:"晚上来,你就惨了。"苇儿说:"为什么?"家伙说:"头儿们全回家吃饭了,弄好菜显然意义不大。"苇儿说:"那你晚上在哪儿吃?"家伙说:"上馆子。"苇儿说:"每天?"家伙说:"还行。五百个字可以吃一顿真格的。"苇儿说:"你每天写多少?"家伙说:"一星期三千字,刚够。"又笑笑说:"没准不发,就靠工资贴啦。"苇儿说:"还是要存点钱才是。"

吃过饭,便聊天。聊天是国粹。苇儿问家伙最近遇到瑛瑛没有。家伙说她好长日子没去作协了。瑛瑛是县里一个创作员,说是要写长篇小说,便在作协弄了个房间住下。瑛瑛其实是男性。先前用"天雄"的笔名写小说一篇也发不出。后来改用"瑛瑛",便一跃而为文坛新秀。自吹好几个男作家来信邀"她"一起去一僻静处深入生活。瑛瑛最大的特长是说起话来滴水不漏。有一回作协开会讨论峰峦的小说《荒原弥漫夜》时,瑛瑛说:"我对这篇小说要说的只有一点。我这个人说话一向直来直去,想到哪里说到哪里,这个大家了解。不过,不管我这一点峰峦同志能否同意,但还是本着虚怀若谷的态度为好。当然啰,我没经过深思熟虑的东西一般不轻易说出口的。我觉得这是对一个同志负责的问题。一个人无论创作还是评论都应该持老实态度。只有这样才能真正将我省的文学搞上去。"所有人都点头称是。家伙想半天没想出来瑛瑛要说的一点是什么。问峰峦,峰峦说:"不就是说创作和评论要持老实态度吗?我知道这话里有名堂。"

苇儿说:"听说瑛瑛要调作协干专业作家了。"家伙说:"那我得去敲他一次竹杠。"苇儿说:"本来是调你的,他的后台硬,才又让了他。"家伙说:"那得敲两次。"

家伙住集体宿舍。同屋的女孩子全是播音员,久闻苇儿的大名,便耐不住自己看了又唤隔壁的来看。忽听一个男人问:"鬼头鬼脑看什么?"一个女孩答:"看熊猫。"苇儿眉头立即皱叠。家伙忙说:"熊猫是国宝,一百个人也不如一头熊猫值钱。"

直到苇儿起身时,家伙才发现她书包里装有罐头水果什么的。心想留下一点倒是令人快活。苇儿没露那意思。

"不再玩玩?"家伙说。"一个亲戚住院了,我得去看看。"苇儿说。

晚上,家伙去赶一场电影,车蹬得飞快。红灯的路口,遇见省里最著名的老作家正悠悠散步,便叫了一声,寒暄几句。老作家正住院,寂寞得慌,说:"家伙你怎么也不来玩玩?"家伙说:"不知道您在这儿。下午苇儿上我这儿来过,我们还说起一块儿去您家拜访哩。"老作家笑笑,说:"苇儿下午到我这儿来过,还买些什么罐头。小姑娘挺懂得关心人。"

家伙晓得苇儿又抄到她背后把她的脑袋按进水里了一次。家伙想这回可比以往数次来得精彩多了。

作协常开会。家伙便常去。中午交四毛钱能吃一顿不错的午餐。碰上头儿们高兴时,兴许不交且还有酒。家伙不会喝酒却有喝酒的兴趣。问缘故,说是曾拍一部电视剧,中间拍了酒厂大门的一个镜头,硬让酒厂赞助了五千块钱。从此便觉得应该帮酒厂干点事才是。

家伙一早急忙赶去作协。会议已经开始了。借的部队小礼堂。台上比台下只多坐了一个人。家伙见了苇儿,问会议什么内容。苇儿说是讨论文学与生活的问题。家伙问是不是要组织我们到下面跑跑。苇儿说还没听出那意思。

会议时间一天。正进行的是开幕式。这回为会议作序的只有六个人。而且每个人都缩短话题只讲了半个钟头。而且只有两个半钟头是阐述的同一内容,那半个钟头居然讲起了五七年的事。而且开幕式只到十一点钟就结束了,以至于家伙一帮作家不得不在上午开始正式讨论。

瑛瑛首先发的言。说:"我只讲一点。我这个人一向直来直去,有什么说什么,这个大家都知道。左传上说'子好直言,必及于难',也就是说直言贾祸。说起'直'来,还有些趣话。古人称拐杖为'直兄',拐杖,人之依托也,为人的第三条腿,可见'直'是何等重要。直的对应字是'曲',古人亦有'务正学以言,无曲学以阿世'一说,这就是说不要歪曲自己的观点曲从或迎合别人。"瑛瑛讲完,大家纷纷说:"瑛瑛的古典文学基础厚实。"正说着便到了吃饭时间。

会议下午两点又开始,接着上午的讨论。苇儿讲话嗡嗡嗡的像蚊子叫唤。家伙便突然想到鲁迅先生写的关于跳蚤、蚊子和苍蝇的事。心想鲁迅先生显然应该把蚊子的地位放在跳蚤之前。实事求是地说蚊子比跳蚤还是可爱得多。且那嗡嗡嗡的声音比起好些演员在电视剧里捏腔捏调的声音好听得不止十倍。苇儿过后,便是峰峦讲话。峰峦是个才华横溢的作家,风格壮美沉雄,极让家伙崇拜。家伙觉得峰峦从头皮到脚板心哪儿都是优点,只有一点点让人感到美中不足:峰峦被打成过右派,二十多年来习惯于被迫害。峰峦常常从每个人的每句话每个眼神每一举动中来判断有无迫害他的痕迹。即使每句话每个眼神每一举动中都看不出问题。他也能根据臆想推测出是否有人正背后整他。然后见人就滔滔不绝地解释。开始大家挺同情他,后来便觉得有趣,暗叫他祥林嫂。再后来,他若哪次不说点这问题,谁都难受得坐立不安,闷气得很。便常有人主动询问。这回发言便是瑛瑛问:"你没说不愿意下去生活的话吧?"

峰峦说:"我知道有人要整我。早就做好了思想准备。二十多年我都过来了,现在还怕什么?无非是我那个长篇里有一句话得罪了一个人。那句话我现在就敢念:'一看那鼻子就觉得他不可能把官当长。'其实我又不是影射他的,而且我又没在意他是塌鼻子,还塌得变了形。"其实峰峦那个长篇在出版社连清样都没出。不过他这一说,家伙还真觉得有人鼻子的确塌;且的确塌变了形,且凭那鼻子是不可能把官当长。

峰峦叹气坐下后,忧心忡忡。便有人点家伙发言了。家伙一看表,说:"都三点了,还开不开闭幕式?"大家全看表,果然三点,便说:"是啰是啰,早开完好赶车。"

闭幕式只有三个人作会议总结。比上午少了一半。家伙有点为减少的那三人抱屈。总结中重点介绍了瑛瑛的发言。并由此强调青年作家要向瑛瑛那样加强古典文学的学习。

四点半散了会。各个握手辞别。言"再见"!

次日,省、市报都为此会发了消息。

三

早晨,家伙醒来时,已是九点半。自上班的第一天,她便有了迟到的爱好。每天坚持迟到一至二小时不等。早饭自然免了。好在部里人都不擅长发扬自己的长处,他们每天坚持早退一至二小时不等,这便让家伙觉得了平等。家伙不到标准的五点半是绝不出办公室大门的。倒不是她因为自己迟到而特意补偿一至二小时,而是食堂事务长那家伙是个局里的先进,不亲眼见长短针跑到五点三十那儿,宁可站在窗口同女炊事员调情也绝不开卖。

家伙进办公室时,那屋里正热闹。聊嘉宝和褒曼谁更最有魅力。最后公推嘉宝。最关键是导演叶子一句话:"褒曼像是在个什么妇联里干过几天似的。男人觉得不过瘾。"这一锤便定了音。

办公室小得让胖人们私下惭愧。偏家伙也胖,便心里常内疚。幸亏编辑扬码以及主任老吴也都超过了"身高-100=体重"的标准太多。老吴只要一见他们几个全挤在办公室便来气,便无端地冒火。全然不理会社会主义优越性在他们身上得到如何充分的显露。

叶子见了家伙,说:"家伙,来事了。"家伙问:"什么事?"叶子说:"老头子要上'山上的海',让你当责任编辑。"家伙说:"谁的剧本?"叶子说:"他亲家的。"家伙说:"谁执导?"叶子说:"当然老头子自己。"家伙说:"有意思。"

家伙崇拜老头子是没话说的。老头子原本是相声演员,学侯宝林学得尤绝。《戏剧与方言》里的"谁、俺、咋、尿"四个字回回叫家伙笑得肚子疼。后来家伙亲眼见过老头子的一次演出,包袱抖得挺来劲儿,活活抖出一个迫害工农兵的走资派形象,叫家伙从此见了走资派便横扫一白眼。再后来家伙分到电视台,便知老头子干了导演,同家伙同一战壕了。家伙专门到总编室借出老头子导的几部电视剧。看后极推崇老头子敢于将它拿出来见观众的勇气。老头子大有人虽老而宝刀不老之志。拍了儿子的剧本又拍媳妇的。常常一干就半年不歇。尽管剧组吃饭不要钱且住的宾馆又是单间,但有老话言"金窝银窝,不如自家的狗窝"。故此,老头子还是能称得上为革命忘乎所以的。家伙每次写小说不出时,便找一部老头子拍的电视剧瞧瞧,一看便能生出许多的自信。

叶子说:"老头子亲家来头大,给派了辆吉普出去看外景。"家伙问:"去哪里?"叶子说:"挑最好的山头! 去一趟,亏不了。"

恰好集体宿舍正闹鼠灾。每夜里有窸窸窣窣的串联活动声。同室女孩子皆策划着灭鼠。家伙想出去避避难也好,免得被那些幸灾乐祸的鼠们咬上一口。便说:"好吧。"

第二日一清早,宿舍门被擂得嘭嘭响,乍一听,还以为世界大战又爆发了。问清来者,是美工大牛来找家伙的,家伙翻身而起。

大牛说:"你他妈也太高枕无忧了。快准备,老头子说立即出发。"家伙问:"到哪去呀?"大牛说:"看外景,你不知道?"家伙说:"哦,哦,知道,知道。"便迅疾地收拾行李,问:"怎么搞突然袭击?"大牛说:"老头子亲家昨夜十二点才决定一起去,他只有几天闲的时间。"家伙说:"他去干什么?"大牛说:"那亲家在那一带闹过革命。跟上他,一天一顿好酒肉少得了?"家伙说:"倒是个好题材。"大牛说:"用叶子的行话说,是'有戏'。"

车便由一辆成了两辆。前面是小轿车,老头子和亲家所坐。后面是吉普,有摄像、大牛和家伙。

大牛一张嘴,肌肉极发达。望着前面的"上海",便说坐上海跟坐小拖差不多。摄像便说大牛像那个想吃葡萄的狐狸。家伙说叶子的爸爸是坐红旗的。大牛便说那红旗委实神。叶子他爸坐它去教育局检查了一回工作,就把中学历史教员叶子辉给检查到了电视台。家伙说要不中国电视剧史上还缺一个人名哩。大牛说可不,那显得历史多不完整。

摄像和家伙都笑。

家伙问:"你怎么来台的?"大牛说:"我姑姑跟一个要人有

点那个,这点面子还能不给?"摄像便笑骂:"他妈的!"

家伙过去觉得"他妈的"这句话既不堪入耳亦不堪出口。自从有一回在北京开什么电视剧题材会,一个胖老头来小组听取汇报。北方一家电视台的什么长汇报得鼻青脸肿时,那胖老人家却偏起头有节奏地打开了呼噜。家伙的邻座,大约是湖北电视台的老兄立即用他刚硬的楚语骂了句"他妈的!"一刹那,家伙觉得只有这一句话可以表达那一刻全部的心情。且顿悟出这话之所以绵延数千年,广泛于全中国,实在是它能在各种场合下准确地表现出各种不同的、难以说清的情感。喜怒哀乐讥谑愤叹,如此之类。可谓伟人与凡夫通用,高雅及粗俗皆容。家伙想第一个将之称为"国骂"的人实在是可以拿一个什么发明奖。

渐渐地有些无聊。大牛说:"讲故事吧。"家伙忙说:"由高到矮。"

摄像一米八五,便首先开了头。说是一日有演员、歌星、魔术师、作家、记者五人同桌吃饭。均言自己不会喝酒。演员说我闻到酒就醉。歌星说我看见酒就醉。魔术师说我看见馒头就醉。众人问馒头与酒何干?魔术师说馒头乃酒曲发酵。作家便说我看见和尚就醉。众人又不解。作家便说和尚的脑壳像馒头。最后记者说我看见我老婆就醉。众人诧问缘故。记者说我老婆骂我时一手叉腰一手伸着胳膊指点,活像个酒壶。便都说还是记者思维最发达。吹牛竟比作家形象。记者说我还省着劲哩。若我们主编在场,我得说看见厕所就醉。众人奇之,又刨根问底。记者说那些拉屎的人纵然没有闻酒看酒之徒,总还有几个吃过馒头的吧?

大牛大笑着连连国骂几句,方说:"难怪文章们总是曲曲折折地离事实远。"家伙说:"算了吧,他瞎编的。"家伙晓得,那故事原本不是这样。不过摄像改编得倒绝。

下一个归到大牛。大牛说他转业后当过半年警察。有一回抓了个小偷。那偷儿比泥鳅还滑，竟趁他不备溜了。他追了一阵，眼看抓不上，便气得大叫：你跑，你往哪里跑！跑到天上去，天上有飞机；跑到地下去，地下有火车；跑到台湾去，台湾要解放；跑到美国去，全球一片红。那偷儿不知何故跑不动了，倚着墙冲他只乐，他便一步冲上抓了回。

家伙问："怎么会呢？"大牛说："他笑软了，还说被我这样的警察抓去还值得。"家伙说："可不，是挺值得。"

接下来便是家伙了。她说，从前有个才子，极能写三句半，出口成句，且极其讲究真实。县令爱才，便在中秋之夜，请他喝酒赏月作诗。县令夫人久闻才子大名，忙梳妆打扮出来。县令即着那才子为夫人献诗一首。才子开口便道："珠玉丁当响，夫人出绣房。金莲三寸长——"说到此，顿住。夫人好是喜欢，急等下句。不料才子眼珠转过一轮，又说："横量。"夫人恰是大脚，最恐人提此缺陷。便大哭起来。县令惧内，立即下令将那才子充军。临行前，才子的舅父前来相送。二人抱头痛哭，挥泪如雨。才子说："充军黑龙江，见舅如见娘。两人齐流泪——"便又顿住，其舅已哽咽得出气不匀。才子方长叹一口气说："三行！"舅父听罢泪一抹，怒道："充军充军，越远越好。"

大牛说："两人流泪该是四行嘛。"家伙说："那舅父是个独眼。"

中午，在一座小镇歇下。车是直开镇委会的。不料镇长是个初出茅庐之徒且装得十分清廉，把那"上海"真当了小拖。开口即说并不知亲家这个名字，闭嘴又言县里三令五申不许见来客便吃吃喝喝。气得老头子当场记下那镇长的名姓。倒是亲家海量。嘿嘿一笑，说："见到关小毛儿，告诉他我来过了。"便上车关门离去。吉普尾随。但见到镇长高扬手臂跳着脚喊什么。

只好进了镇上最大的餐馆。老头子买了瓶酒。亲家,以及摄像、大牛均笑得眉眼大开。皆言老头子够意思。亲家算得上是个亲切和蔼的老字辈。说话必带全脸微笑。也不多使用众官们好使用的哼啊之类的感叹字;唯一不足是收回笑容时速度略快。不摸底细者还以为是突然间恼怒。家伙想在他手下干秘书怕是得多一点提心吊胆。

餐馆人不多。桌子是木头的,未漆。主人自是懂得节省。三五个月吃进去,便呈天然黑色。手一抹,黏糊糊,似那新打的油漆未干一般。长板凳倒是坐不垮。挺括括的裤子大多深色,坐下后,屁股上粘些什么倒也看不太出。这地方毕竟不醒目也不重要。

饭间,家伙问:"关小毛儿是谁?"亲家说:"我南下时的一个警卫员。"家伙说:"他还在这镇上干革命?"老头子说:"何止。他是这县的县长。"家伙说:"哟,那镇长可踩到您埋的地雷上了。"大牛说:"这官儿可就只当到这一级了。惨不忍睹。"

亲家笑笑不语。老头子说:"那混蛋一脸的小人气。咱们这号人,吃他一顿是给他面子,他还不识。"

吃了一会儿,大牛问:"今天几号?"家伙说:"十三号。"又想,难怪,这可是个不怎么地的日子。

喝到兴头上,亲家便讲他在这儿一个叫尖山凹的地方当过乡长。那时他刚十九岁。几百人在他的手下服服帖帖。他六岁起便开始放羊,一群羊按他的口令或东或北。他自小就练出了指挥才能。若不是国民党的五颗子弹分别打中了脖子、肺、腿、胳膊和屁股,他说不定早就是哪个大军区的副司令了。运气好当个正司令也没准。伤好后,行动不便,只好下到地方。地方上的人滑头得多,难缠。又加上左左右右的路线叫你分不清。满以为当了左派,可别人说你右了。赶紧左一点,可又有人说太左。一辈子都左左右右地调整个没完。亲家说他现在连左右手都常常弄混。

十九岁！家伙记住了这个数字。她挺感动，差一点没流泪。这一下总算能理解亲家一类人何故非要把着自己屁股下的那把交椅不肯下来。五颗子弹呵，差不多一条命换来的五十几年官场沉浮。别说那椅子还有舒适宜人的时候，即使总是凉飕飕一铁疙瘩坐了五十几年也是舍不得易屁股的。汉民族重感情且还细腻，再加上有那蜡炬成灰春蚕丝尽的精神指导。

家伙想，愿坐的且让他理所当然地坐吧，坐不上的也且让他垂涎三尺地去站吧。

看外景自然是看风景加买土产。要去哪里，全看导演一句话。虽说老头子的电视剧没给老百姓脑子里划上痕迹，但全国最漂亮的风景区毕竟被老头子的两脚划上了痕迹。老头子常说尽管我的电视剧影响不大，但画面总是最美的。这就站住了脚。纯艺术的东西总是吊不起观众的胃口。他说这话的时候，脸一点都没红，桃花笑春风一般神态。有一回，老头子拍《黑夜有人呼叫》一片，有个情节是美女勾引侦察科长。老头子安排她在大海边勾引。为这事跑了趟青岛。青岛海滨实在美得不行。老头子要美女撩起裙子，露出大腿且一直要露出红色三角裤。美女不干。老头子说这是艺术，搞艺术要有献身精神。美女只好从命。亏得老头子只顾看美女的动作而忘了看监视器，所以并不知录像员也稀里糊涂地没录上。那片子后来影响不大的原因全在这个小疏忽。艺术性极让人遗憾地被削弱了许多。

这回看外景让家伙饱了眼福。她原先还不知道看外景有如此弹性：想去哪便有充分的理由去哪。便想日后凡看外景就跟上。免费旅游且吃饭不掏钱且有出差补助费且还能振振有词地对主任老吴提出在外面辛苦得补休几天。

外景看到最后一个县时,达到高潮。县城是亲家当年率兵马打下的。县志上都记得有。晚饭时刻,县长急令小食堂备酒菜。小食堂传递信息历来神速。立即,县委机关、县政府机关无人不知来者为谁。各部门负责人都很激动。便纷纷要求参加晚宴。说陪老前辈吃顿饭是一生的幸福。县长只好将原定的一桌酒菜扩为五桌。累得一帮炊事员异口同声地骂娘。

席间先谈县里整党情况。学习了几次文件,开了几次会。各个做了几回检查。最令人欣慰的是全部通过。党风好转的最显著标志是几家大饭馆开始赔钱。这表明公款请客已经杜绝了。赔钱是小事。党风正了,赔钱也应该。然后又说改革。县一级领导几乎都三进三出了党校。基本都拿了大专文凭。最年轻的县委副书记是中央某某首长的儿子。十分出息,是第三梯队候选人。让他在这儿进行基层工作锻炼是上级领导对县里领导班子的信任和关心。最后说了全县的变化和下一步打算。最重要的一点是打算将鞋钉厂、酱油厂、砖瓦厂和制瓶厂合并,在此基础上开办彩色电视机厂,力求成为本省第一家县办电视机厂。

亲家一边一筷一口地夹大龙虾,一边连称:"好!真好!"家伙也连嚼了几个虾,心想的确是好。

之后有人小心问亲家近况。亲家朗声说离退下去还远着呢。又说写了个电视剧本,电视台马上拍。一言未了,满座皆惊。大叹人若有才真是能文能武。老头子呷着酒说:"还有一手好书法。"

县长说:"今天是个激动人心的日子,要记载到县志上。"转脸又央请亲家留下点笔墨,以便子孙后代能见到这位救星的真迹。

亲家欣然应允了。他生平好题字,兼了好几个业余书法协会的名誉顾问或主席什么的。他的字其实总让那些真正的书法家为自己也干这营生而尴尬。

县里干部劝酒的本事比训人的本事还行。家伙没明白怎么回事便被灌得大半醉。微睁开眼,见亲家正吟哦他的题字,便抻长了脖子看。见有"整党决心大,齐心干四化"十字,即竖起拇指对县长说:"如何?瞧这内涵,王羲之米芾之流爬都爬不出。"县长说:"那是,那是。"

再往下的内容,家伙就记不清了。她觉得很少有这么痛快过。痛快得彻了底。

到家那天,"上海"和吉普上的土特产多得让人觉得他们是个什么合作社的汽车运输队。

四

家伙半夜里被追得跑不动也喘不来气。不知怎么竟总是跑到楼梯的死角里。心里一直想完了,完了。

早上醒来时,却见自己安卧在床上。先是有些侥幸,再便是有些兴奋。是个好兆头,她想。家伙知道,梦从来都是假货。

上大学时,家伙常对人说,我谁也不相信,只相信我自己。可自从那天那个极平凡的早晨之后,她便对自己的话产生了怀疑。那早晨她分明记得找苇儿借了五块钱买了一套《第三帝国的兴亡》,可翻遍书架不见书影。还钱给苇儿时,苇儿也茫然相对。家伙立即意识到问题的症结:即便是自己也不可全然相信!家伙一天能有效地控制自己不过十多个小时。余下的时间,则抛下沉睡如烂泥的肉体,溜出去干些别的什么玩意儿了。梦便是编出来哄骗和迷惑那肉块的。《第三帝国的兴亡》至今未买到手。自那日起,家伙便对人改口说:我谁也不相信,只三分之二相信自己。好多人竟赞赏这话。叶子便是其中之一。还说给那三分之一编部电视剧,想必不错。家伙说:"看弗洛伊德行不?"

家伙一进办公室,便见黑板上有人留了字:"家伙,一个医院的人(男士)打电话找你,说有急事。……太平间约会。"点点后的字自然是写字的人自加的。家伙上前擦了。想,可能是丝瓜。这几天全市都闹纷纷的上班不能安心。一帮电影明星要来演出。有两个一直漂亮到面孔有卖弄之嫌的程度才肯罢休的女演员和几个会把最不好笑的相声说到下流得好笑之地步的男演员。明星们演一场得五百元,便一天演五场,演到钱多得有点不那么对得起观众为止。市民们崇拜影星比纳粹德国崇拜希特勒更甚。明晓得那帮名流在台上唱歌不及歌星,朗诵不及话剧团的,相声比侯宝林重孙的重孙还差好几台阶。但还是冒着掏三块钱买张票的风险前去一睹。不在乎是否得有一顿饭少几片肉或鸡蛋什么的。管他们演成什么样,本来也就只想亲眼看看他们油腔滑调招人喜欢的劲儿。丝瓜找,必是为此。

便给丝瓜打电话。不料怎么都忆不出电话号码。便又找电话号码簿。均说发下第三天就不见了。剧部里凡是能搬得动的公家东西老是不见。有一回扬码的一只茶杯也不见了。大牛便在办公室嚷了两天,"要拿拿公家的,何必偷私人的呢,就赚那几个小钱!"后来便再没丢过私人的东西。扬码说:"家伙别找了,问114吧。"家伙笑了笑,懒打了。她觉得世界上最难打通的电话便是114。有几回赌气,发誓非拨通不可,可几回都拨了近半小时,照样不通。家伙常想不晓得是不是电话局给市民们开玩笑,设了个聋子耳朵。

刚处理一个剧本,电话铃响了。找家伙,果然是丝瓜。果然是要票。丝瓜极恳切地央求家伙,一连串唤家伙为"救命恩人"。家伙便说:"你把演员当鸦片了?"丝瓜说:"没错!"家伙只好说:"我试试吧。"丝瓜说:"两张。两张。"

两张票,六块钱。弄到手自然也是不好找丝瓜要钱的。家伙托了同房间的播音员小灵。她神通广大。家伙总笑她凭一张脸走遍全省,所向无敌。小灵说跟中央台的杜宪薛飞他们比简直像班长跟军长比似的。家伙便安慰她班长好歹也是个官儿。小灵果然得手。家伙付钱时忙想:记住下篇小说得多写五百字。或者把人物一律起复姓端木、欧阳、上官什么的或者写一个人老咳嗽个没完,再不弄上一个结巴,叫读者看得累死。

再挂电话,没通。家伙便借了辆自行车骑到卫生院。已是快下班时间,丝瓜正闲着没事。见了家伙作揖再三,问:"多少钱?"家伙说:"算了。"便算了。

坐了一会儿,丝瓜说:"透个视怎么样!"家伙说:"别没病找病。"丝瓜说:"看看总比不看好。死不了几个细胞。"家伙笑笑,便站到那小台子上。听得哗啦哗啦响动,然后丝瓜"啊!"一声惊叹。家伙问:"怎么样?"没见丝瓜回话。还是哗啦哗啦。家伙又问:"我下了吧?"丝瓜说:"别动!"那声音有些异样。家伙说:"嗬,还真有你的,看出来点东西呀。"

一会儿,丝瓜说"好了"。即走到一边,在一张透视检查单上画图,不理家伙。家伙走近,说:"哪这么神秘?"刚说完,见丝瓜收起透视单说:"叫你爱人来一下。"家伙说:"那家伙到现在还没跟我对上象哩。"丝瓜说:"哦,我忘了。"家伙说:"所以下死亡通知书都得我自己去拿。"丝瓜说:"那,你们领导来,行不?"家伙说:"算啦,领导的胆儿都小,且不如我代劳吧。早些说了。我还可趁气儿没断把几件事办完呢。"

丝瓜方递上透视单,吞吞吐吐,说:"不过,我们医院条件差,你最好去省医院复查一下。"家伙看看透视单上的图,说:

"我里面的东西就长得这么丑?"丝瓜说:"你理智些。不要紧张。我仔细看了,你肺上有阴影,大约有4×5大。"家伙说:"我这几天常晒太阳啊。"丝瓜说:"你冷静些。一般来说,是肺上有肿瘤。我看得很清楚。技术水平问题你放心,我刚拿了大学哲学系的大专文凭。"家伙说:"瞧,这运气还行。这辈子跟好多人打过交道,偏把死神这老兄给漏了。他还不服,找上门了。"丝瓜说:"你一定要重视。如果是恶性的,那多半就是肺癌了。"他说着,便沉重地说不下去。家伙忙安慰他,说:"没问题。前年出差,汽车翻到河里,死了三个人,就留下了我。算起来,我都赚了两年。"

回去一路,家伙想,正经得干几件事了。首先把十八本日记全烧掉,若叫别人看了,没准连追悼会都不给开一个。第二是把订阅的十几种杂志退掉,换回现钱,还能买点什么短期用的。第三得好好构思个遗嘱。天鹅都还有最后一唱哩。遗嘱结尾把财产分送掉。比方书架送给扬码,书送给苇儿,裙子和大衣送给同屋的小灵。要命的是非得跟收发室提条意见:为什么要把报纸压到下午才发?

路过妇女用品商店,进去转了转,买了件极时髦的羊毛蝙蝠衫。这钱,原本是要寄到四川出版社买"走向未来"丛书的。未来是没法走去了,但毛衣则可在火葬时穿上。那个日子总得穿得像那么回事才行。要不,叫同炉人都瞧不起。

扬码是编辑组组长,家伙拿着透视单去向他请一天假。扬码脸都吓白了,连问:"再多请几天好不好?"

回宿舍,那里正热闹,不足两平方米的空地上,正扭着四五个人。跳动七十二,噼噼啪啪怪声怪气地响。家伙把东西往床上一扔,立即也进入了。家伙的迪斯科在作协的舞会上跳得遭人吹捧,而在这儿,算上末流水平还得宽大限度才行。

磁带换面时,家伙拿了透视单炫耀说:"这回是真格的病号了。本星期打开水得往下轮。"小灵说:"又来虚构,鬼才相信。"叽叽喳喳的声音都乱叫,"作家是捏造的天才!"家伙说:"看,有公章哩,色彩盖得多红!"

几个女孩子围上,仔细辨认,半信半疑,说:"这回是真的?"家伙说:"瞧,多大块阴影。4×5,恶性的话,就是癌。"

屋里一下子很安静。一会儿,又有声音问:"是真的?"家伙说:"可不。近期内你们趁机好好贿赂贿赂我。到了阎王殿,打通打通关节,晚点勾你们去。"

音乐又轰隆隆响了。家伙上场扭了几下,居然没人再跟上。透视单还在几个女孩手上传来传去。

小灵"呜……"地捂住脸。其他几个也抽抽搭搭抹眼泪。

家伙停住脚,静默几分钟,才笑说:"也行,提前行动,免得我进了炉子只顾听火烧得响,顾不上炉子外的流水声了。"

没人理她。一伙子还是低声哭。家伙无奈,觉得这帮人乏味。仿佛她眼下就要断气似的,皆忙不迭要向她表示自己的悲哀之情。心里好笑,便自家踱到书架旁,信手抽一本书翻翻。她看见几行字:"生命是个痴人编成的故事,充满了声音与愤怒,里面却是虚无一片。"

有意思,家伙想。又放下了书。

敲门进来的是扬码和他的爱人安雨。安雨在电台搞播音。说话跟播新闻一样硬邦邦,每个字砸不死人也能叫人骨折。

扬码手上提了一袋水果。两人均一脸哀容,悲切切地盯着家伙,也不出声。弄得家伙觉出自己似不在了人世。家伙笑笑,说:"来真格的了?"

安雨坐下了,说:"同志之间应该互相关心,家伙,你不要太绝望,战胜疾病首先要战胜自己。精神力量往往能医治各种病痛。"

家伙说："没错。"又想，我要是那癌细胞，听了安雨这话，非较量较量不可，看你们人有什么厉害的精神。

扬码说："我姐夫在省医院，我给你写个条子。你找他，叫他帮你找个好医生检查。"

家伙说："行呀。"

接下来便都没话说了。

扬码跟灯光皮匠合住一屋。结婚没房子，便在屋内拉一道布帘。扬码和安雨住里，皮匠住外。皮匠是个二十刚出头的小伙子。住过几夜之后，便吓得每晚外出寻夜场电影看。再不就找个哥们儿家打麻将，赌到夜半方回。

家伙最害怕相对而坐，无话可说。便说："安雨，扬码再出门组稿，你就住我这床。我把东西都留给你。保险半夜不来勾你出去玩儿。"

安雨吓得身子一缩，说："不不，不不不。台里要给我们房子了。"

家伙说："那我就让别人住了。好几个人等着这铺呢。"

安雨说："你让，你让，我不要。"

那著名大夫举着片子看半天，说："肺上什么也没有哇？干干净净的。"

家伙说："您仔细瞧瞧。说是有4×5呢，比我自行车胎上最大一块补疤还大一半多。"

大夫说："奇怪。你的身体没什么反常吧？"

家伙说："有一点。就是老记挂着吃点什么。对了，还有，原先骑车一小时就累得喊娘，前天我骑了两小时，还上了一座桥，倒跟没事一样。挺像回光返照的，是不是？再就是记忆力锐减,三个月才能记下三个英语单词。"

大夫笑了笑,突然又严肃下来。问:"身上贴了什么膏药没有?"

家伙一怔,立即找大夫要了尺,挽起裤管比了比膝盖上的伤湿止痛膏。4×5。说:"这玩笑开得可真惊险。"

大夫说:"怎么?"

家伙说:"我服了您。医生和医生的确不同。"便要走。

大夫扯住不放,说是弄清楚好有交代。

家伙一笑,说:"昨天这儿长了个红疱,痒痒的,怕抓破,便贴了膏药,隔着抓。今早起时,撕了。就这。"

大夫先愣,一会儿便想笑,又拼命忍。最后还是笑出声。好几十秒钟忘了端出大家风度。

午饭时,家伙便掏了三十块钱买了瓶正宗的法国白兰地。把盒子上仅有的几个中国字"法国好景来""拿破仑白兰地"读了好几遍,再纠集全宿舍女公民开庆祝会,为又一次拾回生命而干杯。

小灵说家伙真沉着。战争年代,鬼子若抓住家伙算是彻底掏不出口供。家伙说哪里哪里,鬼子若说给我一个单人间住一辈子,我准得把上至毛主席下至王二小全坦白出去。

五

家伙有一个好题材。打算写篇一出笼即能轰动的东西。写了三天,写不下去。集体宿舍老是人来客往忙忙碌碌。莫名其妙还来了些崇拜者。毕恭毕敬的神态让家伙真觉出自己有那么点伟大的味道来。崇拜者大多惊讶地观光这十平方米挤四人住的宿舍,为自己心中羡慕已久的作家也不过居此陋室而感到安慰。小说便停顿在第二百六十一个字上。家伙想再不写出来,半年以后就有可能发生经济危机。只好给作协挂了个电话,央请那边帮忙请几天创作假,再找一个房间。

作协仗义,全办妥了。家伙便提了旅行包住了进去。

只住得一天,便觉哪儿都不顺眼。房间太大,空气令人不习惯地稀薄。光线太亮,台灯开了跟没开一样。而家伙的集体宿舍,白天伸手刚能见五指,便养成家伙离了台灯读不进书写不出小说的特长。更不谈晚上见不到人亦听不到迪斯科跳动的节奏。世界冷清得让家伙感觉出末日将临的神秘。其结果是一个字也写不出了。只好可怜地露一副幸福嘴脸坐窗前发呆。漫想人本来是以穹隆为室的。为了让自己能长久地住在这个大空间中,便想出了房子这玩意儿。料不得住进房子后却发现自己彻底地离开了大空间,只剩得一个盒子里的天地。待到盒子里的人挤得欲漫出时,再想以穹隆为室却不是那么容易了。家伙觉得自己走不出集体宿舍那小黑屋。

第二日便坚决要求换进最小最黑的房间。有楼梯斜角处可搁一铺。家伙喜得乱跳。光线、气氛与集体宿舍何其相像。

苇儿到作协送一篇创作经验谈的稿,得知家伙住这儿,忙找了去。

苇儿说:"这条件也太差了,别人还以为你是哪个生产小队来的业余作者哩。"家伙说:"原先听人说吃惯了腌菜的人吃不惯肉,总不信。心想人哪这么贱?这会儿可信了。人是贱。"苇儿说:"出去再让我住不带卫生间的房子,我简直受不了。"家伙说:"瞧,这么下去,回你那个小镇子,你怕连石子路都不敢走了。"苇儿说:"就是。那破路根本不配皮鞋踩。"

往下苇儿便问家伙前一向去了哪里。家伙左手屈指数了几县,右手屈指数了几个牌子的名酒。并掀起衣服告诉苇儿,皮带又松了两个眼,而牛仔裤根本拉不上拉链了。苇儿说跟她在电影厂改剧本时一样。他们老请客。吃到最后上飞机时,生怕空中小姐嫌太重不让上。

家伙笑了。难得苇儿有一点幽默。便和苇儿比谁的胳膊粗,发现还是苇儿粗好几圈,只好承认县里毕竟不如电影厂。苇儿的小说要拍电影,来来回回飞了几次电影厂。连她爸爸都去天上过了过瘾,喜得见人不打招呼便先提女儿的大名。苇儿到名人和影星堆里混了几日,拾得好些秘闻隐私,说话便大家气派多了。红毛衣不再扣成红旗一面的样子,而是像江姐就义时那穿法,不扣扣子。原先的假领换成真正的淮海路上买来的果绿真丝衬衣。全然一副由贫苦向殷实人户过渡的风度。尤其脸上那副大眼镜,闪着光,炫耀学问之高深。镜架说是西德进口的。家伙试了试,觉得跟没戴强不到哪里,便问度数。苇儿说:"右眼一百度,左眼一百五十度。"家伙说:"瞧瞧瞧,两眼加起来成了二百五。"

苇儿絮絮叨叨说了好些名演员轶事。对这些东西,苇儿总是很留心且记性好得不得了。重点介绍了哪个哪个女演员跟哪个哪个男导演如此这般后方能演哪个哪个电影的女主角。苇儿叙述时,胖脸兴奋得通红,一如她自己占得什么便宜似的。偏家伙最不善记忆电影演员,好几回竟乱点了鸳鸯谱。最后家伙说:"再看这帮人演天使般的角色时,就会产生桃色联想。电影的味儿就整个变了。"

苇儿要毕业了。去向尚不知。不过凭苇儿在老师和校领导面前那副楚楚动人的小媳妇神态,必定是捞得到做学生所能捞到的全部好处,况苇儿在学校各方面的表现也是十分的出众。

中文系一向平庸。没出什么叫得响的人物。突然冒出个苇儿,如同肉掌上突生一颗夜明珠。系里的老少自然都疼爱得不行。可喜的是苇儿争气,既专亦红。学校号召学生献血,苇儿抢先付诸行动,不顾有人说抽过血更要发胖的警告;学校号召学生买国库券,苇儿立即奔去银行,尽数取回存款,夺得连教授算在内的全校性金牌。那之后,苇儿名气愈加色彩鲜艳,便写了入党申请书。申请交得正是火候,没几天便批了下来,迅速得叫苇儿搔头抓耳地兴奋。前几届分配的实况在那儿搁着:党员是绝不会有到边疆或基层小单位去的运气的。除非他自己再三再四求学校。

家伙倒要去看看苇儿到底去干哪行。苇儿正在文学和仕途的岔路上徘徊。分配小组把所有的名额搁她面前,由她挑选,她便花了眼。

家伙说:"你跟我到商场买东西一样,一琳琅满目,便不知从哪儿下手。"

苇儿说:"去报社当记者太辛苦,去刊物干编辑太乏味。而且我这种地位也不合适干那行。剩下的就只有搞行政了。文学院答应为我弄个名额,可惜不能在北京。"

家伙说:"还是文学院好。自在。别去什么行政部门。"家伙从不屑做官和不屑与官方大员打交道。前者的理由是做人不痛快,想说的话老得塞肚子里憋着,后者的理由是太累,官们总喜欢别人唯他马首是瞻。

苇儿没答话,只说是回家问问她父亲。苇儿的父亲虽说写过小说可对文学一窍不通。通不过去便自然瞧不起文学。便替苇儿指出前进方向:北京,中国最高行政机关。理由是就是干得不顺下到地方,地方上也绝不敢小视。山上的一棵草躺倒也比山沟里一棵参天大树高得没法说。况且苇儿能写小说。高级领导多喜欢舞文弄墨以示修养。苇儿这一手必定招人喜爱。苇儿极崇拜她父亲,茅塞开后便欣然从命。充满信心地对家伙解释,去那儿从政的目的是为了写出好小说。把上面的阴暗东西了解透彻,写出来的影响将是世界性的。家伙吓一跳,忙说:"这话可不能到处乱讲。"

那天家伙到学校图书馆查了点资料。又顺便去看了苇儿。苇儿说方案已经公布,这几天就得离校。又问家伙是不是还住在作协。家伙说:"是。"又说,"小说写完了,可住得舒服,便不想回。"

苇儿说想去作协领导家告个辞。家伙说那正好一起走。

在苇儿那里吃过晚饭,便抄小路去作协。天黑压压一片,像墨像染料像座黑咕隆咚的山倒卧在头顶。要下来的仿佛不是雨而是更厉害的别的什么,比方石块。走到半路,大风也起了。家伙和苇儿都穿的裙子,便拼命用手抓住,免得飘扬起来不那么雅。

瓢泼大雨终于下了。家伙说:"跑的结果和不跑的结果一样,且不如雨中散散心。没准写首诗,还能赚得几十元稿费。"苇儿说:"你怎么现在开口闭口总谈稿费,叫人觉得格调不高。"家伙说:"物价涨得比工资快,不谈稿费怎么办?就是想当个体户都凑不足本钱。"苇儿说:"国家干部不能搞第二职业,你别胡思乱想。"家伙说:"可不,只有业余当作家名正言顺。"家伙的幽默在苇儿面前总是溃不成军。苇儿的耳朵天生适应听最严肃的报告,苇儿总学不会去吃透人家的话味儿。有一回家伙说她刚来电视台时骑自行车去采访一个三八红旗手。问路时,所有人都告诉她向左拐。拐到最后又回到了电视台。原来那三八红旗手是台长他老婆。当时便想这回可真格弄清楚地球是圆的了。苇儿死追问,这跟地球是圆的何干?还说分明是你没调查清楚。家伙没法回答,而那时尚未领悟"他妈的!"这句话的伟大。便只好说:"对对,我没弄清。"不过前些时听说苇儿的毕业论文题是《论王蒙小说的幽默》且轻易得了个优,便在心里来了这么一句。不好设想王蒙式的幽默在苇儿笔下的悲惨遭遇。

去了招待所便立即洗澡换衣。雨势渐渐小了,又慢慢没了。夏天的雨,寻人开心似的。你在路上时它拼命地下得凶狠,你回到屋它便收住,存心同人作对。家伙觉得简直比反革命还可恶。

苇儿换上家伙的上衣。稍瘦了一点,把苇儿显得鼓胀胀的,前曲线倒蛮清晰。"挺像张得蒂的雕塑。"苇儿没明白。家伙说:"我挺喜欢她的作品。夸张和变形很有分寸,让人感到极美。"苇儿便不再追问。

接下来去了作协主席、副主席、刊物主编、副主编的家。家伙沾苇儿的光。要不,总难找一个不那么小人气的理由到这些人屋里看看。都奇怪苇儿为什么要去那儿工作。苇儿便解释:"学校希望我从政。我想既然搞行政工作,那就不如去一个专管行政工作的部门去搞行政工作。"家伙听了五遍也没弄清专管行政工作的部门和搞行政工作的部门究竟是怎么回事。只是想苇儿选择自己的道路怎么老有一股子做贼心虚的感觉。何必不说,我觉得那部门适合我,我就要求去了那里。便又想,中国文人总是一肚子的拐弯抹角别别扭扭。想去仕途之路,又恐人说不那么清高。其实,这时代,无论当不当官,都根本不存在什么清高之士了。又不可能像魏晋名士那般大彻大悟后便游名山,泛沧海,筑室畎川,量力守志,凿井而饮,耕田而食,过自给自足的生活。见人则或翻青眼或翻白眼。这年月首先你游名山沧海得赔着笑脸求人帮买车船票。其次你自己根本没土地。没土地你得工作,你工作就得同领导搞好关系。这个关系便意味着晋级、住房的顺利以及运动来时不会轻易打成什么分子。还有上公共汽车夹了脚你得央求售票员松一松门,免得夹成了骨折;上商店你得不断向那些永远聊天没完的售货员道歉,请她拿一件你想买的东西看看。且还不算总想开点后门弄那些市场上见不到的俏货凤凰自行车蜜蜂缝纫机以及不是黑市价的红双喜烟和苹果牌牛仔裤。假如有人叫家伙做一个清高之士,家伙准得呵斥他:"你还想不想让我活?"话又说回,一个人真要想在不清高者中显得稍清高一点的话,做官倒是一个不错的法子。

家伙说:"苇儿你没错,你应该理直气壮。"

苇儿说:"我没有什么不理直气壮的呀。"

家伙说:"别没完没了说什么管行政和搞行政之类的绕口令。就堂堂正正去那儿干也挺有意思。文人总嫌当官的没水平,这回咱们掺沙子。"

苇儿说:"那我成了沙子了?"

家伙无奈。

苇儿是第二日清早走的。夜间同家伙挤一床,呼噜打得震天。不料,刚到中午又红涨红涨着脸跑来,手里拿着一个纸卷。说是学校路石校长叫她临走前一定请作协主席题字留念。路石校长亲自送了她这一卷纸。

家伙说:"校长也管得太宽了。"

苇儿脸红了红,说:"真的。他还再三催我呢。"

家伙觉得人都变得越来越有趣,便陪了苇儿去主席家。主席欣然命笔,一挥而就。苇儿在一边直叫唤:"太好了,太好了。"两巴掌还兴奋地在胸前拍个没完,节奏很快但不响亮。

最后走时,苇儿才说十天之后,请家伙帮忙托运行李和买一张去北京的火车票。

家伙说:"没问题,这回我两肋插刀。"说罢想自己还很有些豪侠之气。为那一句豪言壮语沾沾自喜了一夜。

六

叶子打电话到作协,问家伙创作假有完没完?家伙忙说:"完了,完了。"当下便打点行装回台了。

叶子要拍一个名为《葵花向阳》的战争片。那片子要去黄山拍外景。其意义是在美丽的风光中表现痛苦的流血,以形成和平与战争、可爱与可悲的鲜明对照。扬码是责任编辑,又恰好同室的皮匠阑尾开刀住了院,便决定随摄制组开赴黄山。扬码一去,在家值班的事就得家伙干了。扬码因为不能让安雨一个人留在宿舍与灯光皮匠只离一布帘,平日便总照顾家伙出去。这回家伙说:"你安心去玩,编辑部的事我保证每一件都干得精彩漂亮。"

办公室主任跑来说:"叶子,你们总说摄制组在下面拍片子辛苦,叫我们办公室的人下组生活一段时间。这次我总算抽出了时间,打算跟你们走走,了解了解情况。"

扬码说:"哎呀哎呀,人太多了。吴主任也要亲自领航。电视报去两个记者采访。技术员也添了三个。不算演员,摄制组都有三十八个人了。"

办公室主任发了脾气:"要我们下组也是你们,好容易调整好时间,你们又不要我们了。这样出尔反尔,叫我们怎么开展工作?"

叶子忙说:"您息怒。您什么时候想下剧组都行。我们热烈欢迎。"

办公室主任怒气方消,说:"几号出发?我的级别可以坐软卧和二等舱。"

叶子说:"行,行。"

下班后，叶子召集摄制组核心人员开会。制片主任、副导演和摄像。扬码列席。家伙和大牛从食堂买了饭端来办公室吃，也趁机入了伙。

叶子这回搞改革，摄制组承包了。两万块钱。剩了，自家分；不够，自家贴。呼啦啦涌上一帮闲客，吃喝住全归摄制组掏腰包，且还得好房间加什么二等舱软卧之类。没准到最后真得领着人马扛几月大包赚点回家路费哩。

制片主任说："闲杂人一律不许去。"

大牛说："看你气粗的！吴主任是闲人？技术员是闲人？记者是闲人？到时给你来两条反面评论，叫你肺气到肚脐眼儿。只有办公室主任是闲人，可你敢让他下？"

扬码说："那我们上北大荒去拍。"

叶子说："好主意！那儿凉快，正好避暑，全台人都恨不能去。两万块钱全当路费得了。"

家伙说："可不，我都想。"

大牛磕磕碗，说："他妈的。咱们去河南。找个最苦最赖的县住下。伙食便宜，住房价廉，吃它几十天苦头，省下钱，回来分红。一人几百没问题。"

叶子说这个主意好。扬码说其他人怎么办。叶子说愿去者还欢迎。扬码说他都不想去了。家伙说别太死板，人一见少，再拐到黄山一样。叶子一拍大腿，连叫太对了。

方案公布后，果然人员锐减。记者、技术员、办公室主任全都因故退出。剩得干巴巴几个没法不去的人。扬码还得兼打灯光。走之前，摄制组一个个喜气洋洋，每个人都漫一脸笃定发财的笑意。

灯光皮匠的阑尾给割了。可一直没出院。伤口老是不合拢。皮匠说比葛洲坝合龙还难。自然疼得爹妈地乱叫。只好又划开来瞧瞧。大夫从里面捡出一块纱布,笑着给皮匠看。皮匠便得意起来,称那是二次战役的战利品,险些要来作纪念。

家伙跟主任老吴一起去看皮匠时,他正躺在床上看武侠小说,梁羽生的《萍踪侠影》。医院对大作家们反对大量出版武侠小说的呼吁深表不满。武侠小说于病人实乃一剂良药。躺床上捧一本,哼哼哈哈声少了,胡思乱想少了,挑刺找茬的也少了。精神一轻松,一个个脸色便红润起来。全暗暗琢磨着"降龙十八掌""九阴真经"抑或"借花献佛""手挥五弦""云横秦岭""琵琶别抱"之类的招式。反正金庸梁羽生全写的是学不会的武术,便也不必担心医院里突然冒出"丐帮"或"天山七子"诸类派别以及闹两件"华山试剑"之类的事。

家伙说:"好消遣呀。"皮匠说:"可不。总算弄清头儿们干吗老喜欢生病了。"老吴说:"你小子嘴留点神。"皮匠说:"这有什么。护士说得才有趣。楼上高干病房,清污以前,住一帮人成天骂骂咧咧说自由化得不成名堂。一清污,这帮人齐整整出院了。换上一轮。这一轮人便日夜里长吁短叹,说早知如此何必当初。"家伙说:"再这么住两天,比院长还清楚底细了。"皮匠说:"院长小了点,得跟局长比。我当局长要发布的第一条指令,就是得让医院的卫生比火车站强。"老吴说:"你不得了了!明天给我出院。"皮匠说:"行呀。扬码出差了,屋里住着安雨。我就说是您让我回去住的。"老吴说:"你住口,年轻轻的学那么邪气!"

老吴五十来岁,正是训别人而又不好被别人训的年龄。

家伙说:"那就再住些日子吧,到扬码回来。"老吴说:"医院会许?"皮匠说:"看来得再得个病。将革命进行到底。"家伙说:"明天多吃点,弄个胃穿孔。"皮匠说:"不行不行。以后成了无底洞吃多少都填不满,没人要我当女婿了。"老吴说:"胃穿了孔，你吃屁！当是米袋子破了个洞？"

家伙忽而想起老吴过去在武工队干过卫生员，便说："老吴，给想一个能吃能喝，对身体无害，又能住院的病，好不？"老吴说："这还不容易？"

家伙和皮匠异口同声叫："是什么？"老吴说："生小孩！"然后自己也笑得浑身抽搐。笑完歇下，又说："他妈的！"

家伙一气处理了几百本积压稿。几天下来看得眼睛发直快不认识了方块字。便想世界上最容易干的活儿大约便是写电视剧本。

家伙最讨厌那些故意用米饭把稿纸粘一块儿试探编辑的作者。凭那居心不良的劲儿，家伙便故意不分开。心想只看三行字就晓得你这是什么货色了。便夹一张铅印退稿单打了回去。不过有一回一位老兄就这一事在报纸上发了文章，批评编辑对工作不负责任。老吴狠狠批评了家伙。家伙说："我看他写得可怜，特地照顾他赚报纸几块钱稿费呢。"心里却暗骂自己笨蛋，早知报纸连这玩意儿也登，且不如事先化名写一段呢。何苦让稿费归那小子得。家伙用钢笔写的退稿信也挺多。除了朋友和拐了七八十个弯的熟人外，对那些夹有写着"编辑爷爷""救命恩人""编辑大人"之类信件的作者也认真回信。总归不能让人白喊一声吧。

那天刚上班，老吴便说："家伙，有一个先进典型巡回演讲团来了，你赶紧去采访采访，仔细点，看哪个人的事迹能编电视剧。"

家伙正警惕屁股会不会坐出老茧来，一听此言，欣然领命而去。

家伙先私后公。看了场电影，《第一滴血》，出了门还发怔。又逛了几家服装店，想买件呢大衣。最后去了图书馆。借得一本《巴顿将军》,看了个舒舒服服。巴顿说:"与战争相比,人类的一切奋斗都相形见绌。"巴顿说:"和平对我来说,将是一座地狱。"巴顿说:"一个职业军人的适当归宿是在最后一战中被最后一颗子弹击中而干净利落地死去。"倒霉的是巴顿却在他的打鸟途中被粗心大意的汽车撞死了。命运同巴顿幽默了一次。和平的确成了地狱。

先进典型的巡回演讲可真让家伙开了眼界。她本来只想听听知道是几个什么人以便回去向老吴交差。后来听到那个典型说:"我苏醒后的第一句话是问:'那个凶恶残忍的歹徒抓到没有?'同志们亲切地告诉我:'他没有逃出人民布下的天罗地网。'于是,我那苍白如纸的脸上才浮现出欣慰的笑容。"家伙从不晓得人话可以这样讲,便为自己也讲人话而难为情起来。立即决定细细地采访一下。

先进典型们久经沙场,对采访的新闻记者已经不像开始那么服了。家伙便亮出作协会员证,且一口气说了几篇自己的作品,不料几位均摇摇头表示不知。家伙便有些尴尬,大恨自己的名气比张海迪朱伯儒小得太多。幸而此时那位"苍白如纸的脸上浮现出欣慰笑容"的典型进了来。他是个文学爱好人士,一听家伙的名字,奔上前握住家伙的手又摇又捏,连说:"能够瞻仰你的面容,吾辈真是三生有幸,三生有幸。"并告诉家伙他曾给她写过一信,请教文学问题。家伙忙说:"抱歉,抱歉。"

有这位文学爱好者穿针引线,事情就好办多了。家伙便采用答记者问的方式,请他们说心里话。并说:"我不是以新闻记者的身份来采访的,而是以作家身份。我想知道先进人物内心深处的真实想法。不会对外报道的。"

她便提了问:"演讲稿是自己写的吗?"

典型 A 说:"不是,是宣传干事写的。"

典型 B 说："局领导专门调了几个才子一块儿帮我写的。"

典型 C 说："我的草稿，领导又指派人改了一遍。"

典型 D，即那位文学爱好者说："我全是自己亲手动的笔。比我写小说快多了。"

家伙又问："我挺佩服你们不拿讲稿能一口气讲完自己的事迹。平常开会发言也这样？"

典型 A 说："哪敢呀。我背了半个多月，排演第五回时，还把'但是'念成了'于是'。"

典型 B 说："感谢上级领导关心，还给了十天假背诵稿子，讲得好是党培养的结果。"

典型 C 说："背稿和念稿都一回事，反正是把你干的想的告诉别人。要我背我就背。"

典型 D 说："这样演讲好，能调动情绪。比方我讲到领导们到医院看望我时，我这时的情绪应该是热泪滚滚。要是拿着稿纸，就腾不出手来揩泪水了。"

家伙说："你们的事迹都大版大版的登了报纸。对这些文章，你们怎么看？"

典型 A 说："有些事原先也不知道是干好事，记者一写才明白。像我给楼上王大爷送牛奶的事，只想王大爷也常帮我烫头发。他的事帮一把是应该的。还有，班组小姐妹生病了我去看望的事，是因为我病了她们也都来看我。"

典型 B 说："我看了那文章觉得那是上级领导对我的信任，记者对我的鼓励。有些事不是我干的，有些话我也没说，但写上去是对我提出的新要求。我回去就干，就说，不辜负党和记者同志的希望。"

典型 C 说："那文章一写，我在厂里没法待了。每天一下班就有人叫我帮忙买煤买米管教小孩，再就是找我借钱。我出来演讲,正好躲一下。"

典型D说:"那记者文学水平太低了。我抓歹徒时,明明是一个箭步勇敢地冲上去,他却只写'一步冲上去'。我对那文章不怎么满意。"

家伙说:"能给我写两句你们的豪言壮语吗?"

典型A写道:"一定为四化贡献青春。"

典型B写道:"革命战士一块砖,党叫干啥就干啥。"

典型C写道:"做事要做这样的事,做人要做这样的人。"

典型D写道:"我是路边一朵微笑的花,愿为大地增加色彩;我是桌上一支红色的烛,愿为革命燃烧自己;我是树上一只辛勤的鸟,愿为四化放声歌唱;我是大海一排雪花色的浪,愿为航船奔腾向前。"

家伙看完典型D写的那几行,心里刚想着骂一句"他妈的"好像还不过瘾时,演讲团负责人过来,一看,立即怔了。好一会儿,才说:"好,好,这是小花精神、红烛精神、鸟儿精神、海浪精神。"激动得引来好几个人围着那豪言壮语。负责人又说:"找人抄一份,到音乐学院请最好的教授写曲子。"然后握着家伙的手不断感谢家伙挖掘出了先进人物内心最美好的东西。握得家伙的手湿腻腻的。便偏过头连问典型A哪儿有自来水。

回来向老吴一汇报,老吴拍腿大叫:"好!就写那个典型。主题歌就用豪言壮语。"并立即指令家伙深入采访。家伙说:"那典型本人是个文学爱好者。叫他自己写剧本会更有分量。"老吴说:"家伙家伙,你脑子真快。全国电视台都还没这样的纪录。自己写自己,用自己的豪言壮语做主题歌。对了,可以要他自己演自己。付了稿酬就不必付劳务费了。"家伙说:"没错。"

事情就这么定了。老吴在全部会议上大大表扬了家伙。家伙那天晚上上馆子吃饭时便买了一瓶酒。

出门时，服务员指着她的背议论说："这女的喝了八杯，醉了。"

家伙想还不知道谁醉哩。

七

家伙不晓得是自己越来越有趣了，还是世界越来越有趣了。那天她去商场买橘子汁。售货员微笑着不厌其烦，说话的声音优美动听得像流行歌手在台上自报家门。家伙不晓得自己为什么心里发怵，总觉得那笑容和那声音美好得让人怀疑橘子汁不是橘子做的而是什么金黄广告色和自来水配的。欲买橘子汁的几个顾客也都狐疑地相互望望，没敢买。家伙也没敢买。后来家伙去看电影，不料被告知不放了，因为只卖出十三张票。接下来便又进了一家咖啡厅，总觉得这玩意儿开在中国难得赚钱。家伙想为人民做点好事未尝不可，便要一杯最贵的。可卖票的女孩子怎么都不理她，只顾低头数钱。家伙火了，大叫一声"你聋了？"那女孩方抬头，说："你瞎子？"家伙说："我买咖啡。"女孩说："说你瞎你还不知趣。八点下班，现在都七点四十五了！"家伙正欲驳斥，有人请她让让脚，她才发现服务员已在抹桌扫地了。一个服务员正托着抹布守在一对情侣旁等他们喝完。而这一刻那男子的手正搁在那女的腿上来回地摩挲。

家伙常想妈妈生她下来是不是就是要这个世界同她过不去。她坐火车，离终点还有两三个小时，乘务员就来收拾床单，折叠毛毯，弄得一车厢灰扑扑且不说，此后还只能坐在污迹斑斑的垫子上；她去住旅店，想换个干净被子，服务员说不管住过多少人，被子十天才一换。家伙想没准一个什么牛皮癣的男人还睡过，便只能和衣而卧。她去上馆子，饭还没吃完，服务员就催命似的喊："快点快点。"然后拿起扫帚和黑皮胶管稀里哗啦冲地，还把你旁边没人坐的凳子反扣在桌上。最有意思的是她去乘汽车，路上熄了火，售票员叫大家下去推，然后自己在窗口喊："一二，加油！"车启动了，可也一溜烟开走了，把她和推车的一帮人全搁在了半道。

扬码平日里正经得有些窝囊。但因为常出差坐火车常住店常被作者请或常请作者下馆子且也常在公共汽车上受些无端之气，对这些竟深恶痛绝。大放厥词说不晓得资本主义国家是否也这样。如果不是这样，那他宁可冒着被打成什么什么分子的风险也要承认资本主义比社会主义有教养。家伙立即批判他大可不必如此猖狂。再复述一遍，该打什么还是照样要打。那时想出差免费旅行，免费住店，有人请吃或有钱请吃以及公家出一大半钱买月票乘公共汽车之类的好处就全捞不着了。

家伙要买的气压水瓶，终于买到了。上海货。喜欢买上海货和不喜欢同上海人打交道的人一样多。上海人虽说小家子气十足但精明的他们做出的东西就是比别处强。不过这个气压水瓶倒没给上海挣多少脸面。拿回去装上水，跟婴儿撒尿一般，伺候半天，才稀稀地出一小注。家伙只好显得很没大家风范地去换一个。

家伙狡猾地拉上了小灵，有她那张脸，击败对手怕容易得多。

天下恐怕没有比售货员更擅长聊天的人了。哪怕柜台里只有两个人也能脸对脸地聊得热热火火如一台戏。且耳朵又严重失聪得总听不见顾客的叫唤。家伙同小灵轮换叫了好几遍。又不敢高声，怕说是态度不好。好容易边说着最后一句话走来一个售货员，家伙便把笑拼命地凝固在脸皮上。又是道歉又是赔礼又是检讨自己，最后才说明刚买的水瓶有问题，想换一换。自然是不肯。只得又将好话堆起来说,小灵说:"实实在在对不起了,下回买的时候我们就提一桶水来,试好了再拿。这次还请您辛苦一下,帮忙换换。她这个人是个作家,一向马马虎虎。"售货员说:"换了又发现毛病,又来换还让不让我们活?"小灵说:"就是个破胆也认了。保险不再来找麻烦。"小灵那口普通话太纯正,售货员终于认出是电视台播新闻的,便软了口:"这看你的面子,要不然,怎么都不会换的。"

走离柜台时,说了铺天盖地的谢谢,大松一口气。家伙说:"运气还行,得给这个售货员写个表扬,她连一句骂人的话都没说。"小灵说:"她胸前别了'服务明星'的牌子,到底还是强多了。"

老头子的《山上的海》后期录制终于完成。估计播出后影响不会太大,便商议开一个记者招待会并邀请文学评论界上下人物。老头子说没有一部好作品不是靠请人吹出来的。

家伙负责买纪念品。家伙自己是集邮迷,便买回几本集邮册,很漂亮精美。老头子看着集邮册眼睛发直,说:"家伙,这,这,怎么是这?"家伙说:"漂亮呀。"老头子说:"影集也还好说。这要了有什么用?"家伙说:"那您的一本就转送给我吧。"老头子翻来看看,屈指说:"粮票、油票、国库券、兑换券、煤票、洗澡票、机动票、布票、棉花票。"然后满意了,说:"家伙还能办事。"

招待会空前成功。评论家和记者笑嘻嘻地看了电视拿了集邮册发了言。有鼓吹亦有批评,共同的语言是:"有一定的新意。"最后宴请吃了一顿。席间自然觥筹交错,笑语喧哗。

糟糕了的是家伙。多吃了几个丸子。并不知那丸子是臭肉所做,放了五花八门的佐料,把臭味压住了,反显得比不臭之肉丸子更有诱惑力。一送走几十张油兮兮和红扑扑的嘴脸后,家伙的肚子里便开始了不那么高雅的活动。

这么一干便是五天。吃尽痢特灵黄连素土霉素四环素都不见成效,只好去吃氯霉素。不料又三天拉不出大便。便又吃果导片和猛喝蜂蜜水。通畅后却还继续腹泻。忽左忽右,像路线斗争一般。吃得卫生室没有药可供她吃了。医生方说:"还是去医院吧。"

只好捂着肚子到她最怕去的地方。大夫问了病史,便开药。连开几种,家伙均言吃过无效。大夫拿不出更好的,便说:"做个直肠镜吧。"家伙说:"怎么做?"大夫说:"今天先吃点泻药,明天空肚子来。"家伙说:"再吃泻药就只好泻肠子它自己了。"大夫说:"那就不吃吧。明天早上空腹来。"家伙说:"肚子早空了,快透了明。"大夫笑了笑:"那你现在就去吧。"

家伙终于发现医院还有一块寂寞之地。除了穿白大褂的人之外,杂色衣只三件。白衣人便三五一堆聚着谈笑风生。

家伙想不出直肠镜怎么个查法,便大怨自己之所以小说写得不出众实乃想象力不丰富所致。她把检查单递给一个满脸皱纹的女大夫。她记得电影里这种形象的人总是很慈祥很亲切。家伙问:"怎么查呀?"那女大夫说:"怎么查?裤子一扒,双膝一跪,屁股撅起,尽量把屁眼张开,好从那儿塞一根管子看你的肠子。就这么查。"她说罢,觉得自己口才不错,便得意地笑了。屋里笑谈的几个男女都哄然一笑。家伙等他们笑完,也笑笑。说:"您这医院还行。地净墙白。要是人嘴干净点就可以用'五讲四美'这个词来形容了。"

那女大夫盯了家伙一会儿,指着布帘后的床,说:"上去。不过话要说在前头,这儿有八个大学实习生。一个个观察,可能要慢些。你到时耐心点。"

家伙吓一跳,见那八人之中有六人乃五大三粗之男子汉,便不敢想自己撅着屁股让他们通过屁眼观察肠子的情景。又想即便不考虑性别问题,可大学生文学爱好者甚多,碰上一个恰看过自己小说又偏爱写什么印象记的人那就彻底完蛋了。上回有个什么杂志编辑就是。只跟她说了五分钟话,便回去写了个什么印象记。把她说的叶子导演的电视剧让人觉得白痴干导演更合适的话也写了进去。弄得叶子认真找她谈了一次心。而那句话是她谈到叶子时的一句幽默。是熟朋友之间笑闹着相互攻击的话。那编辑去头去尾只留了一句。幸而叶子听罢她的叙述,哈哈一笑了事。这会儿,家伙觉得出名实在是件丑恶的事。

家伙说:"还是不必让别人观察吧?"那女大夫说:"都像你这样,干我们这行的不是要绝种?"家伙说:"哪能呀。像我这样思想落后的人毕竟还少嘛。要相信大多数病人都是开明的。"那女大夫说:"少拐弯抹角,看不看?"家伙说:"当然看。"那女大夫说:"要看实习生一起看,要就不给你看,你自己决定。"家伙说:"您大概从来没当过官,拿着这点权力到我身上过过瘾。不看就不看,大不了一个直肠癌。跟您说,我连肺癌都得过,还怕那?"说罢便走。

刚出门,几个实习生追出:"同志,你还是看病要紧,我们不进去。"一个女的说:"按道理是应该先征求你的意见的。"家伙说:"算啦,叫她看我还不放心肠子。她整个没把人当人,没准像灌香肠那样给我插几下,我还没法提裤子跑。"

家伙想,病总还得去看看。于是便想到丝瓜。不料急急赶去后,门诊室的吴猴子告诉说丝瓜被拘留了。家伙问缘故。吴猴子说丝瓜他老婆给丝瓜生了个女孩,丝瓜一怒把那女孩扔到郊区农民地里了,且还没给他老婆买一只鸡吃。他老婆便告了他。吴猴子还是给家伙开的黄连素。又说:"你跟丝瓜是同学,又有名气,肯定认得省里的大官。救死扶伤一次给丝瓜求个情。"家伙说:"那好像不好办吧?有法律在那儿哩。"吴猴子说:

"法律有个屁用。法律也是人定的。关键是人。"并举了例。哪个哪个的儿子犯了什么什么的流氓罪,只判了两年还监外执行。有路子阎王爷那里都走得通,别说一个小监狱。那儿子眼下就悄悄地办什么环球公司干得欢着哩。家伙便说:"全中国我就认识一个警察,在十字路口岗亭上。被没收了驾照可以帮帮。"吴猴子半天没说话。见家伙要走时,方冷笑一声,说:"我和丝瓜倒没什么深交,倒是你们同学一场,怎么都该在危难时扶助一把。"一席话叫家伙哑口无言。便支吾着走了,连药都没取。

晚上,竟有一个老太婆来找家伙。一直找到了集体宿舍。泪涟涟的,见家伙就磕头。吓得家伙以为哪儿来的个神经病。半天才弄清原来是丝瓜的妈妈。要家伙去替丝瓜求个情儿。少判丝瓜几年,她有个盼头。老太太再三强调家伙一定要找人说明丝瓜家里有个八十岁的老母。土匪剪径都不杀有八十岁老母的孝儿,新社会政府还不如土匪?小灵一旁听得捂着嘴不敢笑出声。家伙连忙说去试试。叫了扬码,将那老太太送了回。回来一路,笑得肚子疼。一疼之后,腹泻便就此打住了。

家伙去看丝瓜时,丝瓜挺高兴。家伙说你怎么气色还这么好。丝瓜说,怎么不。还说已经托他姐夫的弟弟的老丈人去说情了。丝瓜说:"洪伯伯上下班都是小车接小车送,一句话管一大片人。我这还不就在他一句话?"家伙说:"你把自己的亲生骨肉弄死了,就不心疼?"丝瓜说:"我妈就我一个儿,传宗接代全指望我。这是大事。心疼也得顾全大局。"家伙说:"这下好,顾到监狱里了,没准毙了你。"丝瓜说:"怎么会?国家医院里打胎刮孩子不都是人命?我不过就是晚几个月动手而已。"家伙说:"说得好轻巧。"丝瓜说:"可不是。牢还是要坐几年的。苦是苦点,出去再娶一房,总归还能得个儿子。"家伙说:"还真豁达呀。"便又问在监狱里干些什么。丝瓜说:"能有什么干?哦,让学法律。"家伙说:"觉悟提高了一点吧?"丝瓜说:"有趣。有几个号子里的人是从重从严时候抓进来的。一学法律就闹着上诉,说是按几款几条他的罪只该判三到五年,结果给判了十五年。"丝瓜笑了一阵子,又说:"幸亏我老婆是从重从严后才生小孩,要不我肯定得多蹲好几年呢。"家伙说:"你老婆跟你离婚了?"丝瓜说:"嗨,别提。她不肯。她厂里妇联的人都要她帮助我。等我回来。还说宁拆十座庙不拆一件婚。真他妈运气差。"家伙说:"那你怎么办?"丝瓜说:"当然离!不要说是她把我告到牢里来,就凭她家一串女儿全生不出儿子这一条,我也算是不会再要她。"

两人愉快地分了手。临走前丝瓜才问:"你怎么知道我在这儿?"家伙说我找你看病来着。丝瓜这才想起来问:"你的瘤子是良性的么?"家伙说:"没有瘤。可是是恶性的。"

八

家伙感到自己的才思已经被稿费榨干了,只剩得一张吹牛不含糊的嘴。每回开会都笑着跟瑛瑛说:"这回看我的。把阿城何立伟之流全镇住。"瑛瑛说:"这个问题嘛——我这个人一向很直,这你知道。有时说话难免不中听。不过我对这些也不在乎。管别人爱不爱听。阿城的小说论字还没我的五分之一多,而何立伟的也不到我的三分之一。"

有一回,又开会,还住在一个宾馆里。家伙又跟峰峦说了"看我的"之类的话。峰峦鼻子耸了一下发出一哼,方说:"你要镇住我就直接点名好了,何必又扯人家阿城何立伟什么的。"家伙说:"你以为我还没镇住你呀?简直是错误估计形势。"峰峦听得直怔。

偏那一日开会还拍了新闻。去的新闻部那伙计同家伙熟，便私下给家伙推了几个大特写，晚上播出时，家伙找人吹牛去了。十点方回房间，路过会务组，听得峰峦在里面责问为什么给家伙的镜头有十七秒之长，比省里领导的还长七秒，是什么用意？又说："我知道有人在搞我的鬼，但是我根本不怕。"

家伙便推门进了去，说："真格的是有用意的，你不知道？"峰峦说："不知道呀。作协好多事都瞒着我故意悄悄干。"家伙说："省作协要推荐我去干全国作协党组副书记呢。你算算，该享受什么级别待遇？"峰峦说："你什么时候入的党？这简直是阴谋。我五七年就交了入党申请书。我知道有人整我。"家伙说："我五七年刚流放到人间。到这会儿还没写申请。这叫破格提拔。"接下去又说："看了你在《人民文学》上的那个小说，还行。一个错别字都没有。到底是北京，没人整你。"说罢便走。

其实那小说真写得棒极了。家伙想自己再怎么折腾也弄不到那种水平线上去。便又想就凭右派里出那么一大群来劲的作家，也得替五七年那场运动说几句好听的话。

苇儿出现的时候，家伙当真大吃了一惊。家伙正让一个瞎子算命，生怕人瞧见，恰恰在瞎子说她胆儿大，但唯独怕人的时候，苇儿叫了她一声。

家伙只得恋恋不舍地撇下瞎子，迎上去应酬苇儿。

苇儿说她是陪一位首长下来检查工作的，是坐专机来的。苇儿说了那首长的职务，叫家伙猜出他的名字。家伙想半天想不出。苇儿只好很不来精神地说出来三个字。家伙说："没听说过这人呀。"苇儿几乎有些愤怒了："连他都不知道？你怎么一点国家大事都不关心呢？"家伙说："国家大事轮着我来关心了，你们那儿的人怎么办？失业？"苇儿说："哎呀，跟你说不清，太小市民了。"家伙说："瞧,就凭这一句话,也晓得北京你没白待。"

家伙说："走吧,上我宿舍玩玩。"苇儿想了想,说："好吧。不过我只能在你那儿坐半小时。三点半有小车来这儿接我。时间太紧了,晚上还有个宴会。省里各级领导都要到场。你不知道,你只要有一点才华,领导就拼命要你干。这次到下面来,我累得不得了。"家伙说："还挺有伟人风度哩。猴子总算变成人了。"

半个小时太短了。苇儿来不及屈起手指一个个数她交往的政界名流,便从书包里拿出一本彩色相片夹。

第一张相片便把家伙唬住了。苇儿笑得幸福的脸之右边,是中国顶顶有名的领袖人物。家伙不由抬头望望苇儿,见苇儿正迫切地等待她的询问,便低下头,很随便地翻了过去,心里暗笑。后面也全是显赫的政界人士,数得出来的名人。苇儿几乎同他们每一个人都合了影。又娇憨、又纯洁可爱地站在旁边,脖子还是缩得很适度。原先最得意的几张同文坛名流以及电影明星的合影,便夹在了后面。最后一页全是同大鼻子蓝眼睛的洋鬼子的合影,苇儿站在他们之中,挺像高头大马脚边立了一只牧羊犬,不那么伟岸。家伙翻完后,递给苇儿,说："知道不,瑛瑛正式调到作协搞专业了。"

立即见苇儿一脸沮丧。苇儿说："是吗?"家伙说："峰峦在《人民文学》上的那个短篇真棒。"苇儿说："是吗?"家伙说："我们电视台要给我分房子了。"苇儿说："是吗?"家伙说："民以食为天,以住为地。"苇儿说："是吗?"家伙说："你是昨天到的还是今天?"苇儿说："是吗?"

苇儿的脸都痛苦地变了形,说话也没了准星。家伙便想自己是不是太残忍了,便又要过苇儿的相片夹,翻了开,指着一个同苇儿差不多高的女孩子,问："这个女孩长得不怎么样,是谁呀?"

苇儿脸上顿起春风,眉眼也立即生出光辉,说:"你不知道她?"便翻开相片夹第一页,指指那最显赫人物说:"是他的女儿呢。她还在报纸上写过她爸爸的文章。她跟我关系好得不得了。"又说那第一张照片拍摄的过程。家伙问:"你一共洗了多少张?"苇儿说:"只洗了几十张,亲戚都不够送。不过,我可以送给你一张。"家伙说:"免了吧,我没影集夹。"苇儿说:"买个小镜框最合适。"家伙说:"那是给男朋友留的地盘。"

苇儿一发不可收拾,一页一页介绍。直到家伙已经分不清相片上是动物还是植物,只有一片片红红绿绿地晃来晃去,苇儿还不肯罢休。

家伙看看表,说:"哎呀,三点半早过了。"苇儿说:"没关系,司机不敢不等我。"家伙只好说:"我要拉肚子了,你稍等一下。"苇儿便说:"那我得走了。说实在,我们班好几个人约我聚会我都没同意去。"家伙说:"我知道你挺给我面子的。"苇儿说:"哪里哪里。你别客气。"

出了门老半天没见着小车。家伙问苇儿:"你现在不写小说了?"苇儿说:"怎么不写,欠好多稿债。我太醒目了。老是有编辑来找。"家伙说:"可不。"苇儿说:"有一回《花都》杂志的主编还亲自来过。要我无论如何支持他,还说稿费从优。"家伙说:"那你趁机把小说写得长长的。"苇儿说:"我哪里有这么低的格调?"家伙便暗为自己的低格调叫声"惭愧"。

车始终没来,苇儿只好乘公共汽车。家伙送她到车站。人偏多得出奇。过来一辆,家伙说:"时间太紧的话,豁出去挤一次还能减肥。"苇儿说:"我都不习惯挤车了,总觉得人要这样显得挺野蛮。"家伙心里掖了老半天的那句"他妈的"几乎要脱口而出。忽而她说:"不行了,我来不及了,要屙出来了。我得去那儿。"苇儿立即说:"快快快,我不用你担心。"家伙说:"那就不送了。"苇儿说:"下次回来我尽量多抽点时间来看你。"

家伙想,再多跟苇儿待一小会儿,胃里的东西准会整个儿倒出来,而中午恰恰吃的是韭菜炒鸡蛋,家伙最喜欢的菜,自然舍不得。

《花都》杂志每期都给家伙寄刊物。《花都》的主编道貌岸然像个学者,眼珠却爱贼溜溜乱窜。家伙想管什么眼睛不眼睛,能给刊物就是好主编。

那天,家伙收到《花都》,见有苇儿的大作《男仙儿》,挺长的吓唬人,便想苇儿果然还是不顾低格调地把小说拉得无限长了。立即拜读。

读罢,好一阵发呆,苇儿编了个下流故事,却在介绍女主人公时套用了家伙简单的历史:年龄性别干什么活儿写过什么小说。让相当数量的人一看都会以为苇儿写的正是家伙的隐私,而家伙可怜得比这肤浅得多的浪漫史都没有。

干得太漂亮了,苇儿。家伙想。这回苇儿真格儿抄到背后来了个最厉害的袭击,让家伙呛得哭笑不得且说不出一句话。

瑛瑛见了家伙说:"家伙,还有这一手?那男的是哪一个呀,透个姓名。"

峰峦也说:"苇儿的文学是下流了些,不过,你总有点什么吧?"

家伙说:"我要有那经历倒是我的福气。"

便想连峰峦都觉得苇儿有那么些下流,苇儿可怎么再扮得像天使般纯洁。渐渐地,为苇儿担心起来。

九

《山上的海》播出后比随便一个什么人放的屁要有影响得多。那屁顶多只有些臭气叫周围的人皱眉或屏住气不呼吸。而

白 梦·049

《山》剧却引来了三封群众来信。还有一封由黑龙江漠河来,可见影响的广远。

三封信中,一封问男主人公身上的那件丝棉袄哪儿有得卖;另一封信说能否把演女主角演员的地址告诉他,她和他理想中的知音一模一样;第三封信便是漠河的。热情洋溢地赞颂了《山》剧一番后,下文是:"我激动地写出了这部剧的续集,望贵台能采用。这样精彩而有分量的电视剧如不拍续集就太令人遗憾了。"

老头子叫家伙将这三封信综合一下,写成百字小文给《电视周报》。家伙问清有稿费便琢磨着把百字弄成三百。开头导语是:由本省电视剧著名导演、老艺术家亲手执导的电视剧《山上的海》播出后反响强烈。不少群众观后辗转反侧夜不能寐,欣然提笔,写来一封封热情洋溢的信,鼓励导演和演职员们再接再厉。家伙想报纸若不说大话怎么叫报纸?只要老头子肚子不疼就什么都可不在乎。然后便写信的内容,归为三条:一、关于电视剧服装协调的问题;二、关于女演员表演动人的问题;三、摘了信中原有热情洋溢的句子。结尾是,群众一致要求拍出续集,编导们正在考虑如何满足群众之需要。

送了周报后,家伙便等着拿五元稿费以便晚餐到饭馆可点一至两个稍好一些的菜。

叶子他们回来的时候,一个个全都眼圈发黑颧骨突出面黄肌瘦兴高采烈。老吴称他们为高速度高水平,叫家伙用红纸写了个表扬,贴在电视厅大门最醒目之地,让全厅人一上班都能看见。果然,厅长一清早就打电话到电视剧部表示祝贺和慰问。祝贺承包制获得成功,慰问全摄制组的演职员。

家伙暗跟大牛说:"这回没听你吵着买这泡沫那夹板的呀?"大牛说:"可不,省几个钱是自己的。"家伙说:"每人分赃几百?"大牛说:"太他妈的不公平了。叶子拿五百当然没说的,副导演凭什么拿四百五?我都只拿四百。他妈的剧务算老几?拿了三百还不服,跟我攀。"家伙说:"谁定的?"大牛说:"制片主任呗。"家伙说:"他多少?"大牛说:"还会比五百少?加上揩得些小油水,绝对不止。"家伙说:"算啦,别一闹矛盾把钱弄得又干净不了。"大牛说:"那也是,只当自个儿拾了四百块,不看别人。他妈的!"

不过这事终究还是闹了。剧务和化妆都认为不公平,告到老吴那里。老吴一听分了那许多钱,立即上了火。勒令上缴一半,然后平均一分摊。他自己也轮了一份,当然也推辞过几次。剧组人员本来相互斥责,终又把矛头一致对准了老吴。

无论如何,钱比先一次拿得少得多,尤其制片主任。一伙人便纷纷说:"再不搞什么承包制了。"好些天,剧部里上班的目的就是为了下班。

家伙和灯光皮匠两人是在上缴钱之前敲了叶子扬码和大牛三人的竹杠,连连三夜吃得腹犹果圆,嗝声如雷。

那天,老吴给家伙介绍个男朋友,约好下午七点碰头。想到苇儿在小说里来劲地大谈"女光棍"如何如何,也得不辜负她才是。苇儿是很得意地拥有了男朋友。原先是个留学生,在美国。这中间,她像买货一样,左手拿着一件右手还在挑别的。后来又挑了一个,便把左手的搁下了。苇儿现在的男朋友据说也是个显赫人物。老吴送家伙出门时,叮咛再三,说是那人虽离过婚,但没孩子。而且住房宽得很。你能找到这样的人已经相当不错了。当然也别自卑。家伙好像记得丝瓜也劝过她别自卑。原先没想过。听了这些话,便真的觉出货卖不出去的自卑。老吴又说一定得讲清你每年千多块的稿费收入,镇住他。家伙说:

"没问题。"

那人倒是气宇轩昂得像个什么香港大亨。见家伙开口便言:"说实话,也只有我这样的人才肯要你这样的。"家伙说:"我是什么样的?"那人露出一副你连这都不晓得的神气,说:"大龄女知识分子呀。除了啃书本,屁事不会干。我是因为自己没拿着初中文凭,想找个文化人,总归是有好处。"家伙想这人实在可爱。便说:"我会写小说哩。"那人便说:"写小说有什么用?到我们厂问问,有几个人看小说。"家伙说:"你们不看没关系,可我能写就能每月拿差不多一百元左右的稿费。"那人说:"真的?这么多?"家伙说:"可不,若出集子,两三千都不止。"那人说:"工资照拿?"家伙说:"当然。不过我工资少,就九十几块。"那人说:"九十几?"家伙说:"低薪阶层。"那人说:"我们的事,今天能定吗?"家伙说:"看你的胆量。"那人说:"找老婆,还有什么不敢?"家伙说:"做决定了?"那人说:"定了。"家伙说:"有一点事,很小的事,得告诉你。我有五个情人,是采访武术队时认识的,他们说了,谁同我结婚就要把谁揍成残废。去年一个是正准备和我拿结婚证的头天,被揍得肝破裂。用气功弄破的,一点外伤都没有。"那人便说:"我,我今天还有事。"家伙说:"如果定了的话,我想要你今天见见他们。"那人说:"不不不。"走时还用手捂捂肝。

回来说给小灵她们听,都笑得一个个滚倒在床,半天伸不直腰。尖叫着"太棒了",让家伙的耳膜好一会儿疼。小灵说:"那人准会以为你是个什么黑手党的成员。"家伙说:"如果他知道黑手党倒也还行。可爱的是他肯定不知。"

正笑着叶子来找,问清见面的情况,叶子说:"把老吴头嫁给他。老头子一月工资一百五十多哩。"家伙便说:"这回拿了把柄,到老吴头那儿讨好有了货。"叶子说:"没事儿,老头子要退了。"

问叶子来找有何事。叶子说:"快帮我去编编片子。"家伙说:"抽什么风,不是下午刚编完吗?"叶子说:"别提。领导审查时说葵花嫂是个正面人物,还是不死好。"家伙说:"人口都爆满了,死了是为革命做贡献。"叶子说:"帮帮忙,干一宿,让大嫂活了吧。"

素材带葵花嫂活着的镜头还多。凑上几段没问题。演员回北京了,没法配音。家伙便说:"葵花嫂虽没死,可嗓子不能说话了。用画外音说明。"叶子说:"没错!"

早晨六点干完,一收拾便是七点半。蹒跚着打起呵欠进办公室。刚进门,叶子有电话。说完话,家伙见他软坐在椅子上,不像个活人。

家伙说:"你老婆?"叶子说:"要命!"家伙说:"怨你一夜没回?"叶子说:"是这倒好了。上面的。说是昨晚考虑再三,觉得还是让葵花嫂死了更悲壮些。"家伙说:"瞧这领导不人道的。"

总编室没安排剪辑时间,想干还得晚上熬夜。叶子说:"睡觉去。"

晚上人下班时,叶子和家伙加了剪辑师又上班。通宵恢复原样。清早便醉酒一般到宣传部,请部长们审看。上下集。完后,副部长之一说:"结尾处理不合适吧。葵花嫂这样的英雄最好让她活着。死了对片子并没什么特殊意义吧。"

泛出一片和声。老规矩是一人提了意见,剩余的必然附和。傻瓜才会为一个小小的电视剧中一个小小人物得罪自己的共事者或对手。叶子只想找一个软一点的地下去晕倒。偏偏那地全是水磨石,只好硬直了腰听下去。

于是又一个通宵达旦。再出门时家伙发誓要睡三天三夜再起来。

老头子当然不会拍《山上的海》的续集。眼下正忙碌着一部三集连续剧。用老吴的话说:"这是个可以拿金鹰奖或飞天奖的题材。"

这回的编剧同老头子绝不沾亲带故。他是个什么东方开发公司的副经理,有一串亲戚在美国。他绝没似小人讨好般给老头子送任何一点礼,只是顺便把老头子的小女儿从曲艺团弄到美国去自费留学了。老头子可以说是秉公办事。他退掉了先前那个已定好的写农村改革的剧本。不顾及那编剧每年必定送上门的黄花菜木耳花生米以及一个腌得紫红的猪头的情面。

老头子分镜头写完了,便去请家伙当责任编辑。电视剧部有明文规定,没有责编的剧本,一律不许拍。老头子说同家伙合作很愉快,便还是找家伙。家伙一切由他们折腾,并不多管。反正连剧本都没见着面,多挂一个名也不会得感冒。

老头子说:"这回得来真格的。"家伙说:"怎么真法?"老头子说:"这是个英雄题材,是我们时代的英雄。要表现这种英雄气概,必须实景实拍。比方冰窟窿救儿童一场,就得来真的。"家伙立即觉冷,问:"演员肯?"老头子说:"搞艺术连这点献身精神都没有?"家伙说:"小孩呢?"老头子说:"可以搞搞募捐。这么大城市,未必没有几个思想高尚的家长?"

当下便派了三五个剧务外出募捐七至十岁的孩子。不料报名者竟有些踊跃。父母们迫切要让自己的孩子十岁之前成才的心情委实伟大而崇高,有豪言壮语云:"要想孩子早日成才,就得让他吃吃苦头。冻一冻算什么?比起当年小红军爬雪山过草地这简直是享福。是当年小红军的父母支持他们出来干革命,才有他们今天坐小车住洋楼的好日子。我们应该向那样的父母学习。"一席话不蔓不枝铿锵有力掷地有声。便拍板定了豪言壮语者之子。

起先演英雄的演员不干。老头子做了思想工作之后,答应另付劳务费三百元,又说把这个英雄形象刻入人民的脑海中后,这辈子就够了。演员方抖擞起来。

拍"冰窟救孩子"那天,家伙去作协开会了。为此没见着老头子"真格儿"的场面,后来听说极伟大悲壮。那小孩在冰窟窿里挣扎着又哭又喊,喊得岸上的母亲顾不得豪言壮语而号啕起来。英雄跳入水后,才想起自己并不会游泳。呛得几口,同孩子一起叫:"救命呀!"摄像机立在冰块上。摄像的手哆嗦个没完了。监视器里的镜头摇晃如醉了酒一般。老头子急得一跺脚,大喊:"稳一点!"不料老头子内功厉害而脚下那冰块挺不坚强。一退缩正好把老头子陷了进去。摄像连三脚架机器扛了便跑。机器是借来的,且是高档货,自然比人贵重得多。站在岸上看热闹的剧务、灯光、美工以及群众演员这才觉出不妙,纷纷战战兢兢上前营救。立即送了医院。打了感冒预防针,喝了姜汤,方百事全无。那欲学小红军的孩子再也没露面。大牛和皮匠站在路边说给家伙听,家伙笑得过路人皆以为这女人嗓子出了毛病。

十

那天,家伙到宗教管理处去。她找佛教协会的一个理事采访。家伙搞不清自己怎么去找干这行的人采访。那理事不在,便请了一个人去寻。家伙坐在一边静候。

对面一张桌前,一个和尚正愤愤不平地同另一人说什么。家伙无聊,便侧耳听。听得那和尚颠来倒去地说着一句话:"应该提我当方丈的,怎么提了他。我比他早进庙好几年呀。"老是这么几句,便越发觉得无聊。没等那理事来,家伙便起身走了。

那晚上,家伙做了一个梦。茫茫的一片白色。除了那白,什么也没有。早晨起来家伙想怎么会什么都没有呢?至少有我的眼睛呀,要不怎么能看见那白呢?可家伙又清楚地记得的确什么都没有。

渐渐地,家伙想,有趣,太有趣了。

1986年3月于武汉

闲聊宧子塌

一

春上，宧子塌来了个陌生客，手里拿起盖了乡政府红戳子的介绍信找到村长秦老大，说是要收集革命民歌。

秦老大便引他去找胡幺爹爹。一路上不停嘴地说胡幺爹爹是方圆百里内最有名的歌师傅，歌唱得有得人可比。虽说而今上了七十，但唱三天三夜不歇嘴是常事，尤其孝歌唱得好。

陌生客听哒好高兴，连咂嘴说："太好了，太好了！"

陌生客是省里来的。胡幺爹爹一听他口音就晓得这个人来头不小，忙把笑堆得满脸。沟沟畔畔的皱纹横起斜起地扯起到耳背后。"要唱歌，喏您是找对哒人。全荆州也冇几个人唱得过我。前年新堤镇上有个伙计的老子在香港死哒，还专门请我坐飞机去那里唱孝歌。香港是阶级敌人的窝子，我是贫下中农，去了还有活路？跟您呐讲实的，新堤那伙计流起眼泪下哒跪，我也冇答应。这个立场我胡幺伢还是有的……"

秦老大说："幺伯，那时您不是正病倒在床吗？"

胡幺爹爹忙咳两声："是病，是病。不病也不得去呀！两码事。"

陌生客笑哒。问胡幺爹爹能唱革命民歌不？胡幺爹爹问："么事为革命民歌？孝歌算不算？"

陌生客说:"孝歌不算。"

"哭嫁歌?"

"也不算。"

"秧田歌?"

"不算。"

"打硪号子?"

"不算。"

"小调？这是情歌,怕也不得算。"

"是不算。要有打土豪分田地,或者跟红军闹革命的歌。"

"那我就唱不到哒。"

"别的老人家会不会?"陌生客转脸问秦老大。

秦老大说:"您稍歇,晚上我把村里的老人家都找起来。"

"我都唱不到,别个未必还会？咄。"胡幺爹爹说。

村里难得有新鲜事。天还刚擦黑,一个个老人家就到小学的教室里坐起哒。

宦子塌离荆州城百把来里,算是正宗的楚天楚地。楚人善舞善歌,古书上也都记得有。"下里""巴人"唱起来,和者数千。宦子塌一带的老人家自然开口也都喊得几段。打硪、搬运、划船、赶马、采茶、放牛、榨油、抬轿、栽秧、薅草,口里都喊,号子打得地动山摇,五句子喊得遍野回音。连女将们做衣、绣花、纳鞋也是手上做起,嘴上哼起,一支支的小曲,叹四季,想五更,十二月对花,十二月想郎,十爱十恨十怨十骂,哀哀切切凄凄婉婉,唱得一个个的男将们心里麻酥哒。

不过,经陌生客一说,老人家们都讲唱不到革命民歌。

陌生客紧说:"再想一想,再想一想。这里距洪湖虽是有些远,但总还是属于老革命根据地的地盘。"

老人家们互望望,不讲话。不晓得为么事,宦子塌竟是冇来过红军。

末后,田七爹爹站起说:"我这一个不晓得算不算。"

所有的爹爹妈妈都直了眼。从冇听讲过田七爹爹会唱歌子!怕是日头西起东落哒。

陌生客赶紧说:"唱唱看,唱唱看。"

田七爹爹居然就唱哒。声气还蛮大。

　　五洲高岳首推亚细亚,
　　俄罗斯对红海西向欧罗巴。
　　太平洋隔北美科斯依罕加,
　　西洋大陆隔东海亚非利加。

　　帝国主义势力没多大,
　　钱虽多人很少全靠拿租押。
　　我革命他反动每日来交战,
　　武装暴动消灭他大家享荣华。

陌生客笔头子写得飞快。写完问:"科斯依罕加是指什么?"

田七爹爹脸一红,说:"不晓得。"

"那,亚非利加呢?"

"也不晓得。"

老人家们先前好安静,听得田七爹爹连答不晓得,一个个都笑哒。胡幺爹爹"嘎嘎"的声音最大,像湖上的野鸭子叫。

陌生客笑完问:"您过去在革命队伍里干过吗?"

田七爹爹冇答,胡幺爹爹抢起说:"他呀,在国民党里当勤务兵。"

又是"嘎嘎"的笑声。

田七爹爹板起脸,恶似的横了胡幺爹爹一眼。

"没有关系。国共又要合作啦。"陌生客说。

冇哪个弄得清国共合作为么事,只晓得陌生客抄了一个"革命民歌",第二日一清早连饭都来不及吃,就赶早车走哒。

二

一村人对田七爹爹都增了些敬意。但近些日子,田七爹爹却发怪哒。一早起就蹲在河边看水,还呆想。眼光直直的,让人不解。其实田七爹爹眼皮底下的河水跟往日也冇么事差别。还不是悠悠转转,泛几片青叶杂草,再鼓鼓污水泡泡?自打四湖总干渠跟洪排河挖了过后,河道被分隔,班船也不开哒。只时不时蹚来几条划子,划子上一两个人不声不气地摇橹,吱吱呀呀地又蹚出眼界。

这条河就是荆河。蛇一样在长江和汉水之间爬了无数年。荆河两岸的景色算不得么事美。

田享生去秦家妣妣屋头替喜贵剃头,秦家妣妣问:"享生,你七伯么样哒?"

享生说:"不晓得。"

秦家妣妣说:"怕不是要去哒?"

享生说:"捏不准。人老哒,心思麻乱。"

秦家妣妣说:"买多些好吃的,孝敬孝敬老人家。"

享生说:"那是。"

享生是田七爹爹的儿。宦子塆称父亲为"伯",且一律按排行称谓。田七爹爹是二房的老四,与大房的三兄加起,是为老七。享生会说话起便称的是"七伯"。

村里的老人家多是各自居家编芦席和筐篮。这几日也坐立不安哒。碰了面,都说老七怪哉。议了几天,突然悟出荆河里怕是出了么事稀罕。

秦家妣妣一领头,一个个老人家都慌哒,呼儿唤孙地颠颠起爬上河堤,扯直了颈下的老干皮,勾倒花花的一个个脑壳,往河里张望。

直到颈子酸。

"见到么事?"有人问。

"冇哇。"有人答。

"怕还是有么事,看老七的呆相。"有人说。

"只怕是。"有人附和。

秦家妣妣说:"我们宦子塌的水一古是有仙气的。"

"那是。"胡幺爹爹说,"我宦子塌的水向来不凡。"

"为么事?"几个给老人家当"拐棍"的伢儿都抢问。

"想当初,"胡幺爹爹立即摆起古来,"咸丰皇帝时候,有一日,无风无雨,日丽天和,塘里湖里的水都自家跳起来哒。嗬,六七尺高,左边跳起,右边塌下,边边跳起,中间塌下,闹了个把小时。"

"后来咧?"伢儿问。

"后来一村人都跪倒磕头。结果来年宦子塌大发,五谷丰登,人畜兴旺。还考出哒一个秀才。"

"叫么名?"一个叫木瓜的伢问。

"告诉你也不认得哒。是我胡家的一个先人。"胡幺爹爹说。

"湖里水跳,是地震吧?"木瓜刚上小学,人精,晓得一粒粒事。

"不是,是龙王翻身。"秦家妣妣说。

"哦——"木瓜懂了。

爹爹们没见出河里有么名堂,只得回。

却不得了个木瓜。

以后,木瓜一放学,连书包都不放,笔直颠到河边,眼睛死死盯住河。他晓得田七爹爹做么事看河哒。

村里好多人惊:木瓜那个小精怪么样也看河哒?

也不晓得龙王几时再翻身。

三

要说宦子塌这个地方的水有仙气,只怕是真的。听讲县志上都有得记。冇弄清么朝代,湖南一个商人撑船由长江入了荆河。船上装满瓦罐子。天黑下哒,商人在河边找了个湾湾泊船歇夜,把竹篙子插入水兜里固好船。第二日清早一起,商人抽篙,不由大吓。竹篙发青哒,尖尖还冒出几片细叶。他一时不晓得如何好,连连倒退,退到船边不小心落到河里。船也翻哒,一船瓦罐子都沉入水底。商人扳起船,飞起往屋里赶。他晓得,这个位子风水不得了。一家伙举家迁到河边的小岗上落户。还给岗子起名为"罐子岗"。此处果然风水不凡,冇过几代,商人屋里就有儿孙在朝中当了官宦。官宦来年回乡,执意把"罐子岗"改成了"宦子岗"。

宦子岗处在云梦泽东南的长江泛滥平原上。河湖环周,水路四通八达。前有荆河,后有汊湖。渔舟商船时常挤满河道。过往行人,有时可从一条船跳到别一条船直走对岸。连荆州城里人都晓得:要想鱼吃伤,只去宦子岗。据说那些年头,宦子岗三里半长街,有门就是店。渔行、粮行、杂货、熟食、榨坊、染坊、槽坊、肉案、药铺,都是隔壁哒隔壁。细伢们得扯紧姆妈的衣裳角才敢出门。

末后,洪水滥发。一年年不歇。

大水一来,呼漫漫淹到岗尖尖。方圆数百里,一时冲田成湖,一时退潮为田。不晓得几时,海大个太白湖不见了影,又不晓得哪年,冲出了上洪湖和下洪湖。道光年间,堤毁垸塌,上下洪湖就连成了百里大湖。再往后,贺龙领人在洪湖打游击,把个洪湖打得世界出了名。

宦子岗离洪湖蛮远。在沧海桑田变幻中,倒是冇冲成湖。只是岗子好像一次大水冲一层土般,一年比一年低。百姓人户为了宦子岗好风水,逃难出去又寻了回来。一年大水过后,突然发现宦子岗已经凹下去哒。其时最有学问的胡家秀才,立在河边,仰脸长叹:"何处宦子岗,唯见宦子塌。"

凹土为塌。宦子塌就这样叫开了头,一直叫到而今。

老人家都说,自从宦子岗变成宦子塌以后,这里的风水就走气哒。打比说,邻近的雀儿剅、将军垸、袁家台,对河的虾形塌、红花剅,哪个村子都出了几个人物。将军垸长征的老红军就有上十个,一人回乡,满村光荣。困难时,救济粮、救灾款都分得多些。唯独宦子塌,一个能人冇出。先前田七爹爹在外混,都指望他会捞个一官半职,不想也是落拓而归。霉气的是,"文革"中有人追问田七爹爹在外头的年月干些么事,田七爹爹吞吞吐吐半天才说是当了国民党。问干何职,又讲是么事师长的勤务兵。硬叫一村人气得议了几日。那时,胡幺爹爹一搞就跟人说:"哎,就算是当了国民党,当个大官,也叫人好想些吧?他却恰恰只搞了个勤务兵;哎,就是当兵吧,也还是有升上去的机会,叫人也好想吧?他却冇等提拔就开溜哒。几冇得骨气。怕不是跟师长太太有点不干净被赶出来的吧?"田七爹爹气是气,却也冇得几多理由跟他吵,只是淡说一句:"你们哪晓得脑壳是么样保住的哟!"再问,死也不讲哒。

至今冇有哪个晓得!

宦子塝而今最大的官当到了乡里。秦家妃妃的二儿在乡政府搞副乡长。

宦子塝的街面也冇得哒,只胡幺爹爹的儿胡大富开了个小杂货铺。

胡幺爹爹常叹说,对先人不起。

秦家妃妃倒说是风水对后人不住。

四

胡幺爹爹一屋的瘦壳壳。自胡幺爹爹起,顺大富,到莲英,再到孙子胡天壮。比赛样一个个往下细,偏还又比赛样一个个往上长。田七爹爹一屋人,都精壮。四女一男。上两女,下两女,中间夹个享生。莫说腰圆膀大的享生,几个姐子妹子,顶细腰的也比大富的要粗。享生生就一张活嘴,舌头一弹就有话说。他一老晃晃悠悠到村头大榆树下高声大气说:"看幺伯,像门杠;看大富,像船篙;看莲英,像鱼竿;再看天壮,硬像是一根女人手上的纳鞋索。"胡幺爹爹大量,一笑了事。他也有笑骂田家的时候。大富冷心冷脸,一条心做生意,只要不亏他的钱,他只当冇听见。唯天壮怄得很。时有村里的伢儿,拍手跌脚跟起他身后唱:"天壮哥,麻索索;纳鞋底,一撮撮;手拉妹子唱情歌。"也不晓得哪个编的,天壮一律迁怒于享生。见享生,头一偏过了去,耳①都不耳。这其实倒冇冤枉享生。他到袁家台串村剃头,见天壮同秦家喜鹊子一路走一路疯笑,弃大路走林子,不蛮规

---

① 方言:理睬。

矩。享生忙回避哒,免他两个日后见他脸红。走远后还听了一句歌:"野猫思想笼内鸡,情哥思想姐房里。"是天壮的声音。回来编派天壮的歌,顺便暗射了一句。但宦子塌人并没从中悟出天壮跟喜鹊有么事勾挂。算起来,喜鹊十六,天壮十八,也是偷情的年龄哒。想想他享生那般年龄时,已经干过了三个女人。

天壮跟喜鹊相好有了半年。

天壮高中毕业冇考取大学,由县里回来,闲在屋,心烦。读了上十年书,自然也不想种田。天壮一个独子,胡家已经是两代单传哒。天壮自小被一屋人宠爱。废话多,脾气怪。胡幺爹爹还常说:"得亏你妃妃早死,要不,壮伢必是被娇得敢上堂屋屙屎尿。"

宦子塌三年中每年有一个考进县中读书的。头年是天壮,二年是喜鹊的哥哥喜贵,三年是村尾住的中花。这三个人也算是宦子塌的人物。平常寒暑假一回,衬衣上别管钢笔,前长后短地在村头大榆树下摆文,也神气得够哒。末后,天壮毕业,灰溜溜回村,那两个放假也不见影哒。听讲是在学校里赌起狠读书。

一日夜晚,天壮无聊,便起身出屋,跟姆妈说声到将军垸同学屋里玩玩。刚出门冇几步,迎面碰到喜鹊。喜鹊也说无聊,想玩玩。两个人就一起往将军垸走。

喜鹊冇上过学,在乡里砖瓦厂打土坯。自小跟一群结过婚的娘娘婶婶一路干活。冇学会做姑娘的斯文,就学会了娘们的泼辣。说话走路,又粗又野。跟天壮在黑地里走,把砖瓦厂听来的话都拿出来说,也不管说得说不得。撩得天壮心里麻痒。不晓得怎么就冇走到将军垸的路上,倒是翻过了堤,到了荆河边。

荆河边有防水树林子。密匝匝,黑漆漆。钻进几十人只要不做声,相互都不见。一进林子,喜鹊的脚就崴哒,她一声"哎哟",天壮赶紧拉一把。这一把就拉到了自家眼皮底下。两个人都"突突"地心跳,末后就箍到了一起。

再后,天壮隔天就跟姆妈说到将军垸同学屋里玩玩;喜鹊隔天就跟她说到砖瓦厂一个嫂子屋里学绣花。

喜鹊一见头日崴脚的地方,脚又忍不住崴,天壮也觉得到了这林子,喜鹊的脚必崴不可,先不先就伸出了手。

其实两个人倒冇么事话讲。也冇得么事能讲到一路的话题。且不如用一个人的嘴去堵另一个人的嘴。

胡大富两口子一心赚钱,也不晓得儿子有了相好。

胡大富的杂货铺办的年头也蛮长哒。早先是大队办的,大队撤销后,就承包给了胡家。多少年,大富狠心赚钱,却也冇见他发财。破门破面加上大富和他老婆莲英两张垮垮的黄脸皮。

"冇吃过猪肉,该也见过猪在地上跑吵?!生意做成那个蠢相。"胡幺爹爹一旦肚里有气时,也不管跟大富有无关系,张嘴就骂大富。儿子生下来原本也就是让老子有个位子出气的。

大富闷到怄,却也冇得法。胡幺爹爹先前挑剃头担子走村下垸,能赚点活钱。老了又在屋里编芦席,从冇闲手。况且近几十里地内,但凡死人,必请他去唱孝歌。唱一夜,二十块,是笔不小的收入。倘碰上个孝子,连唱三夜,六十块就到手哒。屋里的经济台柱实实还是胡幺爹爹。那还不该他在屋里充狠!大富总唯愿宕子塌的老人家都早些死。一个个都死在他幺伯前。再想儿女最好个个行孝,这样死一个就赚得六十。

胡大富生意做得不好,倒把钱看得干贵。

近几年,经济活泛,荆河往来的运输船只多哒。宕子塌无形中成了船上人中途歇脚吃饭的靠岸码头。大富的杂货铺离码头顶近。

那天,有一条船歇下。上来个大胡子到杂货铺打酒。大胡子一看就是财大气粗之人。爽爽快快掏一把票子,抽一张十块的给大富。接过酒壶,仰头大呷一口。呼地一抹嘴,酒星星溅得满胡茬。斜一只眼望到大富,说:"两成水。"

大富立即脸臊红。晓得碰到了行家,讷讷说:"现在的酒,一出厂质量就差。"

大胡子说:"不消多说,做生意的人晓得做生意的难。"

大富心里好感激,难得遇上这样通晓情理的好人。大富这辈子冇学会对人讲好听的话,岔了一股,说:"您呐也做生意?"

"是。"

"做么事啦?"

"药材。"

"而今做药材生意顶好发财。"

"一趟这个数。"大胡子伸出三根手指头。

"三百?"

"您怕讲吧?!"

"三千?"大富小心地说。

"只多不少。"大胡子笑起,拿酒大摆大划而去。

大富的眼珠子都凸出来哒。他不晓得大胡子是不是钱神爷转世。珠子还冇退回眼窝,见大胡子又转了回。

"落下了么事?"

"看您也是本分人,跟您招笔财喜么样?"大胡子说别的。

"您呐说,么事?"大富忙问。

"我今日有急事要赶回去,船上一批药材想搁您铺子里几日,过些天有人来拿。"

"可得,可得。"

"存放费嘛……"大胡子想了一下,才说,"一天十块,行不？"

"十块！"大富惊了出声，又赶紧缩回舌头，客气说，"可得。可得。可得。"点头不赢。

大胡子再转来时，领了几个人，大包小包扛来几麻袋。交代了来人的名姓和长相。

难得大富脸上有了一点红光光。

胡幺爹爹从外回屋，见麻袋，围起打了几转，用脚踢了两下，问："么事？"

"药材。"胡大富赶紧说，"一个路过的船老板有急事要赶起回沙市，求到我，在我屋里搁几天。"

果然是一股子药气。胡幺爹爹冇讲么事。江湖上有忙必帮，胡幺爹爹是个重义的人。

大富冇提一天十块钱的话。

五

中午，木瓜去上学，从河边上跑。太阳白汪汪地照得河上晃眼。田七爹爹蹲到一棵柳树下，看水。

下午，木瓜下学回来，又沿河边边跑。太阳红鲜鲜照起，河上又漂红光。田七爹爹还蹲在那棵柳树下。

田七爹爹穿到一件灰褂子，一动不动，硬像块石头。

"七爹爹！"木瓜轻气轻声地喊。

"么事？"

"七爹爹，您呐看龙王翻身是不是？幺爹爹说龙王原先翻了一次的。"

"不是。"

"那您呐天天看么事？"

"看一个人。"

"河兜里住了人?"木瓜不省,立即趴到地下,像小狗子喝水,脸都挨到了河面。

"只见到木瓜一个脸影影,七爹爹。"木瓜爬起说。

"伢,得用心看。用心看能看到你想看的人。"

"真话? 那我用心看我伯伯在不在河里,行不?"

田七爹爹一怔,叹了一口气,冇讲话。

木瓜真是用心看起来。

田七爹爹真也是用心看的。他觉得河面是一卷子画。画卷一寸一寸地展开。他见到很多人。他们跟他打招呼,跟他扯闲,还有的老远就喊:"吃饭哒冇?"这是秦家妳妳早死了的男将秦水货。秦水货就是在厕所里蹲,隔到板缝见人都问:"吃饭哒冇?"田七爹爹这回还点了点头。

不过,有一个人他终是冇见到。

那时,他总跟到那个人。

"为么事到中午河上就发白光,下午,就漂红光啦?"有一回他问。

"几多苕,白太阳照白光,红太阳照红光。"那个人说。

末后,便总喊他"苕伢"。

有一日,他跟那个人一路出去,划了一条小船。他摇橹,寂得慌。就脱口唱了一支歌。把那个人日常讲的话都唱了出来。那个人惊叫哒:"苕伢还真不凡咧,能当歌唱家。"

他忙说:"我宦子塌的水不凡哩。"

宦子塌的水不凡,人也该是个个不凡的。

末后,他终还是个凡人。终冇当成歌唱家,连话都讲少哒。日日里只晓得挖起头种田。别么事不敢想。

"木瓜——"

远远传来喊,却是天已灰哒。木瓜的姆妈正寻木瓜。木瓜的姆妈叫金枝,声音尖细好听。

"呃——"木瓜答,然后颠起脚跑。

田七爹爹此番才起身,扯了扯衣褂,慢腾腾踱回屋。

六

热气冇退尽,乡邮员送来一封信。是秦乡长要他立即送到宦子塌的。由乡镇上到宦子塌也有二十大里路,乡邮员说他只用了一口气,蹬起脚踏车飞起赶来的。

倒是么事?那急?

秦家妭妭的孙儿喜贵取了大学!还要到汉口去!

秦家屋里闹哄哒。喜鹊拍起巴掌跳进跳出。尖起声笑,笑得人头皮一炸一炸。

"么样?么样?"刚从田里回的人不晓得出了么事,忙凑上前去问。

"我喜贵哥要去汉口上大学哒!"喜鹊响声响气说。

"真话的?"

宦子塌满村激动哒。

"秦家好风水哇!"

"宦子塌数秦家最有造化。"

秦家的风水的确是好。现在的住屋是原先秦家榨房的地基。面朝荆河,背靠青岭。其实,江汉平原本无山,有几个土坡子,几个大冢子,就称山唤岭。宦子塌是凹地,青岭只不过比它高出一截罢了。算起来,还冇得镇上的商店高。就这,冇哪个不说,山水的精气都流到秦家哒。比方他屋里老二当副乡长,老大当村长,比方两个姑娘一个嫁到了新堤,一个嫁到了荆州城,都吃商品粮。又比方宦子塌独一无二的拖拉机是秦家老五开。这回更了不得,宦子塌自打胡家出了个秀才后,再冇见出么事读书人,而秦家,又出了喜贵。

秦家妮妮亲自动驾去胡大富杂货铺买糖果。包好糖果,径直走入胡幺爹爹屋。胡幺爹爹正在编席,一抬头,呆了一下。

"幺爹爹,跟您呐报喜。"秦家妮妮抓一把糖果搁在席上,又说,"我屋里喜贵,取了大学,过几日要去汉口。"

胡幺爹爹手脚不晓得搁哪里好,惊问:"真话?当真?贵伢?"

秦家妮妮说:"您忙,我还得回屋分糖果,您忙。"

两个老人家眼里都有光。

回屋后秦家妮妮便倚在门口发糖果,见人就给。老扁嘴笑得歪歪神,涎水直往下落,蓝布大褂上显印出一条一条的湿杠杠。

"恭喜您,秦家妮妮。"

"都说,只有您秦家才能把孙儿调养得能去汉口上大学。"

"宦子塌的风水要回哒。"

秦家妮妮更是歪嘴得厉害,耳朵忙不赢。只一心发糖,嘴上连说:"吃,吃,吃糖,吃糖。"

天将黑,见"状元"回了,秦家妮妮才急起扯开老嗓喊:"贵伢——"

喜贵一整个暑季都陪到他低班的同学中花在河里打鱼摸虾。喜贵高考完哒,书本也不消再摸,日日里去找中花。中花也顾不得自家还狠不狠心用功,甩了书本随喜贵跑。

喜贵每日把鱼虾挑到镇上去卖,赚几个小零花。给妹子喜鹊买了双尼龙袜,给中花买了条红纱巾,给自己买了件白汗衫。

晒得漆黑像阎王殿的小鬼。只说是数学考砸哒,冇料到过了线。填了表格,查了身体,心里还惶惶然。不敢想好运会落到自家头上。跟屋里人谈过这些,自然也冇得人想起问。只说是责任田又多一个劳力。

通知书送到时,喜贵正和中花约到青岭凤凰冢玩去哒。凤凰冢在青岭顶上,相传古时有人见此地一只凤凰,上前捕捉,不意把凤凰压死哒。凤死尸消,就地涌出一冢。便叫了凤凰冢。其实,就一个土包包,比一般坟墓稍高稍圆些而已。青岭不高,但因凤凰冢不近山路,不常有闲人来。那里,便成了喜贵跟中花两个人的天下。

两人同学,又同村,偏又男大女小,免不了箍到一起啄嘴皮啄脸。喜贵在学校里也读过一些书,也晓得男女在一起该做些么事。隔不两日,他两个便悠到山上,玩够了再回。村里出了么事大事他两个都是不晓得的。

吃晚饭时,喜贵才最后一个看到通知书。手哆嗦好半天。"妃妃!姆妈!伯!"瞎喊一气,引得一屋人笑。

晚饭加了一碗蒸鱼,一碗炖乌龟,特为喜贵贺功的。妃妃、伯、姆妈、妹子,都把好块子往他的碗里夹。

立即喜贵就挺起肚子像个人样哒。特意地由村头走到村尾,又由村尾走到村头,站在大榆树下,讲汉口么事稀罕,讲得唾沫子飞得听众满脸皮,让老人家们远远地满背脊地夸。

只是把约好晚上同中花到青岭再好好亲热亲热的事忘哒。

天壮吃晚饭,关到屋里冇出来。就这,还是关不住"硬是秦家喜贵有板眼"的感叹。兼有老人家还加句把"胡家算是败哒"一说,憋得天壮恨不得找根绳子"吊颈"。得亏喜鹊来,又是摸又是舔地闹了一下,才缓了过劲。一黑天,就去堤边柳林子里快活去哒。

胡幺爹爹倒是百事冇得。晚饭还喝了一杯酒。出门见到喜贵,便跟屁虫一样追到说:"喜贵,好伢,好伢。我脸上都有光。"

把个胡大富和媳妇莲英怄得眼皮子翻。

"自家的孙儿倒不心疼!"莲英一怄就打碗摔筷子,打得满屋子乒乒乓乓。

七

莲英打碗在宦子塌出名。别个打碗总是气狠哒顺手抓一个手边的。莲英不是,她要挑半天,找一个打起来不心疼的。手扶拖拉机给杂货铺送货,逢运碗,就有破损的。碗破不计数,莲英就留起。搁窗台好拿起来打。气得狠时,一家伙能打五个。

莲英一打碗,木瓜就去哒。他把碗碴碴一起拾起,约几个一般大小的细伢伢,把碎瓷片锤成碴碴,到村头树下拼图案。小姑娘伢多半拼一个"房子",捡块石板,独脚跳进跳出。木瓜不。木瓜能拼出一个头像。问他拼的哪一个,他说是他的伯伯。

问者多半一言不发,走哒。

木瓜冇见过他的伯伯。他心里好想。做过一回梦,伯伯背他去看电影。看的是一个赤脚医生看病的电影。胡幺爹爹问他梦里的伯伯是么样子,木瓜说:"好高,眼睛眯起,一开口,缺半个牙。"

胡幺爹爹听得半天不敢动。他姆妈金枝捂起脸恶似的哭。

宦子塌的人晓得后,都惊起说:"木瓜是个精怪。"

木瓜的伯伯是汉口下放来的知青。果真是好高,眯眼睛,一开口就见缺半个牙。金枝有一回去雀儿剐看电影,那日收工完,村里人都先去哒。她走到半道上,已见天黑。不经意路边跑出一个人,拦腰抱住就亲嘴解裤子,吓得金枝尖喊尖叫。恰恰知青也走这里,跑上前打走了那家伙。把他自己的牙也打落了半颗。末后,两个人就一路走。金枝还冇缓过来,扯着知青的裰子一直走到雀儿别。末后,看完电影,知青又送她回村。知青是将军垸的。电影名叫《春苗》。再末后,知青就要求由将军垸转到宦子塌来哒。

有一日金枝身子不舒服,呕吐。告诉知青。知青就去公社打了张结婚证。怀木瓜四个月,肚子还冇显形,知青屋里有信来叫回去顶替,知青就走哒。一去再也不回,连信都冇打一封。

都晓得,金枝是个苦命。

八

那一日,享生从对河虾形塌回来,把剃头挑子往堆杂物的厢房里一丢,喊了一声:"七伯,我再不搞剃头这个行当哒。"

田七爹爹闷声闷气说:"也好,一心种责任田。"

享生说:"冇得那好的事,我要去外头闯江山,赚大钱。"

"田哪个种?"田七爹爹说。

"找帮工。"享生说。

一屋人吃饭,冇人言语。

享生在宦子塌也算得个人物。他上两姐下两妹,独子一个,在屋里自是一霸。田七爹爹重子轻女,勒紧腰带让享生读到初中毕业。望子成龙却偏偏时运不佳。"文化大革命",书就冇得办法再读下去哒。有一丁点文化的享生在宦子塌还成了个"闹药"。红卫兵时,一村老少还冇弄清膀子上戴红箍是为么事,享生就领起一帮人喊起口号砸了秦家、胡家、田家三户大姓人家的祠堂。一村人都指到田七爹爹的脊背骂祖宗。享生倒不在乎。末后,又冇花一分钱,全国跑了一遭。拿回一毛巾纪念章,讲了外头几多新鲜事,还结识了十几个汉口的人,把宦子塌的人一个个都惊得目瞪口呆。有一年,享生还去汉口住了大半年。回来时,大腿绑起纱布,一拐一拐的。天天晚上跟村里人讲汉口的么事"六一七惨案""六二四打工造""七二○事件",还扯开纱布给人看他大腿上的伤口,说是被铁矛子戳的。不少人见哒,果然一个大窟窿的伤口。于是,冇人不晓得汉口正打仗打得凶。胡幺爹爹追起问了几回:"贺龙那边赢了还是输了?"享生常"咄"一声,不答。村上人都不以为然,一律小看胡幺爹爹。还用问,贺龙的队伍哪有输的理!

享生伤一好,又跑了出去。三个月后,带回一个女子。听讲是沙市的女学生。女学生住享生屋里,日日听得见他两个浪笑。怄得享生的姆妈隔日里骂骂猪,骂骂鸡。女学生肚子眼望到大起,末后就在宦子塌生了个女伢儿。女伢儿会跑时,享生跟女学生闹翻哒,日夜里吵嘴。一个冬日,女学生抱起女伢儿哭唏唏走哒。享生冇事一样。享生一屋人也冇事一样。他姆妈说:"烧高香。"

享生一个人过了好几年日子。偷情的事也常有。他人灵光,世面见得大,脸模子又长得好。一个人晓得自己的脸好看,自是比丑人要多几分心思。在人堆里,享生讲起话来面是面,里是里,叫人心服。在人稀时,见到女人,当然也晓得到了么样的火候才能把手伸过去捏一把。

享生最喜欢摘棉的季节。满地红女子绿女子的让人兴奋。吃中饭,找一大树荫,必撞得见趁空纳鞋绣花的女人。此刻享生便一举手一投足一扭屁股,冇不带情意的。惹得村上一些骚女人远远见得享生便拖起声音喊:"享生嘞——"把自家的男将怄得攥拳头。

秦家妪妪劝过享生再娶个媳妇回。享生冇言语,嘻嘻地一笑,算是了事。其实,莫看享生寻花问柳,打情骂俏地混过一日又一日,他心里倒是有个人。

好早的一个热天,享生在荆河里游水。小木瓜蹲在一边看他。正是日落之时,金枝找木瓜回去吃饭。走上前,摸摸木瓜的脑壳,弯下腰,柔柔地说了一句,"乖伢,吃饭哒。"便牵起木瓜的小手,轻移细步,走哒。享生看得呆。一直看到一大一小的人影不见哒,都冇收眼。心里就日日响起金枝柔柔的声气。开始痴想。开始睡不着觉。开始见到别的女人就厌。末后,终于忍不住,挑起剃头担,闯进了金枝屋,讲是见木瓜的头发长哒。金枝倒冇说么事,按木瓜在小凳子上,自己坐一边陪起。只跟木瓜说话。

近年把的时间,木瓜的头发都难得长到一寸。

随享生么样暗示,金枝总冇得反应。享生一急,终是托了秦家老大前来说媒。不料金枝一口回了,说是还想等知青几年。

憨痴。享生叹了口气,自恨自家无福。也就收了心。依旧是去迷那些轻佻的女子。不谈再娶的话。日子过得也还不差,忙时下田,闲时挑担,穿村下垸。也常有女人夜里相伴。也常深夜摸入情人屋中。

连他七伯和姆妈也都睁一只眼闭一只眼。能讨女人的欢喜,是他儿子有本事。

吃过饭,享生逛到河边,见木瓜,上前去拍拍他。他走前蛮想再见金枝一面。

"享生伯伯。"木瓜人精嘴甜,忙喊一声。

"木瓜,头发长哒,我今晚跟你剃剃,好不?"享生说。

"那有么事不好?"木瓜说,"去我屋里。前几日,我姆妈说,你享生伯伯好久冇来跟你剃头哒。我姆妈她念您呐。"

"真话?"享生一惊一喜。

"么样不真?"木瓜说。

跟木瓜剃了头。那一晚,享生在金枝屋里坐了好长时间,讲了好多的话。木瓜不懂,只看见他姆妈笑了几回。后来木瓜困哒,享生才慢吞吞地收捡担子出门。

金枝头一回送他出大门。还站在门框上,看到他走远。

第二日,享生就走哒。宦子塽冇得人晓得他去哪里赚大钱哒。

九

入冬。中花有一日去秦家。找见喜鹊,只见秦家妣妣坐在墙根下晒太阳。脑壳还一点一点地冲瞌睡。

中花轻悄喊了一声:"秦家妣妣!"

秦家妣妣睁了眼。

"您屋里喜贵打信回冇?"中花问,过后脸还一红。

"打哒。"秦家妣妣说。

"他……冇病吧?"中花说。

"冇。讲是过年不回。要他大伯寄三十块钱去。我叫寄了五十。我伢是在汉口读书,不能叫别个看他不起。贵伢出息得很,还当了个领导。几多争气。"秦家脸上放出红光。

中花怏怏地听她紧说。

十

夜里,秦家妣妣落了气。

宦子塽那一晚冇得月亮也冇得星辰。青岭上的风倒是呼呼地响了半夜。

吃夜饭时,听得孙姑娘喜鹊在屋里哭啼啼的。秦家妣妣问儿子秦老大出了么事。秦老大说不晓得。再一猜,说恐怕是胡幺爹爹屋里的天壮跟小学里的几个女老师邀到一起去县城哒,冇喊喜鹊。

"冇喊才好,冇喊才好。"秦家妣妣连说。

"天壮本先说好跟我一路去的。做么事又邀别个?"喜鹊呜呜地哭。

"我喜鹊金枝玉叶,不消耳天壮得。"

"不,他说话不算话。"

"天壮一个瘦壳壳,不消耳他。我喜鹊大眼小嘴,美人一个,鲜花一朵,多的是清爽的男将来邀到去县城。"秦家妣妣说。

"我非要跟天壮一路。"喜鹊还是哭。

"不准。天壮几多丑,喜鹊明儿要找个精壮的男将。"秦家妣妣用拐棍头拄到地说。

"天壮才不丑。我就欢喜跟他一路。"

"你敢!"秦家妣妣马起了脸。

"就敢。"喜鹊说。

"伢,你……你跟天壮么样吧?"秦家妣妣突然软起问。

"么事?"喜鹊不解。

"……跟他……他……睡觉吧?"秦家妣妣声音抖哒。

"睡了觉就是他的人哒,是不?"喜鹊问。

"说,睡哒?"

"睡哒又么样?还要跟他养个儿。"喜鹊说到还拍拍自家肚子。

"砰!"喜鹊脑壳上挨了一拐棍。

"贱货!"秦家妣妣气喘喘说。

喜鹊放声哭起,嘴上还喊:"您呐打,您呐打,打死算哒。您呐未必冇跟男将睡过？"

"不要脸！"秦老大过来，扯起喜鹊到屋角落，脱下鞋就往她脸上刷。

喜鹊是幺姑娘，上有哥，下无妹，一贯是个泼辣货。宠惯哒，爹妈管不住。自家拿了主意，任人的话是不听的。宦子塌老人家都笑说：像神了她妣妣年轻的时候。

喜鹊手劲蛮大，一年到头打土坯，早练出来哒。她三两下就挣脱出来，抄起个小板凳照她伯伯站的位子丢去，然后急旋风跑出门。

秦老大冇得法，跺起脚在大门口捅人，倒是把自家和自家祖宗骂得个不干不净。喜鹊的姆妈但凡吵架就躲在灶房里不出，婆婆在堂，屋里冇得她说话的位子。

喜鹊满村满地找天壮时，天壮却由县城回来，冇落屋，就跟他幺爹爹一路，去袁家台哒。那里死了个爹爹，请了他幺爹爹。天壮无聊，跟起去看看热闹，再混一顿好酒肉吃。

秦家妣妣拄到拐棍回自家房中。她躺在床上，夜饭也冇吃，眼睛直直地看屋梁。夜半，秦老大听得姆妈喊了声"报应哟！"便起身过来问安，不想秦家妣妣已经冇得气哒。

喜鹊哭得在地上滚来滚去，抓起菜刀要剁自家的头。硬说是自家气死了妣妣。几个人扯才抢下菜刀。吓得秦家姆妈把刀子剪子之类伤得死人的家伙都隐了起来。

胡幺爹爹一晚上眼皮跳，冇歇好。清早，他就挑起自家编的席，去镇上哒。一直到中午才回，还剩两张席，冇出手。

走到村口，看到木瓜一帮细伢们在玩。也冇耳。

倒是木瓜喊了声："胡幺爹爹！"

"唔，唔。"胡幺爹爹嘴上答，还赶他的路。

木瓜上前去扯住了他的衣角："幺爹爹，您眼皮跳了冇？"

胡幺爹爹心惊,问:"问这做么事?"且停下脚步。

"我的眼皮跳了一夜晚,我晓得村上必是要死人哒。"木瓜满有把握说。

"死了?"

"死哒。"

"哪个?"

"当然是秦家妃妃。我眼皮跳得好凶。"木瓜说。

胡幺爹爹吓然倒退一步。冇言语。跟跄地挑到担子进村。

行至秦家附近,听得屋里有惨哭声。胡幺爹爹鼻一酸,掉头就走。心口像是被棉花塞住一般。

进自家屋,放下担子。莲英忙说:"幺伯,吃午饭。"

胡幺爹爹并冇搭腔,由后门出,一个人挖到头走出村外。

十一

从宧子塌到雀儿剐,途中必经汉湖。汉湖一带,湖阔人稀,沿岸芦苇密密挤挤,风一吹呼呼啦啦响得像汉湖扯到喉咙唱歌。

汉湖沿岸无人家。只因汉湖水深浪高,浮泛不宁。尤其光绪年间,一场大水,冲堤没垸,几千人一夜间成鱼食。过后,再立的小村子便都移至距湖岸两里开外的地方了。当然,这都是老话。

擦湖边走约莫十里路,就是雀儿剐。

雀儿剐有个姑娘叫云仙。云仙出名是因为她的喉咙又脆又亮。她若开口唱歌,别个就不消再张嘴巴。

楚时的扬歌,传几千年不衰。在大田里,手上干起,嘴上唱起。栽秧唱栽秧歌,薅草唱薅草歌,车水唱车水歌,做么事都有得唱,且伴有锣鼓敲奏。一人唱主腔,众人和号子。此起彼落,一天下来,不觉乏累。

云仙顶喜欢在地开人多的田里唱。她的喉咙尖脆,满地里乱窜。别个男将歌师傅,多半手上干活,嘴里喊歌。云仙却时常光起脚丫,又开腿,立在田界上,扯起喉咙喊。男将们都说她不像个女人,又眼巴巴地想听她唱,随她和。老人家们更是晃起脑壳骂云仙冇规矩,生怕自家屋里的姑娘沾了云仙的边。那个年头像云仙这样的女子实在不多,她泼她野,反让得屋里爹娘、族里的老辈子都不敢管她。

雀儿剅云仙独一无二,想媚她的男将装得几船。

云仙野,唱歌也野。几多缠绵有情的小曲经她的嘴出,一下子都变了调。

  一个鸡蛋两个黄,
  有个大姐想十郎。
  ——娘子扯来甭扯甭,哎唷,
  想个大郎当军长,
  想个二郎开银行,
  想个三郎绸缎铺,
  想个四郎开槽坊,
  …………

媚她的男将们都叹到气说:"云仙太野哒。不敢娶。"

宦子塌有个胡幺伢,生就一副响嗓。扬脸一喊,四野嗡嗡地满是回音。

论唱歌,有谚说:"女比不过云仙,男斗不过幺伢。"方圆几十里,竟是无人不晓。

一心想娶云仙的恐怕只有幺伢。一到栽秧的日子,他就日日走几十里路,到雀儿剅去当歌师傅。为的就是听云仙野里野气的歌子。

有一回,走雀儿刡回宦子塌时,天已黑哒。刚刚走到汊湖边,芦苇里"呼"地蹿出一个人。胡幺伢吓了一跳。定神一看,是云仙。

云仙叉到腰,挡住路,问:"为么事日日到我们雀儿刡来?"

"想看我心上的人。"胡幺伢说。

"哪一个?"

"我盯到看的那一个。"

"你盯到看的是我。我一唱你眼都不眨。"

"你晓得还问么事?我心上的人,我喜欢盯。"

云仙一下子挨近他,脸离他的鼻子得一尺,嘴上还说:"让你盯个够。"

胡幺伢心里发紧,腿也哆嗦,不晓得下一步咋样办。嘴巴张了几张,发出声。

"不敢看哒?"云仙眉一挑。

"么样不敢!"胡幺伢心一横,一伸手膀子,拦腰抱住云仙往芦苇深处走。任云仙又是捶又是打也不耳。云仙挣扎几下,也算哒,趁势搂住他的颈子。

胡幺伢心里喜得乱跳。直到一处芦苇稀松的位子,才放下云仙。

头上有月亮,湖上有轻风,还有芦苇沙沙的声音。胡幺伢把头枕在云仙腿上,听凭云仙的小手在他脸上摩来摩去。末后说:"云仙,心肝肝,唱个小曲给哥哥听。"

云仙开口唱哒。恰恰唱的"有个大姐想十郎"。

　　十个郎君都想到,

　　缺少么事有情郎。

　　要打官司找军长,

要有钱花找银行,
要穿新衣找绸缎铺,
要得酒喝找槽坊,
…………

听完,胡幺伢站起身,发了一下呆,一整衣褂,脸一马,走哒。以后,就冇去过雀儿剅。胡幺伢那时种田。大姐想的十个郎君中,冇得一个种郎。他想云仙是特地说给他听的。胡幺伢年轻气盛,几多要强哟。一年过后,云仙还是嫁到了宦子塥。是宦子塥开油榨房的秦水货娶了这个如花的女子。歌子里有"想个八郎开榨房",果然是"要有油吃有榨坊"哒。胡幺伢一肚子瞧云仙不起,又一肚子地嫉恨"秦八郎"。一气下,到容城一带帮工去哒。

过了许多许多的年头,云仙就成了秦家妃妃。

过了许多许多的年头,胡幺伢就成了胡幺爹爹。

胡幺爹爹不晓得怎么,就走到了去雀儿剅的方向,就走到了汉湖边,就想寻往年的芦苇丛。

湖岸不再是荒无人迹哒。而今这里是汉湖渔场的地盘。岸边的芦苇早就剩不下几根了,在风里头,可怜巴巴地摇晃。也冇得了歌一般的"沙沙"声。

胡幺爹爹回家进屋时,见到正坐在堂屋候他的秦老大。冇等秦老大开腔,胡幺爹爹说:"老大,你姆妈在我宦子塥是个有脸面的人物,得唱三夜孝歌才对得住她。"

秦老大忙说:"那是,我弟兄几个正是这样想,只怕您推说年纪大哒,不肯。"

"别哪个我是不得肯,人老哒,唱几夜吃亏大。但是你的姆妈我定是要唱三夜的。"胡幺爹爹说。

十二

胡幺爹爹换了一身孝服,刚撩腿跨过门槛,胡大富从屋里追出。

"幺伯!"

"么事?"

"您一夜开三十块钱的价,不算多。"

"原先不是二十块吗?"

"秦家儿女子多,不得小里小气。"

莲英帮腔:"幺伯,您未必不晓得,外头随么事都看涨。国家政策许涨,您一样涨得。"

"冇错,您也涨得。"

胡幺爹爹冇搭腔,眼一横,手一甩,去哒。

宧子塆死个人硬跟过节一样热闹。尤其夜晚,胡幺爹爹必是为死者唱丧。那跟唱一台戏不差,煞是有听头。

胡幺爹爹走进秦家时,秦家里三层外三层围了人。胡幺爹爹一露面,让道的人纷纷起往后跌。

有人喊:"特级歌师来哒,大路让开!"声气里冇一丝哀悲。立即有捂起嘴窃笑之声。

老人死,原本是件白喜事。是人难逃一死。早死有早死之福,晚死有晚死之难。都说,秦家死的还是个时候。

宧子塆的老人家都端端地坐在堂屋里,挤得很。一个个枯手指点点画画地议秦家的三男二女。五个伢儿,个个清清爽爽。又是副乡长,又是村长的,女子不做官,却嫁到好人家屋里,男人吃商品粮,把老婆养得白白胖胖。且还有孙儿上大学。像秦家妃妃这样的人,理应唱三夜孝歌,让她老人家顺顺当当地走完由阳间到阴间的那段路。

胡幺爹爹正正坐到歌师的位子上。秦老大单腿一跪,敬上一杯茶。男儿向歌师傅敬茶,是秦家祖上的规矩,这茶,杯杯都是替代死人喝的。

胡幺爹爹瞄一眼,脚边跪起一条壮壮实实的汉子。他心里一哆嗦,接茶仰头喝尽。甜茶。递还杯子,秦老二立刻上前,又一个单腿跪,敬一杯茶,胡幺爹爹瞄一眼,脚边又一条壮实的汉子。不由心里又一哆嗦,端茶一饮而尽。咸茶。秦老三跪的双膝,这是幺儿的跪式。胡幺爹爹接过秦老三手中杯,瞄一眼,心又一哆嗦,方才一口喝尽。淡茶。

秦家的规矩把堂屋的气氛弄得肃穆起来。

几好的三个儿哟!自家死却只有大富一个儿送终。一杯淡茶孝敬歌师,在去阴间的路上,还不渴死?秦家有甜有咸有淡,是福呀。胡幺爹爹想。

秦家三个儿退一边哒。胡幺爹爹用衣袖一抹嘴,就手从袖筒里抽出鼓槌。手落鼓响。

鼓点子"咚呵咚呵",悲从中来。在宦子塆,能在单调的鼓点之中敲出悲喜来的,除了胡幺爹爹,再无二人。眼前的鼓点子,出奇的悲。立刻,屋里有了抽鼻子的唏唏声。

一听有哭,胡幺爹爹的鼓点子就转味哒。一脸的悲哀一扫而尽。他直了直腰板,双眉一抖,脸上窝到一堆的老皮子豁然舒展。眼睛环扫一周,冷冷地生出几多的精神。

他背后来和歌的人也浑身一震。抖擞地清喉咙,伸腰板。

胡幺爹爹仰脸长喊:"伏矣!——"

四周围顿爆回应:"哦!"

好响!好壮!好气魄!满屋子声势。老人家们一下走了悲,痴呆呆地入神。年轻人轻浮,被震得心里惴惴发慌。只两声,叫活人都活得不轻松。

"自从盘古开天地,"
"哦!"
"三皇五帝定乾坤,"
"哦!"
"以三十日为一月,"
"哦!"
"以十二月为一春。"
"哦!"
"母亲生我!"
"哦!"
"父亲育我!"
"哦!"
"生我育我!"
"哦!"
"欲极之德。"
"哦!"
"昊天罔极。"
"哦!"

胡幺爹爹开场几句道白,"哦"声和得虎啸狼吼。胡幺爹爹极是中意,脸上红光泛了出来。就手一收鼓槌,把节奏缓下。一屋人方才松垮起筋骨吐一口气。

> 耳旁哦听得有人的报吔,
> 你家啰黄金落了的窖吔,
> 本当哦想来吊个的孝吔,
> 缺少哦香纸和鞭的炮吔。

胡幺爹爹的喉咙,说沙吧,又亮得很;说亮吧,又分明杂几丝丝沙音。亮音悲悲壮壮,沙音凄凄切切。歌子拖得悠长,冇得法子不叫好。

孝歌原先是唱死人一生的功德,历数死者的善事善行。但是死人中冇得几个人有值得唱一夜的善行。末后,就演化成唱历史,讲故事。胡幺爹爹最喜唱历史,光是三国,就不晓得唱了几多遍。回回唱都冇得人听厌。

胡幺爹爹起腔一落,就有人赶紧递话:"唱三国,曹操起兵下江南。"

若平日,胡幺爹爹也就依允哒。死人原都是些不相干者,做做悲样,就够哒。不过这回,秦家妮妮非但相干,且是他昔日的情人,如胶似漆地过过好些的夜晚。

想起往昔的日子往昔的事,胡幺爹爹就悲从心来。老嗓苍凉,三国如何唱得出?

胡幺爹爹果是冇唱三国。鼓点子复又悲起。爹爹们冇见过他这种唱法,齐齐地咧开嘴想听个究竟。

不唱呀三国和古人,
不唱呀亡灵和鬼魂,
唱一个如花的女子小云仙,
她是呀下凡的女仙人。
一岁两岁呀在娘怀,
三岁四岁呀站起来,
五岁六岁呀生得乖,
七岁八岁呀惹人爱,
过了十岁呀好人才,
一朵鲜花呀开不败,
十五岁下田唱起歌,

喉咙一开百鸟来。
十八岁来了个少年郎，
痴痴情情把姐爱。
哪晓得一言冇听清，
少年郎负心把姐害。
十九岁……

唱到云仙出嫁时，胡幺爹爹老泪横流。除了低低的和声外，一屋人都冇了声气。

胡幺爹爹眼泪咽住哒，一唱完出嫁时的排场、唱完新婚后的夫妻走娘家，就发不出了声。

十三

他好后悔哟。

为么事不把云仙唱十郎的歌子听完再走呢？歌子的最末一句，硬唱的是大姐冇找十郎，独独相中一个痴痴情情的种田郎，他心里几多不舒坦。眼巴巴看到云仙跟秦水货双双对对地进出，硬想再把日子拉回去，拉到那一晚的芦苇丛中。

终是办不到。便外出闯荡。在容城帮工一年，又到新堤待过几月，还去过沔阳，一双手给人打短工，刚刚糊口。三年过后，落拓而归。

归后也相亲哒。姑娘是雀儿剅过去三里高家垸人。冇一点讨他喜欢，笨头傻脑不善言语，独独是脸模子有几分像云仙。

那一日，日落西头他慢慢行回。刚过雀儿剅，见云仙红裤绿褂地走在前。云仙一身鲜亮，必是走了娘屋的。他心里酸溜溜，倒也并不想上前挑逗。别个的老婆别个享。他压起步子荡在后。

不想,一到汊湖边,云仙定住不动哒。

他赶紧挖下头,放快几步,超上前。心里窃喜,晓得云仙此番动作必是有意于他。走了几步,不听得身后动静,憋不住偷偷回头。这一回头不打紧,吓得他骨头软成了肉,一泡尿险些夹不住。

云仙正往汊湖中央走。湖水已经淹到了腰,她却冇停步。

他顾不得许多,连哭带喊地跑了下去,抱起云仙,一路走上岸一路不停地说些么事。

云仙箍住他的颈子,歪起头听他讲。一上干地,便挣了下来,跳起脚来笑,像鸟喉咙冒出的声音。

"你?你……不寻……寻死?"他脸变色,声变调,心变灰哒。料想不到云仙耍他。心里好怄。

"多谢您救命之恩。"云仙说,还笑。

他扭头走,裤子湿漉漉地巴起在屁股腿上。

"哎——"云仙不笑哒,扯住他的衣裳角,"莫走。"

"不定做么事?未必投河还要找个人看热闹?"他恶里恶气说。

"我这辈子都不想跳河。还不是想后头那个不肯耳我的人来搭救我。"云仙斜起眼,也恶气地说。

他心头一热,手脚慌哒。想走又不舍,语短答不出话。心里倒像有个江湖把势正一腿一腿地练拳脚,蹬得他一下一下地疼。

"你将才抱我,嘴里喊些么事呀?"云仙晃起脑壳好得意。

他的脸臊红。想起自家本心欲喊"云仙",出嘴却变成了"心肝肝"。

"说呀!"他冇说。一把搂住她。手膀子像两把大夹子,夹得云仙骨头都酥碎哒。泪珠子一串串落,却是冇叫痛。

云仙的日子过得苦。嫁到秦家三年,冇生养。公公婆婆日日骂。不骂儿子,只骂媳妇。云仙如何受得这等气。起先跳起来吵,骂话却更加难听,男人也夹在中间不干不净地说。云仙势单,只好学会了忍。冇生养的女人在哪里都算不得人。

云仙说着哭起来。听得他血管子发炸。热血一股股满身乱涌乱窜。天黑很哒,两个人就冇回去。

芦苇丛好密好密。

过了几个月,云仙肚子大了起来。

又过了几个月,云仙生了儿子秦老大。

秦家里摆了酒席。喝酒划拳闹了一夜。

他到底娶了高家垸的姑娘。却在心里装个云仙。一听讲云仙回了娘家,魂就跟着去哒。日落时就守在芦苇丛里。第二日回去随口扯个谎,也冇哪个在意。他老婆生了大富后,又生过一女。女儿三岁掉进塘里淹死哒。气头上,他把老婆打了一顿。老婆疼女,日日哭。哭出了病,冇几久,也死哒。末后,儿多人上门说亲,他立意不再娶。一门心思等到会云仙。云仙倒是一连又生了二女二男,生得秦家人丁兴旺,却冇一个鼻眼像秦水货。秦水货活得长,解放了三年才死。云仙从此便冇去过芦苇丛。他空空地等过好多回数。云仙一个人把五个伢儿拉扯大。没人不说秦家祖上积了德,娶了云仙这样贤德的媳妇。

日子过得好淡。人情也变得好淡。

添了孙儿以后,他见了云仙,跟起孙儿一样地喊:"秦家奶奶,吃饭哒?"

云仙也呵呵地跟起孙儿唤:"胡幺爹爹,还冇吃饭?"

不晓得世界上原本冇过汊河和河边的芦苇丛。那芦苇丛好密好密哩。

胡幺爹爹一阵咳,脸憋得通红,老泪都憋出来哒。

胡幺爹爹头一回给人唱孝歌一曲未了,中间卡壳。要是往常,这一顿住,必是满招非议。那帮听熟了孝歌的爹爹就会长舌长嘴地说不如哪个哪个唱得出色,再不就是,人老了硬是不行一类话。而这回,冇人响。倒是妃妃们一路拭眼睛擤鼻子,一路相顾说:不晓得能不能修到秦家妃妃这样的福气。幺爹爹把她唱活哒。自家死后,不晓得能唱成这样不。爹爹们也浊起声音说:要死得赶早,死在胡幺爹爹之前。

秦家儿女先是听得痴呆,从冇听说过姆妈做姑娘时是那样出色的女子。胡幺爹爹此番一咳,五个儿女山一样倒下,一排跪起,个个高端茶杯。胡幺爹爹从秦老大手上喝起,一直到老五,连灌五杯。灌得肚子鼓起溜圆。眼珠子直勾勾盯起一张张脸细看,也不言语。他从冇过机会这样细看眼前的几个伢儿。

唉,随么样的人都有自家的心思。

随么样的人都晓得隐起那些必须隐起的东西。

天下为人不知晓的事比人所共知的事多得多咧。

胡幺爹爹一连唱了三夜。除了唱云仙回娘屋时,断了一口气外,末后都是一气唱下。云仙终究是个凡女子,一夜就唱完了她一生中的所有。第二夜、第三夜,还是唱了三国,唱了秦叔宝,唱了薛仁贵,唱了孟姜女。

最后一阵鼓点子敲完,天开始发白。

> 屋大好停丧,
> 门大好出丧,
> 千年死一个,
> 万年死一双。

唱落腔时,胡幺爹爹的声音仍还是又沙又亮。不过此刻,听众已稀疏哒。一个个出门时,拖到长呵欠,乍听,硬像满村都是呵欠声。

胡幺爹爹一收鼓槌,冇言语,只朝秦家妣妣的棺材看了一眼,出了门。秦老大后脚跟出,手上拿了六十块钱,不停说:"幺爹爹,辛苦您哒。您忘记拿钱哒。三个夜晚,六十块。您点个数。我姆妈有您这样唱也算命中有福。"

胡幺爹爹一脸的老皮子又皱叠得一层层。眼睛浑浊失了光彩,和先前唱起腔时辰,活脱脱是换了一人。他伸出手,接票子,倒是像娘们一样亲柔柔地摸了摸秦老大的手背。

秦老大一惊,缩回手:"幺爹爹,您……"

"不收钱,不收钱。"胡幺爹爹嘴上说到,晃晃地走哒。秦老大冇省出个名堂。

天白光哒,日头冇出。惨惨的,让人觉出日头这辈子出不来的恐慌。胡幺爹爹心口闷。

大富正过早①,见胡幺爹爹进屋忙站起。

"幺伯,回哒?"

胡幺爹爹冇言语,脸灰起精神。

"幺伯,秦家给您七十五块?"

"有!"

"给几多,六十?"

"我一分冇要。"

"秦老大也太欺负人哒。"胡大富把筷子狠起往桌上一磕,脸都扯横哒。

"是我冇要。"

大富一惊,看胡幺爹爹脸色阴沉,冇敢再讲话。蔫蔫地坐下。

"幺伯,天底下学这样行善的人只怕剩得您一个哒。秦家

---

① 方言:吃早饭。

对您有过么好处？秦家妃妃活到时又给您多占过么事便宜。"莲英冷飕飕地说。

"给老子闭嘴！"胡幺爹爹低吼一声。桌子震了一震。

胡幺爹爹回屋上床躺下，软软的，动不得，元气失尽。

怕是云仙又约到去芦苇丛吧。

十四

田七爹爹一早起便蹲在河边，任村里出了么事，他只是不耳。

木瓜背着书包一蹦一跳过来，鸟雀子一样地喊："七爹爹，您今天一早见到哪个？"

"宦子塌死去的爹爹都见到哒。"

"他们出水冇？"

"冇，在阴司里，出不来。"

"我伯伯在不在阴司？"木瓜想想问。

田七爹爹摇摇头，说："老人家才去那里。"

"七爹爹，您几时去？"

"伢，快哒。"

"带我去不？"

"那带不得。木瓜伢的日子还长，像荆河水那长。七爹爹的日子短哒，像你屋门口的阴沟。"

"我晓得哒。您若去了阴司，我天天到河边看您。您要是饭吃不饱，就用手拍一下肚子。莫讲话，讲话要呛水。我就跟您丢馒头下来。"

田七爹爹脸上露了笑，老泪涌出。"几精怪个伢哟。"

十五

一个冬天,冇人晓得享生在搞么事。连村长秦老大也不清楚。问他七伯田七爹爹,田七爹爹嚅嚅地说不清。终是各人有各人的事,懒得管他田享生咸享生的。

只是有一个女子开始想他哒。特别是儿子的头发长到寸把长,便越发想,想得心口都疼。过去好像也冇这样想那个知青。

享生却在女人的梦里走南闯北地打江山。

享生一向对干农活厌得很。窝到田里日夜干,五更去,天黑回,累死累活,还不晓得年终会有个么样的结局。天公一不作美,旱一下,再不涝一下,一年的辛苦就只能顾个肚皮。农人靠的是天。

他想出去帮工,搞一点活钱在手上。他走沙市,去荆州,下汉口,一个月下来,碰的钉子得论斤数。城里冇得活干的人多得是,连大姑娘都摆起小摊做买卖,况且他,一个什么证明也冇得的乡巴佬。钱冇赚到,倒是赚回一些白眼。

享生霉头霉脑悠转到洪湖,打算到往日一个熟人屋里喝点闷酒。

在洪湖他算是看到了好景色。

湖上,满是群而聚之的野鸭。扑腾腾地觅食戏水,几多热闹。

潜伏的猎民一起出动,围成一个扇形猎区"轰隆"放一串铁铳,眼睁睁地见野鸭一片片倒下。猎民的小船满处荡,一个个抢起捡野鸭。

享生想搞几对野鸭回去过年也好,不由凑上前搭话。价不高。又闲聊,听得说猎民野鸭捕得多,当地卖不起价,到外头又打不开销路。个个叹息："野鸭是个宝,多了销不了。"

享生心一动,脑瓜子转活哒。忙拦住一个猎民说："帮我挑几对大鸭,我去外面打打销路,么样?"

猎民好笑："又不是个苕,不认得你,哪么能随便给你鸭?红烧吃哒,我找哪个讨钱?"

享生忙掏出身上全部钞票,数太小,又急忙脱下卫生衣裤做抵押,还在一张小纸片上写下自家的地址。

猎民拿到钱,又拿了地址,横竖打量了享生半天,终是冇收卫生衣裤。给了他三对野鸭。唯一要求,倘是打开了销路,得包销他的鸭子。

"那是一定,那是一定。您的大恩大德我定是要重报的。"享生说。

平原上的人大多心眼灵嘴巴活,既像城里人那样善说会道能骗能诈,也像山里人那样不怕吃苦长于算计。享生硬是个冒尖的。

他扛到野鸭,走几十里路去了新堤镇。混进一些贩子中摸行情。不料新堤镇上的生意人,皆一个个老手,且人多势大,全不同情孤单单闯江湖的一个享生。有一日反而扎一帮,欲算计他。享生悟得快,立即溜了。

卖了一对鸭,赚了十块钱,也不晓得划得来划不来。划不来也认了。日要吃饭,夜要住店,如何少得钱?

躺床上,享生脑袋瓜子转转神。住的是一个集体办的小招待所。听得外面勺子声"咚咚"响,方想起自家冇吃夜饭,起身去了厨房。

一见师傅慌手慌脚地忙,几个顾客捏起账单议得热烈。享生凑上前,见菜单上居然有"红烧野鸭"。

享生趋上前,递一根烟给老师傅："师傅,有红烧野鸭冇?"

"冇得,上午就完哒。现在还想吃得到?"师傅把烟往耳朵上一夹,说。

"哟,那样俏?"享生说。

老师傅说:"哪么不俏?市场上漫天要价,今日都卖到八块钱一斤哒。说是明日还要涨。再这样下去,您五更起来也怕是吃不到红烧野鸭哒。"

"么样咧?"

"店里买不起。"

"八块钱一斤您店可买得起?"

"马虎相,少买点还可以。"

"七块五呢?"

"七块五一斤,来几多要几多。哪有这样好的事?"老师傅说。

"师傅,师傅,"享生连忙拉住他,"我出七块五的价,把您店里的野鸭包下,么样?"

师傅先是惊,后是喜,问:"有现货?"

"有,有。"享生说。又腾腾回屋,把剩下的两对鸭拎了来,堆一脸笑,"师傅,这两对,白送您。年关近哒,也好腌起过年。"

师傅拎到鸭,脸笑开哒,眉眼都动了位子。

第一张合同便签成哒。

三天后,享生坐到手扶拖拉机上,果真送来三百对鸭。出了店,立即买了个钱包。一下子钱包鼓了起来。跟猎民一分,自家落得一百。

享生弄通哒,专找大馆子大旅店,把价开得低一点,一拖就是一大批。

猎民乐呵呵地拿到一大笔钱,唤享生做"恩人"。

说享生人灵光,那不是假。晓得事情顺哒也有顺的坏处。

贩运二批鸭后,便花去百把元钱,给一户户的关键人物送了礼,还外带三对野鸭。包了国家的税,包了市场管理费,包了卫生检疫费,还为自家在新堤镇上包了一间屋。

大道一清,不怕有石有沟地绊脚栽车哒。贩出近万对鸭,大发而归。

十六

宦子塌的人见享生,都说:"哟,红胖红胖的,怕是发了财吧?"

享生不隐,高声答:"是的,您呐!"

有人亲眼见享生数了大把票子存进银行。晓得这回是真发。打听如何发,享生却是不说。只说是劳动所得,非偷非抢。

冇听说劳动能赚到那多钱的。

享生阔了起来,隔三两日去胡大富店里打酒,然后,哼到小曲,拐到金枝那里。金枝弄得一手好下酒菜。

胡大富嫉得眼珠子冒血。回回想掏出享生的底细,享生都七岔八扯地讲到别的事情上哒。弄得后来大富见了享生,心口都被筋扯一样疼。

其实大富的荷包里,已经沉沉地有不少钱哒。他跟大胡子的关系日日加深。不光是帮忙存药材,还帮忙推销,等于是入了股。偶然一回,他发觉好些贵重药都是假货,冇声张。暗示了大胡子一回。大胡子当即又多给了他五十块钱。大富觉得天下再冇得比大胡子更够朋友的人了,便愈发地卖起力来。唯一发愁的是,这多的钱放哪里才安稳。存进银行,怕别个晓得;搁在抽屉,怕老鼠拖走;放箱子里,又怕幺伯看见了查问。埋到地下更怕潮湿沤烂。一大摞钞票,捏在手上不晓得么办。还是莲英说:

"搞个瓦罐子埋在床底下。"大富果然照做了,心里方踏实许多。

大富红胖起来,莲英也显出肉肉的了。其实吃得跟原先冇么事不同。但心里搁了钱,颗米不沾也长膘。天壮冇长肉,不过添得几件新衣褂。

大富把铺面涂了新油漆,装糖果的瓶子和打酒的瓢都换了新的。然后把铺子里的事一把交给了莲英,自家则干起了一本正经的药材生意。

"酒里还掺水不?"莲英问。

"掺,少一点。"

"火柴呢?"

"还抽,改九盒抽十盒。小心点,莫叫幺伯撞见哒。"

"晓得。"莲英说。

晚饭时,天壮才从外头回。胡幺爹爹为秦家妣妣唱完孝歌后,一直生病。自留地就都是天壮在忙。

莲英在柜台上招呼。幺爹爹躺倒在床。饭桌上只有大富和天壮两个。

桌上的菜不蛮好,天壮一脸不乐。他自小在屋里娇爱惯哒,随几时都拉得出脸色。

"壮伢,"大富小心翼翼说,"伯伯最近攒了些钱,想给你买个手表。"

"真话?"天壮顿喜。

"你想要么牌子?"

天壮想了一下,冇想出。他也搞不清么牌子好。得去打听打听。

"想好哒,写个信给喜贵,叫他在汉口帮到买。我寄钱去。"

"那好。不要电子的,别个都说电子的假。"

"由你。壮伢,讲实哒,要想买好东西,就得赚大钱。你胡子叔叔的伢儿手表脚踏车还有么事机,都有。伯伯往日穷,冇跟你办到。"

天壮知道胡子伯伯是个有钱人。

"他的伢儿搞么工作?"

"摆小摊。在镇上。一个月可以赚几百。"

"哦?!"天壮惊叹一声。他还从冇一次见过一百块钱哩。

"连他屋里幺妹子也摆摊。金耳环金链子都戴起,几多富贵。"

天壮冇做声,在想。

"壮伢,伯问你一句。你想不想摆摊?若想,伯伯托大胡子去镇上办个执照。他熟路子多,十拿九稳。"

摆小摊比种田不晓得好到哪里去哒。况且能赚大钱,如何不摆?天壮迫不及待说:"摆!摆!"

十七

宦子塌的人一夜晚都晓得哒:喜贵又写信叫寄五十块钱。过年不回屋,要去哪块调查。

"真真一个有出息的伢。"都说。

十八

胡幺爹爹一病就是两个月。村里老少都晓得他是累的。过了七十的门槛,一气唱三个夜晚,不病才是稀罕。

病中,胡大富去秦家妃妃的家把七十五块钱要到手,胡幺爹爹竟是一点不晓得。

一日,胡幺爹爹正迷糊。听得外头天壮扯到喉咙唱歌,唱完又自家笑。还有一个女伢的声音。胡幺爹爹突然想:老也老哒,跟云仙也有三十年交往,芦苇丛也有得哒,自家何必那样伤悲。云仙说不定在阴间正跟秦水货说说笑笑,早忘记阳世上有个胡幺伢!这一想,脑壳像是遭人拍了一下,闷住的位子都通哒,出气也顺,血脉也清爽哒。第二日胡幺爹爹的眼睛就起了神,一清早披起衣褂出门去哒。

出大门,跟做完早田的人们一路打招呼。

"早哇!"

"胡幺爹爹,好哒?"

"还得活几年。"

"幺爹爹,您好生休息哟。"

"休息足哒。"

行至河边,仍见田七爹爹一人蹲在那里,一动不动。

"幺爹爹!"胡幺爹爹正欲上前跟田七爹爹搭话,有人扯了衣角。一低头,见是木瓜。

"幺爹爹,我以为您跟秦家妭妭一路去哒。"木瓜说起一笑,正正露出缺牙。

胡幺爹爹一惊,伸手揪住木瓜的耳朵,笑说:"这个精怪。"

"是不是有得伯伯的伢都是精怪?"

胡幺爹爹一怔:"嗯?"

"我做梦,梦见伯伯。伯伯说:'我再也见不到你哒。'就走哒。我撵半天,冇撵上。幺爹爹,我几多想我伯伯哟。"木瓜说完还长叹口气。

胡幺爹爹哈哈大笑:"这个伢,真是有情义。你姆妈要为你找一个伯伯的。"

"是享生伯不是?"

"享生伯不好?"

"好是好,就是光跟我剃头不好。还有,夜里把我赶到小屋……"

胡幺爹爹又笑,笑得快淌眼泪。

晚上,天黑得很。木瓜却跑了来,找胡幺爹爹。

"幺爹爹,七爹爹叫我来喊您呐去。"

这种事少有。胡幺爹爹忙随木瓜一路走。

田七爹爹屋里,除了享生外,还有秦老大、秦老二。

秦老二正说话,像有么事要紧事。

"么事?"胡幺爹爹问。

"县公安局到乡里来了个人,说要调查木瓜他伯伯的事。"

"是得调查。把老婆一丢走几年,伢也不要,冇见过这种男将。"

"是调查他跟金枝到底结婚冇。"

"哪么冇结?还是我唱到歌送他两个进的洞房。老七,你那天也在。"

"冇打结婚证就不算结婚!他是不是又想回来?"享生头上急得出汗。

"结婚证也打过。我亲眼见打的。"秦老大说。

"他末后又结哒,已经有了个伢儿,将将满三岁。"秦老二说。

"真话的?!"胡幺爹爹大惊。

"若是金枝真和他有结婚证,他就是重婚罪。"

"重婚罪是么事?"

"就是娶两个老婆,违法。"

"这个狗日的,有妻有妾,比老子们强得多,坐牢不?"享生说。

闲聊宦子塌·101

"当然坐。幺爹爹,您看呢……"

"让他坐!好好给金枝出口气,免得以为我宦子塝的女人好欺负。"

田七爹爹一直冇做声,蹲一边,呆想。胡幺爹爹踢了踢他的屁股:"老七,得告诉金枝,去县里告那个小杂种。"

木瓜却突然"哇"地大号,抓住胡幺爹爹又是踢,又是咬,嘴上还喊:"莫告我伯伯,不准害我伯伯坐牢。"

享生上前费好大力,才抱住木瓜。

"大人的事,小孩莫管。"胡幺爹爹斥道,又吼,"告!一定得告!"

金枝听到信哭得死去活来。等了七八年,痴痴地想等个人回来,再一路过日子。不想,别个在外头早已经安安逸逸地过起了自家的小日子。居然还有了三岁的伢儿,全不念他们的小木瓜。金枝哭自家的命苦,哭木瓜的命苦。哭得用脑壳往墙上擂。得亏享生眼疾手快,一把抱住哒。

几个女人劝不住金枝。

享生怒哒,操起桌上一个水瓶,恶似的往地上一打。水瓶"砰"地好响。

"号,号丧!死了爹娘也冇这样号过。那个人是哪样值得你伤心?跟你过了几个月的日子?你等他七八年,他连信都不打一封回,自家在城里抱老婆抱伢儿。你还那样痴他。我田享生,虽是农家儿,钱也能赚,力气也有,文化不比他差,跟你两个也算得上有情有义,你寻死就一点冇想过我?你死,只管去死。木瓜有我养。"享生一口气说完,扯起木瓜就走。

享生与金枝偷情,村里已有风传,不过还有被人拿来开心,今日倒被享生自家说穿哒,且又说得如此的堂堂正正。

"是呀,享生未必不如你先前那个?"人都劝。

金枝止住号,直起眼发呆。抬头寻享生,享生却已出了门。

"享生呃,莫丢我……"金枝哭到长喊一声。

满屋子都响起了杂音:"享生,快转来。"

"享生,金枝想过来哒。"

听得享生跑回的脚步声。

秦老二此刻才说:"我说,木瓜他伯伯确实犯有重婚罪,可以告他,金枝。"

"不——"金枝又喊,"千万莫让他坐牢,莫让他坐牢。求您哒。"喊完又哭。

木瓜直直站在秦老二前,双腿一屈,跪下磕头:"秦二伯,莫让我伯伯坐牢。"

享生抱起木瓜,对秦老二说:"老二,算哒,就说先前冇结婚。"

田七爹爹叹了一声,也说:"就依了金枝吧。"

胡幺爹爹一帮老人家都蹲在门口,相互叹气,也都插言:"还有个三岁的伢儿,就依了金枝吧。"

秦老二想想说:"那好。乡里那边我去做手脚,你们回去交代一下,凡有人问这事,都答冇结婚。"

"唉,那伢在我宦子塌也住过不少日子。天壮和喜贵两个屁点大时都喜欢跟到他玩。"胡幺爹爹说。

十九

天壮的小摊还蛮有个看头。货不少,洋玩意也多,得亏大胡子相帮。他先摆了一两年的摊也比不过天壮的齐整。天壮顶佩服的就是大胡子,他的本事能通天。

几个月下来,也赚了不少。料子衣裤和皮鞋都先后添置哒。穿起在宦子塌走一遭,人人都"咦,咦"地把他当个贵客。

大富最满意:"再干一些时,心眼子更活哒,钱怕是会赚得更多。"

莲英笑眯哒:"壮伢这一身架子,不愁漂亮姑娘求上门。"

胡幺爹爹倒是冇说么事。

还有一个人,为了天壮这一变,又是高兴又是愁。这个人是喜鹊。天壮在村子有脸面,她喜,觉得自家脸上也光彩。天壮一有脸面晚上就不去河边哒,总推说要算账,她愁,生怕天壮甩了她。

于是,日日夜晚去天壮那里。得机会说话,就看他拨算盘。算盘珠子一停,就凑上前,摸一下,亲一下。天壮常不动,由她去。

天壮的确想甩喜鹊哒。只是冇找到机会。

办小摊后,天壮时不时要去县城搞点货。中午便去县中找低班同学中花那里搭便吃碗饭。原本他们也是熟的,去的回数多哒,就更亲密。跟中花一路,天壮话多得说不完。有一回,还请了中花看过一场电影。看到男主角和女主角搂抱时,天壮禁不住瞟了中花一眼,恰恰中花也瞟他。弄得天壮好半天心跳。记不得跟喜鹊一路有冇心跳过。

县城便去得越发勤。

终是被喜鹊晓得了风声。凶凶地找到天壮,要天壮去县城带上她。天壮哪肯。

喜鹊怒哒,伸出巴掌朝天壮脸上抓去,天壮偏让一下,两根指甲划的红杠杠就留在颈子上。

"你去会中花,不想带上我。"喜鹊哭唏唏地又伸出巴掌。

天壮伸出手抓住她:"未必要打架?"

"中花原先分明是跟我喜贵哥好,现在又勾引你,这个骚货。"喜鹊嘴里使起劲喊。

天壮沉下脸,不言语,慢慢地抓住喜鹊的手按在自己嘴上,嘴巴撮起,一下一下地啄。

喜鹊一下子柔顺哒。她趴在天壮身上,眼泪鼻涕一把地哭到说:"你莫耳中花,你要喜欢我。你要再耳她,我去寻死。"说到伸手到天壮的衣服里,狠劲地掐他胸脯上一点点薄肉。

"哎哟——"天壮疼得喊。

只得带她去了趟县城,自然是冇去县中。

宦子塌离县城好远。走几十里路,到镇上坐车,中间还要倒一次。去了那里,几近中午。喜鹊极少去县城,一是怕误工,二是冇得人带,一个人不敢出门。这回,跟上自家心爱的人一路,不晓得几兴奋。喜鹊原本就不是个会遮掩的人,出了门冇得人认识,又加上高兴,更加是不遮掩哒。一路上高声武气地说话,大笑,还有大惊小怪的尖叫,全然不把别的人放在眼里。

去了一家商店,原本不打算买么事。喜鹊却偏要售货员一下子拿床单,一下子拿水瓶,都是手摸摸,看两眼,说声:"这个不行,比我的屋里的差远哒,是不是?"还反问一下天壮。天壮只得点头,心说你屋里有个呵欠!而今售货员都跟兔子一样精,笑到说:"荷包冇得钱,还要脸面上光滑。不说这话,还光一点,一说哒,我都替你丢脸。"虽是笑,话说得却几多毒。天壮难为情,喜鹊却蛮认真地站到听,像不是在说她。

出了商店,逛小摊子。天壮趁机看看别个的摊子上有么事新鲜货。喜鹊揪到他的衣角不敢松。走到一个小摊前,喜鹊停了脚步,抓起一个白色的乳罩在自家胸前比画,问天壮:"白的好看还是绿的好看?"天壮脸臊得冇办法待,扭头往前走。喜鹊居然放大声音追到喊:"哪么走啦？那回你不是要我买吗？还说买两个换洗。"一排摆小摊的男女笑得人仰马翻。天壮无地自容,喜鹊却不知晓,凶凶地吼人:"吃了笑药？不买哒。笑死你一屋人。"人们笑得更凶了。

天壮无心再玩,当即回去。一路无言,且心里发誓这辈子再不跟喜鹊一路进城。一个人冇文化随儿好看,也还是丑。中花不及喜鹊脸模子好,有文化懂文明就是美。天壮叹想。

喜鹊倒是百事不解,一路还多话,还大笑,还尖叫。

二十

转眼夏季。喜贵走了一年,终于回宦子塌过暑假哒。

人长高哒,壮哒,完完全全地一副城市洋学生打扮。裤子巴紧屁股,汗衫上有洋字码,鼻子上还架起宽边大眼镜。"硬像电影里头的人。"村上人都喷起嘴夸。宦子塌多了个喜贵多了几脸的光彩,秦家人多了个喜贵多出几脸的傲气。

偏喜鹊不把喜贵放在眼里。

吃饭时,喜贵问喜鹊:"鹊妹子,做么事不耳人？"

喜鹊说:"恨你。"

秦老大吓了一跳:"做么事恨你哥？"

喜鹊说:"连您一路恨。"

喜贵笑哒:"这就不得了。恨不恨姆妈？"

喜鹊眼皮一翻说:"都恨。"

"疯丫头!"姆妈说了一句。还用筷子刷了喜鹊一下。

"就恨,恨你们。"喜鹊一打碗,连说。突然地又放声悲号。

喜贵原先不过跟妹子寻个开心,这下见来真的,倒发了傻。

"么回事？大伯。"他问秦老大。

"天晓得。这丫头就是疯野。"秦老大说。

喜贵终是冇弄清妹子为么事恨他。

喜贵头几日,天天闷在屋里看书写字。末后,见一屋老小皆忙,也去地里干了几天活。歇了一年,再干硬是觉得乏累,屋里人也心疼,都喊到要他歇起,莫累垮了身子骨。

便歇了几日,中午,就去荆河游水。

河边,田七爹爹和木瓜蹲起一大一小两块石头。

"木瓜,下来,我教你游水。"喜贵朝木瓜喊。

"我不,我要看人。"木瓜说。

"么吵?"

"河兜里有人。七爹爹说,用心看就能看到。"

喜贵好奇怪,忙爬上岸,还冇近上前,被人拉住了手。

回头见是胡幺爹爹。"幺爹爹。"喜贵喊了一声。

胡幺爹爹望到喜贵,眼珠子不转。喜贵宽肩头,细腰身,长腿长膀子,几多壮实,让任何人看到都由心里喜欢。

喜贵见胡幺爹爹盯紧自家打量,一低头,见自家只穿得一条三角形短裤,以为幺爹爹不满,赶赶忙忙换上衣服。

胡幺爹爹忽然伸出手,摸摸喜贵的肩膀,说:"好伢,去我屋里跟天壮扯扯闲,交个兄弟。"

"好呀。"喜贵说。

"幺爹爹,喜贵哥哪么跟天壮哥好像?"木瓜已走了过来,幽幽地说一句。

胡幺爹爹心里立即"扑扑"急跳几下。

喜贵扯起木瓜去田七爹爹那里问河里有么人的事去哒。喜贵走路好威武,随哪个屋里有这样的伢就是福。

天刚黑,喜贵在院子里跟秦老大说:"大伯,我去天壮屋里玩一下。"

喜鹊在屋里听到,立刻尖叫一声:"我要跟你一路去。"

喜贵说:"去就去,喊个么事!"

两人相跟进了胡家大门。天壮刚收摊回屋几分钟,正趴在桌前算账。中花竟站一边替他打扇。

喜鹊和喜贵都变了脸色。喜鹊恶里恶气地说:"中花,你真是贤惠呀。"

中花一抬头,见喜鹊后头跟到喜贵,脸一红,搁下扇子就跑。

喜贵闪到一边,冇做声。上大学后,他给她写过三封信,以后就忘记了。忘记了青岭和凤凰冢。放假后,倒是去找过她,不料中花正高考,冇回。末了,就算哒。

见中花那般柔情地待天壮,喜贵心里有些醋。

喜鹊挨到天壮,伸手拉他的膀子。天壮冇动。喜鹊又抓起扇子,为天壮扇。

天壮让开,铁到脸,坐到床边。

喜鹊又往前凑。喜贵吼了一声:"喜鹊!"

"你吼么事吼!不是你,天壮会不要我?大伯和姆妈准你读书,不准我去,让我在屋里赚钱,你上大学,我是文盲,天壮嫌我。姆妈呀,我好命苦。"喜鹊泼起来又哭又喊。

喜贵只好把她扯回去,一句话冇跟天壮讲。

"壮伢。"

喜贵和喜鹊刚走,胡幺爹爹在他屋里喊起来。

天壮忙过去。

"喜鹊喊么事?"胡幺爹爹问。

"冇喊么事。"

"屁话,我听见她哭。"

"是……她想我跟她两个……好。"天壮说。

"么吵?"胡幺爹爹惊问。

"她想我娶她。"

"你敢!"胡幺爹爹脸像立刻凶起,"你敢动一下娶喜鹊的念头,我割你的脑壳。"

"我冇动。"天壮心却一喜。

"告诉你,打光棍也不准娶她。在爹爹面前赌个咒。"

"我一点不喜欢她。蠢死,连小学文化都冇得,粗野得要命。我见她就心烦。"天壮忙表白。

"啪!"胡幺爹爹给了他一个嘴巴,"叫你赌咒,又冇叫你骂人。喜鹊是个好伢,你再敢骂她一句。"

天壮闹不清幺爹爹么样哒。一下子这样说,一下子那样说。他只好照幺爹爹的要求赌了咒:"一辈子不娶喜鹊,若违背,遭雷轰死,电劈死,水淹死,火烧死。"

大富和莲英在堂屋屏住气听,搞不清幺伯究竟为么事。算起来,喜鹊倒是蛮好个姑娘,泼辣,能干,长得又壮实,必是个好劳力。

却是不敢多言语。

第二日,喜贵去了镇上,在街口找到天壮的摊子。天壮并冇显得高兴。

"你跟我屋里喜鹊谈过恋爱?"喜贵问。

"冇!"天壮答。

"那你引她到河边……"

"冇得事干,玩玩。"

"你要她?"

"不。"

"我屋里喜鹊有文化就好哒,跟你还是蛮配。"

"中花取不了大学配你也有多。"

喜贵不语哒。心里有毛虫虫爬。

天壮再冇耳他,自顾自做生意,见有人立摊子前,就吆喝两声,拉客。

"天壮,你对摆小摊有么事想法?"

"冇得,能赚钱就行。"

"原先的理想咧?"

"原先就只不想种田,干么事都行。"

"你,跟中花好哒?"

"冇。"

"她跟你说了些么事?"

"都说哒,还说恨你。"

"你福气好。喜鹊从冇说恨你。天天念你的好。"喜贵说完鼻子还"哼"了一声。

天壮心一动,冇答话。又想这"哼"是么意思。

"幺爹爹要我跟你交个兄弟,我两个这下真成了兄弟。我是大学生甩了中花,你是中学生甩了喜鹊。一个样子。"喜贵自嘲说。

天壮觉得喜贵说得也冇错。

中午,胡幺爹爹给天壮送午饭来哒。一见喜贵跟天壮坐一条凳上,好欢喜。说:"喜贵,跟我壮伢一路吃。"

"不哒,我吃了,您吃么事?"喜贵说。

"瞎说。你幺爹爹是吃了饭来的。"胡幺爹爹说谎,"难得两个坐一路扯闲,哪里说走就走?我把你当我壮伢一样。"

喜贵说:"我们小辈子在您跟前都跟壮伢一样,您只管教训。"

胡幺爹爹笑呵哒:"贵伢的嘴几多甜蜜。"

天壮端起碗,狠扒一口,才说:"我幺爹爹叫你吃,你就吃。"喜贵这才动手。

胡幺爹爹坐一边,看他两个大口吃饭,眼睛出神,烟都忘记了抽。

路过的人翻看摊上吊起的衣裤,嘴里说:"这两兄弟吃饭好香哪。"

二十一

对河红花刿一个巫医听说宦子塌胡大富店里有药材卖,且价钱比公家药店便宜,就划了船过来买了一大批。治冇治好病人,胡大富不问,只是欺巫医是外乡的,暗把钱涨了五厘。

冇过几久,远乡姜公刿和迎王口的巫医,用巫术骗钱,相隔一天,各人整死一个妇女。县公安局把他两个捉起去。责成各乡注意其他巫医。红花刿的巫医被喊到乡政府,几个乡干部盘问他干冇干骗钱害命的缺德事,他忙说冇。还说他给人看病虽是跳了神,回回也都还开了药。乡政府派了卫生院两个医生去检查他的药,发现全部是假货。

再一追,就到了宦子塌。在胡大富店铺门口,公安局当到宦子塌老少的面,开包检查。竟冇发现一包真货。

胡幺爹爹立即跳起脚大骂大胡子,一直上到祖宗几代。也骂大富昏眼不识人。骂完,喘两口气,告诉乡政府的人和公安局:"是一个大胡子跑生意的人搁我屋兜里的,我大富不晓得是假货。"

乡政府的人忙问大富这话是不是真。

大富一脸苦相,讷讷地要说不说。胡幺爹爹朝他踢一脚,吼:"哑巴哒?还不跟政府讲老实话?"

大富说:"原先不晓得,后来晓得哒。原先是大胡子一个人存的,现在……我……我也……有一份……"说到,蹲下来,低下头,像是要缩进地里头去。他晓得,即便乡政府的人饶得过他,他的幺爹爹定是不会饶的。

果然,胡幺爹爹先是呆了眼。

围观的人不多,倒是骚动声一片。

"讲是胡家么样发财哒,还刷了新门面。"

"真是有人生养,冇人教训。大富自小财迷心窍,大了赚黑心钱。"

"冇人不晓得,胡家铺子里的酒,回回掺哒水。"

叽叽喳喳,骂声不绝,全不顾胡幺爹爹一张老脸。

胡幺爹爹缓过了气,走上前,揪起大富的头发,朝围起观望的人展览地把胡大富的脸转了一圈,扬手就朝脸上刷巴掌。一连几十下,胡大富面颊顿见红肿,嘴角淌出了血。

竟冇人说话哒,也冇人上去劝。只听得胡幺爹爹的巴掌和喘气。大富给宦子塆丢尽了脸,哪个还得去同情他?

莲英末后"哇"地号起,连滚带爬扑到胡幺爹爹足下,高声喊:"幺伯,您呐饶了他吧,就这一回,再不敢哒。再不敢哒。您呐行行好。政府要么样赔,我两个割肉卖血都赔,求您呐饶了他。"

胡幺爹爹歇下手,对跪在他跟前的莲英吼:"你这个婆娘也不是好东西,明晓得男将干恶事还当帮手。你两个黑了良心,冇钱也要清白过日子,如何能干这种缺德事?害人命的钱你两个哪么花得出手?你赔得起人命?赔得起我胡家一世的清白?"胡幺爹爹骂着骂着,声气由痛恨渐转为苍凉,"天爷爷,我如何养了这个孽种,丢尽我宦子塆一村人的脸,叫我么样去见胡家列祖列宗?"

胡幺爹爹老泪落下,"扑通"一声跪下,仰天大喊:"天爷爷,我胡老幺有么脸在村里待下去?"

几个老人上前扯起他。"幺爹爹,儿大由不得爹娘,与您无关。附近哪个不晓得您幺爹爹一向是侠骨热肠的正人。您万莫伤哒元气。"有老人家说。

"你们晓得我的为人,你们都晓得的。"站起来的胡幺爹爹一下子显得老态龙钟哒,说话都颤颤地不连贯。

木瓜递过一条湿毛巾:"幺爹爹,您揩脸。您莫稀罕大富伯伯这个儿,我长大哒,我养您。我老哒,叫我的儿养您。"

一下子,惹一些人笑起。

享生跟金枝杂在人中看热闹。享生捏一下金枝的手说:"我木瓜伢长大不得了。"

金枝叹息道:"这伢硬是个精怪。"

药材全部没收哒。胡大富先送乡里交代问题,莲英待在屋里听候发落。

胡天壮回来时,高潮已经过去哒。进屋见姆妈哭,幺爹爹骂,不晓得出了么事。问清,才说一句:"幺爹爹,您莫怄,这种事世界上多得很。人穷有么办法?想发财就得昧一点良心。我想得穿得很。"

"闭口!再讲一句,老子打断你的狗腿。"胡幺爹爹怒吼一声。

胡幺爹爹从冇生过这么大的气,也从冇丢过这么大的丑。一连几天,不出大门。末后出了,也只低头走路。养了如此儿孙,胡家有何脸面在宦子塥摆露?胡家是大姓,据说祖宗是东汉年间辅佐过六个皇帝的大学者胡广。至今的监利县志还可查到胡广政绩和胡广高门深宅的草图。只因后来逃水灾,才由容城迁到宦子塌。宦子塌对胡家的根底都晓得。胡幺爹爹唱孝歌回回都要唱:"容城有个伟胡广,辅佐六帝英名扬。"因此,提起胡家,冇人不起敬意。

不料却出了个胡大富。把姓胡的光彩都玷污哒。胡幺爹爹怄。当初做么事结婚,做么事要养大富这个孽种。他又不是冇得自己的亲骨肉。哪怕说不清白,却总归是有的。

天壮那天赚得多些,一条五块六进货的裤子,卖了十二块三毛;一件十一块钱进货的腈纶毛衣,二十块钱卖给了一个傻大姐。摆小摊后,数那天赚得顺。

由镇上回,路上又遇到中花。中花大学未取,回乡哒。正在屋里帮兄弟种责任田。天壮试着约她晚上去河边玩玩,中花居然允了。

天壮进大门时,便学那些香港人浪声浪气地唱起歌:"你问我爱你有多深,我爱你有几分?"刚跨过门槛冇几步,听得幺爹爹在他房里喊:"天壮,过来。"

天壮停了歌子,颠颠地过去:"幺爹爹,您有么事?"

"听到,从今日起,不准去摆小摊。"

天壮大惊:"为么事?"

莲英见胡幺爹爹喊天壮的声气不对,忙倚在门口听,怕天壮受了委屈。一听胡幺爹爹的话,晓得他的意思,忙说:"不关壮伢的事,他随么事都不晓得。"

"你收起!冇脸皮的东西!"胡幺爹爹脸朝外吼一句,才又说,"听到,壮伢,人一想赚钱就黑哒心。我胡家一辈子冇得做生意的人。大富一个够哒,再冇得脸可丢哒。壮伢不准再干这种事。穷死饿死也要清白。"

"幺爹爹,那我做么事?您说说。"天壮不乐。

"种田。"胡幺爹爹说,"你祖上都种过田。"

"幺伯,您看壮伢身上那一把骨头,您舍得我舍不得。大富是您的儿,您管,壮伢是从我肚子里出来的,我要守着他活。"莲英说。

"你闭口。闲时跟我学着唱孝歌。"

"您疯哒,是么时代哒。哪个年轻人搞这?"天壮喊了起来。

"老子唱歌时,不也才二十几?"

"您二十几有壮伢这样的文化?"莲英又说。

"你少放两个屁!你还有脸讲话?未必叫壮伢学你两个伤天害理地赚钱?老子说哒,壮伢不下田就跟老子唱孝歌。壮伢,我再跟你说,手跟钱多摸几回,坏心思就长出几节。干不几久,就学你伯伯一般,干坏哒人胚子。做人比赚钱紧要。"

天壮灰起脸。好情绪全光哒。想想幺爹爹说得也在理。再想想又觉得那些道理太老哒。

"容我想一晚。"天壮跟胡幺爹爹说。

中花果然在河边等天壮。天壮心跳得比往日快多哒。

两个人沿河走。走远哒,又倒回。又走远哒,又倒回。来来去去好几趟,话多得说不完。

天晚得厉害,末后,中花说:"回去算哒,你明天一早起还要赶到镇上。"

天壮说:"再不得去哒。"

中花奇怪:"为么事?"

"我幺爹爹不准。怕我时间长哒变成我伯伯那样的人。"

"幺爹爹讲得也有理。"

"你说我去好还是不去好?"

"不去就在村里种田?"

"是呀。闲时幺爹爹要我跟他学唱孝歌。"

"真话?"

"真话。"

"你唱不?"

"我要想一下,你说呢?"

"我最喜欢听幺爹爹唱孝歌哒。你要唱,我回回去听。"

"当真?"天壮意外地喜。

"我几时哄过你?日后,在乡里谋个好一些的事干,业余时间去唱,我陪你去……"中花声气越说越细。

天壮好激动。他晓得自家是真心地喜欢中花,但在中花面前总是畏畏缩缩,怕中花看他不起。闷了好些日子,不敢说,适才两人走来走去,天壮蛮想搂到中花的腰,学电影上的情人一样,终是冇敢。现晓得中花心上有他,一下子耐不住哒。

天壮刹住脚,长手臂伸过去把中花捉进自家怀里,箍得中花挣不脱,只好由他的嘴鼻子在自家脸上横来竖起地擦,只闭起眼一声不响。

"花,好妹子,有了你,哥哥活着都有味哒。"天壮舔到中花的耳朵说。

"哥哥……跟喜鹊……是不是也这样?"中花问。

"早冇哒。今后只跟你。"

中花身子直哆嗦,像是打摆子发冷。

天壮想了想说:"是不是想喜贵?"

中花落哒泪:"对不起,今后只想你。"

天壮便又箍得紧些。

第二日清早,天壮一起床就跟胡幺爹爹说:"幺爹爹,就按您说的办。"

胡幺爹爹说:"这才做得我胡家的儿孙。"

二十二

宦子塌近几日有几桩事,天天被议得吼。

头一件事是喜贵回校一个月,写信要屋里寄一百块钱。愁得秦家一屋人几天歇不好觉。不寄吧,又怕屈了伢,寄吧,又不晓得何处能借,何时能还。末后喜鹊一咬牙,拿出自家攒了几年的私房,给了秦老大。横直天壮不要她哒,攒钱也有得用。喜鹊姆妈心疼姑娘,望起喜鹊落泪,却是冇得第二个法。

这笔钱,喜鹊十二岁做工攒起到而今。

随哪个都夸喜鹊明大义。喜贵是么事人?要一块金砖也是该给的。宦子塌如没喜贵,少几多威风!

二一件事是胡大富被罚了款,一千块钱。都说罚得好,又忧胡家去哪里谋钱。见了胡幺爹爹和大富,怕多说哒话,客气几句忙忙地溜走。更不敢提钱的事,借到自家头上,总归是不好。况胡家猴年马月能还得出?

三一件事是金枝跟享生两个到底打了结婚证。秋后就办喜事。虽说两人都是二婚,享生还是要把婚事办热闹。手头有钱哒,显示一下脸面也是需的。

结婚前,金枝给享生做了一身新衣褂,还给田七爹爹缝了件袄子。享生好感激,赶一趟县城,给木瓜买了双新球鞋,一套小海军衣裤,穿得木瓜每天都串门子。送给金枝的东西就贵重哒,一双真金的耳环子。金枝对镜一戴,立即显得好看了许多。心里喜,嘴上却嗔怨享生:"这耳环子么样敢戴出门?"享生说:"不怕,不怕。你要实在不敢,夜里就戴把我一个人看越发是好。"

"我也看。"木瓜赶紧说。

金枝跟享生有情后,就常出来同村里的嫂子们闲扯。脸上常见笑,只是话还不多。见金枝在哪里,享生必是要凑上前热闹几句,一去自然成众矢之的。

"哟,享生,娶个媳妇还得个儿,真好福气。"

"金枝再要好生管住享生,享生善勾引人哩。"

"享生,金枝姐肚子里的伢儿几个月哒?"

享生就喜欢听女人家的这一些废话,听得心里儿多舒服。金枝倒是一阵阵脸红。虽说是冇跟享生举行正式仪式也冇摆酒席,但肚子里的确有了享生的伢儿。

"金枝要跟我生一个儿,像木瓜一样贼。"享生得意说。

再过几日,就办喜事哒。金枝突然收到一封信,拆开,光看信封上的字,眼泪珠子就"吧嗒"地落。搁在桌上不敢摸,像怕烫手。

派木瓜去喊享生。

享生正把旧家具漆新,一身斑斑点点。一听木瓜说姆妈在哭脸,手冇洗,慌慌起奔去。进门就抱起金枝脑壳,嘴上连说:"么样哒,么样事。莫哭,莫哭,哭得我心口抽筋。我见不得你哭脸。"黑手便在金枝脸上抹来抹去,把一张白脸抹得花花一片。

金枝一指桌上:"他来的。"

"么吣?"享生一吓。他最怕这个。怕金枝为了这个人又不想跟他结婚哒。冇得金枝,他觉得活着冇得味。他心慌得很,不敢摸信。

"金枝,好妹子。随他写么事,莫耳,好不?莫丢我。莫耳他。莫看信。好不?好不?"享生哀哀地求。

"木瓜,把信拿到灶房里烧它!"金枝见享生吓得脸白,不忍却他一片痴情,一边扯起享生的衣襟揩脸,一边喊木瓜。

木瓜拿到信,进了灶房。刚想烧,又拆开来认字。好多字不识,但也认出了几行:"小孩有八岁了吧？是男还是女？长得像不像我？我好想他。他叫什么名字？"

木瓜呆哒。是伯伯的信。伯伯也想他。他在河里见过伯伯,梦里见过伯伯,夜夜里想他回来。

夜晚,木瓜冇出去玩。趴在桌上,给他伯伯写信。"伯伯,我想你,你回来看木瓜。"想想又加一句,"木瓜是个儿。"

用作业纸糊了个信封,写上:汉口,伯伯收。怕人寻不到,又画了一个人,高个子,眯眼睛,张开了嘴,露出少了半边的牙。

金枝只当他是在做作业。

二十三

胡幺爹爹先是去秦老大屋里借钱。不料进得门,听喜鹊哭得凶,嘴里恶似的骂他哥喜贵。秦老大垮到脸,在院里劈柴。

"老大,喜鹊么样哒？"

"把喜鹊攒了几多年的钱寄得喜贵哒,哪晓得这个狗杂种花一百块钱只买了一件衣服一条裤子。"秦老大说。

"么吵,一百块钱只买一件衣裤？"胡幺爹爹大惊。

"说是毛料子西装,同学都穿这。"

"啧啧,那是么衣服？怕是金线缝的,用金子做的扣吧？毛主席的衣服才用金扣子。你屋里喜贵也用,怕是好兆头咧。我最唯愿我宦子塌出个真龙天子。"

"您说笑。"

"我宦子塌风水好,定得有贵人出。我算哒,不是你屋里喜贵,就是木瓜。那个伢儿,硬是个人精。"

胡幺爹爹出门时,冇提借钱的话。

便去找享生。

享生正粉墙。

"享生,床扎实不?"胡幺爹爹寻他的开心。

"当然扎实。不得翻垮。"享生笑说。

"脸皮子也有磨一样厚哒。你七伯天黑前回来不?"

"差不多。"

"在河边到底看么事?你冇问过?"

"哪晓得,说是看人。河里么样会有人?人老哒,脑壳子里不清白,装些稀奇古怪的家伙,叫旁人觉得可笑。您有事?"

"我?"胡幺爹爹顿住,过一下才说,"找你帮我剃个头。"

"您幺爹爹来哒,就是火烧到屁股,也是先跟您剃完,再去救火。"享生放下刷子,让胡幺爹爹进堂屋,坐下,抓一条灰黑了的布单子,往胡幺爹爹颈下一围。

"幺爹爹,乡政府儿多心辣,罚您大富一千块,也太多啦。"享生说,手上灵便地在胡幺爹爹头上盘来盘去。

"该的!"胡幺爹爹说。

"话是这么说,可这笔钱么样叫人拿得出咧?又不是旧社会的财主,屋里隐一些的财喜。"

"拿不出也得拿呀。这都冇脸面见人哒,一赖账不更惹人耻笑?"

"那也是。宦子塌冇哪个不晓得您胡幺爹爹是个清正之人。骨头硬,心气也硬,活得干干净净,从来是被人在眼跟前竖大拇指,不兴在背脊上指二拇指。"

"享生,难得你晓得我。"胡幺爹爹好感激。脸上挂满喜。

"我猜,您只怕得卖屋才能凑齐数?"享生好随意地说,手冇停推头发。

"卖屋?"胡幺爹爹耳朵竖起,怕听漏。

"宦子塌的屋不好卖。太远哒。离得县城、镇上都太远哒。那些年,人越住越少,我若不是跟金枝结婚,也有想到在宦子塌买屋。"

　　"你,要……买屋?"

　　"是,幺爹爹,您若卖屋,先告诉我……"

　　"我的屋,卖它?"

　　"不卖哪么齐得了一千块?我手头还有点现钱,保险不拖欠您一分。我田家跟胡家交情也算深……"

　　"放屁!"胡幺爹爹屁股从凳上腾起,"老子屋里闹鬼,哪个住进去断子绝孙。"

　　享生不防备他屁股的一腾,手一晃,割得胡幺爹爹头皮流血。顾不得听胡幺爹爹喊些么事,抓起布单子往胡幺爹爹头上捂。

　　胡幺爹爹扯下单子,往地上一甩,涎沫子飞得享生满脸,手舞脚跺地骂:"你田家一屋人心术不正。你伯伯教出你这样的儿,还想剥削还想强占民房?"

　　田享生听到黑起脸,眼睛恶似的盯到胡幺爹爹好久。末后,听胡幺爹爹骂声不绝,把灰黑的单子收拾起,抬头回一句:"您有大富这样的儿,在宦子塌骂人气都要粗些。"

　　胡幺爹爹哑了嘴。

　　钱冇借到,还被人算计了屋。胡幺爹爹肚子里火旺,烧得身子骨发炸。他好恨享生,冇说是见他胡家遭难,接济一把,倒连忙挑起别个卖屋。他田老七当了几年国民党,养的儿不是好东西。胡幺爹爹恨想。胡幺爹爹年轻时吃过国民党的亏,永远敌视国民党,连水灾、火灾、汽车轧死人之类,也一律认为是国民党在搞鬼。

　　到河边,见到田七爹爹,胡幺爹爹张口便骂:"老七,想霸占我的屋,打错哒算盘。而今是共产党当天下,不是你国民党时候。"接下去骂一串脏话。

田七爹爹慢慢站起身,呆呆望着胡幺爹爹,说:"冤啦。"吐了两个字说不下去,就不说哒。

"你才是国民党,我七爹爹是红军。"木瓜不晓得从哪里蹿出,仰到头朝胡幺爹爹瞎喊一气。

胡幺爹爹鼻子带"哼"地走哒。听得田七爹爹说:"硬是只有木瓜懂七爹爹。"

进到屋,大富和莲英关上了他两个自家的房门,搞得响,弄不清搞么事。

"不要脸!"胡幺爹爹火头上,用脚在门上踹了一下,"几十岁的人,伢都要娶媳妇哒。还天不黑就关门。孽种。"

屋里又一阵窸窸窣窣。过了一下,大富才出来。脸红得很,有些慌张气,靠到门框,手脚一时不晓得搁哪。

"告诉你,这屋不准卖给田家享生手上。"胡幺爹爹说。

"么吆?卖么事?"胡大富冇搞清白。

"胡家的屋不得卖田家享生。"

"做么事卖屋?"胡大富骇然惊住。

"幺伯,您老哒,不清醒哒。平白无故卖么事屋?卖了屋叫我一家人住马路上?"莲英说。

"你两个不干伤天害理的事,我会卖屋?又不是疯哒。冇你讲话的地方!"胡幺爹爹说。

"您说卖屋认罚?"大富问。

"怕不是?到哪里去偷一千块钱?"

大富望一眼莲英,松下气,说:"幺伯,您不消操心。我干的事我凑钱。您歇气,不消耳这件事。"

"我不耳?又尽你去变法子赚黑良心的钱?"

大富不做声哒。

"幺伯,您莫老揭人短。未必钱都是黑心赚来的。城里人个个住高楼房,穿金戴银,未必也都是黑心钱买的。"

"大富!"胡幺爹爹说,"拿棍子,给老子把这婆娘教训好,看她还敢不敢顶撞老人。"

"幺伯,莲英说把她从娘屋里带过来的首饰去卖哒,兑几个钱,去交乡里。您……"

"你两个一鼻孔出气。"胡幺爹爹掉头回自家房,闷在角落里,抽烟。心里几多不爽气。

吃饭时,胡幺爹爹拿了一叠钱,零票子多。往桌上一搁,说:"这原先是我攒起买棺材板的钱。一百一十六块七角六分。拿起去。横直我也是有脸皮睡到棺材见先人。一把火烧成灰,算哒。"

胡幺爹爹好沉痛。后几句话,像是遭人捏到喉咙挤豆子一样,一个字一个字挤出的。

大富、莲英低到头扒饭,不做声。

"人一世,不光是饱肚子,脸皮子怕是更要紧些。"胡幺爹爹又说。

"我幺爹爹硬是有个做人的样子,一生清白。"天壮说。

突然间胡幺爹爹眼前晃起一片片芦苇。心一紧,就不再讲话嗒。

莲英拾掇桌子,拿尽胡幺爹爹搁在上面的钱,心里好喜。不晓得幺伯竟攒了百把块哩。

喊了大富,两人又关哒门。

"把幺伯的算上,还有几多?"大富问。

"原先是三千四百二十八块,去一千,剩两千四百二十八,加上幺伯的,统共有两千五百四十四块七角六分。"莲英拨几下算盘说。

"拿零头出,剩两千五百还埋起。备个万一用。"

"那是,吃了一场亏,总还赚哒一些。"

"学幺伯讲么事脸皮,一辈子穷死。"

"穷未必不丢脸皮。幺伯硬是老哒。"

"不得准天壮学幺伯的性子。"

"那是。"

大富和莲英赔了款,依然红胖。见了人,依然客气,也冇见脸面子少了么事光彩。

倒是胡幺爹爹瘦了几圈,声音老浊哒。

二十四

黄昏时,田七爹爹又蹲到了河边。太阳正慢慢往黑厚黑厚的云层兜里落。薄云处显出一杠一杠的浅浅红。河面上冇得红光。

划过几条船。一个人扯起喉咙对到岸上唱歌。

"五洲高岳首推亚细亚,

俄罗斯对红海西向欧罗巴。"

就唱两句,田七爹爹耳根子发紧。一时间张皇失措。想吼:莫唱哒! 又冇吼出。却哀哀地喊一声:"队长。"

木瓜蛇一般轻巧,到田七爹爹身边边站了好一下,大气冇出。用小手勾住田七爹爹的一个指头,问:"七爹爹,您跟河兜里人说么事?"

宦子塌的人都晓得田七爹爹冇几多日子哒。脸上的阳气日日地少。脑壳子里跟阴间的人开始对话哒。

享生和金枝日日给田七爹爹弄些他喜欢吃的东西。说,也不枉您呐到世上走了一遭。

二十五

钱送去了乡里,屋并冇卖,胡幺爹爹的心绪日日好转哒。加天壮跟胡幺爹爹学唱孝歌,也还蛮专心。

天壮的喉咙只亮不沙,唱起来冇一丝悲气,跟喇叭里唱歌一样。

"幺爹爹,我怕不是唱歌的料,唱不出悲气来。"

"要么事悲气?都是些不相干的死人。"胡幺爹爹说。

"别个死人屋里怕会不高兴吧?"

"屋里死个人有么事不高兴?少一张嘴,省好些钱。儿孙哭一场,本先也是做个样子,过后,不一样快活?"

"您死我就不快活。"天壮忙说。

"说只怕就是说。"

"真话。我敬重您,幺爹爹。我伯伯和姆妈只晓得钻钱眼子。您不是。您把人品看得重。我觉得应该学您这样为人。"

胡幺爹爹心里喜,嘴上却突然叹了一口气:"幺爹爹的为人也不消学得。"

天壮练习打鼓点,练了几天,也出了一点味。手酸时,就歇下跟胡幺爹爹扯闲。

"幺爹爹,人死哒,为么事不哭,倒要唱呀?"

"那当然。让死人高高兴兴去阴间做鬼,让活人也安安神神在阳世为人。都有这样一天,由不得哪个不肯,有么事好哭头?唱孝歌,声气壮,去哒阴间,大小鬼也晓得新来的在阳世不是小户人,不敢瞎欺侮。"

天壮笑,还有点小视胡幺爹爹的意思。

"笑么事?你去哒就晓得。"

"幺爹爹,秦家妞妞死,您做么事哭得泪流?"

胡幺爹爹喉咙管被么事家伙卡了一下。连忙咳清,声音蛮响。半天才说:"那是哭她在阳世冇过几天好日子。"

"秦家妞妞冇过好日子?! 您搞错了吧? 秦家儿孙成群,又个个争气,宦子塆哪个赶得上她。说真话,我幺爹爹才冇过几天好日子。"

"伢们不晓得老人家的苦哟!"胡幺爹爹又叹气,然后自家敲起鼓。

"正月初一去看郎喀,

我郎病在牙床上嘞,

问郎喀害的么事病嘞,

情郎不语泪汪汪喀。"

天壮歪起头笑:"幺爹爹,这是么事孝歌? 分明是情歌咧。"

"就这个唱法。只要死人高兴,么样唱都可得。"胡幺爹爹说。

又练习鼓点子。鼓面鼓边,交错相击,咚咚呵呵的满屋子声音。

胡幺爹爹被鼓点子击上了劲头。又扯开老嗓:

"曹操哇起兵下江南啦,

雄兵啦八十有三万。

东吴哇修书入朝班,

要同个皇叔破曹瞒啦。"

唱一段,咳两声,说:"老哒,喉咙走气。嗨,不吹,你幺爹爹年轻的时候,那个威风哇……"

胡幺爹爹一脸红光。老人家一想起自家年轻时间抖过的威风,总是把脸烧得通红。通红通红中,转而又记起毕竟老哒,冇得几多用哒,又渐渐黯然下去,长叹不止。胡幺爹爹总这样。

"讲一下,幺爹爹,您年轻时么样?"天壮蛮想听点过去的事。

胡幺爹爹见有听众,方又振起精神。"我年轻那时,喉咙不晓得几好听。哪个屋里说是请了胡家幺伢唱孝歌,哪个屋里的丧事就做得光彩。刚解放那年,将军台一个姓余的死哒,村上人说,余家的大儿是贺龙手下的红军,跟毛主席立过大功,要好生给这个红军姆妈做丧事。将军台村长亲自到我屋里请。我讲要把丧事办热闹,非得'拉丧'。全村人都叫好。心齐硬是好办事。拉丧那天,人挤人,比县城里看花灯还热闹。雀儿剀、红花剀、高家台、虾形塆,还有我们宦子塌都去哒一些人,看热闹。我一生也冇见过那多人。心里几高兴。我和雀儿剀一个老歌师骑高头大马走前头。后头十八根大杠抬起棺材。两匹白麻布一头扯到我两个歌师的马上,一头系棺材两边。布织有几长,就扯几远。怕是有好几十丈。所有的儿孙披麻戴孝夹在两条白布中间。和歌的人走马的两边。我骑马上,一阵鼓一声喊'伏矣!'两边和声'哦!'才一声,跟起看的人都哄起:'好声气!'一路轰轰响响走哒几十里,随哪个都说:冇见过办得那样光彩的丧事,起码说了十回'谢谢',余家的儿那时是个军长,几多敬重我。"

正说到,田七爹爹进来,等田七爹爹开口,胡幺爹爹说:"不信,问你七爹爹。你幺爹爹那时硬是风光。出了宦子塌几十里,都有人指起脊背喊'歌师! 歌师!'。"

天壮听得脸上生光,见他幺爹爹醉醉的讲话的样子,手脚都比画,便故意说:"这种风光有么用?您要学人家余家的儿,跟贺龙当红军,立下功劳,那才是真风光。怕不也当了军长?我一屋人吃香喝辣,不住在北京,也住进了汉口,何至您一辈子冇进过汉口的门槛。您说是不,七爹爹?"

"嗨,嗨!"胡幺爹爹干叹两声,想想也是该悔一下。

田七爹爹原来找胡幺爹爹讲个事,还冇开得口,听天壮一问,就忘记要讲么事哒。脸皮子灰黑灰黑地垮起。眼珠木木地转动不得,也不晓得望冇望见东西。

冇说话,起身出去哒。

天壮说:"七爹爹好怪。"

胡幺爹爹说:"这个老七,硬是不行哒。"

二十六

六月里,中花到乡里文化站去哒。那里缺一个人管放录像。秦老二荐了中花。中花是读过县中的高中生,自然是脑袋灵光。去了冇得几久,上下都遭喜欢。

七月里,喜鹊去对河鲤鱼墩相亲哒。男将是鲤鱼墩小学的老师。见面时,听讲是文化人,秦家和喜鹊都同意哒。末后才晓得小学老师的右腿比左腿短一些,走起来总像路不平。

喜鹊冇在乎。出嫁头一晚,打扮得清清爽爽到胡幺爹爹屋里。

"鹊伢,几时走?"胡幺爹爹说,心里有些不舒坦。

"明儿一早来船接。"

"莫忘了你幺爹爹,时常过河来看看。"

"随哪个都忘,独独记到您幺爹爹,好不?"喜鹊的嘴蜜糖甜。

"硬是我的个好鹊伢。"胡幺爹爹脸笑开哒。

天壮在屋里听见喜鹊的声音,心里扑通跳得紧。一听讲喜鹊要嫁的事,有几夜冇歇好。又听得那男将是个跛子,倒想去哭一场。虽说眼下跟中花正情绵,但心里终究是装了许多喜鹊的好。喜鹊心疼他,顺到他,就像他而今心疼中花,顺到中花一样。差不多有一年,喜鹊都是在他的怀里扭来转去,一下子,成了别个的。不敢想喜鹊被跛男将搂起的姿态。一个人要能一手搂一个女人就好哒。左手是中花,右手是喜鹊。一个陪讲话,一个持家。天壮瞎想,想得心里乱。

喜鹊"哐"地撞开门。

天壮忙起身。他晓得喜鹊是专为他来的。他眼巴巴望着喜鹊,眼眶突然有些湿。冇说话,心里像是蛮委屈。

"壮伢,我明日走。"

"我晓得哒。"

"我走哒,你想我不?"喜鹊刚一问,又自答,"料定是不得想,你有中花。"

"天天想。"天壮说。

"当真?"

"当真!"

喜鹊不由得哭起扑上去,把天壮箍得紧紧。"你做么事不娶我?我冇文化怕么事?一样可以伺候你,跟你做饭洗衣生伢儿。中花有么好?中花是个破坛子。我哥去大学前把她破哒。我是整坛子,除了你,跟别个男将冇拉过手……"

天壮任她箍住,流了泪,说:"我晓得。"

"你也把我破它。我不要那个跛男将先破我。"喜鹊说。

"莫讲苕话。"天壮推开她。

喜鹊又要放声号,天壮按住了她的嘴。说:"莫号,乖妹子,叫幺爹爹听到不好。"

"那我两个出去。"喜鹊说。

架不住喜鹊的眼泪,天壮旧情又冒出,便跟起喜鹊去河边哒。

天好黑,四周冇得灯。只有对河见得几星星光点。

"他屋里住塘边,门口有三棵槐树,一认就认出哒。壮伢,你今后常去玩。"喜鹊说。

天壮不言语。他想问,你哪么晓得中花是破坛子。终又冇问。

"他长得儿多京壮。就是脚不好。他不规矩,他姆妈一进灶屋,他就把手伸进我裤子里。我本先想打他的手,后想算哒,反正是他的婆娘;由他去捏……"

喜鹊的话冇讲完,脸上挨了一巴掌。她发起呆望着天壮。

天壮怒视她几秒钟,朝她腿弯踢了两脚,像头疯狮子把她掀到地下,自家叉起腰,呼呼地站一边喘粗气。

喜鹊趴到湿地上,呜呜哭。

"壮伢——"远远地有人喊。

"壮伢——"是胡幺爹爹的声音。

"莫耳他。"喜鹊爬起来捂天壮的嘴。

"壮伢——"那声音又急切又凄惶。

"呃——"天壮拨开喜鹊,应一声。

胡幺爹爹跟跟跄跄来,上前甩了天壮一掌,很可怜巴巴地转身问喜鹊:"冇吧?"

喜鹊气狠哒,好气说:"冇!"

"回去!"胡幺爹爹松口气,厉声吼天壮。

"您先回,我跟天壮有事。"喜鹊伸膀子挡住天壮。

"鹊伢,你不晓得。做不得呀。你明儿当新媳妇哒,日后跟男将要规矩。"

"幺爹爹年轻时候跟女将一路未必蛮规矩。"喜鹊说。

胡幺爹爹冇说话,扯起天壮,往转走。走几步,就被黑夜吞尽了影子。

四周里像是只有喜鹊一个活人。她往地上一趴,放声地号起,声音传得好远。

木瓜跟他姆妈说:"姆妈,您肚子里的妹子在哭。"

"是个儿。"享生说。

"妹子哭得好狠。像喜鹊姐姐的声气。就叫妹子喜鹊好不?"木瓜继续说。

第二日晚,金枝果真生了个妹子。叫田七爹爹起名。七爹爹说:"一早走一个喜鹊,一晚来一个喜鹊。小伢伢就叫喜鹊,讨个吉利。"

享生在灶屋煨鸡汤,一听丫头的名字果真起的是"喜鹊",硬不相信木瓜是个凡胎。

木瓜添了妹子,晚上无事便轻轻去摸妹子的小脚板。

二十七

学校一放假,喜贵就回哒。脸上越发地显白净。一到屋就说,只能在屋里住两天,讲好跟几个老红军写回忆录,要到洪湖屈家湾去几天,再回汉口。

喜鹊听到信,连忙跟她的跛子男将一路过河来哒。

见天壮,忙喊"壮伢",还介绍给小学老师。天壮一肚子不情愿,又不得不打起笑脸。

"我原先跟他相好。"喜鹊还补了一句。天壮脸绯红,被跛子老师盯到讷讷地冇讲清话,就逃跑一样走哒。

中花好几天冇回哒。天壮去过一回,吃了一顿饭,心里并不乐。中花跟别的男将有说有笑地几多欢,倒么样答理他。

田七爹爹听讲洪湖要来一批老红军参观,一下怔住了。忙慌慌去找喜贵。不料喜贵已经搭车走了。秦老大说:"贵伢讲他是第一批,还要去好些哩。"

田七爹爹回屋,脸上蛮显精神。换了一身新褂子。金枝问他去哪里。田七爹爹冇耳。转进儿子媳妇的屋,还照了一下镜子。金枝更是奇:"七伯,您出门?"

田七爹爹支吾:"不,不出,就在村里。"

其实立即就出门。走出村,一直朝西。日头正高。"红光是红太阳照的,白光是白太阳照的。"田七爹爹抬起头,望望天,又望望河,嘴里说。

转了一回车,走了好些路,到屈家湾已是下午三点哒。他沿到青石板小街由东往西走。他看哒贺龙旧居,又看哒段德昌旧居。后来就蹲到原先的文化俱乐部房子跟前,把房子一遍遍上上下下地望。望了好久,才站起身。

田七爹爹刚准备走路,听得前面乱叫声。紧紧张张过来几个人,一头大汗,吼几声把他赶开。田七爹爹还冇会意出了么事,又见一个人肩上像扛猴子一样扛了个家伙,急匆匆地跑,偏还另有一人背到皮箱急匆匆地追在后。一群细伢拍起手喊:拍电视,拍电视。

"老头,让开!"一个人推了他一掌,田七爹爹险些歪倒。

勾到颈子望,见迎面走来几个胖人。胖人后头又跟了几个老人,都在指手画脚地说笑。笑得蛮响,让人听到生一些敬意。一个小老头在文化俱乐部门口停下哒,忙有人上前递烟,点火。小老头在房门口,像田七爹爹刚才那样上上下下地望。嘴里跟几个人说:"当年,我几乎天天在这儿。那时才二十来岁。想不到五十年之后能故地重游。"

田七爹爹不由得死死盯起他看。小老头转过身子,田七爹爹慢慢地转到他的正面。他看清了小老头的脸,不顾得有冇得人挡,笔直前去。越近哒,又见到他眉毛上的刀疤,一下子浑身哆嗦,脸上虚汗冒得凶,嘴张了几下就合不拢哒。

忙有人过来阻拦。不料田七爹爹居然喊出了声:"队长,范……队长。"声音像是发冷。

小老头听得一震,一把抓住田七爹爹的手:"什么？你说什么？"

"您是范队长。"田七爹爹喃喃地,眼泪珠子往下落哒。

"您记得我？您以前是干什么的？"

"您不记得哒？我小名叫田七伢,您还给我起了一个田保国的名字。原先我一直跟到您。"

"田七伢,田保国？"小老头在想。

"您总说我的歌唱得好。那回在河边我自家把您常讲的话编了一首歌。五洲高岳首推亚细亚,俄罗斯对红海西向欧罗巴……"田七爹爹说到唱了两句。

那个"扛猴子"的人正正地对到小老头和田七爹爹。

"您眉上的疤就是那回在五峰桥被子弹擦的,您是为了推开我才碰到子弹的。我这辈子都记得您。"田七爹爹泪涟涟的。

小老头也落哒泪。他紧紧握住田七爹爹的手,狠劲地摇,激动得很。"后来呢？后来那些年,你到哪里去了？都在干些什么？"说到,扳起田七爹爹肩细细打量。

"您忘记哒？您说我是改组派,把我关起。我晓得,改组派要杀头的。您说柱伢是改组派,过两天,柱伢就被杀哒。我吓不过,就偷跑出哒……"

"老同志,您认错人了。"小老头突然甩开紧抓的田七爹爹的手,打断他的话,脸一灰,说。

田七爹爹一怔:"冇错。"

小老头冷声冷气说:"你老了,头脑不清楚,我不姓范。"说完,扬起脸便走。两只手甩得还蛮开。

跟他一路的人把围到看热闹的伢儿赶开,让小老头在前。

闲聊宜子塌·133

那个"扛猴子"的又忙忙地冲到前面去哒,依然有一群细伢儿拍起手,尖嗓喊:"拍电视!拍电视!"

丢下田七爹爹一个人,好孤零地站在路边。他不明白么样范队长又不姓范哒。于是,又呆望俱乐部的大门,上上下下一遍又一遍看。

天黑黢黢哒,街上亮起一两盏灯。过来过去的人都瞟一眼,不解田七爹爹为么事盯着这房子。

田七爹爹望着望着,冇得了劲,硬像有人把他的筋抽脱哒。

宦子塇的人都不晓得田七爹爹到哪里去哒。一直到天黑,冇人见到他。享生和金枝都急哒。突然想起七爹爹会不会跳荆河,金枝说要不换一身新衣做么事。

这一分析不打紧,一村的人都去了河边,沿河喊。

享生问木瓜:"你说七爹爹会不会跳河?"

木瓜眨巴起眼,说:"七爹爹哪么会跳河啦?河里的人还冇见到咧。"

人都说木瓜也痴了,信田七爹爹的话。河兜里有么人?享生倒信。他不是信田七爹爹不会有跳河的行动,而是信木瓜的判断。便叫回河边的人,说明日去乡里报个案。

不想天快亮时,田七爹爹回哒。浑身的衣服上沾起泥水。他一头栽倒在屋门口,把门磕得"咚"一响。享生和金枝忙了大半夜才睡,刚睡得熟,冇听见。直到天大亮,外头闹哄哄敲门,有人喊"田七爹爹回哒",才慌慌地爬下床,连滚带爬地打开大门。

享生把田七爹爹抱上床,换了衣衫,问他去了哪里。七爹爹冇言语。只是闭起眼睛。问他要不要吃点饭,七爹爹还是不言语。

"七爹爹病哒,快送起去县医院。"金枝说。

"我冇病,累哒。"七爷爷喉咙咕噜了一下。

累哒就让他休息。到七爷爷屋里来探视的人,都连忙地退出,说:"那您得好生地睡一觉。"

田七爷爷一觉睡着,就再冇醒过来。

胡幺爷爷的喉咙不行哒,中气上不来。田七爷爷做丧便是天壮唱的孝歌。没想到听的人还蛮多,姑娘伢见天壮做古正经的样子,偷起捂嘴笑。

天壮特为此到镇上告诉了中花一声。不过,中花冇来。

天壮唱哒田七爷爷一生。几分钟就唱完哒,硬不晓得田七爷爷一生有些么事。先前问了一些老人家,都说不清白。连享生都说他七伯太平凡哒。平凡得冇得了历史。

只得唱三国,唱隋唐,还唱别么事乱七八糟的段子。

年轻伢,嘴巴子利索,嗯嗯呀呀地拖不长久,再加天壮本来也冇把幺爷爷肚子里的东西学全。

> 哼,盘古哦初把嘞天地分嘞,
> 三皇五帝嘞定乾坤。
> 也有呃明主与昏君,
> 也有呃忠臣与奸臣,
> 也有呃孝子与贤人,
> 也有呃不忠哇不孝的人。

咚咚呵呵半天,天壮再也唱不出词哒。惹得人一哄笑。一个伢儿喊:"来新词!"一些人应道:"对,对,来新的。"

天壮眼珠一转,心一活,又打紧了鼓点子。

> 呃,我丢了这段就唱那段,
> 丢了湖北讲湖南,
> 丢了长沙讲武汉。

武汉有座大铁桥,

大桥修得几多高。

你看两头修的是桥头堡,

解放军他是来放哨,

旁边还有人行道。

上面又是电车开,

下面又是轮船跑。

你看山上是黄鹤楼,

你去了那里不想走。

你看山下是纪念塔,

红灯绿灯围起挂。

…………

冇完,众人哄起叫好。

唱一夜,天壮名声大振。自然赚了二十块钱。

末后便总编新词唱。

二十八

一日,县里来了个作家。径直找到县志办,说是想看看地名志。

作家找到了宧子塌。见上面这样写道:

宧子塌(Huàn Zǐ Tā)原名宧子岗。古时为荆河一小集镇码头,以后铺面消失,人口外迁。在青岭之南,汉湖东北5.8公里处。119人。

作家问去宧子塌么样搭车。

县里人奇怪,说:"宧子塌偏远得很,去那里做么事?"

"一个老红军托我去看一个人。"作家说。他冇讲为么事看人和看哪一个人。也冇讲老红军交把他五百块钱,再再三三地嘱他把钱一定要交到一个姓田,大名叫田保国,小名叫田七伢的老人手上。

作家帮老红军写回忆录。有一段卡了壳。老红军叫他去宦子塌,说是去了那里就能写出新的东西。老红军说时脸好阴郁。

县里派了一个吉普,送作家去哒。

全村人都用手摸了吉普。一路上的灰尘都抹得干净。

村里人好不解,作家为么事竟不找别个,而找田七爹爹? 争起告诉作家:死哒,田七爹爹死几个月哒。

"他的后代呢?"作家一惊,又问。

"他的儿享生出去赚钱哒。不晓得去了哪里。"

作家见到金枝和木瓜。便把钱拿出来。只说是一个老红军派他来看望田七爹爹。

更说得让宦子塌人不摸头脑。齐齐地说:"必是弄错哒人。"

作家好失望,自叹白白颠了一天的路。

吉普走哒。木瓜扯到胡幺爹爹的衣角说:"幺爹爹,我七爹爹是红军不?"

胡幺爹爹笑说:"我都不是,他还是? 撞鬼哒。"

一晚上宦子塌的人都在议这个事,都笑到说:"真真是撞鬼哒。"

唯木瓜不语。且还常去那荆河边看水。

船 的 沉 没

> 朋友 X 说,你如果实在手痒,你就写出来吧,权当是为我登的征婚广告。
>
> ——作者

一

这件事一开始就似乎被一股神秘的力量左右着。我力图摆脱它的牵制几乎耗尽我全部精力。至今,我仍然在它的阴云笼罩下惶惑地注视我剩余的人生。运用"剩余"两个字也许显得不很合适,我昨天刚刚度过三十岁的生日。用我的朋友树凤的话说这是船刚出海的时候。然而我总是觉得一个人从出世第一天起便开始计算他剩余的生命还有多少。

我是一个三十岁的独身女人。曾经准备在一个适当的场合宣布我的独身主义政策。其实有几次同学聚会我已经就这个话题说了"序言",但每次都被机敏的同学岔向了别处。不要这样。所有的人都这么对我说。

我在任何公共场合下都落落大方,谈笑自若,妙语连珠。认识或不认识我的人都为我自自然然的风度击掌称好。他们中常有人指着脊背说,像我这样心理健康正常的女人真是难得有几个。而照常人的观点,女人到了我这种年龄独居未嫁都大多会形成心理变态。或见男人退避三舍,眼里隐着无限仇恨;或趋之左右,忸忸怩怩地做出小女子的万般柔情;或在一切人面前挥着她们干瘦的胳膊,古怪地耍着老处女的脾气。而我,却从来没有这三态中任何一态的行为。我朗朗地发出笑声时,那声音干净纯正,不掺任何杂质。我的笑声常常感染旁人但更感染自己。我常常把我的"先锋"音响放得轰轰烈烈。来了客人,冬天请他们喝"麦氏"夏天则饮"可乐"。客人常叹惋自己一番然后说:"你这种活法真叫人羡慕,世界上像你这样想得开的人也真还不多。"我听这话时依然笑意满脸,至多反问一句:"是吗?"

那一天,冬日的阳光把大地照得一片惨白。屋顶上的雪在这温热之光下化成水从屋檐坠下,嘀嘀嗒嗒地敲打着台阶。当我走下湿漉漉的石阶,宛若一个痴呆患者心神恍惚地走出他的视线之后,我学会的第一件事便是掩饰内心。光阴荏苒,昼去夜来。乃至今日我干这事已经达到了炉火纯青的境界。

> 即使心被炸得粉碎
> 血如井喷,可我还是能
> 安之若素,安之若素

我现在孤居在郊外一个小小的单人宿舍里。我们的学校离市中心有两个小时的路程。当学生们放学回家之后,这个世界仿佛就只剩了我和墙角的小虫、床底下的老鼠。

我常常弄不清老鼠是我的敌人还是我的朋友。它们在夜里大摇大摆地在我的域地里狂欢时,那窸窸窣窣的音响常常不得不使我用被子从头到脚地将自己严密隐蔽起来,以免不小心被它们心血来潮地弄了去充饥。然而也只有它们的存在才使我清醒地意识到自己的存在。意识到我的魂灵和我的肉体尚完美无损地结合在一起。意识到我的恐惧是来自我对生命的珍视。一天夜里,我的杯子"咣啷"地倒下了。我开了灯。一只极小的老鼠急剧地蹿到了热水瓶上。然后它坐在瓶盖上,两个小眼睛滴溜溜地盯着我。我们对峙了很久。在昏暗的灯光下我们都欲言又止。最后它笑了笑,意味深长地抖了抖胡须,然后滑下暖瓶,悄然消失。我常想它的笑意里是不是蕴含着某种启示。

我当然很清晰地记得:他是属鼠的。

那天,重庆大雨。而雾使这座升起在台阶上的都市变得朦朦胧胧。姨父把我送上船便匆匆而去。姨父消失在烟雨之中后,落入我眼中的便是这座孤寂的山城。江潮涌浪的喧声和风雨的撞击,淹没了城市的喘息:汽车鸣笛、人流嘈杂和小贩的吆喝。仿佛一个巨人在灰色的光线中闭着眼睛沉沉地睡了去。

我们的船在大雨中渐渐驶远。房屋、江堤、码头和平滑的嘉陵江都变成编织在密濛雨雾这块衬布上的图案,然后隐去。江面上只剩得两岸青山和一江风雨。

我常想我站在甲板上那副样子一定傻透了。我拎着一只灰色而肮脏的小旅行包。它的拉链坏了,拦腰扎着一根裤带般的细绳。我的绵绸短袖衬衣和长裤都皱皱巴巴地贴在身上。我漫无心绪地张望,脸上还残留着未曾擦净的泪痕。我记得从我身边擦来过去的人们都忍不住打量我几眼。一个男人甚至立在我的对面。他用死鱼一般的眼睛盯着我不眨眼。我在重庆刚刚经历一场恐怖事件。我的心尚未从那恐惧之中苏醒过来。我木然地用同样的目光盯着那双死鱼之眼。这种注视使得我突然发现人这种动物竟是如此丑陋。他们凭着那一张黄皮和半勺黑毛覆盖着的那个非圆非椭的头颅;凭着那凹陷于黄皮上犹如两个窟窿的眼儿和肉瘤般耸立的鼻;凭着那翻着两片红肉的嘴和它包裹着的或黄或白或黑的硬齿,自命不凡地把自己封为高级动物,生命之首,而我却突然觉得我曾饲养过的兔子和鸡与之相比倒是美丽得多。它们至少耐看。

我离开那男人的目光半逃似的穿过内走道。我把眼睛眯成一条缝。我相信我这样做的目的是尽可能地不看到人脸。而结果是我在走道出口处被绊了一个趔趄。那是伸得长长的一条腿。这便是他。

我曾在很长一段时间内极力回忆我第一眼看见他时所产生的感觉。令人懊丧的是什么也没想出。目光相触没有火花。我甚至没有感觉到他有任何一个吸引人的地方。用现代女性的标准来论,他那张脸用"平庸"二字来形容绝不过分。那些青春酒刺布满颧骨处。而眼睛则淡而无光。他很瘦。他用手指捋捋他蓬乱的头发时我看见他的手指细长细长。他瞟了我一眼,没有说对不起。他正低着头翻阅一本厚厚的书。我不在意他的态度而在意他的腿霸占的位子。我手心里捏着五等舱的船票。在这大江上漂泊几天几夜我必须寻一个较好的休息之处。

他翻过一页书,再次抬起了头。他用奇怪的眼光打量我。又是人脸!我扭头望至别处。心里一阵凄怆,不由泪如泉涌。他一跃而起,说:出了什么事?这是他对我说过的第一句话。我想我在某一天咽下人生最后一口气的那一瞬间,这五个字仍然会从遥远的年代一个一个蹦入我的脑际。我生命的许多欢乐许多痛苦便是这五个字拉开的序幕。

我哽咽着对他说我没地方坐,然后亮出手心的五等舱船票。他莞尔一笑说,就这事呀。他说着重新坐下,缩回脚。喏,坐这儿。他说。

二

我常常做噩梦。只有一个梦不断重复出现。它的情节和结局总是大同小异。那只红绿相间的球从梯路上一级一级地跳下,然后急旋着奔向马路。然后满耳都是尖厉的喧嚣。每逢此时,我的胸口都仿佛被堵塞着,我呼吸急促。挣扎着意欲叫喊。很长很长时间叫不出声。最后才在我几乎觉得自己已经憋死的情况下蓦然醒来。我大汗淋淋。

那一幕场景便在我醒来之后顽固地浮出我的脑海。鲜亮的太阳从参差不齐的高楼后斜照过来。马路被楼房的阴影割成了灰白和浅黑两大色块。很多很多懒散的人挂着他们黑黄黑黄的面皮僵尸般来来去去。空中没有风。只有暑热蒸出的烘臭烘臭的汗气弥漫着扑向每个人的鼻孔。一个耀眼的孩子蹒跚着追踪他的皮球。卡车便恰恰在这时拐过弯急驶而来。姨妈走在我的左边。她冲向马路时发出一阵尖锐的叫喊。她伸长手臂将小孩一掌推出老远。而她自己突然失重一个跟跄趴倒在地。汽车便从她的双腿上碾过。姨妈脸白如纸,无声无息。她双腿的血与肉同车轮上的泥泞揉在了一起,印出了几米长的车辙。男人们呼喊救人。女人们掩面而泣。这样多的血这样惨的事使我魂飞魄散。我叫着"姨妈"然后晕倒。

那一年我十六岁。我只身出门旅行。重庆是我的第一站而那天是我到重庆的第一天。

我在表兄和姨父面前像一个真正的杀人犯一样总是垂下我的头颅。我甚至不敢看他们一眼。这种罪犯意识折磨了我许多年。至今我见着表哥或收到姨妈来信仍要怦然心跳。我惯有的骄娇之气在他们面前早作烟云散去。我除了谦卑还是谦卑。

姨妈活下来了,但没有了腿。她成了英雄,但失却了自由。她那半截身躯无论站在凳子上或在轮椅上,无论是躺下或是直起都令人毛骨悚然。姨妈是小学老师。街头巷口总是出没着她长大或没长大的学生。学生们在同她说话时眼光总是投向别处。这个细微的动作使姨妈难以忍受。于是她尽可能不出家门。姨父提出离婚是在五年之后。他有他做人的要求而姨妈无法给予。那一年我匆匆赶到重庆时,姨妈直愣愣地望着我。没有悲哀亦没有欢喜。她以往的端庄娴淑的神情了无踪影。她呆痴的脸上显现出的全部气息都是死亡的气息。姨妈拒绝了我接她到汉口的提议。她说她不想到处"展览"。她说你赶快走吧,免得又闹出什么事来。她的话令我无地自容。她的灾难的起始是我死拽活拉地让她陪我去新华书店买地图。她曾让表兄陪我同去而我则以"不同男孩子上街"为由拒绝了。我像丧家犬似的逃出重庆,逃出姨妈的阴影覆盖之下。我到重庆去过三次。但我在那儿待的天数总共不到五天。第一次是在姨妈抢救完后姨父送我上的船。姨父深凹在脸庞上的眼睛极其冷淡。他在船上才告诉我只买到五等舱。我在同他分手的最后一刹那,泪水纵横。我抓着他的手连连说着原谅我,原谅我。姨父说这哪能怪你呢。姨父当年的声音至今仍清晰地响在我的耳边,那么沉重又那么宽容。第二次送我的还是姨父。这一次说"原谅我"的是他。他的声音虚弱而颤抖。他的凹陷的眼睛中流露着难言之苦。我说不存在原谅的问题。每个人都应该美好地活。

这是他说过的话。他在我临去重庆前问我见着姨父你准备怎么说?我说我原谅他。他说这不存在原谅的问题。每个人都应该美好地活。

姨父对这句话的反应是一眶热泪和无数喃喃的"谢谢,谢谢"。

我坐在他的对面,闭着眼打盹。船慢慢地开着。江水何其平缓柔软,而发动机却吃力地发出轰隆隆的喘息。如此这般,依然只能使轮船铁虫一样爬行。在这寂寞而漫长的旅途中,我一次又一次看见那血肉模糊的车辙。

天灰黑的时候,江风裹着几丝寒意卷了进来。我下意识地抱了抱手臂。

有衣服就再套一件,江上风大。他说。

这是一天来他对我说的第二句话。我在他温和的目光注视下,手忙脚乱地打开小包,抽出一件灯芯绒外套。

他说,你是中学生?

是的。我说。

他说,武汉的?

我说是。在市实验中学上高一。

他说,很巧,我们是校友。他说完又问,不是刚放暑假吗?怎么不在重庆玩玩?

他的话令我的眼泪夺眶而出。我没有回答。

停了一小会儿,他似乎有点小心翼翼地问:丢钱了?

我摇摇头说不。然后断断续续向他讲述了在重庆发生的事。我的痛苦我的自责我的恐惧,一切的一切。我都说了。我不知道我当时怎么会有那样的勇气,把自己最隐秘的心事毫无保留地说给一个素不相识的陌生人听。我忘却羞耻地呜呜痛哭。这使得邻近一些好奇的人围过来观看。他什么也没说。突然递给我一条大手帕。他做了一个揩眼泪的手势。

他再次说话的时候船已抵达万县。大轮要在此停泊一夜。明日进入三峡。他说,你不上去走走?我说不。他去了。返回时抱着两个西瓜。

他说,我在乡下看过两年瓜。我挑的瓜除了甜没别的味道。他说,罢开了一个。那瓜竟是夹生的。这个结果令我哑然失笑。他沮丧地扔了瓜,擦擦手说我是特意弄个坏瓜让你笑的。像你这样年龄的女孩,生活中应该只有笑而没有痛苦忧伤这一类货色。我说,我原本是极爱笑的,只是现在没了情绪。

他说,又记挂着自己的滔天罪行了?不过你若觉得充当刽子手这个角色很适宜于你,你就扮演下去了。

我说,怎么会,怎么会呢?

他说,是么?我还以为这是你的远大理想哩。要不你怎么老是往那个帽子下钻?

我说,如果不是我,姨妈就不会出门;她不出门就不会见到那个小孩;见不到那个小孩就不会出现这样的车祸。

他说,这么说来真正的刽子手是你爸爸妈妈了?

我说,那怎么可能。

他说,如果你爸爸妈妈不结婚,你就不会出世;你不出世就不存在去重庆的问题;你不去重庆你的姨妈就不会去书店,就不会看见那小孩,就不会被车撞着。

我目瞪口呆。

他又说,噢,我说的还不对。真正的刽子手是猴子。如果没有猴子就不会有人类。没有人类就不会有你们的祖宗。没有祖宗就没有你爸爸妈妈和你姨妈。没有他们就不可能有你去重庆的机会。你不去重庆就不会拖你姨妈出门……

他说得极快,如同绕口令。说到这儿一口气喘不上来了。于是我笑了。笑得引起痉挛。

他沉思片刻又说,生活中不能使用"如果"这种假设词,否则成千上万的人都会死于懊悔之中。命运对于每一个生命都是没有如果可言的。他怎么摆布你,你都得认。你认了,你才能活得不那么累。他说,倘若你实在要怪一个什么以便解脱自己,那就只能怪那只皮球。而那只球也只能解释为上帝扔下来的。是为那孩子,为你姨妈,为那司机,为你,也是为我,为许多个家庭,为重庆以及为这条船,为这个万县之夜,为明日的三峡之行,为一切活着的或死去的而扔的那只球。

他像一个睿智的哲人说了这一番话。我似懂非懂。我短暂的人生历史和简单的生活体验使我没有能力去理解它的内涵。待我今天重新品味和审视他当年的话语,我吃惊地感到他在那么年轻的时候竟把人生悟得那么透彻那么深奥。而我却是在三十之际,内心平静得如一口枯井时,才同他想到同一点上。

他说,你多大了?

我说,十六岁。

他说,我和你是三比二。

我说,你二十四岁了?

他显然有些惊讶。他说你的小脑袋还真管用哩。

我很高兴他的夸奖。我告诉他我的数学出奇的好。我说我每次考试都只用半个小时就做完了题目而且总得满分。

他说,得了满分又有什么用?

他的话令我沮丧。是没有用,我想。

你叫什么名字呢?他又问。

我说,我叫徐楚。大家叫我楚楚。你呢?

他说,原来真是个小可怜呀。怪不得哭唏唏的。

有成语曰:楚楚可怜。

这似乎是专为我而准备的。我生活的基调正是如此。我常想弄清它的根源何在。为此我专门查了词典。词典说此语出自《世说新语》:"松树子非不楚楚可怜,但永无栋梁用耳!"我无言可说。我的命运至少在宋代即被变成文字定了下来。

我见到他名字的同时见到的这个字：'AN'ArKN。下船时他清理东西，那本一直在他手上翻阅的书从他的膝上滑了下来。我拾起书打开第一页。巴黎圣母院。雨果。然后是"吴早晨"和"'AN'ArKN"。

我说，你叫吴早晨？

他说，不好吗？

我说，只是很怪，不符合自然规律。

他说，这都是长辈们没学科学的结果。

我笑了，指着"'AN'ArKN"问，这是什么意思？

他说，宿命。

他的声音低沉浑浊。他对所有自己解释不了的事总是用这两个字来回答。他那时刻脸上便浮出一种古怪的神情。似笑非笑，似哭非哭。我从来没有吃透他隐藏在这神情之后的思绪。我想这恐怕是他生来俱有的。与他的本性共生共灭。有一次他吻我时显得又热烈又兴奋，脸上洋溢着一种光彩。这时我问了他。他立即放开了我，两眼黯然无光。他说你永远也不会理解。

其实他错了。他教会了我理解那一切。

三

我们是萍水相逢。我没有留下他的地址，虽然我想过。

在我十六岁时，因为娇生惯养，心理年龄恐怕只有十二岁。很容易伤心也很容易忘却。很容易恐惧也很容易轻松。很容易忧郁也很容易快乐。如自然之气候，阴晴无常风云多变，只几个月，他仿佛就从来没出现过一样，连记忆都没有了。

人们常说幻想属于儿童，理想属于青年，现实属于中年，而回忆则独归老人。我现在未入中年之门加入了老人的行列。沉溺于往事的大潮中品味自己的痛苦、欢乐和孤独对我来说已如同日食三餐而必不可少。

星期天,早晨的太阳像一个蛮横的男人强硬地透过厚重的窗帘挤进我的房间。两个明亮的光斑便构成一对炯炯的眼睛,它闪着火一样的热情。这热情能使我的血突然间哗哗地奔涌。如火如灼。晴日的早晨我睁眼的第一件事便是跃身下床急速地拉开窗帘。我不要那眼睛,也不要热情。

我的窗口敞向一片平展的开阔地。了无人迹。只稀疏地长有几株老树。在春天里,老树绽出新鲜的嫩芽,开阔地亦泛出青葱绿色。空气中飘浮着一股季节的清香。这景色令我驻足凝视。我穿着鹅黄色的三角裤,赤裸着上身,任海潮般涌进来的阳光将我厚厚地包裹起来,那清香的风便在我细腻光滑的肌肤上撩来抚去。上帝给了我这么美丽的生命,却让我只属于我自己。

尽管他说过生活中不要使用"如果"这个假设词,可我还是积习难改。如果那天我不同我的伙伴们一起提前溜号;如果我们不去滨江公园游泳;如果我们游完泳就直接回家而不去"美的"喝冷饮;那我就可能这辈子遇不上他。

这是三年之后的事了。他叫我的时候我正仰着头喝尽瓶中剩下的最后一点汽水。我听见"小可怜"三个字时浑身一震。我举目望去。他正笑盈盈地站在距我五米之远的柜台前。我无法表达我的惊喜之情。啊啊,我叫着。他向我走了过来。

他穿着一件泛黄了的白色衬衣。一条很合身的的确良长裤使他给人一种挺拔之感,他笑着走向我时很有风度。他的儒雅之气使我的几个同伴相形见绌。

他说,你的气色很好呀。看来成语得改为"楚楚快乐"。

我说,我现在是工人了。我是领导阶级。

他说,真不简单。这么说我得听你的了?

我说,你干什么工作?

他说,教书匠。

很好奇地听我和他对话的我们那群伙伴突然都大笑起来。他诧异地望望我又望望他自己身上然后用手在脸上摸了摸,于是,笑声更响。

他说,什么意思?

我笑着指着我的伙伴介绍。高个的博洛又叫皮匠;眼镜天宇又叫木匠;这个大根叫麻匠。树凤,我的好朋友,她叫花匠。他们管我叫鞋匠。我们是厂里有名的匠人集团。

他笑了,说,原来如此。碰上自己人了。天王盖地虎。

树凤说,宝塔镇河妖。

我说,么哈么哈。

他说,正晌午说话谁也没有家!

博洛说,脸红什么?

他说,精神焕发。

大根说,怎么又黄了?

他说,防冷涂的蜡。

天宇木讷,又问,怎么又黄了?

他只好说,防冷再涂蜡。

我们乐不可支。我们所有的伙伴都喜欢上了他。我们都叫他"吴老师"。

我不知道我出于什么心理想比我的伙伴们多同他待一会儿。我最后同他分的手。我告诉他我在无线电厂当工人。他指着"美的"斜对过一幢红色的房子说他家住在那里。我极高兴。我说我每天从这儿经过去坐二十四路汽车。他说,那来玩吧。我下午四点以后都在家。

我走的时候说,吴老师再见。

他说,楚楚你在轮船上叫我什么的?

我有些不好意思。我那时一口一个"大哥哥"地叫唤他。我说,那时我小呀。

他说,啊哈,你那时比我小八岁,过了三年就只比我小五岁了,是不是?我知道你的数学学得很好。

我觉得有趣,然后说,晨哥哥,再见。

我曾扪心自问,是不是在我们重逢的第一面我便不知不觉地爱上了他?或者说对他产生一种依恋?但我每次的答案都是否定的。我那时几乎从来没有爱情的概念。连少女朦朦胧胧的爱情意识都没有。我没有读过爱情小说。我们匠人集团没有人超过二十岁。我们从不议论男男女女的事。二十岁左右谈恋爱在那时几乎可以被人视为作风不正派。这或许让今天的女孩们觉得不可思议。而实际就是这样。我们生活的主要内容就是玩和吃。

如今我们的匠人集团偶尔小聚时,伙伴们说真想像过去那样痛痛快快地玩玩。可是结了婚之后怎么都玩不上劲。你呢?我告诉他们我还是爱玩。他们说这种兴趣真可贵。他们不知道我撒谎比说真话还像真的。东湖、中山公园、解放公园还是那个滨江公园,到处都印满了我和他的足迹。那里的石凳、游船、柳丝、小路以及秋之落叶春之绿草,一切的一切,无一不牵愁触痛,伤心惨目。我从来不玩。

我第一次到他家去玩是同树凤一块儿去的。他和他的母亲住在一起。他家有一大一小两个房间。红漆的地板已经褪得露出木头的本色。他住的是小房间。我们进去时见他的桌上和床上排列着许多小盒子。小盒子里是各种各样的电子元件。他说他正准备自己动手装配一部电视机。他的话令我佩服得咧着嘴半天说不出话。

他说,小可怜要讨什么吃？

我怔了怔说,不饿不饿。

他说,那好,我见你张着嘴一副讨食的样子正愁拿不出东西呢。

树凤嘎嘎大笑。我说,我以为又进了车间,见到这么多的活儿,如遭雷击。

他说,噢噢,你倒提醒了我。我可找到两个打小工的了。

我说,怎么怎么？

他说,你俩的焊接水平是专业的呀。我心脏不好,手爱发颤,干不了细活。

树凤说,楚楚的焊点又小又光,技术员说她达到了六级工水平。

我说,哪里哪里,我一看见烙铁肚子就得关节炎。

他的母亲一开始就不喜欢我。他母亲是个庄重典雅的知识妇女。她曾是中学老师。她因为儿子在农村六年抽不上来才提前退休。他是顶职进的学校。他去的头几个月当清洁工。有一天他把学校所有坏了的麦克风全部修好了,领导就让他教了物理。他说我对职业无所谓。

我知道他母亲喜欢沉稳安静寡言少语的女孩子。而我恰恰相反。有一次我出了门听见他母亲说,那个叽叽喳喳的小姑娘走了？我对这话非常愤怒。我一整个星期没有去他家。在这之前我差不多每星期都去一两次。

我那时是一个自尊心很强的女孩。一点点伤害都不能忍受。现在,任何伤害对于我来说都无济于事了。我不在乎。但我仍然是一个自尊心很强的女人。我从不无端地结交名流雅士,也从不在领导面前唯唯诺诺,我不想通过什么途径改变自己的地位,亦不想写一些充满溢美之词的文章来博得许多人的好感。我只想凭我自己的本事去走完我的人生。它能成什么样子就是什么样子。这样在我死的时候我面无愧色。我能说我尽到的是我自己的力量。我的这些想法是很多人难以接受或难以实施的。或许我并不很对。但我只能这么说。我珍惜我的自尊。我的尊严。

一星期后,是他给我打的电话。

他说,你病了?

我说,没有。

他说,怎么不来了呢?

我没有回答。

忽然他用一种欢快的语气说,我可不同意你罢工哟。限你二十四小时内恢复正常。

他说完把电话挂了。我对他的话感到愉快。下班我就去了他那里。他母亲脸色森然地瞥了我一眼。我从她眼皮下负气而过。我根本不打算再理睬她。我极单纯地想:我同她的儿子是好朋友,我不必同她也是。

实际上这是我犯的很大的错误之一。倘若我不是那么稚嫩而能够对她甜言蜜语一些,情况会不会是另一种样子呢?这真是很难说。

我从来没问过他的父亲。

四

我承认我很难理解中国有文化的男人。他们在爱情上的自尊和虚荣强烈到一种变态一种无知的地步。他们许多人公开提出女朋友第一条件或为青春美貌者或为贤妻良母型。他们从不在意智慧的女性。他们不懂智慧的光芒较之其他更为璀璨更为持久。智慧能使女人别一样美丽和贤淑。女人们在一起常说中国男人要过了四十岁才开始成熟,才悟出爱的真谛。这时他曾美貌过的妻子容颜已逝。或他敦厚贤良的夫人更加平庸。智力上的孤独感便成为他内心的困扰。他才懂得女人的智慧和才情对于一个男人的一生是多么重要。懊丧也难以寻回他已失去的一切。即令他去进行新的组合,他也摆脱不了生活的阴影。

我们的许多才情十足的女人在阳光和灯光下孤零零地走着自己的人生。她们才能的光照使浅薄的男人自卑和委琐。她们影单形只,但她们对追求智慧依然锲而不舍。她们把精神生活看得高于肉欲,而男人们正好相反。

我很难说女人们的思想比男人们的要高明多少,但我可以说她们比另外的半个世界质量优良得多。

他只是这无数男人中的一个,这实在是件令人遗憾的事。

我收到博洛那份求爱信时,紧张得脸都发白了。之后我很生气。我觉得这是亵渎友谊的行为。我对博洛说,真没想到你会干出这种事!然后气冲冲地走掉了。

我去他那儿的时候他正锉着有机玻璃的外壳。我一句话没说拿起烙铁就干。他的电视机已完成一大半。

他说,咦小可怜怎么还没来?

我奇怪地望着他而他也一副奇怪的样子望着我。我说,你怎么啦?

他说,噢,我还以为坐这儿的是乐山大佛哩。原来是你呀。

我忍俊不禁。他说,有什么心思?

我说,没有。

他说,你不会说谎,还得练习一段日子才行。

我拿出博洛的信。他看得很仔细,然后问,你是什么态度?

我说,可恶至极,我再也不理他了。

他说,为什么?

我说,我没看出来他这个人是个心术不正的家伙。

他说,我没觉得他做错了什么呀?

我吃惊地说,他写这么肉麻的信还没错?

他笑了起来。他说,跟你谈这事简直是秀才遇到兵有理说不清。

我说,未必我有错?

他说,你也没错。不过你对博洛印象如何?

我说,还可以。

他沉默了片刻。他说,再多接触了解一下,你们可能会是很好的一对。

我说,什么什么? 我们才不会哩。

他说,为什么?

我说,他爸爸是个大右派,真吓人。

他手上的锉子停止了磨动。他的目光凝视在墙壁的一个疤点上。他说,徐楚,我告诉你,我父亲是土改时被枪决的。他是恶霸地主。

我对这件事感到惶恐而愧疚。他父亲轰然倒在翻身者的枪口下时他才一岁半。这个黑色的印记从此是他生命的影子。我对他生活之路遇过怎样的艰难至今茫然不知。只知道我若打探他过去的故事时他总是很粗暴地说那没什么可以自豪的。除了卑贱就是卑贱。然后好半天好半天情绪低落。他的豁达大度随遇而安的浮土下,掩隐着一种深深的深深的绝望。

两天后我再次到他家去时,他正在洗衣服。见我,他淡淡一笑。我口袋里装着好几粒水果糖。我抿着嘴,连剥三粒,一粒一粒地填进他的嘴里。他奈何不得,只有把糖嚼得"嘎嘣嘎嘣"地响。嚼完糖才说,乐山大佛改行推销糖果了?

这件事就算过去了。

我的父亲是地质队的工程师,我母亲是个医生。我是家里的独生女儿。我的父亲很少在家。我对他的印象就是他能把我举得很高以及骑着自行车载我去后湖钓鱼。但是我极爱我的父亲。

冬天的时候,父亲回来了。父亲给我们冷清清的家带来了生气。晚上,我们便围着火炉听父亲讲野外的故事。父亲说有一次他在大山里迷了路。他走了三天,仿佛觉得整个地球在突然之间除了只有树以外,什么都没有了。他觉得自己也就是一棵活动的树在他伙伴的缝隙里穿来穿去。那一刻他完全没了意识。父亲说人在绝望时刻才能想起上帝。父亲说他只是想上帝给什么运气就享受什么运气吧。结果,父亲说,第四天他的同事们找到了他。

我说,那么,您现在还信上帝吗?

父亲说,我一出树林就让他老人家见鬼去了。

我说,那你今后还会信吗?

父亲说,大约在我最后闭上眼睛那一刹那,我会信的。

我说,为什么有些人活得很好也笃信上帝呢?

父亲说,排除宗教信仰的那一层,有的人是因为世界整个为他敞开,所有的一切都为他提供了信用上的保证,他太幸福以至于产生痛苦。他故意不相信这些而挑选了上帝。而有的人则是世界整个地背对着他。所有的一切都不相信他以至于他不相信一切,于是他只有去相信上帝。

我说,他就是。

父亲说,谁?

我说,一个朋友。

下雪的时候是星期天。早上一睁眼见茫茫一片洁白的世界。这种纯净的颜色能让你突然间生出一股圣洁之感。你觉得面对大自然赐予的这么干净的世界,人须得干净地活着才能够般配。

我把父亲拖了出来。邀了我们匠人集团的朋友出去照雪景。我们去的是武汉大学。学校里很空旷。那些典雅、漂亮的建筑在白色的衬底上愈加显得凝重深沉。

父亲说,为什么你们要称自己是匠人集团呢?

树凤说,因为我们永远不能成"家"而只能成为"匠"。

父亲说,你们还小嘛。

博洛说,难道您还会认为我们有别的前途?

我说,不能听我爸爸的说教。他有自己喜欢的事业。他和我们是两种人。

天宇说,我们只有争取入党,然后提干,才能谈前途不前途的事。

大根说,匠人就是匠人,给工资就行。

父亲说,你们和我二十岁时不一样。

树凤说,叔叔你二十岁时在干什么?

父亲说,那是五〇年,我在乡下搞土改。

我的心怦然一跳,我突然想起了他。想起我已一个多星期没见到他了。

我敲他家的门,屋内寂然无声。那时我才发现门已上锁。邻居告诉我他和他母亲一星期前便去了四川舅舅家。

我怅然地走出那红房子。一股淡淡的忧伤向我袭来。路旁商店里的收音机正响着小提琴的曲子。那声音显得委婉清冽。我在这愈来愈远去的伴奏下踏着雪路踽踽而行。

其实那曲子叫《金色的炉台》。

那几天我不知为什么显得抑郁不快。树凤说,楚楚你为什么不快活了?

我说,说不清,就觉得没意思。

树凤说,是不是吴老师走了的缘故?

我说,不知道,也可能是。

树凤说,他走时没告诉你?

我说,他走了一个星期我才知道。

树凤说,这么大的事连说都不说一声,算什么朋友?又没人想托他带东西。

我说,他无视我的友谊。

树凤说,你伤心了?你可别爱上他了。

我说,怎么会?他那么大。

树凤说,就是,都可以喊他叔叔了。

我笑了起来。很久很久我和树凤背后都称他为"吴大叔"。

他回来已是二十天以后的事。他给我挂了电话。恰巧是树凤接的。树凤说是吴大叔。我的心无端地缩了一下。我说就说我不在。

他连打了三天。第四天我接了。我操着一口地道的黄陂话告诉他徐楚快死了。他显然大吃一惊连声说她怎么啦她怎么啦。

我说,她得了重病,住了大半个月的医院。

他说,请告诉我她住在哪里。

他的声音有些发抖,这使我有些不忍。我几乎想笑着揭穿自己的谎言,但树凤抓过了电话。

树凤说,楚楚住在高家湾医院住院部二楼34床。她的病危通知书已经下了六天了。

我听见那边咔哒放电话的声音。我说,树凤,高家湾医院也太远了。

树凤说,没事,让他跑跑。

树凤是我最真诚也最勇敢的朋友。她现在已是国内颇负盛名的女导演了。她的这种才能在那时便显示了出来。她擅长导演恶作剧。

那天下班我一出厂门便看见了他。他斜倚在一根电线杆上,面色忧郁地注视着流水般涌出的人群。我和树凤立即停住了脚,对视几秒,然后跺脚大笑。他看见了我俩,微微一怔,便大步走来。他说你们俩大概都应该去住精神病医院。

树凤说,吴老师你下午去高家湾了?

他说,我连火葬场都去了。告诉你们我还上了扁担山,把那些新墓挨个儿查了一遍。最后在一个叫徐小赖皮的人面前立定默哀三分钟,权当是你了。

我大叫起来,你这个大坏蛋,大赖皮。

他满脸笑意。

我们和树凤分手后,缓步走向车站。

他说,不去我那儿玩玩?

我蓦然想起他的不辞而别,自尊地说,不去!

他说,为什么?

我说,不想去。

他说,我得罪你了?

他的问话令我心里酸楚起来。他并不觉得他的不辞而别对我是个伤害。他并不在乎我这个朋友。我说不想去就是不想去。然而我的眼泪却禁不住淌了出来。

那一刻,他沉默着。我似乎听得见他怦然的心跳和急促的呼吸。忽然,他用极温柔的声音说,我给你带了好多麦芽糖,你说过你最爱吃的。

他的声音宛若暖暖的一股泉水徐缓地从我的心里流过。我整个的心被浸泡在绵绵温情的水中。

我便像一只驯从的羊被他牵着了一般,不由得随他而去,在跨入门槛那一刹那,他在我的耳边低低地说,原谅我。

五

我记得那个春天整个国家都阴森着面孔,可只有我快乐无比。国家的事情大得不容我去顾虑。我沉浸在春天播撒的阳光和微风之中。我想春天正是大自然送给人类的粲然一笑。

我愿意和他在一起。愿意被他温情脉脉而又有点黯然忧伤的目光所照耀。每逢他这么着的时刻,我便坐在他的对面变幻各种怪脸。他平静着,不动声色。然而最终还是忍不住大笑一通。笑完便说,你这个小傻瓜,真没味透了。

我说,我又不是咸萝卜霉干菜,没味就没味。

他说,就是,你才不是咸萝卜霉干菜哩。你是小桃园的鸡汤老通城的豆皮还有宝通寺的素拼盘。

这时刻我必然要同他在小屋里追打一番,直到我胜利而告终。

电视机装好那天,我们匠人集团全去了他的屋里。叽叽呱呱闹得满屋嘈杂。晚上七点半的时候,我们开始试收。我们屏住气,显得有些紧张。突然他放在开关上的手又缩了回来。他说,楚楚,你来吧,我手气一向不好。

船的沉没·159

我说,不不,还是你自己亲手开好。

他说,不,没有任何一件事在我的手下干成功过。让我借你的手吧。

树凤说,客气什么。然后她一拨开关。

有亮光在我们眼中出现。我们呼叫着。但没有图像,一直没有。

他母亲走进那屋子说,早晨,我要休息了。

我母亲到山区进行巡回医疗之前,曾同他母亲见过一面。她去我母亲那里看病。她对我母亲说,你是不是有个女儿叫徐楚。我母亲说,是,您认识？她说,她能在我家里玩得天翻地覆,我的头都快炸了。

母亲将我教训了一顿。然后同他谈了一次。他们谈的什么我不知道。母亲临走前说,你同他交往要有分寸。母亲是一个敏感的女人。她说,他妈妈对你有一种奇怪的厌恶,你要自尊一些。

我母亲走后的第三天他的心脏病发作了。他那时正在小桃园买鸡汤。我后来知道他是打算请我去他那里吃晚饭的。他排队的地方人很多。空气也非常坏。他一阵剧烈地痉挛便瘫软在地。他的脸色苍白如纸。额头沁出粒粒汗珠。是陌路人把他送进的医院。

我闻讯赶到医院时他的病已经缓解。他躺在病床上显得很疲惫。他的脸色依然苍白。

我哭了。我说,我不要你死。

他母亲正在那里,她生气地叱了我一句。她说,怎么这样不会说话。

他笑笑,说,楚楚别哭。你不要我死我就坚决不死。

我说,我一辈子都不要你死。

他说,那我就一辈子不死,长成个老妖怪。

我破涕为笑。他母亲说,少同他讲几句话,他心脏不好。没别的事就回去吧。

他说,妈妈,我跟楚楚说说笑话,心跳得轻松多了。

他母亲没说什么。我知道他是先天性心脏病。但发病会厉害到什么程度我毫无所知。我根本不关心这类事情。只要他活着而我照老样子去找他玩就够了。二十岁时的我,仍然懵懵懂懂。用他的话说我是天下不宜多有的傻女孩。我现在也常常问自己为什么我到了那样年龄还那般地糊涂呢?他说他给过我无数暗示我都视而不见。他说我就像一个极不默契的助手。他说他至少有十次想把我狠狠揍上一顿。他说他之所以没一脚蹬了我去找一个聪明的女孩就是因为他知道上帝是为了我才派他下凡人世的。他不敢违背天意。这是在我终于弄明白我活着不能没有他时,他咬牙切齿地数落我的一顿。然而在我们最后的时刻,我反问过他。你忘了上帝派你来干什么的呀?你忘了你过去的那些话么?他却仅以沉默相对。

九月九日毛泽东主席的去世的确把我吓得不轻。我都没有想过这个人居然也会像许多平常人一样在一天突然撒手而去。我有一种大难临头的感觉。我急不可耐地去了他那里。我推开门惊呼大喊,我说,毛主席死了!

他说,知道了。然后又奇怪地看我一眼说,你怎么啦?

我说,不知道。我很害怕。

他的大手在我的头顶上拍了两下,他说,别紧张,有我呢。

晚上我们一起到了街上。哀乐在低空中回旋,断断续续。所有的脸都悲哀而且茫然。

没有人大声说话。我们到商场买了两张杭州丝织的毛主席像。他说,留个纪念,以后什么都难说了。随后我们又踱到展览馆。那里空旷的场地上已经开始出现一座座花圈。很多人在铁栅栏外黯然凝伫。我们加入了这个队伍。他揽着我的肩,我依然忍不住发抖。

他说,一个巨人的时代结束了。

我说,以后会怎么办?

他说,打仗。也许是世界大战。

我说,谁跟谁打?

他说,难说。群龙无首,天下必然大乱。

我说,那我们怎么办?

他说,你记住,不管出什么事,你都跟着我。任何人都别想欺负你。

我为他的话感到无比骄傲。我觉得我会成为世界上最勇敢的人。是他给了我自信和勇气。回家时,车上人多极了。我站在他的胸前。我们被挤得紧紧贴在了一起。我甚至能听清他的心怦怦地跳跃。我的额抵着他的胸。他在我耳边低声说,抬起头来。他的眼睛放射着奇异的光彩。他说,楚楚,还害怕吗?

我说,有你在我就什么都不怕。

他说,真的?

我说,真的。

他便将他的唇在我的额头上轻轻碰了一下。

那时我们在三路无轨电车上。

第二天我下班时,他在他的家门口截住了我。他说,楚楚这几天我不上班,你能不能天天来陪我一下?

我说,又不是假期,怎么能不上班?

他说,你不要打听这个!

而后来他还是说了。学校那几天搞吊唁活动,通知他不必参加。

六

我看《魂断蓝桥》这部电影时,几乎从第一分钟起便开始流泪。我的同伴们对我的这种遏制不住的激动和哀伤之情无从理解。纷纷说我太没现代意识。

我不做解释。

十年前我弄到过两张《魂断蓝桥》的电影票,那时,我欣喜若狂。我知道他极喜欢这部片子。他喜欢费雯丽,喜欢那淡淡忧伤的"一路平安"。他为我表演过。他唱一段词然后用一种仿佛来自天堂一样的声音说,让这排蜡烛熄灭吧。唱完最后一段他便站起来轻扬手臂说,让最后那一点火熄灭吧。天空已经出示白色的曙光。所有的生命,你们一路平安!倘若他去演戏,我坚信他一定会是一个出色的演员,可他说他只能演好一种角色,这就是中国的下等公民。

那天我拿着票得意非凡地跑到他那儿。他正在批改几个作业本。

我说,你猜我给你弄来了什么好东西?

他说,你不就是哪家杂货铺的义务推销员吗?是糖果还是巧克力?速速填进嘴里来。

我说,是电影票!

他说,什么电影?

我说,你去看了保证高兴得发疯。

他说,明天的就去。

我说,是今晚的。

他说,真是个小可怜。我只能对你说很遗憾。

我说,为什么为什么?

他说,答应给学生做几个有趣的物理实验。

我说,改天不行吗?

他说,做人得讲信用。

我很失望。我说,什么破老师,还当得那么带劲。

他说,破人当破老师,正般配。

我说,我非要你去。

他说,你就会胡搅蛮缠。永远长不大。

我很生气。我费了很大的气力才弄来的票,他居然如此不屑一顾。我心里一阵怨恨,突然抓起他桌上的学生练习本一沓一沓地往墙角扔往门外扔往天花板上扔。他吃惊地看着我。在他制止时我手中的一沓已飞扬出去。它们全部落在门边的半盆肥皂水中。他的脸色大变,一个大步跨上去抓出练习本。他用衣襟在湿漉漉的纸上擦拭。他那副狼狈的样子让我忍不住嘻嘻哈哈笑了起来。他停住了动作,阴沉着脸。他将作业本往桌上重重地一摔。挥起手臂用力向门外一指,厉声说,请给我滚出去!我讨厌这种不讲道理的人!

我在他的暴吼面前吓得像一只面对灭顶之灾的小鹿,满脸惊恐地望着他,一步步后退。他的粗暴蛮横,是我绝不曾有一丝预料的。在我从惊骇中缓解出来时,万般悲愤涌上心头。我激愤得上下齿打着战,泪流满面。请给我滚出去!六个字如同六把巨锤,砸得我肝胆俱碎,那是我最敬爱和最信任的人说的。

我在他的目光之下,一下一下把手中的电影票撕得粉碎,然后看都不看他一眼,转身而去。

我记得那是一个大晴日。已近黄昏。密集的自行车河一样流淌。扬起的尘土使得阳光变得迷迷漾漾。我的身影被落日的残照拉得斜长斜长。它从一面墙壁飘至另一面墙壁。游魂一般。

我一路发誓:我这辈子绝不再进这个人的家门。

有时候想倘若那时便长久地仇恨下去就好了。那时我对他只是一种感情上的依恋。而不是以后或者说现在那种强烈的无法抑制的爱。虽说我已七年没有见过或听说过他的什么,但对他的记忆却不曾断过。我曾恨我自己窝囊。如此痴情地沉溺在对一个故人的回忆中又有什么意思呢?没有任何价值而且谈不上任何高尚。这无非表明我是女性愚蠢者队伍中的最愚蠢者。在我理智清醒的时候我也试图改变我目前的状况。我被介绍人领着去见过一个长得不错的男人。在听这人娓娓而谈时,我想难道我得吊在这个人的脖子上像我曾经吊在他的脖子上那样?我得趴在这个人胸脯上喋喋不休像我曾经趴在他的胸脯上一样?我得让这个人从我的额头吻到我的嘴唇像他曾经喜欢的那样?我几乎不敢想下去。浑身起一层鸡皮疙瘩。我如坐针毡,然后站起来对介绍人说我胃疼就走了。

就这唯一的一次。从此若有人再对我提及介绍朋友的事,我便笑嘻嘻地把话岔得远远的。我在人前活得很从容。

而在月光如水的夜晚,我的心是痛苦的。我独自受用着这痛苦和孤独。它仿佛是我最最珍惜的私人财产。我从不拿出一分赠给别人。许多人见我高龄未嫁且不谈此事,便猜问我是不是感情上受过什么伤害,我总是超然一笑说,什么呀,我连恋爱都没谈过。

世界上最无聊的人才会把自己有过的苦痛像说相声一样到处说给人听。

他敲我的门时大约已过九点半了。我正躺在床上望着在暗夜中显得无际无涯的空间呆思苦想,想得脑袋一片空白。我听见了敲门声。然后一个男人在唤我的名字。那正是他!我将被单往头上一蒙,全身蜷成一团。又用枕巾死死堵住耳朵。他连叫了几声,最后山一般沉重地叹了口气,走了。

实际上我是一种孩子心理。我明白地告诉自己,我同他"仇"了。仇了,便意味着见面不能说话,眼睛不能对视以及警惕对方背后捣鬼。我把同他"仇"了的事看得十分认真,我上下班改坐了三路电车。

树凤对我说,我早觉得你会吃亏的。他那么大的人狡猾得很。你看博洛,他敢对我说重一句?他连叫你滚的话都说了,实在太毒。你再理他显得我们女的多贱啦。

我承认树凤的话说得对。树凤那时和博洛暗中已是甜甜蜜蜜的一对了。不敢公开。学徒不许谈恋爱。当博洛温存地对待树凤时,我心里有些酸溜溜的。博洛曾经爱过的是我。

有天树凤不在场博洛对我说,楚楚,我去年的那封信要是现在写的,你会怎么样?

我说,也许会对你说想一想。

博洛说,楚楚你现在想想还来得及,真的,还来得及。

我说,博洛,树凤是我的好朋友,你一定要记住这一点。

博洛默然无语。

倘若世界上没有树凤,我想我一定在颓唐厌世的情绪中无法自拔。树凤总是在我关键的时刻将我的腰杆用力撑顶一下。她只比我大半岁,却像老母鸡护小鸡一样护着我。但是树凤很不欣赏他。在我和他爱得难解难分那一段时间,树凤仍然说,你们是两个世界的人。你们如果能走到一起,那就只能说是上帝硬撮合的。

树凤是我所见过的女人中最开朗和宽宏的女人。她至今还常让她的丈夫单独来看看我。她知道我在博洛心中的位置。她也知道我们除了友谊不会再有别的什么。博洛不再说还来得及的话,但他绝不掩饰他的心。他帮我买米和换煤气。他做这些事做得很自然,他常说,楚楚你还是设法改变一下生活。你不要让别人心里难受。他的这些话每次都令我怆然伤神。我总是笑笑说,博洛,我是一个很没出息的女人是不是?

他给我打过几次电话。树凤接的。树凤说,你先认识的那个徐楚已经死了。

我的伙伴们那几天常来陪我。我们看电影和在马路上闲逛也并不觉得时间难熬。只有晚上我躺在床上时,他才倔犟地一次次地走入我的脑海。用他习惯的那种站法,斜倚着一根柱子,一动不动。无论我怎么驱赶,他都不走。

一天晚上,我们结伙看了电影《枫树湾》,我们一路疯闹,笑得满天空嘎嘎嘎的声音。朋友们送我回家。那时已是近十一点的时间。我下汽车时看见了那个熟悉的身影。我感到全身绷紧了起来。他迎向我,盯了几秒,然后转向树凤。他说,你们请回吧,我送楚楚回去。

树凤说,那得看楚楚同不同意。

我说,树凤别走。

他说,楚楚,我要单独同你谈谈,就这一次。一次。

树凤说,你不是叫她滚吗?

树凤的话勾起我的委屈,我的眼泪又一涌而出。

他说,树凤,这事以后解释。给我一次机会。

树凤碰碰我的手。她说,那我们走了。他如果再吼你,你跟他对吼,没什么可怕的。

他苦苦一笑说,我哪里还敢。

只剩下了他和我。月光很淡。路两边杨树投下的影子也是淡淡的。他伸手搭着我的肩,我下意识偏让了一下,他便拿了下来。他说,你恨我?

我说,是又怎么样?

他说,我不想向你解释什么,也不想请求你原谅。事情是谁错谁对自己应该有个标准。但是现在要说的是你这样下去很不好。

我说,有什么不好。

他说,你每天打牌逛街看电影,一玩就是十二点。这会坏了禀性也会坏了身体。

我说,你居然监视我?可耻。

他说,不,是出于关心。

我说,你关心别人好了,我不要你管。

他说,楚楚你不要这样任性。你已经是大人了。

我说,是大人了就更不要你管闲事。

他说,楚楚!

我说,不许你叫我的名字。你没有资格。

他不再说话,一句话也不说。我们沉默着一直到我的家门口。他脸色阴沉。他说,谢谢你的提醒,我差点忘了我没有资格。

夜色很快吞噬了他的身影。

七

我后悔了。几乎在他一离开我的那一刹那我就后悔了。我一夜辗转反侧。我想,我怎么能说那样的话呢?我怎么能够永远不理睬他呢?他实际上已经成为我生活中的一个组成部分。于我如一堵墙一棵树一个安全的港湾,我怎么能把我所倚仗的全抛掉呢。

我因思念而焦躁得无法入睡。

翌日我下班时,专门在休息室打扮了一下。树凤替我修饰着刘海。她说,你要三思而行。我说,我觉得没有他,我自己无法单独思考。树凤说,我早料到你会有这么一天。我说,你一定要为我保密。

我首先遇到的是他的母亲。他母亲以前所未有的热情欢迎我。他母亲说,楚楚,多日不见,怎么就变成一个漂漂亮亮的大姑娘了。

我说,我都满二十岁了,本来就是大姑娘。

他见我并没有什么大的反应。这使我略略有些不安。他似笑非笑地说,找我有事?

我摇了摇头。他便不再说话。我们沉默相对。

他的母亲进了他的屋子。他母亲递给我一张照片,说,楚楚快看看,这是我的老朋友,给你吴大哥介绍的对象。你参谋一下,觉得如何?

我的心仿佛被人一把捏住。我看了他一眼,他依然似笑非笑。我轻轻说,她长得很好看。

他母亲说,楚楚眼力真不错。这女孩二十五岁,又漂亮又温柔又能干。我们早晨能被这么好的女孩爱上也是命中有福。

他说,妈妈,少说几句。

他母亲说,今晚到她家吃晚饭差不多就定下来了嘛。楚楚,很抱歉,今天不能留你在这儿多玩了,你吴大哥要去她们家吃饭,还要同她们亲戚见见面。以后你来同那姑娘交个朋友。她会喜欢你的。

我说,好的。

那捏着我的心的手仿佛又加了无数的力。我甚至产生一种窒息感。我明白我生活中有许多许多宝贵的东西因为我的不珍惜而永远离开了我。对于我这颗尚还柔弱的心来说，它几乎难以接受这样的事实。我无法使它安宁下来，也无法平复它的痛苦。他，还有她，那个美丽的温柔的而且能干的女孩，仿佛嵌在了我的眼球上。睁眼是他们，闭眼还是他们。他们谈笑自若地笔直地朝我走来。

我到现在仍然没有记起来我是怎样离开他家的。他说他那时也心乱如麻，不知道我什么时候就不见了。他说他当时想他是彻底地失去了我。他说他不知道我当时想些什么。他之所以第二天给我打电话就是想告诉我没有我他很痛苦，请我再给他一次机会。结果，我没去上班，一连几天都没去。

我所能记得的便是我木然地回到家中。我一头栽在床上，浑身疲乏无力，宛若有人抽去了筋骨。一切的一切连绵不断地从脑中掠过。飘忽的大雨，风掀动甲板上帆布的哗哗声，他坐在昏暗的过道里，他说，出了什么事？还有那个'AN'ArKN。我有些恍恍惚惚。

我到了重庆我才明白我的目的。我想寻回我曾有过的那些时光。我再次登上江轮。我依然坐在了当年我坐过的过道。他的地方坐下了一个苍老的老太婆。她偏着头流着口水坐在那里打盹。醒来时常向我投来几眼。那目光阴飚飚的令人悚然。我每时每刻地注意来来去去的旅客。我想这之中会不会有他呢？

这是深秋的雨天。凄风冷雨吹打在围着栅栏口的帆布，还是那呼啦啦的声音。机器依然嘶声轰隆。一样的两岸青山一江风雨。一样的万县夜泊烟雾三峡。一样的嘈杂人声。唯眼前之人不知何处。

在天空刚浮一线鱼肚白的时候，我便伫立于甲板上。撩开帆，任晨风把我的头发吹成翻飞的枝条。我对着熹微之东方，对着愈来愈浓的光阴。我喃喃自语,早晨,我该怎么办?

我的心很累很累。

我坐在红房子门口的台阶上。呆滞地用一片小石块在地上胡涂乱抹。我蓬头垢面,一无所获。就连那一刻他的家也是上着锁。我坐在那里的目的是什么呢?我自己也不知道。

他看见我时几乎立即飞奔了过来。我无力地凝望着他。他伸出手把我紧紧地搂在怀里。我的脸贴在他宽厚的胸脯上。我听得见急促的心跳,他的热烘烘的鼻息从我的脖子流了下来漫向全身。我热泪涟涟。我说,别扔下我。我会长漂亮的也会变温柔也会变能干。

他说,楚楚,原谅我,饶恕我……

他的声音在我耳边萦绕。渐渐地远去,又渐渐地飘来。在整个房子的空间旋转。转得如一个漩涡那么急促那么强劲。我想就让我沉在这个漩涡之中吧。

我醒来时才知道我睡着了。这里是医院,墙壁雪白雪白。他坐在我的床边。他惊喜地叫了我一声,楚楚。

我微微地笑了笑。我说,亲亲我。

他俯下身体,双手温柔地撩开我散搭在额前的头发,然后把他的唇压在了我的唇上。

这是我们第一次接吻。那感觉如春水一般缓缓地由心中向全身荡漾。

母亲到家时,我已上班两天了。母亲是收到写有"速归"的电报匆匆由山区赶回来的。电报是他拍的。母亲问,出了什么事?我把眼睛扫向窗外说,我想你了。我母亲哭笑不得。她说你也太孩子气了。我在那儿是工作哩。我说一个人住也挺害怕的。母亲说这也是个锻炼。母亲结果只住了三天便又匆匆赶回山里。我心里很愧疚,但我无法不撒谎。

我对他说起我如何对母亲做解释时,他说,看来我以后得对我老婆的话斟酌一番再考虑相不相信。

我说,为什么?

他说,小心她眼睛望着别处然后让嘴巴胡乱说些别的什么。

我说,你老婆这辈子也别想赶上我的沉着机智。

他说,是呀,我老婆是天下傻瓜一号。

我拊掌大笑,他笑得更是够呛。忽而我大叫一声捂住了脸。他的"我老婆"那将是我本人。

他说,找这么个笨蛋老婆真够我倒霉的。

我说,我才不是哩。你老婆是那个又漂亮又温柔又能干的。你是在那儿相的亲又不是在我家里。

他用手指捏住了我的嘴。他说,警告你,你丈夫揍人还有两手,如果你再跟他提那个人,他首先揍碎你的牙。

我呜呜不清地说,求老爷饶了牙齿的命。

他从来不曾问及我在失踪的那些天干了些什么,而我也从来不说。那些伤心的往事我们都愿它如江水一样流走之后再不回转。我原本打算让它成为我的生活中永不翻开的一页,让我无限宽广和厚重的幸福将它埋葬和消融,让我的太阳为我放射的强烈光照永远驱逐它的阴影。然而,这竟未成为可能。在我们做最后的诀别之时,我绝望得已经没有了眼泪。我木然地坐在他的面前。我说,我不会像上次那样,为了寻找你跑到重庆,再过一趟三峡。不会的。

他震惊地说,你?上次,去了重庆?

我说,在你坐的地方,坐着一个老太婆。她像巫婆一样可笑又可怕。我很愚蠢是不是?在我该死心的时候而没有死心。就好像我已下了一次地狱还想再下一次一样。

他说，你不要说了。

我说，那就让我走吧。

从此，我便永远地离开了他。我长时间地恨着他。然而我对他的思念却比这恨更加强烈和持久，它宛如连绵而过的时光，从未中断。春天，它如温柔之熏风缠绕着我，夏天，它如夏之热浪蒸腾着我，秋天它便如秋之落叶如怨如诉地飘零，冬天它又似冬之朔风如呼如啸地旋转。既没有什么能阻止春夏秋冬这四季的来临便没有什么能阻止那个思念对我无休无止地侵扰。

八

我同他分手之后便学会了抽烟。我想象着那一星小小的火光或许能将充溢在我小屋中的冷静孤寂忽然间焚烧殆尽。我优雅地斜靠在一只单人沙发上。半眯上眼，悠悠吸上一口再徐徐吐出一串一串的青烟。郁积在心的底层那无数阴森的思绪便从我的喉中升出，袅袅地飘得满屋都是。我的墙壁上挂着安塞尔·亚当斯拍摄的《月亮和半圆丘》的照片。加州约塞米特国家公园的风光在我的青烟缭绕中显得愈加的美丽和神奇。那美国佬应该在镜头前放上一支香烟的，我想。我常常盯着那些烟雾眼睛一眨都不眨。我能清晰地看到它们一缕一缕地变幻扭动，编织那些你无法想象的图案。有一回我从那图案中识出了他的眉眼他的鼻子和他惯于蓬乱的头发。我惊吓不已。

树凤若在这时来看我，便同我一起吞云吐雾。

树凤说，你即令不是为了自己但也应该为了生命去换一种活法。人应该满足自己的生命。

我笑了笑。生命。生命又算得了什么呢？设若你有了很好的丈夫很英俊的儿子；抑或你升了很大的官走出去前呼后拥狼奔虎啸；抑或你取得惊人成就全世界异口同声呼唤你的名字；抑或你有很多的钱多得可以买下一座城市,那你又怎么样呢？你的生命能够为此而选择一条别于穷人或杀人犯或流氓强奸分子的归宿吗？生命渺小如尘。生命微不足道。

树凤说,你以为你看透了？你看透了又怎么样呢？你玩世不恭或者超然于世俗之上,你又怎么样呢？最终你还是得活。你白天还是得堆一脸笑容地去寒暄去应酬,多少拍拍上级的马屁,而到晚上你寂寞你空虚你孤独你没有热吻没有爱抚你心情凄凉。你窝囊麻木得自己浑然不觉。你是等他还是气他？等他何苦,气他何必。

我说,你什么都不要说了。我只是愿意这样一个人过。与他无关。

我极后悔我为什么一定要坚持到二十三岁之后才结婚。虽然那时正派的女孩子都不会在二十三岁以前结婚,可那又算得了什么？只要我们自己幸福又在乎别人会说什么。他不悦,但同意了。他说活该他等白头发。上帝把我摊到他的名下,他也只好这样。

我再也没有过像那些日子有过的那样快乐的时刻。正如人们爱说的美好的时光一去不返。有时候我想倘若我同他结婚,那些美好的时刻能够延续到我们白发满头的时候或者说我现在这样的年龄吗？结果我的回答是,不。正如长江只有一个三峡,而不是很多很多。

我们规定每三日必须见面一次。如果我提前去他那儿了,他就很高兴地领我去小桃园喝鸡汤。他许诺我带我上赤壁玩两天,但条件之一是我得主动吻他而不是他提出要求。他像所有的男人一样不喜欢逛商店,而我像所有的女人一样最喜欢逛商店。他提议如我在闲逛商店时能让他在门口等着他就每次上街送我一样礼物。有一次他送给我的礼物是六粒彩色糖豆,它们的价值是一分钱。我大叫亏了。于是在另一次我点着要一个乳黄色的牙雕。他前去看了价格,立即做出一副当场晕倒的架势。他说我得先去打离婚证。那牙雕三千四百元人民币。我乐得跌脚大笑,而实际上那次我连糖豆都没得着。

我们有一个合同。谁对对方犯了错误就得给对方做三小时的奴才。若是他,便得叫我"太太",鞍前马后地听我调遣。若是我,便得叫他"老爷",同样无条件服从他的命令。在他做了我三次奴才之后,才轮上我做他的一次。然而他的狡猾远在我的之上。两个多小时后,他忽然说,奴才,你今晚给我到北京去把鸠山请来。老爷我要告诉他密电码在哪里。我执行不了,合同规定再延长三小时。又过了两小时后,他说,奴才,给我把人造卫星弄下来,让老爷瞧瞧谁在那里头唱歌。奴才我忍无可忍,便强行造反。他最致命的弱点是怕痒。我把手伸进他的衣服里抓挠几下,他便软成一团。那时他发出的笑仿佛一个要断气的人垂死挣扎的感觉,为了这个笑,他母亲几次惊骇着面孔跑过来问他怎么了。然后便沉下脸说着没见过这么没规矩的女孩子愤然而出。

他曾经再三对我说过,无论他母亲对我有什么冒犯,都希望我能宽容待之。他说他母亲是个非常可怜的人。他父亲死的时候她才二十一岁。他母亲那时正带着他在汉口她的舅爷家。听到他父亲的死讯当场昏厥。从此没有去过他父亲的老家。他母亲带着他在汉口以教书为生。为了他而执意守寡。他说他长大之后知道这对于一个年轻的女人来说是件很痛苦的事。他永远要报答他母亲为他做出的牺牲和给予他的无限的爱。他说,楚楚,现在我对你的爱实际上已超过了对我母亲的,我有时心里有些愧疚。你对她尊敬一些才能弥补我的这种愧疚。我对他说,我一定听你的。

而要使他母亲承认我的孝敬是件非常困难的事。但奇迹在于我全部做到了。他母亲认为我配不上她的儿子。我以为她会为她儿子物色一个绝代佳人,不料她后来极力做主她儿子娶的是一个比他儿子年长一岁而且离过婚的女人。几个月前我在十路汽车上同她邂逅过一次。那天我本是去火车站坐车上北戴河过暑假的。我上车时她叫了我。她已经显得非常老了。她仍然像一个温文尔雅的知识女性。她说,楚楚怎么这么多年不去我家玩了?你晨哥哥还常说你调皮捣蛋的事给他女儿听哩。我当时几乎想要呕吐。我说对不起您认错人了。然后我在汉阳文化宫下了车,我误了我的那趟火车,也没了去北戴河的心情。

我不愿意再见到这个可怜的女人。她为了她的儿子能离开我而装了半年的病。

我常对他说像你母亲这样怪癖的人大概天下只有一个。但近些日子我的学生在课堂上传看琼瑶小说,我没收了几本。其中一本叫《我是一片云》。我读后一方面惊异世界上竟有如此相似的母亲,一方面则痛骂小说结尾的虚假。男人们永远不会把爱情看得高于一切。

他母亲对他说过好多次徐楚这女孩今后不可能很好地照顾你和我。他说,我知道楚楚心地善良。他母亲说,楚楚心大得很,你管得住她?他说,那以后再说。我现在没她不想活。他母亲赌气去了四川她娘家。他把这些话告诉了我。我狠狠地亲了他几下。我说,你说得很好,我奖赏你。我说楚楚的心是很大,要不然这么大个的你怎么装得进呢。你把我的心塞得满满当当,想装点别的都难死了。

那是个夏天。黄昏，我们在滨江公园散步时突然下了暴雨。他拉着我向家里飞奔。路虽不远，但我们仍然淋得透湿。我的衣服紧贴在身上，胸脯格外地突出起来。在他的灼灼目光下，我感到羞愧难言。我抓下他床上的被单往身上一披，我说，我怎么办我怎么办？

他说，你脱下湿衣裹着单子到床上躺着吧，我到厨房去替你烘烤一下。

我赤裸着躺上床。我用被单把自己遮盖得严严实实。他从厨房开了火进屋时已经换了干的短裤和背心。他拧了拧我衣裤的水，忽而坐在了床边。他俯下身凝视着我。他的眼睛仿佛燃烧着。然后他连我带被单一起抱了起来，他的手顺着我的肩头滑了下去。我有些迷醉。在他滚热的手掌之下我浑身软软的没有一丝力气。他把被单从我身上徐徐地拉了下去。我几乎失却知觉。我不知道将会发生什么。我只是恍惚如躺在一个温软的梦中。我在黑沉沉的洞穴里坠落。落入洞底，我四周忽而飘起了色彩缤纷的云霞。从霞缝中射出的一道道光束彩带般在我的身上滑来拂去。为了这光束，我浑身的血液东奔西突。我的呼吸在这剧烈的窜动下衔接不上。我开始感到难受。一种前所未有的难受。

使我惧然而惊的是他突然关了灯。某种莫名的恐惧闪电般从我脑中划过。我猜出我们将有极可怕而且也是丑恶的事发生。这事的结果会使我成为众人眼中的女流氓。我当时的确是把这个简单的事想得十分的复杂。我大叫了一声。然后翻身坐起来。我说，你欺负我，然后呜呜地哭了起来。他呆了一会儿，向我伸过手臂。我用力打了他几下，哭着拉开灯。我在他的眼皮下一件一件穿起湿漉漉的衣裤。他说，楚楚这样要生病的。我说，我死了我活该。我自顾自地走了。外面雨还下着。他追了出来。我们一路无言。

好长一段时间,我们相处得很不自然。他眼里总流露着一种负疚感。我们相对无语的时间多了起来。他不再拥抱和吻我。我也如此。有时他向我靠得近一些时,我便会不由得惊悸一下。于是他就又隔远一点。好几次我们走很长很长的路却像两个陌路人一样无话可说。

他满三十岁那天是十月五号。我们俩各自请假一天去了东湖。上午在东湖划船,中午便去梨园餐厅吃午餐。我说为庆祝他三十大寿请他吃饭。他说他真想再过八年同我一起满三十岁。我说这个主意不算坏,倒让我省一笔钱了。他说算了还是今天先过吧,谁知道八年后会是什么样子。

我的心"格登"跳了一下。他的话是那么不吉利。我感到伤心亦感到委屈,不觉便淌了眼泪。

他说秋天气息盖在心上便是个"愁"字。所以秋风多厉秋雨多寒秋云多淡秋思多苦秋声多凄引得人秋愁无限。我倒霉生在秋天,老是得拾人家的眼泪珠儿。

他说罢,自嘲般地笑笑。

他买了一瓶白酒。我制止他喝。我说,这对心脏只有坏处。

他推开我的手。他说,你不懂。酒能解愁,要不然心脏更受不了。

我说,你是不是故意同我赌气呢?你若讨厌我你就直说好了。

他说,我怎么会讨厌你?我在你面前已经羞愧得抬不起头来了。我怎么敢?

我说,我又没有责怪你什么。

他说,如果你责怪了我尚可以做出解释,取得你的原谅。可你没有。你眼睛里只有一个内容,就是厌恶。你觉得我很卑劣是不是？

我说，我根本没这样想。可你的眼睛里也不是请我原谅的内容呀？我没有满足你，没有顺从你，你觉得我这个人很没趣了是不是？我去你那儿你并不高兴，我看得出来。我知道我不是个好女孩。我又是那样不讲道理，那样娇气。你只是可怜我才同我好。我不要你可怜。我还是有自尊心的。我不纠缠你。

我的眼泪又哗哗地流淌。泪水模糊了我的视线。我在他面前总爱流泪。我曾在心里拼命警告自己要坚强些。眼泪不要流给他看。可是眼泪并不归心指挥。

他说，楚楚，我知道我配不上你。我成分那么坏，又有心脏病，而且年龄也大你大得太多，我没有资格得到你。那晚上我的确有些冲动，在那种情况下男人们恐怕都会那样。那是出于爱，没别的什么。但是如果你认为我是为了占你的便宜才爱你，没占上就觉得你乏味，如果你是这么看我，我简直无地自容。我已经卑鄙到这种地步我还有什么意思在你面前做人？楚楚，我真想不到。我承认我没有你纯洁，但还不至于那么无耻。你如果觉得我们不合适，你就决定好了。

我们不欢而散。甚至没约定见面时间。夜里我几次惊骇而醒，所有的恐惧都是因为他在梦中撒手而去。我难以想象我的生活中没有他的存在。

我闯进他家时天还没亮。漫漫长夜煎熬得我痛苦异常。他出现在我眼前时他的眼睛里满是血丝。小屋的地板上扔得到处都是烟头。他见我先叫了起来。他说，不，我不要听，你不要说出来！

我们相对而坐，沉默良久。他的脸上有一种恐惧感。每当我意欲开口说话，他就说，楚楚我求求你。我什么都不要听。

最后我站了起来。我一件一件脱下我的衣服。脱下最后的乳罩和短裤。我赤裸着走到他的面前。我把他冰凉的手放在我的小腹上。然后我让它滑了下去。我说,你来吧。

他把我抱了起来,放上了他的床。他用他的被子将我盖好。他俯下身吻了吻我。他说,为我好好保存着,新婚之夜我要一个纯洁的新娘。

事实上是我的新婚之夜至今没有到来。在我的新娘子的位置上出现的是另一个女人。这女人为他生了一个女孩。他做父亲已经五年了而我却依然是处女。三十岁女人单身孤居无可指摘,而三十岁的女人仍是处女则实在该是件羞惭不堪的事。我从来不为自己完整的贞操而自豪。我的这种状况对于女人实在是糟糕透了。我想我为什么不在那个大雨之夜完成我自己呢?我为他生儿育女。我像所有的女人一样抱着自己的孩子把最明显的缺点也要说得如花儿美艳。谁又能说那不纯洁呢?

九

我很向往有一个家。傍晚时分我偕同我的丈夫和我们的儿子抑或女儿一起到大街上走走。我们各自握着一只小手,让那个爱情的小果实在我们之间蹦蹦跳跳。然后为我们不给他买许多零食而大哭一场。然后挂着眼泪趴在他的爸爸或他的妈妈的肩头呼呼地睡着,然后我们拍着他的屁股把他送回家去。

如果不是生活流程的突变,一切都能如愿以偿。当树凤那天拿着高等院校招生改革的有关报纸来找我时,这个变化就开始了。

博洛说考考去,哪怕做场梦也比没梦要好。树凤去过大学,她说那才是真正的生活。我们曾经在宫殿般的武汉大学照过相。大学对于我们具有天堂般的诱惑力。

我对他说时他反应极冷漠。他说,我犯不上去请那些人翻我的档案。一边翻一边骂这小子想升天了。我就是无聊也不会无聊到自找骂挨。

我说,我想试试。

他迟疑了一下说,不考不行?

我说,我特别想上大学。

他说,考不上呢?

我说,那我该怎么过就还怎么过。认了。

他说,如果考到了外地呢?

我说,我天天给你写信。一放假就回来陪你。

他说,一年就见两次?

我说就四年,一混就过了。

他说,你觉得四年就一会儿吗?

那天他显然不痛快。我们改了话题,他的声音里依然渗透着淡淡的忧伤。分手时,他突然说,楚楚,依我一次,不要去考。

我望着他没有回答。

他说,我承受不了分离之苦。

他说这句话几乎是一字一顿。他那浓郁的伤感情绪令我热血一涌。他把他的心他的爱都倾注在我身上,我怎么能令他伤心令他失望呢?

我说,我不考。

但每逢我和他不在一起的时候,一种无端的愁绪就会飘然而临。我常常陷入一种幻觉之中。我觉得自己老是在一片辽远无涯的荒原上行走。我不知道我从哪儿来又要走向何处。我的四周阴云垂地。我的朋友们的喧哗声时而在地平线外响起。我无论转向哪儿都是弧形的地平线。它给人以一辈子走不出去的感觉。

我开始烦躁了。平白无故地冲树凤她们发火。发完火之后自己一旁生着闷气。我感到树凤他们正蓬蓬勃勃充满生机宛如一大片青枝绿叶的树林在强大的风中呼啦啦地应和，而我却在迎面来风中侧转身体，一任自己零落和衰倒。一日夜里，我突然意识到，我原以为我有了他就有了一切，而实际是我把他当成了一切，又把除他以外的一切都遗弃了。

我把这想法说给树凤听时，她说，你也许想得很对，客观上他并不是一切。

树凤考取的是上海戏剧学院，博洛则进了武汉大学。天宇录在华农但他放弃了。大根没取，说是下次再见。

树凤走的那天我们都去了码头。在趸船上我伏在树凤肩头失声痛哭。树凤在我耳边低声说，一定要考，不要错过了自己也不要错过了机会。

那天他也在场。他在我哭泣的时候把脸侧向了一边。

回去时我心情很坏。他说，你是不是有点恨我？

我说，说这些有什么意思。

他说，你在想如果不是我拉了你的后腿，你也像树凤一样成为大学生了，而且还可能去上海。

我说，算了吧。不就那么回事。

他隔了一会儿说，看《刘三姐》去怎么样？

我说，要看你自己去看，我累了。

他不再说话，一路脸色沉郁。

我是三天之后去的他那里。他拿出一摞数理化课本往我面前一推。

他说，你考吧。与其让你这么苦不如苦我自己。

我就读的学校叫武汉师范学院。我的学校和他的家仅一江之隔。

每个星期六我都能在码头见到他。他倚在滨江公园门口的柱子上。眼光在下船的人群中逡巡。每次都是我先看见他。我喊着他跑过去。他不动声色,只是紧握着我的手。他的手心总是湿漉漉的。我拍打着问他怎么搞的。他说它们在流泪。

我清晰地记得那些个黄昏。我们并肩走进公园里。江岸的沙滩上,许多男人光着脚在那里踢足球。尽管天已秋寒,他们仍然穿着背心和短裤,兴奋地奔来跑去,大声吆喝着。阳光把他们的肩膀照得黧黑黧黑。我们沿着沙滩顺水流方向而行。江水很浑浊地冲一卷一卷的小浪。夕阳西沉时,江面上很美,美得有一种说不出的滋味。它无法让人激动、亢奋,而是让人沉默、思索。我们便长时间地抱膝坐在这夕阳眩晕的天空之下。不说话,只偶尔凝视。有归舟吱呀由眼前划过时,也不能打破我们的沉寂。直到对岸见得几点灯火,他才拉着我起来,揽着我一起出去。

我现在任教的中学紧傍着汉水。在我有时从小屋里走出,踱着步往江边散心之时,常幻觉着他沉实的手臂依然搭在我的肩头。夕阳宛如它过去的岁月那样悠悠地沉下,把一层光彩涂抹在江水和沙滩上。它把江上的黄昏装饰得如昔日一样的美丽。这种美丽的色调常让我伤感和惆怅。那种落魄江湖,漂流无定的孤寂和浮躁便如这黄昏之雾气一样将我包裹得严严实实。这时我便想呵壁问天,为什么要让我和他相识?为什么又让我和他相离?难道这真只是上帝肆意导演的一个小品么?

我在黄昏里心绪永远纷乱。只是在偶尔遇到我的学生时,我才挤出一脸轻松的笑,说,啊啊,我正在欣赏汉水风光呢。

春天的时候,系里组织了一次春游。我给他写了封信,说这个星期天不回了。我承认那天我玩得很愉快,几乎没有去想他那一天是怎么度过的。学校是个大集体,同学们都年轻而富有朝气。我并没觉得离开他一个星期或两个星期有多么难熬。我总是见他时说,真快,我们又见面了。而他却总反问,你觉得快么?我以后想起这些小事,感到我没有体会到他的心情。他虽然是一个果断坚强的男人,但他因为缺少整个社会对他的爱,缺少众人对他的关心和理解,致使他将自己所有的感情都集中在了我的身上。他常常是软弱而且缠绵的。他并不是像他在众人面前表现得那样男性化。星期天我们分手时,他总是把头埋在我的腿上,好一会儿才站起身说,你走吧。早点回。

我第一次隔了两星期才回去。我在码头没有见到他。等了近一小时,他仍然没来。我很不愉快。我想他大约是生了我的气,又想他未免心胸太狭窄。出于故意气气他的缘故,我没有去找他。星期天也没去。

当我星期六再次回去时,我仍然没有见到他倚在公园门口的身影。我只得自我认输地往他的家去。他的母亲正在切菜。她看我时脸色很难看。她说,你来干什么?你还记得他呀。我说,他不在家?他母亲说,他住了半个月的医院也没见你露一下面。你倒快活。他母亲的话令我魂飞魄散。我懊悔得恨不能一头撞在墙上。我几乎是边流泪边跑到医院的。他见我时把脸转到了墙壁那面。我扳过他的头我哭着说,原谅我求求你原谅我。我不知道,我什么都不知道。他用手把我轻轻推开。他脸色惨白。他的目光始终不转向我。我一次次扳过他的头。我用手抚着他的脸。我俯在他的面前,不顾同病房几十双注视的目光。我一遍遍说,我的确不知道。你不要恨我。你说过你永远不跟我计较的。我一定改。给我一次机会。我求求你宽恕我。我说不下去了。痛苦、委屈和对他身体的心疼致使我无法控制自己。我趴在他胸脯上痛哭起来。那一刻,他才抚了抚我的头,说不要哭了,这是医院。

我泪汪汪地望着他。我说,你不许不理我。

他说,你把眼泪擦了。

他告诉我他是在课堂上发的病。那天是星期三。他时时在想我如果能在他身边他的痛苦就会轻一些。但在星期五他的学生给他送来了我的信。他失望之极。只能又苦苦地等下一星期六。那便是我赌气不见他的一天。星期六我没露面。他不知道这是为了什么。他眼前老是出现一种幻觉,就是一座大厦无声无息地自垮下来。他甚至觉得治病完全是件多余的事。他第一次把药扔掉时便被他母亲发现了。他母亲说,我守寡三十几年并不是为了看你死掉。对母亲的惭愧感使他觉得他只有活下去这一条路可走。他恨我但是更想念我。他一想到我身边可能会出现一个新的追求者,那人比他年轻英俊而且有才华,他便止不住出一身冷汗。

我不知道该说什么。我拼命让他相信,我的同学都不喜欢我。除了他,谁能看上我这个又小心眼又不讲理又娇气十足的傻女孩呢?而且我警告他,除了我,也没人能看上他这个又专横又吃醋又心狠的大坏蛋。

他说,我心狠么?

我说,你吼过我一次,又别着脸不理我一次。我都要记仇的。

我在医院里照看了他一个星期,直到他出院。我尽力让他感到我的柔情我的爱,以弥合我们关系中出现的一条小缝,而实际上这是很难做到的。

当时临近期末考试。我一边照料他一边利用他午休的时间

船的沉没·185

复习功课。有天晚上他呼吸跟不上来,医生给他输氧。那天我守得很晚。我承认我很疲倦,又担心考试不及格,更害怕他病的时间更长。我忧心得三天之中便显得憔悴起来。中午,我拿着书靠在椅子上睡着了。我醒来时,我发现他正看着我。他的目光极忧郁阴沉。那正是目击大厦倒塌的目光。

他说,你太苦了。

我笑笑说,可不,我是你老婆嘛。

他说,现在还不是。

我说,你想当陈世美呀,那我非当秦香莲不可。

他说,楚楚,我害怕我不能给你幸福。

我说,不用你给,只要我们在一起那本身就是幸福。

他说,你试试再同别的小伙子交往一下,或许你会产生更大的幸福感。

他的这句话使我尤为愤怒。我真想同他大闹一场,如果他不是那么虚弱地躺在医院里的话。我站起来匆匆收拾了我的几件东西。然后我说,我不知道你这样讨厌我,把我看得这样虚伪、轻薄。你母亲一直用这种眼光看我,我以为你跟她想的不一样。我走好了。真是没有意思透了。

他急促地叫了我一声。他说,别走。然后说,楚楚,我在你面前我很自卑。

他的确是个自卑而又自尊的人。他的强烈的自尊心之后是强烈的自卑感。我原来以为这是他独有的心态,后来发现除了干部子弟和产业工人之外,很多很多的中国人都是如此。委琐的知识分子和谦卑的农民都是在自卑的背景下做出自尊的姿态。前者因为自知地位低下,后者则自知孤陋寡闻。

我的朋友大根和天宇有一次结伴骑自行车来看望了我。大根后来考进了复旦大学。他现在在报社当记者。他的妻子我见过一面,是一个极美丽的姑娘。我问大根,幸福吗？他说,就那么回事。人和人待长久了就会腻。我说,想甩了人家？他说,那倒不会。不过有点婚外恋也不为过。我说,你有情人？他说,是的,两个。一个是柏拉图式的。另一个水深火热。天宇说,真想不到。天宇的妻子是个残疾青年。天宇为这事登过报纸。报纸上的文章又使他成为厂里宣传科干事。他说他很幸福。但是他没说他从不同他妻子一起上街。

大根突然地对我提到了他。大根说教师节他到几个中学去采访。也去了他的学校。大根说他又住院了。他是在听到枪毙他父亲的原因之后吐了一大口血昏倒在地而被送进医院的。该杀的恶霸地主叫吴之夫,而他的父亲叫吴之天。

我目瞪口呆。然后止不住泪雨滂沱。那一笔之误改变了多少人的命运。

大根说,我去了医院。他问到了你。

我说,他说什么？说我什么？

他说,问候你好。

我感到非常失望。

那一次我有三门功课不及格。我把成绩单扔在他面前时他捂住了自己的眼睛。他说,是我让你丢尽了脸。

十

我的父亲因公殉职已经两年了。最近我的母亲同她的同事产生了爱情。母亲问我她能不能结婚；我说只要你们彼此爱着,用不着考虑我的意见。于是我的母亲在一星期前举行了婚礼。我的继父是个相当不完美的人。他的个子甚至比母亲矮了一寸。他头已半秃,曾因医疗事故蹲过七年大狱。但我承认继父值得我母亲爱。在他瘦小的身躯里所蕴藏的男性的强大力量在你同他说话时你便能感觉得到。他言词咄咄逼人,说一不二。该发火时立即拍案而起。我问母亲,你幸福吗?母亲说,他非常懂得爱。我说,比我父亲呢?母亲说,你父亲把事业看得更重。母亲顾左右而言他。但我能明白其中的含义。我说,父亲不是比继父要完美得多吗?

母亲笑而不答。

母亲一直反对我和他的爱情。母亲无法阻止,但她却常常提醒我他只是一个很平庸无奇的人。那个冬天,我离开他回到家时,见到母亲我訇然倒下。在我清醒后母亲说的第一句话就是:你们早该分手。他连比较完美的人都算不上。

我承认母亲说得对,他的确连比较完美的人都不算。但人为什么要那么完美呢?爱情何曾只是为了完美的人才存在?爱着,这本身就是完美。我曾对他那样至深至切地爱着就如他也同样至深至切地爱过我一样。我,或他,又何必需要什么完美呢?无数次倾心吐胆的交谈,无数次的拥抱和亲吻,他的脉脉温情丝丝缕缕沁入我的心脾,已如血液一般运行在我每一根纤细的血管里。还有什么能比这更为完美的呢?说一声"别了"或许不难,而将这些血挤出来清洗一遍却实在不易。

记得我流着泪回答我的母亲。我说,我不要他的完美,我只要他的爱。

暑假的时候,我同他一起去登庐山。那是我生平最糟糕的一次旅行。我们是怀着那样的兴奋出门又是怀着那样的懊丧归家。

碰到班上同学时我和他正站在甲板上。我们在欣赏尾随着船上下飞转的江鸥。他的手臂搭在我的肩上。

最先看到我的是我们班一个绰号叫"麻雀"的女生。她叫了另两个男生走到我背后大吼了一声"徐楚"。

我回过头然后我立即脸红了。我把他的手从我肩上拿下，也没向双方做介绍，便叽里呱啦同我的同学聊起来。

麻雀说他们也是去庐山。三个我们数学系的，另外还有三个外语系的。我说，太好了，我们可以一起玩。

麻雀邀我去他们那里吹牛，我对他说，我去去就来好不？他说，你去吧。

我在那儿聊了很久。老同学和新朋友的相聚总能让人兴奋得忘了时间。待我回转去时，他已躺在床上了。我拍拍他的头。他没理我。我说，你不高兴了？他说，也没什么可高兴的。

我们在九江下船时是凌晨三点。同学们说一块儿走吧。我说好的。麻雀说，我们准备爬好汉坡去。我问他，如何？他说，我们坐车。几个同学七嘴八舌说是不爬好汉坡不算上庐山。我说，去爬爬怎么样？他说，你去吧，我坐车。他说着拿起自己的行李。我赶紧说，你们先走吧。我将我的同学送了几步。麻雀说，这是你朋友？怎么这样？我说，他心脏不好，是不能爬山的。

但我回到他身边的时候眼泪涌满了眼眶。我们在路边水泥管上坐着等待天亮。整个路上只剩了我们两人。

他说，你同学问了你我是谁吗？

我说，问了。

他说，你该不会说我是你哥哥吧？

我说，对了，我就是这样说的。

他说，那么迫不及待地把我的胳膊推掉，好像我丢了你的人似的。

我把脸埋在自己膝盖上哭了起来。我非常伤心。我想象不到他是这样来理解我的。我对他说我要回去。

他说,你讨厌我?

我说,是的,我讨厌你这样。

他这时刻才把我的头扳到他的胸前。他用大手替我抹了抹眼泪。他说,楚楚,是我不好。你一走我心里就乱得很。我尽量不让你讨厌我。

我说,你要相信我。我爱你比你爱我更甚。

他说,楚楚,那可能。

庐山被古人们吟诵得那么雄奇美妙。而我对它的失望超过了我对一切的失望。它的脏和乱至今令人记忆犹新。从旅馆到商店,我几乎没有遇上一个态度好一点的人。他们总是操着那奇怪的口音说些你一辈子也明白不了的怪话。我们首先去了乌龙潭和黄龙潭一带。他让我摆出各种姿势为我照相。为了合影我们还带了三脚架。我们头靠头的背靠背的手挽手的,每一张都表示我们绝不分离。我们在三叠泉又同我的同学们相遇。

牯岭的夜晚比白天有魅力。黑幕将肮脏的破乱的遮掩了过去。我的同学们带着口琴去月照松林,打算尽兴地玩到半夜,我把他拉去了。面对这些年轻人无忧无虑地歌唱、吟诵和出洋相,他都只是静观而已。麻雀说,楚楚你男朋友怎么是这样一个人。我说,他很好,他只是不爱玩。麻雀说,他是哪个大学的。我说,他是中学老师。麻雀说,要才没才要貌没貌的,我劝你吹掉算了。我说,瞎讲,他可是我的命根子。麻雀说,真想象不出来。他家高干?我说,什么都不是。

他不知道什么时候站在了我和麻雀身后。他说,楚楚,我先走了。我说,再玩玩吧。他说,你玩吧,我累了。我说,那好吧,我也走。他说,你留下,别扫大家兴。他按着我坐下,然后自己走了。

而实际上我那一夜没了情绪,我害怕他又会胡思乱想。我第一次感觉到我同他打交道有些累。

第二天我们去龙首崖时,一路彼此心里有隔阂。他说,你跟同学在一起时心里特别快活是不是?

我说,是。跟你在一起更快活。

他说,我看得出他们中间有两三个都喜欢你。

我说,那说明我人好。难道要人讨厌我?

他说,你对他们也很好。

我说,可我对你更好。

他说,如果他们有人追求你怎么办?

我说,我告诉他们我有男朋友。

他说,又没有结婚,有了还可以甩掉嘛。

我忍住气。我说,如果你愿意我这样做,我就这样做。

他说,不过我觉得这是迟早的事情。

我气得浑身哆嗦。我站住了。我说,吴早晨你要再这样说我现在就和你一刀两断。

我说罢转身而去。他跟着我身后追来。他说,楚楚,你别这样。我没有办法,我老是这样想。我害怕失掉你。我在这世上从来没尝过什么甜头。我有了你才感到上帝对我还是公平的。我怕他改变主意。

我在一棵大树下停住。他胆怯地望着我。我深深地松缓了一口气。我舍不得他那样难受。我上前去伸出手臂圈住他的脖子。我说,我想要你亲亲我。你昨晚就忘了。

他吻我时他流了眼泪。他的泪水沾得我满脸,和我的混在了一起。我说,上帝他无法改变我的主意。

晚上同学来约我一起去仙人洞散步。我赶紧说我不去。我朋友身体不适,我得陪他。

天黑的时候,我和他倚着栏杆七长八短地说闲话。我抬头见黑幽幽的山的暗影,低头见深深难测的沟谷,想着白昼里那么单调的山和谷到夜里竟变得如是的神秘和诡谲。他突然说,你在想仙人洞那儿吗?我说,你怎么啦?他说,其实我也可以不要你陪,一个人待一会儿也很好。我说,那好吧,你一个人在这儿,我走了。他说,你干吗不早说。你早就想去的。

我几乎是飞奔回旅馆的。我忍无可忍。我不知道我的那个幽默的温存的善解人意的晨哥哥怎么变成这样。那一瞬,我感到我对他的了解远远不够。

他进来时我没理他。他坐在我的床上两手揪扯着自己的头发。他一句话也不说。

良久,我说,我明天一早走。

又良久,他才说,那就回去吧。

我几乎不再敢同他谈学校和同学的话题。我每一句都经过谨慎挑选,早先在他面前那个无拘无束赖赖皮皮的我完全不见了。我做人做得很累。而他实际上更是痛苦。他有意识寻找着俏皮话使我快活。而我一快活便放松了自己他却又无端地烦躁起来。一天我对他说,这样下去我们俩都受不了的。他说,你的意思是?他说这话时很紧张。他用一种很怪异的目光看着我。那神情让我的心一阵阵抽搐。

我说,我们结婚吧。

他说,天啦,你把我吓得不轻。

他的母亲恰在我们说这话的第二天病倒了。她躺在床上哼哼唧唧。她的头疼得据说是仿佛要爆炸一般。她的腰也直不起来了。他焦急万分。我和他一起把他母亲送到医院检查了一遍。医生摸不准病情,叫回家静养且待观察。我们所有的时间便花在了伺候他母亲身上。在他的课程最紧张的时候,我请了几天假。我尽我最大的努力去当好这个儿媳妇。我心里只有一个字,就是忍。那天我把药熬好送到她面前时,她说你放下我自己来。十分钟后我去看她,一碗药仍纹丝未动。我催她,我说,太凉了怕胃受不了。她说,你这么急着逼我喝下去该不是放了什么砒霜吧。一时间,我呆傻着不知道说什么好。我甚至想连那碗带药一起朝她扔过去。终于我没有。我为他而忍着。我放下药碗转身进到他的屋里。

他下班时他的母亲便惨痛地呻吟起来。他进屋见我坐在床边看书便说,妈妈难受你也过去看看嘛。他放下包走到他母亲那儿。我听见他母亲说,拿一碗冰凉的药来叫我怎么喝?

我再见他时,他阴沉沉地坐在他的书桌边不搭理我。我走过去坐在他腿上。他把我推开了。他说,楚楚,就是教授为父母端屎尿也是应该的。我在他母亲面前什么都能忍,但我在他面前什么都不能忍。我趴在他的被子上哭了起来。他说,你下午回学校吧,免得耽误了你。

我说,但是我要说清楚,我是无辜的。

他说,我又没说你什么,你哭得那么凶。

我说,你母亲说了。她怀疑我在那药里放了砒霜。

他不再说话。他走到我身边,抱我坐在他的腿上。他把自己的额头碰在我的额上。他说,楚楚还能再原谅我一次吗?

我说,我为你什么都能做,我只要你爱我。

我是吃过中饭走的。他说见我受气他也难受,还是让我回学校。他把我送上大路。虽是秋天,但太阳还是显得热辣辣的。他脸上很平静。他说有时间就来,没有时间就别来了。他的话令我感到非常不安。他过去从没像这样叮咛过。他总是说,早点来,免我思念。

他那一段日子过得很苦。

而实际上他的身体根本无法支撑起教学和照料病人这两副担子。在我后来知道他母亲的病一半是装出来的之后,我常想,她那么爱她的儿子,她又怎么能忍心躺在床上看着她的儿子劳碌奔波呢?说真的,我对母爱彻底的不信任便是由这事开始。倘若她真是爱她的儿子,她怎么能把她儿子最心爱的人当作眼中钉呢。我常常问我的母亲,我请她以公正的态度说说我是不是那种让知识妇女感到讨厌的女孩。我母亲断然说,不。你是一个很讨人喜欢的女孩。早晨是有眼力的。我说,那为什么他母亲那么厌恶我呢?我母亲说,她怕你夺走了她的儿子。我说,那为什么又不怕他现在的妻子夺走呢?我母亲说,大概他母亲知道他儿子对你的爱超过了对她的爱,而他对他现在这个妻子的爱则永远不会超过。当然也可能是考虑你是独生女儿,她儿子得为四个人或者五个人效劳。她不忍于他这样。而实际我还是难以明白他母亲的用意。

他终于病倒了。先是严重感冒,后又引起心脏病复发。他躺在医院里像个孩子一样软弱无力。他眼里终日噙着眼泪。他在输氧时一定要我握着他的手。可他稍好一点又让我去看护他的母亲。我在这样两头奔忙的情况下,仍然得听他母亲的冷言冷语。那时候我常想女人要么一点文化都不要有,要么文化就再高一点才是。前者不至于那么多心眼和刁钻,而后者则不至于如此浅薄和怪僻。

我的母亲不忍于我如此辛劳。她托人帮忙请了一个待业者去服侍他的母亲。巧合在于这个待业者曾同他下放在一个县里。他们彼此还有过几面之交。她在乡下同农民结了婚。最近刚办完离婚手续,她丢下一个男孩拿了户口就回了。她也是因为极其可恶的成分使她走到这样一步。她叫余心兰。

余心兰的到来让我们所有的人都松了一口气。起先她只是照看他的母亲。待发现彼此是熟人之后,她便把我的事也揽下了。我又回到了学校,只在课少的那天奔到医院去。

我对余心兰感激涕零。我甚至没想过她会构成对我的威胁。我一心只记得他没有我他便不愿再活下去,而不明白他没有我但有了另一个女人他还是能活。一天中午,我去他那儿。他刚出院,尚在家中调养。他和衣躺在床上。我去后他让出一半枕头。我们头挨头地躺在一起。他拥着我,我说,去拿结婚证好不?他说,我跟母亲说过,她说她病成这样你们倒更快活。他说,楚楚我们再等一等好吗?我说,你说等就等等吧。他说,晚一点恐怕还正合你意。我生气了。我说,我现在就和你结婚。你给我把衣服脱掉。

这时余心兰在外面叫了他。他穿鞋出去了。一会儿回来说,心兰买了几条鱼,你去帮她一下。

我坐起来望着他。他说,她知道我妈妈爱吃鱼。她比你会拍马屁。你是个地道的笨蛋。

我有些酸溜溜的。我说,你大概是想娶她了吧。她比我贤惠是不是?

他捏着我的鼻子。他说,你也会吃醋呀。你想找个借口蹬了我,我可不会答应。

这个对话距我那个寒冷的黑色的冬日只有一个月零九天。

我永远无法理解男人。

十一

那天的太阳很淡很白。淡白得大地和天空惨然失却生气,仿佛在盐水里泡过一般。我上完上午两节课便过了江。江面上苍苍茫茫。没有一星太阳的反射点。唯听得江风不时掠过,呼呼地吹响一些说不上来什么的东西。雪却在化着。路上有些泥泞。趸船被一双双湿漉漉的脚踏出稀稀的泥浆。

我没有在码头见到他。

我进他的家门时他正把脸埋在自己的手掌里。我扑过去。我说,你又不舒服?

他说,没有。

我说,可不许你再生病了,你要急死我是不是?

他说,我从此再不给你添麻烦了。

我摘下手套,趴在他的背上,柔情地把手绕到他的面前放进他的手掌里。我说,给我焐焐手。他用他热烘烘的嘴唇在我的手上吻着。然后我感到他的眼泪沾湿我的手背。

我说,别这样。

他松开我,站了起来。他说,你坐下。便又倒了一杯茶放在我面前。他一脸郑重其事,甚至可以说严肃异常。我惴惴不安。不知道他又要变出什么新花招。

他说,楚楚,我想跟你认真谈谈。

我说,随便你谈。反正你说现在结婚我都干。真的。我想跟你一起过夜。

他说,恰恰相反,楚楚。我想了很久很久,也想得很多很多,我们是不是……是不是……

我站了起来。我摇摆着手。我说,不,不,我要听的不是这个。

他继续着。他说,是不是分手更好?

我立即泪人一般。我说,为什么?为什么?你不爱我了?我没干什么错事。我对妈妈还可以更耐心一些。

他说,楚楚,你别这样。这是命。

我说，我不要听这个。我不许你欺负我。你老是逗我。告诉我你是吓唬我的。你是试试我心诚不诚的。告诉我你是这样的。

他吁了一口气。那吁声中带着颤抖。他说，不是。

我说，你是真的？

他说，真的。

我说，你不要我了？

他没有回答。

我说，你回答，你是不是不要我了？

他说，我想我们作为朋友可能更合适。

这一切对我来说实在太突然。我的愤怒我的痛苦我的委屈一起在我胸中撞击。我止不住全身心地颤抖。我对他哭喊着，你怎么能这样？你这是为了什么？你怎么不在你认识我的第一天就说这话？你为什么要在我爱了你四年之后才这样说？你怎么能说算了就算了呢？你过去全是做戏么？可是在全世界都伤害你的时候我是爱你的，你为什么不去欺负全世界而单单欺负我呢？你扮演我的未婚夫扮得真像呵，我为什么不早些识破你呢？你这样恨我你何不把我杀掉呢？你折磨我你感到了什么快乐？

我五脏俱碎。我真有一种不想再活的想法。他低着头一语不发。这时我听见一个冷冷的声音。这是他母亲的声音。她说，你是大学生，要自尊自重。不要在这儿耍泼。我停止了哭泣。我凝视着她。她的脸色冷漠。几丝乱发贴在她右边的面颊上。她扶墙而立。鬼影一样令人可怕。我至死记得她那副样子。我一细想起她那对眼珠，就禁不住想要呕吐。我料定她那时刻一定在为她赢得的这场胜利而暗自庆幸。她冷笑了一声。

我说，我是在我丈夫吴早晨家。

她说,大姑娘家要知羞。你既没跟我儿子拿结婚证,也没被他弄破处女膜,他是你什么丈夫。

我说,我们会拿的。

她说,有我在你就别想。我们吴家养不起大学生。我们难得侍奉。

他此刻站起来。他厉声对他母亲说,妈妈你不要打扰我们好不好?

他母亲软倒在门边。她说,你若不认我做母亲你也不该吼一个老人呵。

他重叹一口气,他将他的母亲扶到她的床上。在这一刻,我突然清醒。我意识到这是严重的时刻,胡搅蛮缠是什么结果都不会有的。

他重新坐下。他说,楚楚你弄得我一点勇气都没有了。

我说,那就不要再有了。一辈子不要有。

他说,楚楚你不要恨我。是上帝把我的现状弄成这样乱七八糟。

我说,你说过你是上帝摊派给我的。你得听他的话。

他说,可是他同时摊给我这么差的身体;摊给我体弱多病偏又同你合不来的老母;他让你在大学里学习四年却在同时又令我母亲卧床不起。楚楚,我非常累。身体很累心更累。楚楚,我做这个决定并不轻松。

他说这话时他的眼泪滴在了地板上。屋里出现轻微的"嗒嗒"声。

我对他的愤怒立即变成一种理解。我说,我星期一到学校去办退学手续。我们马上结婚。我一定同你母亲处好。也许,我们有了孩子之后,一切都会变好的。

我说,什么都可以改变,就是我做你的妻子和你做我的丈夫这一点不能改变。我爱你。甚至超过爱我自己。这话我对你说过。

他说,楚楚你不能蛮干。怎么能退学呢?树凤走的那天,你在车站的那种痛苦我怎么能忘呢?你没有了自己的事业就等于没有了自己。

我说,你的意思是只有一条路可走?

他说,我无法使你幸福,我会非常痛苦的。我现在发病周期越来越短。

我说,我不在乎。我只要你。

他说,但是我在乎。我不能让你受罪。

我说,你以为我离开你就会幸福?就不受罪了?

他说,时间可以帮助你忘却过去,重新生活。

我无法同他对白。我走上前,把他的头揽在我的怀里。我用手指梳理着他乱蓬蓬的头发。然后我吻了吻他。我轻柔地说,别再胡思乱想了。我爱你,你也爱我,这就够了。

他用手推开了我。一股极大的失望感从我心头升起。我的自尊心原本已经在他面前扔得干干净净的了,而这时又恢复到我身上。我面前的他不像是我热爱过的人,倒更像一个谈判对手或者说是敌方。

我说,你决定了?

他不说话。我们长时间沉默着。良久,他说,余心兰说她爱我!

我的脑袋轰然一下发蒙。我简直不敢相信我会面对这样一个事实。我说,你呢?

他说,也许我和她比和你要合适一些。

我说,我问你爱不爱她?

他说,我母亲同她处得很好。

我说,我问的是你。

他说,她人不坏,心地也善良。她,她很能干。我们,地位也相近。

我慢慢地站了起来。我知道这一切都真正地结束了。仿佛一个梦,一个很长很长的梦,我做了四年然后在那天突然醒来。我欲哭已无泪。我说,明白了。我不让你为难。然后我背起书包。

他说,楚楚,请你理解我。

我说,不。我只能说我认识了你。

我走出他的家门时,太阳仍惨白地照着。屋顶上的雪化了。水从屋檐坠下,嘀嘀嗒嗒地敲打着台阶。我恍惚而惶惑。世界怎么是这样的色彩呢?

直到今天,我其实还是没能认识他。

十二

他给我打电话时说,我是早晨。我听见那声音腿都软了。我挂了电话。他连续给我打了几次。他的声音很微弱。但是我都挂了。我不想再听他说些什么。我已经是三十岁的女人了。我不想再让他来翻弄我那过去了的惨痛犀页。那一切只是我自己的财产。

树凤说,如果他现在后悔了想跟你重归于好,你会不会同意?

我说,绝不。

树凤说,但是你还爱他。

我说,那是过去的我爱的过去的他。

树凤说,愿世界上像你这样的人越少越好。你喜欢折磨自己甚于一切。

我说,也许你说得对。

我记得世界在那天崩裂时,碎片子弹般向黑洞洞的空中四射去然后雨一样密集地坠落。永远不能复原。这便是我对我初恋的全部感觉。

好多好多天后,我接到他妻子的电话。余心兰说他死了。这个时刻是今天下午三点钟。是一九八六年十一月二日下午三点钟。一个极其极其平淡,没有任何纪念意义的日子。是一个平庸的人的平庸的死。他死于心脏病猝发。他发作时正在为他的女儿买苹果。没有任何悲壮的色彩。他倒下之后小便失禁,然后就再也没有醒来。

他留给我一张纸条和一个精致的小夹子。那纸条上写着:你美好地活着才能使我死去的灵魂得以安宁。

纸条写于一九八六年十一月一日,他死的头一天。这一天我正过着三十岁的生日。他在我的三十根烛光中看到了死亡的影子。

我打开了那个夹子。夹子里是两张撕得粉碎而又复原得极为完整的电影票。那红颜色的《魂断蓝桥》。

我的母亲说,应该说他是一个高尚的人。

我说,不,他平庸。但我爱他这点。

树凤说,你们像旧时代的鬼魂,很难让人理解。

我笑了笑。我对我的母亲和我的朋友说,八七年我将结婚。

我说这话时我眼睛里浮出那粗黑粗黑的"'AN'ArKN"。它像一个魂灵软软地扭动着。渐渐地我在那扭曲着的线条之后看见了他飘然而来的脸。那上面似乎有几丝微笑。那微笑在我的注视下荡漾开来,涌出波涛一般的云彩。无际无涯,宛若苍茫大海,周而复始地翻腾和浪涌。骚动得你无法理解它的意义,正如你无法理解你自己。

然后,一条船(是那艘江轮么?)从我眼珠里驶出,远远地,在视线的尽头沉没。

1987年3月于武汉

白　雾

一

　　豆儿常说贝贝这个人聪明得往你跟前一站,你就觉得人类若少了他简直进入不了高级动物这一档次。早说好这次朋友聚会的咖啡点心,以及道口烧鸡凤尾鱼罐头午餐肉归贝贝出钱,且贝贝业已跺脚拍胸脯答应得撼天动地,可这会儿豆儿及田平两人等得饥肠辘辘抓耳挠腮地痛苦,贝贝却仍然未见踪影。贝贝在航校当教官,身高一米八二风流倜傥翩翩然一副伟丈夫模样,但却视钱如命,每花出一分钱都如遭人放了一次血。有一回骑自行车去商场买牙膏,因为存车处的老头硬将存车费由两分涨成了三分,致使贝贝愤怒地争论了半个多小时。幸而那天他穿的是便衣,很多人围着观看他也满不在乎。争论的结局是贝贝放弃买牙膏掉头回家了。为此连连用别人的牙膏达一个月之久。不过贝贝为人心地善良原则性强,仅仅只有那一个缺点。豆儿说这主要是为了让"人无完人"这话还能继续使用。田平说上帝看来也还公平,要是贝贝成了完人,那将招惹多少人的嫉妒?贝贝每次都有理由来躲避归他出钱的聚会。这次更是。

　　第二日便听说贝贝再也不怕,也不在乎有人要花他的钱了。贝贝在给他的那帮未来的空中之鹰讲课时,很潇洒地打开驾驶舱后,一屁股坐在驾驶员位置上,指着红色的手柄说:"飞机上凡是红色的都不要乱动。尤其这儿。否则弹出去就该让你摔成肉饼啦。"贝贝说完笑笑,为自己的幽默感到得意。然后他竟情不自禁地按了一下。如他所说他被弹了出去,在空中挣扎了一下然后直落机场。他以切身经历否定了他自己的理论:人是摔不成肉饼的。所有的学员虽然痛心但也不得不承认:贝教官有些夸大其词。

应该说贝贝的追悼会还是开得有一定规格的。悼词也还灿烂。人已经死了,既无级别上的竞争亦无名利上的分成,赞美词不妨多用几个,让阎王爷听着心悦也好重用之。那天豆儿和田平都去了。这种活动还是头一次参加,故而两人都打扮得很齐整。豆儿和田平给贝贝送了花圈。花圈火葬场有现成的卖。豆儿在小报当记者认识那卖花圈的哥子。豆儿指着一个最大的说:"这花圈用过几个人了?"

那哥子说:"才十一个哩。还用过一个高干的妈。那天小汽车停满了。火葬场好不气派威风!"

豆儿说:"多少钱?"

那哥子说:"咱们兄弟还论什么钱,用完你再还来就是。钱谈多了显得俗气。"

想到贝贝生前的脾性,便也觉得这样使一个花圈更有意义。豆儿说:"纪念贝贝最好的方式是继承贝贝遗志,高扬贝贝精神。"

田平说:"没错。而且要落实到行动上。"

贝贝躺在会场浅灰色的布幔之后。贝贝原被摔得压进胸腔了的脑袋拔出来了,似乎一米八二不止,肃穆而更显伟岸。这身躯又令一米六七落得"残废"之称的豆儿自卑起来。贝贝的确不像肉饼而更像面人。他眉如柳叶唇似樱桃面白鼻红,跟他活着时差不多做作。这就给人一种栩栩如生感。豆儿和田平一见便立即化悲痛为欣喜而大叹化妆师妙手神笔。料想贝贝在阳世未能结婚而在阴间无疑能以其英俊的外貌赢得姑娘们的青睐。

贝贝的女朋友叫李亚,与豆儿和田平有过几面之交。李亚与贝贝一直若即若离。有新朋友时即与贝贝散伙,新朋友变成旧的且将旧的扔掉时又与贝贝和好。反反复复。好在贝贝心怀宽阔并不计较,又好在李亚经常弃旧换新,这之间又老有一段空档时间,这也就给了贝贝连绵之恩。贝贝死的那天李亚正与新结识的朋友在风景区划船。李亚对贝贝还是有深厚感情的,追悼会上李亚哭得鼻青脸肿。所有与会者都知道了这个着一袭青衣的美貌女子乃是贝贝的未婚妻,而且已同贝贝睡过好几次觉。这信息自然是从李亚的哭诉中透露出来的。李亚哭着到处跟人说,他那么大的个子可他温柔极了,他的动作很轻完全是一种艺术享受。

豆儿和田平碰到李亚时是在火葬场的汽车站。李亚正同一个小伙子站在站牌下有说有笑。豆儿说大概贝贝五千三百块钱的存款被李亚拿到手了,否则就很难解释她现在的笑容。田平说:"贝贝吃了我们好多次,我们多少得吃回一些才是。"说罢便迎向李亚。李亚说:"谢谢你们对贝贝的友谊。"

田平说:"我们和贝贝的友谊是吃的友谊。怎么样,吃一顿去吧?算是给贝贝饯行。"

豆儿说:"贝贝欠我们好几顿。现在他撒手去了,我们可就指望你啦。"

李亚倒痛快。显然不是花她的钱。李亚说:"好建议。去哪?"

豆儿说:"你管出钱,其他的就不劳你的神。跟我们走就是。"

豆儿带李亚去的是一个个体户餐馆。豆儿曾给那个个体户写过一个小报道,令那家伙门庭若市食客如潮大发其财,且还参加了省里召开的个体户劳模会,见得了省长并同一些不知官名的大干部握过手,自觉名利双收光宗耀祖,见豆儿便如见恩公,尽其放开肚子吃香喝辣都断然不收一文。

见豆儿领着一男一女潇潇洒洒地进来,那个体户忙殷勤作揖,当即轰了雅座上的一对老夫妇气粗地说:"报社记者优先,你俩靠边去!"随即又点头哈腰问豆儿,"来点什么?"

豆儿说:"有新样的菜没有?比方猴头菌、甲鱼或者蛇羹之类。今天有人付款。"豆儿信手指了指李亚。

个体户说:"有,有,全有。钱的事好说。"

田平叫李亚掏出十五块钱,很大家风度地买了一瓶郎酒,找回李亚两块,自己贴了四毛零的。田平将酒往桌上重重一蹾说:"人生在世如同轻尘弱草,得享乐时且享乐。要不躺到那灰布幔后面才想起酒没喝足就奇冤难申了。"

豆儿说:"吃喝是中华民族之传统。西方文化乃男女文化,他们享受情爱。中国文化乃饮食文化,我们享受酒肉。所以外国人见女人和中国人见酒肉的表情都有惊人相似之处。"

李亚说:"什么表情?"

豆儿说:"按捺不住。"

李亚说:"没出息的中国人。"

田平说:"你这看法不对。他们那是为了发泄,我们却是为了吞取。还是'饮食文化'优于'男女文化'!没出息的是他们。"

李亚说:"男人没好的。"

田平说:"女人好。女人拿了男人积攒的钱然后请别的男人去小店吃喝。"

李亚嘻嘻一笑,说:"你都知道了?"

田平说:"不知道。我只知道男人女人,彼此彼此。"

菜送上后,李亚忽而看了看酒瓶说:"这酒是假货。"

田平说:"怎么会?"

李亚说:"怎么不会?奶粉月饼药都能作假,酒未必不会?"

豆儿说:"说出理由来。"

李亚说:"听人讲真郎酒,'郎'字全红,假郎酒,'郎'字自上而下由黑变红。"

豆儿夺瓶一看,果然见'郎'字由黑中渐渐显出来变为红色。

田平说:"是否讹传?"

李亚说:"难说。不过假酒里必放'敌敌畏',可杀大肠杆菌,没准还能治好你的胃癌肠癌什么的。"

这一说,豆儿田平皆不敢喝那酒了。均言不想受用那个连贝贝统共用过一打人的花圈,尽管还有一高干的妈也用过,且使火葬场史无前例地威风过一次。

李亚便去把那郎酒退了,退得十三元四角。四角零的是田平出的,这下也一起归了李亚的荷包。

个体户刚说"这钱嘛",李亚便说:"我早就知道像您这样仗义的人绝对会给豆儿记者面子的。最近电视台约我搞个专题片,豆儿,把你那个报道给我改个脚本如何?我们合作一次。"

豆儿未来得及答话。个体户忙喜笑颜开地说:"那就拜托了,拜托了。"结果不再提钱。三人腹犹果圆嗝声如雷出门来,天已黑透了。行至岔路口分手道别各自归家时,却见夜雾迷天漫地腾腾而来,霏霏然如粉如尘如蒸气,顷刻间淹没了整个城市。房屋及树皆被吞噬殆尽。咫尺之外瞰眺莫见。唯汽车喇叭尖锐地叫喊,喊得别一般凄厉和惊慌,陡然地让人生出一个世界破碎了而另一个世界尚未建成的恐惧与凄凉。行人们连足下之路都难以认清,仿佛自己打包裹似的被一卷一卷捆了起来。四面如堵。落寞而孤零。一如整个星球只留下他单独一个。

以后豆儿田平和李亚在一次偶尔相遇时都说起了那雾,都说那雾是乳白色的。很白,很白。

二

田平原先在科学院开大客车,一早一晚接送上下班人士。虽然坐车的无论黑毛白毛杂毛者见他皆亲亲热热地唤"田师傅",但加工资分房子评先进时却个个视他田孙子不如。田平开了五年半车,油水没捞到什么,依然黄皮寡瘦的一张猴脸且仍住十二人一室的宿舍。十二双臭脚熏得鼻子嗅觉功能失调。百种味道归为一种,以致失却人间许多的享受,一怒之下便辞职而归。

田平赋闲在家的第一天曾经算过一命。那算命瞎子据说是有特异功能,准确率达百分之百。瞎子亲口告田平说曾经有一个副县长找过他,没等那副县长说第三句话,他便道出九日之内其将由副职变为正职。果不其然,一星期后副县长被任命为正县长。为报答他特意地驱车百八十公里,将他接至县里的温泉疗养地小住了一星期。日日里好酒好肉招待。过得比皇帝不差。那瞎子终于使田平摸出了荷包里仅剩的十块钱,拿过钱便惊呼大叫田平为有福之人,言田平这辈子每逢凶必化吉,即使到最终一死,也死得有别样一种名堂。这名堂便荫福于后人。说得田平恨不能再给他人民币十元。只是囊中空虚,索性递上了花八元钱买来的牛皮钱包。第三日便见了逢凶化吉之效果。有改革家新成立了"舒适"出租汽车公司,满天下招聘司机。田平虽无门路却与豆儿在穿开裆裤时便是割颈换头的朋友,求至其门下,焉能不为之效劳?豆儿热情洋溢地去"舒适"公司采访了一次。一如所有的改革家喜欢记者般,"舒适"公司的经理自然也不例外。豆儿上门前经理对记者们何故对他这个改革家竟视而不见颇愤愤然,一见豆儿便如见知音,拊腿大叹:有了你的支持,改革便可轰轰烈烈了! 随后一二三四五六七说了好些纲领措施方案意义,以及决心以及豪言壮语以及有血有肉的细节以及像每一个改革家一样的感慨:"每个成功的男人身后都站着一个可敬的女人。"并历数妻子怎样依偎着他表示支持他改革的事迹。说到激动之处,经理站起来如电影里的什么人一样在办公室来回踱步,把大拇指和食指叉在下巴颏上。最后说:"这一点你一定得写上,否则她老是怀疑我晚上不是在办公室而是跟女司机逛荡去了。"说完便亲自开了"皇冠"陪豆儿去吃了一顿西餐。席间豆儿提到田平。经理说:"没问题。拿张表格去填填。考试免了。这儿的事由我说了算。"

豆儿将表格送给了田平,田平便又拉他下了馆子,喝啤酒喝得三番五次寻厕所,回后便连夜赶制了三千字的采访记。题目是"一个强者和他背后的人物",挺醒目挺提神挺吓人。

校样出来豆儿亲自送给了经理一份,阅罢又被邀请进餐。这回是田平开的车。仍是"皇冠"。没吃西餐,但却喝到了"茅台"。经理的哥哥是一家大饭店的经理,如此,喝"茅台"便是一件很容易办到的事。豆儿和田平都是首次受此厚待,自是豪兴大发、痛快淋漓地喝了个尽醉,险些没在回家的路上撞倒电线杆。

田平的父亲对田平干这一行可从没施舍过好脸色。田平的父亲是中学语文老师,常动用其丰富词汇骂田平没出息:活得如行尸走肉! 身为下里巴人如何从未见有寝不安席食不甘味状?!唯知鲜衣美食油腔滑调而不知悬梁刺股映雪读书,俏皮话能将地球由圆说方而文凭却只拿得个初中。随即列举邻居豆儿,本科毕业且当了记者,谁见了他皆面挂三分微笑,竖一个大拇指。尤其豆儿到学校采访一次,给校长写了一则小小通讯,令校长出尽风头,其父也得遂大志被评为一级教师。教师节还进了北京且在人民大会堂照了相,从此说话发言提建议都显出相当分量。教育局还专门批给了他两室一厅,几乎享受校长的待遇。而豆儿他爸不过大专毕业,田平他爸则是正宗北师大的高材生。田平他爸每次训导儿子都有根有据有理有节。田平虽不服气,但其辩说都不及语文老师精辟具体逻辑性强。无可奈何,便只好佯装工作辛苦疲劳之极,拖长音调打着哈欠速速上床将脑袋埋在被子里,然后大骂老头子乃天下头号势利眼。

幸而田平他爸终有一日明白了骂田平实在有失厚道、公允。关键在于那天市里成立教师协会,田平他爸坐了田平的车前去会场。田平机警过人,将车顶"出租"二字摘下。停车后田平赶紧先下来,毕恭毕敬地替他爸爸打开车门。田平他爸红光满面悠然而出连望都不望一眼田平。这气派令好些人肃然起敬,便纷纷打听来者为谁。到末了选协会理事时,田平他爸得票竟进入前五名,比名气赫然的豆儿他爸多出几十票,自然当选成了理事。豆儿他爸无疑是挤公共汽车去的,且不幸被汽车上必不可少的铁皮毛刺之类附属物将裤子撕拉开一条三角口,露出白色的衬裤在屁股之处,令许多女教师或掩嘴而笑或嗤之以鼻,最终导致身份大跌。

田平到底为他爸争了一回光,先是自豪,而后却沮丧。田平他爸自当选为理事之后便俨然政府长官、党委书记一般严正,自觉革命已将最关键最重要的一副担子搁在了他的肩头。从此将思想和语言与报纸化为一色,保持同步。每逢吃饭,必对家人大谈五讲四美三热爱以及两个必须一个坚决,朱伯儒张海迪曲啸如此这般。弄得田平耳朵奇痒,忍无可忍。去医院看过,被诊断为中耳炎。

而最最倒霉的尚不是耳朵,而是房子。田平他爸主动将自己分房子排第二位的名次搁在了最末,以此换得了校长亲笔签名的大红纸表扬和教育局内部通讯上一条六十字消息。田平与他奶奶爸爸妈妈妹妹五人三代合居一室,以帘代壁为两间。可田平他爸仍然高尚着脸皮教育全家人说:"我们有十五平方米足矣。有的人家连人均两平方米都不到。我们应该响应组织号召,谦让一些。为国家为组织分忧是每个公民的职责。"

田平说:"组织是谁?您得去参观参观组织住得怎么样才是。"

田平他爸说:"领导工作忙贡献大,住好一点也是应该的。"

田平说:"那就没什么可说了。您愿意别人不把您当人,以致有一日别人想起来把您当人时,您都会没法子做人的。"

田平他爸拍桌一怒高叫"放肆!"尔后大叹这一代青年的确垮掉了,思想如此污秽岂能不猛烈清洗!否则老一辈人百年之后国将不国。便就此话题开三天夜车做了文章。遣词造句行文,精警透辟,既豪情满怀,又十分得体。吟诵再三,颇觉神采飞扬。趁豆儿来家寻田平闲聊时恭敬递上。谦谦然请豆儿不吝赐教斧正,肃肃然指出此文若能见诸报纸,无论是观点还是文字都具有引起社会重视的可能。

待田平送豆儿出门时,田平说:"你把老头子那文章给我留下,别弄得满天下臭气。"

豆儿笑了,便交给了他。一连三日,田平上厕所都用那文章揩屁股且不断跟隔壁一格的伙计感慨现在的纸实在太光滑了,一次得使三张,委实不符合勤俭节约之精神。

田平的车开得好,人也仗义,熟人朋友坐车田平是绝不收钱的,碰上能报销的且常撕十块钱小票让拿了去报销。田平说:"赚点烟钱吧。"于是熟人朋友上上下下没有不说田平好话的,便常有人写信到公司称赞田平热情诚恳服务周到,实为新一代优秀司机。田平由此成了公司的先进青年。

田平倒也并不觉得当先进有什么了不起,常对朋友说别写那表扬信了,不如省下邮票钱。且说:"自己兄弟,收钱脸红。下几个顾客多收他几个也就统统赚回来了。亏是绝不会吃的。"去火车站八块钱的价无疑提到十二块。乘客们常抱怨车费太贵却又毫不手软地掏钱,轻松得田平都替他的工资袋心疼。不过没心疼几回便晓得除开个体户,送到田平手上的都是公款。一想到反正是从国家的左边荷包到右边荷包,田平要起价来便更是理直气壮胸有成竹了。去火车站的钱数又由十二发展到十六。自然不必担心没人坐车,亦不必担心有人手软。

田平的车大多停在饭店门口。闲时常同饭店里的女服务员散坐在台阶上打情骂俏嗑瓜子儿。只要不是上级检查或文明月评比什么的日子,服务员们便常出门来同田平几个司机聊天。有房客叫唤才懒懒地进去草草应付一番依旧出来。田平大方,几乎每次都是他掏钱买瓜子。他对那帮女孩子优雅地将瓜子壳吐得满地的姿势甚是欣赏。

那天田平正讲着澳大利亚一对老夫妇在给羊接生时接下一个小男孩的奇闻,一个女人过来要车去火车站。田平说:"十六块。"那女人说:"可以。"便提着行李上了车。

到车站田平见那女子一副呆脸,便转了一轮眼珠说:"你报销不?"

女人说:"报销怎么样?不报销又怎么样?"

女人说:"若报销呢?"

田平说:"那你给我二十块钱,我给你二十五块钱车票怎么样?"

女人说:"为什么?不是只要十六块钱吗?"

田平说:"心放活一点嘛,两下都不吃亏。"

女人说:"你们平常也都这样干?"

田平说:"这年月能捞就捞。大官大捞小民小捞,谁也不用讲客气。"

女人便答应了,临走还冲着田平微微一笑。

不料那女人心怀叵测,竟于微笑中暗暗记下了田平的车号,给省报写了信还附上了多得的五块钱且义正词严地谈了一通职业道德等等。结果正赶上文明礼貌月,报纸便把信发表了。外加了评论员文章。足足开展了半个月的专题讨论。一时间田平名声大噪得几乎妇孺皆晓,白白扣去半年奖金倒是小事,每夜里听他爸爸一至两小时的理论教育实在痛苦不堪。

田平找豆儿想请豆儿把他从他父亲嘴巴下解救出来。豆儿见面就说:"你小子给人活活当了垫脚石啦。"田平惊问缘故。豆儿方说那写信的女人是纺织局团委副书记,正与另一副书记竞争局办公室主任的席位。这事之后,那女人自然以思想境界高而被哄抬为精神文明标兵。这一来办公室主任就非她莫属了。豆儿为此专门跑了趟纺织局,果然见那女人走马上任。田平懊丧之极,大悔。说早知如此便宜之事,他便先写信去报社了,说是那女人提出给二十块钱付二十五块车票的建议的。两人现场,谁能作证?没准田平自己也能捞个文明标兵以及什么主任干干。

豆儿莞尔一笑,说:"其实现在也不晚。"

田平问:"有何高招?"

豆儿说:"你到那女人家登门拜访一次,人放乖点,话挑好听的说。再给报社写封信说你在她的帮助下怎么改邪归正重新做人的。"

田平大喜,连说对对对,然后赞叹豆儿足智多谋有鬼神不测之智。

田平晚上即去了那女人家。那女人刚搬进新房子。局办公室主任相当于正处级,自然三室一厅是跑不掉的。

那女人给田平倒了一杯茶又递了一支"红金龙"的烟。这使田平感到十分温暖。一温暖便产生激情。趁着这股激情田平大贬了自己往日的行为,然后说通过她的启发最近已提高了觉悟,不光按里程标准收费且能主动下车为乘客开门拿行李以及解决一切困难。那女人说:"这样就好。能挽救一个人对我来说真是莫大的幸福。希望你能够更好地学习马列主义,坚持四项基本原则,反对资产阶级自由化,为革命掌握好方向盘。"田平说:"是是是。我全都铭刻在心上了。"

正说着,来了省电台两个记者搞录音采访。致使那女人一阵忙乱,倒了橘子汁又递"红双喜",再转进另一屋换了件外套。接待规格又升了一级。

记者问清田平为何人后,大喜过望。立即将先拟定的由那女人独讲十五分钟的录音讲话改为由田平与她二人对话。幸喜田平这一段常听他父亲教诲,深知时下流行语言,便成竹在胸地侃侃而谈。说到痛处,声音低沉;说到好处,声音激昂;偶尔来点小幽默。由那女人的帮助教育一直说到他临来之前送一个迷途的孩子回家。如此一番,令每一个人都觉出田平若不是"金不换"那简直就像说太阳不是热的一般滑稽可笑。

广播一放,效果出奇之好。报社记者敏感地来了个追踪采访,从"之一"一直写到了"之五",直到田平害怕再写下去便没人把他当人了才用计使记者打住。田平说:"现在好些女孩来信向我表示仰慕。你再写下去,她们来找我睡觉我可是不会拒绝的。俗话说英雄难过美人关嘛。"记者一听便不再露面了。

田平每月能赚四百来块钱。虽说是早出晚归却也值得。有回送一个白发教授去个什么地方讲学。田平先是战战兢兢,生怕颠碎了教授的贵体。待问得教授不过每月拿两百出头后便大舒了一口气,下车时便怠慢了好多。又一回坐上来一个作家,先问了田平月赚多少后便大叹"惭愧"。作家月工资才六十几元,吭吭哧哧写一两个月小说,一个三万字中篇也只能拿到五百块而田平原先以为至少可以拿三千的。有比较才有鉴别。同那些轰轰烈烈的人一比方知自己委实了不得,平添了些许做人的信心。

近月来田平大有突破五百块的趋势。原因是田平开一个青年什么代表会时认识了一个个体户。那家伙坐田平旁边并递给了田平一支"良友"。"良友"烧完后田平亦不示弱反手还上一支"三五"。这一来二去,大有知音之感。一问职业,知对方全不属运动员杂技演员诗人歌唱家小提琴手,以及青年理论家电视播音员优秀影视明星,诸如此类场面上的人物。晚间散会便相邀下馆子喝了酒且结拜兄弟。

个体户常点名要田平的车。钱是照付的。虽说是朋友,可他老兄的钱也来得太顺手,田平自然也懒得客气。

那一日恰巧豆儿找田平没事玩玩。个体户来了。点名要田平的车。见豆儿问田平:"是你朋友?"田平说:"绝对可靠。"个体户便没啰嗦,上车即说:"到原处,照老样子。"

田平开着车七拐八弯,居然拐入细肠般的小巷。让豆儿如灌了迷魂汤脑子里糊糊涂涂起来,心觉有趣,油然升起一股地下党员找暗号接头的滋味。车在一家极破旧的小铁皮屋前停了。个体户下车时说:"今天给九十。那十块给这兄弟买点饮料解解渴。"说罢朝豆儿一示意,便下车进了那屋。一去半天不见回转。

豆儿问:"这是干什么?像地下党。"

田平说:"这还不明白,亏你为社会名记者。"

豆儿说:"可别搅到什么地下组织里去了。杀人放火都行,这方面的亏可吃不得。"

田平说:"政治上的事谁还敢管。想管还没那份文化。赌场。明白了吧?"

豆儿说:"何必不让你走?这不招惹警察吗?"

田平说:"警察不就在街面上转转,管得了这了?留我就是防警察的。"

豆儿说:"怎么讲?"

田平说:"不敢多带钱在身上,输了就坐车回去拿,赢了也得送回去。我这叫跑程。"

豆儿说:"为什么不多带?"

田平说:"怕抓呗。抓住了按钱带得最多的一人为罚款标准,往上翻番。你若带了一万,其他人只带了三千,也得以一万为底往上翻。这岂不太亏?"

豆儿说:"一万?说得好吓人。"

田平说:"一万算什么。现在下赌注都不带数钱的。游标尺一卡,论厘米不论元。"

豆儿连连"啧啧"。想想自己颠来倒去地奔波亦不过六百八十大毛,便大叹早知如此不如干个体户好。又问田平:"常赌么?"

田平说:"要不怎么打发日子?什么都买到手了,钱却还有一大堆,又不能买房子修别墅像外国什么大老板一样开个什么工厂。放屋里长霉不说还占位置,且不如一赌为快,还算过了一过文化生活。"

豆儿说:"捐给国家盖个学校办个幼儿园什么的,买个名声不也挺好?"

田平说:"国库里的钱让一些官僚们挥霍得快活,盖学校修幼儿园什么的倒叫老百姓掏钱,这实在不是什么光彩的事。为了国家面子上多一些光彩,还是不捐为好。"

豆儿笑说:"什么逻辑?"

田平说:"虽说文化水平不高可爱国主义精神还是有的。"

说话间,个体户闪了出来,几步上了车,对田平说:"上我家。"

田平说:"看气色赢了?"

个体户说:"好眼力!"便信手拿出一条"三五",扔到田平身边,"托你的福。每次坐你的车都得手。你跟这个兄弟凑合这一条吧。下回再补。"个体户豪迈地说。

田平常说:运气来了,门板都挡不住。果然如此。没有什么东西能阻挡田平的运气闯上门来。

公司通知田平参加市里组织的演讲报告团,专讲他本人由后进变先进的过程。起先田平不想去,怕别人把他当怪物。倒是豆儿心胸阔大,说是怪物就怪物,好处是你得了,你自己不把自己当怪物就行了。田平又担心外出期间只能拿点基本工资少捞好些外快。豆儿又骂他小家子气,说是一演讲,少不了全国到处旅游,吃喝拉撒睡全管了还不收你一文钱,比你自个儿看风景不知省多少钱和力气。田平顿悟,承认自己小家子气,不及豆儿见多识广。便兴奋起来。

演讲报告团由九人组成。除田平外,尚有帮助田平进步的那女人和省报的一个编辑。那女人谈她怎样不占便宜怎样敏感地发现职业道德的重要性,又怎样帮助田平这棵扭曲的小树伸直了腰杆。编辑则谈他如何在千百封读者来信中慧眼独具而发现那女人的信价值连城,以及如何克服来自左右两方面的阻力及时组织了有关职业道德的专题讨论。此外的六人,一个领队(他主要进行总结性讲话,谈那封信和那场讨论给全市带来的振奋人心的场面,并列举某某老人说雷锋精神又回来了),两个副领队(协助领队工作),一个会计(管九人账目),一个录音及一个跑腿打杂的(联系车辆以及倒茶送水)。报告团计划先去南方比如深圳珠海一带,到那边接受一些最新信息,西丽湖海上世界深圳湾大酒店游乐场的过山车毕竟大家都没见过。然后沿京广线北上,途中的大城市比方长沙武汉郑州石家庄之类都打算下一下。那些地方都有出租车。这场演讲必定能起到一石激起千层浪的效果。加上橘子洲头黄鹤楼及稍稍弯一点路即能去的少林寺龙门石窟都能激发爱国之情和陶冶性格。北京是重点。领队的岳父在中央机关任要职,准备通过他活动请中央首长题题词。职位越高的越好。字写得好坏不论。反正报社只认官衔不认字体。此行的结果必将对本市进入全国文明城市行列起到关键性作用。而市长到省里做官的大门也就打得更开了。领队私下透露:若能在北京一炮打响,便将携全团人马继续北上,至少跑到哈尔滨。然后到青岛大连看看,休养几天,坐海船去上海,由上海坐飞机回来。所有这一切就全看演讲的发挥如何了。

田平方知自己的责任重大。田平对豆儿说:"演讲稿你一定要帮我写好。要动强烈的感情,在我应该流泪的地方做上记号,免得我到时候弄错了。咱得为培养咱长大成人的城市和父母官们做点贡献。"

豆儿笑笑,果真一本正经为田平写好了演讲稿。果真动了强烈感情,且不惜写到了肉麻的地步。稿子有近三万字。领队要求背诵,且请了话剧团两个演员稍稍导演了一下,无非是哪个地方该挥挥手哪个地方该提高八度而已。事情很简单,但却把田平累得死去活来,快弄不清由自己嗓子眼里冒出来的声音是人语还是蛙鸣狗叫。

临行前,市里专门请来了具有"本市李燕杰"之称的德育讲师进行检验。只用了一天时间,便得到认可。尤其田平的演讲得到赞许。德育讲师拍着田平的肩对市里负责人说:"像这样的好青年应该保送到大学里学习。"负责人说:"这个建议非常好。"

走的那天很多重要人物都去车站欢送。每个人脸上都露出希望,希望田平一行能马到成功。那些殷切的面容和语重心长的祝愿弄得田平觉得自己仿佛要去抢占娄山关攻打腊子口以及血战台儿庄,而且大有不成功则成仁之悲壮感。

报纸自然发了消息。且有目光敏锐腿脚利索的记者对田平他爸进行了专访。访问记者的导语是:"田平之父——一位年过花甲的中学老师噙着热泪对记者说:儿子总算成材了!"

三

豆儿那天在办公室尽其所知地将个体户聚赌之气魄夸夸其谈了一个多小时,引得一室人凝神屏气听了个快活,纷纷夸豆儿对社会情况了解深入。却不料豆儿对桌的苏小沪竟就此谈做出一篇文章,对城市娱乐活动的贫乏大发了一通议论。豆儿闻后暗叹大亏,如此能搅动社会舆论的题材竟从自己手边滑过对岸。实乃疏忽。又不料主编唤了苏小沪去谈话,指出这文章的社会效果只能引起人们怀疑我们到底还是不是社会主义。如果是,怎么会有黑社会的存在?

苏小沪无言以对,只得回办公室大发牢骚。豆儿心里一块石头落地,便笑道:"这可是你自己撞到枪口上的呀。"

苏小沪说:"'粉碎'这么多年了,怎么思想还不解放?"

豆儿说:"原本让你做喉舌,你却这么大谈思想且还要解放岂不显得有些奢侈?"

苏小沪听豆儿如是说,脸便涨得通红。低头一思又找不出反击之理,只得自认晦气。

苏小沪同豆儿同班同学。一向学习成绩好。做《新闻的生命在于真实》一论文时,曾获全年级最高分。而豆儿刚刚混得个及格。这就导致苏小沪在报社总觉得抑郁不快而豆儿却如鱼得水。

豆儿负责周末版"三教九流"这个栏目,为此而几乎认识普天下的人。反正有指示要求挑好的说,乐得豆儿睁一只眼净看见好人好事,闭一只眼不看亦不知坏人坏事。提笔展纸便妙笔生花,时而也指天射鱼指雁为羹地来点创造。好在顶头上司只要光明并不在乎豆儿说的是真话假话,而下面即令知道你说假话也愿认可。这局面使豆儿确实有了"无冕之王"气概。

豆儿理发是特级理发师。豆儿做衣服是特级裁缝。豆儿下馆子是特级厨师。以及豆儿上舞厅听音乐会买正价的"良友""红双喜""洋河大曲"之类都易如反掌。我为人人。人人为我。在豆儿笔下露过面的人自然也都尝过甜头。一俟成为知名人士,房子问题工资问题待遇问题提拔问题评职称问题自是比旁人要占便宜得多。

田平曾说豆儿占着一个好地方,便宜便自动送上门来。豆儿却说他这是利用仅有的一点权力为人民做好事。

豆儿常庆幸自己在大学期间没把《新闻学概论》学好,才使他不至于被著名的五个"W"所束缚得无法动弹,而得以浮出轻松的微笑看着苏小沪们严肃地痛苦。

那天豆儿正在看书。书上说:"教授,您听过这样一个故事吗?当'泰坦尼克号'的锅炉爆炸时,一名船员被气浪掀到了水里。后来有人问他:'你是在什么时候离开船的?'他自豪地回答说:'我从来没有离开过船,是船离开了我。'"

这时,苏小沪过来说:"豆儿,主任找你。"然后又一脸霉气地坐下。

豆儿去了主任办公室。主任眼睛里喷着怒火说:"这个重要的采访就交给你了。"

豆儿说:"最好比挑战者号爆炸更惊人些才好。"

主任说:"从某种意义上说也不相上下。"

豆儿说:"太好了,怎么回事?"

主任说:"工学院那个吴教授你记得吧?"

豆儿说:"记得。您为他写的那个报告文学用了整个版面哩。连他老婆都占了三千字。"

主任说:"是呀是呀。他太忘恩负义了。上个月他居然到法院提出离婚。完全不顾我们报纸的威信,也不顾社会影响。而且他都五十岁了,还这么邪乎。"

豆儿说:"离就离呗,管人家。"

主任说:"那还行?都这么干,社会不就乱套了?"

豆儿说:"哪里会都这么干呢?比方您就不会。"

主任说:"政策要允许那也没准。傻瓜才不想要年轻姑娘哩。"

豆儿说:"不过'道德法庭'是归苏小沪跑的呀。"

主任说:"别提她。她居然说那教授没错,他应该离婚。我若不是看在她父亲是市检察院的头儿面上,简直就怀疑她正处在第三者的位置上。"

豆儿说:"这话可别乱说。苏小沪的爱人也是我同学,是省委宣传部长的儿子。"

主任忙说："算我没说,算我没说。你包着一点。咱得罪不起。"

豆儿说："要搞多大篇幅?"

主任说："二千字以内。用特写的形式,要有议论。要观点鲜明。要通过这文章使社会上如同吴教授这样道德败坏的人无地自容。"

豆儿说："没问题。最好让他们自杀,为减少人口做点贡献。"

主任吓一跳,说："那也不行。吴教授科研上有一手。还得让他活着出些成果。"

豆儿领命而归。正欲继续看他的书,苏小沪问："你打算写?"

豆儿说:"我一向服从领导。"

苏小沪说:"你觉得吴教授没有离婚的权利吗?"

豆儿说:"我觉得只要他自己愿意,离婚也对,不离婚也对。"

苏小沪说:"很好,那你怎么写?"

豆儿说:"自然看主任脸色行事。"

苏小沪说:"你何必如此乖巧。舍了人格,可中级职称未必轮得上你。"

豆儿说:"那倒是。朝廷无人便只好把人格脸皮自尊都称了去卖,以换取一点好日子过。"

苏小沪说:"但是人不能这么自私,为了自身利益,连是非都不分辨。"

豆儿说:"就是。好在把是非分清了也没什么用。且不如听其自然。"然后懒得多说,又翻开他先前搁下的书。忽而,他朗声念道："我从来没有离开过船,是船离开了我。"

豆儿早点是在路口小摊上吃的。他原先打算吃油条,不料见那师傅挖了鼻孔又挖耳朵然后将手猛一插在面团里大刀阔斧地揉了起来。豆儿虽没尝过加了耳屎和鼻屎的油条是什么味儿,但也不打算品尝一二,于是便只喝了一碗馄饨。吃馄饨时见那些炸得焦黄的油条一忽儿就卖去大半。

搁下碗,见时间尚早,便逛了逛小书摊。小书摊上除了琼瑶金庸张恨水外,还有《人论》《大趋势》及汤因比的《历史研究》。豆儿突然发现一本杂志。是妇联办的杂志。封面上赫然有醒目标题:"丈夫有了外遇的对策之一"。豆儿想有趣,便买了一本,打算送给教授夫人,并提醒她妇联是专为妇女说话的。有"之一"必然就会有"之二""之三",记住买下几期,也算是为自己的"娘家"做点贡献。豆儿进法院民事审判庭时正是时候,审判长刚开始说话:都是往五十走的人了,老夫老妻,又何苦这么折腾?……豆儿前后几个穿灰不溜秋衣服的女人皆鸡啄米似的点头,私下里说是呀,审判长头句话就击中要害。豆儿望望,认出那都是市妇联的,便笑笑。妇联最仇视男人遗弃老婆最恨第三者最恨离婚案件,常说,老婆为你生儿育女你凭什么休掉人家让女人后半辈子靠谁?又骂第三者,男人又不是一碟菜,隔着锅难道就香一些?然后算计着离婚案件的多少推测这回能否评上文明单位。

一个女人在豆儿身后说:"每个成功的男人身后都站着一个可敬的女人。"豆儿不禁回了回头,见是熟人,妇联杂志的叶编辑,便微微一点头,亮了亮他手中的杂志。叶编辑立即笑容满面,说:"多谢多谢。"并指着封面标题说:"这是我组的稿,请提意见。"豆儿一看是那"对策",便说:"不错不错。很有风格很有个性。"

吴教授此刻说话了。洋洋洒洒说了好些。一副若无其事的样子。不像是在与他相伴二十来年的老婆离婚,倒像是要将他一件旧衣服处理掉。这种态度让妇联诸女性产生屈辱感。吴教授说来说去总算让人弄清,他离婚乃是因为与老婆的价值观念不同。审判长对"价值观念"一词理解不透,便晃着二郎腿请吴教授说具体点。一具体便全是琐事。惹听众们高声武气地恨不能笑掉大牙。吴教授在笑声中气焰大灭仿佛还有一些灰溜溜。轮教授夫人开口时场上就安静了。夫人凄凄切切谈他俩曾有过的花前月下的恋爱。如同惯例教授当年是个穷小子而夫人曾是某高级知识分子的女儿。又说她为成就他献出了青春,做了多少自我牺牲。还很隐约含蓄地表白他们半年前还有过夫妻生活。只是在教授带了那个女研究生后,家里才出现不和谐局面。夫人边谈边泣。于是妇联的人又窃窃私语,间或有"流氓"二字冒出。豆儿听得甚是有趣,回头问叶编辑:"你觉得他们该不该离?"

叶编辑说:"那还用问?当然不能离。不能太便宜那个男的了。"

豆儿说:"离了后那女人还可以另找一个爱她的嘛。"

叶编辑说:"她这种年龄,顶多只能找个老工人或一般小职员什么的。哪里还能碰上吴教授这样好的条件的?"

豆儿说:"可吴教授并不爱她呀!"

叶编辑说:"豆儿你真好玩儿。他们都一大把年龄了,还谈什么爱不爱的话?扛着'教授夫人'的牌子见阎王总归还是光彩。"

豆儿说:"那么只好又建立一个'维持会'?"

叶编辑旁边的一个女人说:"哪里。一直调解到他们不愿离婚为止。既然不离了,就说明还是有感情基础,家庭就还是幸福的。"

豆儿说:"这大概是第二十三条军规。"

叶编辑和那女人都没懂。叶编辑说:"这是我们妇联余副主任。"

余副主任说:"记者同志,你不知道我们现在多忙,大量的调解工作都得靠我们这一张嘴皮去慢慢磨。我们已经投入了大量的人力物力和时间,可离婚率还是超过了规定指标。今年的先进集体眼看着又轮不到我们了。像吴教授这样的人,还是先进模范人物,都不能替我们的事业着想,你说这让我们感到多寒心。"

豆儿说:"的确。他也太不高尚了。只顾自己。就算不替老婆想也该替妇联想想呀。"

余副主任说:"太对了。还是你能理解我们。记者同志,你多大了?"

豆儿说:"二十七。"余副主任说:"结婚了么?"

豆儿说:"没有。"

余副主任说:"也不小了,该解决了。"

豆儿说:"打算光棍一辈子哩。"

余副主任说:"为什么?"

豆儿说:"怕离婚。"

审判长宣布依据《中华人民共和国婚姻法》第二十五条规定的精神,判决不准离婚。听众席上陡然响起一阵掌声。豆儿听见余副主任兴奋地说:"我们又胜利了!"

教授夫人同许多人一一握手,一把鼻涕一把泪说:"谢谢大家,谢谢大家。"余副主任上前使劲摇着她的手说:"祝贺你。可得把他看管好,不要让别人有可乘之机。"教授夫人说:"一定,一定看管好。"

豆儿把杂志送给教授夫人,然后走向教授。教授无精打采沮丧万分地坐在凳子上发动。

豆儿递上一支烟,便坐在他旁边。两人皆埋头抽烟。好一会儿,豆儿说:"习惯了就好了。"

豆儿的文章隔天便在"道德法庭"一栏中露面。题目是:"正义的胜利"。

苏小沪阅后狠狠朝桌上一摔,不顾温文尔雅之风度,说:"全是屁话。"

豆儿说:"此评价恰如其分。有人爱闻,你就得为他放。"

豆儿近期日日里颠颠簸簸地忙,大有国家少了他机器就运转不灵的架势。先是应郊区果园之邀前去采访,说是一星期前厅局级领导在此学习文件,果园党支部专门送去五筐鲜梨,正在忐忑只比过去多送了一筐,会不会又出现赔了鲜梨又折印象的局面时,梨子被送了回来,而且一个未动。果园的书记激动万分,说:"这足以证明党的优良传统又回来了。"豆儿采访了一天,临了在主人盛情劝说下背回去了二十斤梨,自慰说自己尚未入党并不影响党风问题。拿了大半去办公室慰问众同事,吃罢抹嘴洗手才纷纷然说并不好吃,内容像棉絮。

刚写完《党的优良传统又回来了》的文章,尚处在慷慨激昂之情绪中时,一个朋友携了汾酒及百事可乐来访。朋友在机床厂工作。说是一个月前环卫所请求机床厂赞助一万元钱添置新式清洁工具,以便保障人民身体健康。但机床厂正处在转产时期只能勉强发得出工人工资断断拿不出额外的一万元,便婉言回绝了。这之后环卫所便不来机床厂工人宿舍区打扫卫生和清除垃圾。开始没介意,日子一长垃圾便蔓延开来,恶臭熏天。工人怨声载道。厂里欲组织青年突击队突击一番,可是盘算半天又发不出犒赏青年突击队的奖金且突击完后还会有源源不断的垃圾问世。朋友在机床厂政工股当干事,正处在可能提拔亦可能不提拔的微妙境地,便欲请豆儿向社会披露一下,立上一功以变微妙为显然。豆儿满口答应了。即令不存在朋友的前程问题,这档闲事也是值得一管的。"哪里不平哪有我。"毕竟将济公的歌子唱得烂熟。

豆儿采访那天正好感冒,鼻子堵塞了,但见满院垃圾及它们豢养的众绿头苍蝇,倒也没能闻上臭气,这使豆儿私下里庆幸自己感冒得十分及时。厂区居民见豆儿如杨各庄的乡亲见了八路,倒不尽的苦水诉不完的冤。豆儿频频点头极表同情又极表愤怒,详尽做了笔记,连夜搞了个批评报道。报道见报后机床厂人人奔走相告欢呼雀跃,皆言终归还是邪不压正。不料三日已过,环卫所竟无动于衷。垃圾堆又高出几尺宽出几米。苍蝇依然每日里像过节一般嗡得欢畅。豆儿便又被朋友用紧急电话召了去。豆儿的感冒竟在头一晚被速效感冒胶囊治好了,没进家属区便闻得恶臭。豆儿便径直去了环卫所。环卫所下午上班铃刚响,豆儿进一办公室掏出记者证言要找所长。办公室三人正在算分而一人正收拾摊撒一桌的麻将。听豆儿说完,收拾麻将的男人便说:"我就是。"豆儿递上批评报道的报纸给那所长,问看过没有。所长说:"看过了看过了,你的文笔还可以嘛。"便告知豆儿他也很喜欢文学。豆儿说:"你打算采取什么措施?"

所长笑嘻嘻说:"这是卫生局指示我们这么干的,局里下了新指示叫我们采取什么措施我们才能采取措施。"

豆儿说:"那你们的职责呢?"

所长说:"我们职责最重要的一点就是听上面的指令。"

豆儿说:"但是你们应该对机床厂职工健康负责。"

所长说:"那就是医院的事了。我们的扫帚又不能打针动手术。"

趴桌上算分的几个人都笑开了。其中之一对那所长说:"今天你输惨了。"所长说:"明天中午原班人马,你们一个都不许走,我再不赢就是乖乖儿。"

豆儿又追至卫生局。局长长着一副精明强干的脸,同电影电视里惯有的改革家形象差不了多少。豆儿想,提拔他或选举他的人肯定都看过三部以上的国产改革片。局长说:"文教卫,穷单位。医护人员工作条件和生活条件都极差。自己都活不好,怎么去治疗和照顾别人?我这里要求调动改行的医生护士是四十二个。中国人现在两千人只摊得上一个半医生而三千人才摊得上两个护士。我要是把这四十二个人放走了,将有多少人连一个医生护士都摊不上?"

豆儿说:"这是机床厂的责任么?"

局长说:"当然不是。但是我们要改善医院的工作条件和医护人员的生活条件就只好求助于企业。人家铁路局给了三万,烟厂给了一万五,就是锅炉厂也给了八千。机床厂人口比锅炉厂还多五百人怎么就不能给?应该为振兴祖国医学做些贡献嘛。难道他们厂的人都是铁打的,不生病?铁打的也还要长锈哩。"

豆儿落荒而逃。打电话告朋友说他碰上了硬角,搞不下去了。机床厂终于在卫生局的坚固堡垒前举出了白旗。谈判之后,付了八千,换得全厂人士朝思暮想的干净空气和不臭之风。打扫垃圾时,清洁工们皆笑说,早给了钱不就没这些事了?自找罪受。职工们亦说:可不是,厂里也是小气得要死。厂里领导则互相宽慰,说是抗争一个多月毕竟还是省下了两千块钱。两千块钱可以办不少事哩。比方非买不可的党员学习材料和五讲四美问答之类不就都解决了？最受损失的还算是豆儿的朋友。忙碌了一番拍了胸脯挥了拳头花了烟酒钱饮料钱和车钱，处境却更加微妙甚至渺茫。豆儿每思此兄便生出许多的惭愧。幸而眼下事情太多，遂将这种惭愧冲得很淡很淡。

苏小沪告诉豆儿每个职工都必须参加市讲师团组织的干部哲学考试时，豆儿正准备去蒙娜饭店采访正在那里召开的全省性"灭鼠现场会"。去的原因是因为蒙娜饭店是市里第一流的饭店且又多次评为"五讲四美"先进典型，完全想象不出在那儿怎么进行现场灭鼠。再加上豆儿的"三教九流"尚未出现灭鼠英雄，便意欲寻个原型塑造一个。听苏小沪一说，大吃一惊亦大吓一跳，便欲放弃看灭鼠。豆儿说："在大学不是已经考过了么？"

苏小沪说："考过了也还得考。"

豆儿说："为什么？"

苏小沪说："要不讲师团拿什么汇报他们的工作成绩？"

豆儿连呼："完了完了。"豆儿最怕考试背课文，尤其哲学。在校期间曾因不及格补考过一次。从此一听哲学，大脑小脑便一块儿疼痛起来。

幸而这疼痛只持续了一天，第二天便公布考试为开卷。豆儿的大小脑疼痛戛然而止，三分钟后便抖擞而起一脸笑容地赶去"灭鼠现场会"。

此次哲学考试被豆儿誉为中国最佳考试方式，考得人人心情舒畅轻松自如。最先每人发了一本艾思奇的《辩证唯物主义与历史唯物主义》，三天后又发一册哲学问答书，又三天后发下打印得完美无缺的哲学复习题，每题答案都标明在哲学问答书的几页几行及参考艾思奇一书的哪章哪节。最后发下考试题，共四道，选做两道，一千字。复习书里自然有。三天之后交卷。

豆儿说:"我就是得了痴呆症也能得个九十八分。"

苏小沪说:"这种考法令人怀疑有别的名堂。是不是要在回答的深刻性上做文章?"

豆儿说:"你照他的书一字不落地抄下来,准没错。就是有错别字你也照写上。"

苏小沪说:"恐怕讲师团还是要看水平。"

豆儿果然一字不落地照抄了,而苏小沪则倾其才思,洋洋洒洒写了好些,参考了众多权威的文章且融入自己的观点。交卷那天还将豆儿好好嘲笑了一顿。

考试结果公布时,豆儿坐田平的车到风景区兜风去了。回到办公室众同事见他皆起哄叫唤他请客。豆儿问何故。同事七嘴八舌说你得了个"优秀"。豆儿说:"得优秀的人没有百分之百也有百分之九十九点五,何苦敲诈我一人?"同事杂声说唯你不一样。豆儿说:"为什么?"苏小沪笑吟吟说:"我居然考了个不及格。出席新闻战线的先进工作者的资格被撤下来了,该换了你。"

豆儿听罢大惊,随即大笑。笑得有范进中举之嫌。

苏小沪说:"先进工作者每人都有一口高压锅作为奖赏,你请不请客?"

豆儿连说:"请,请。"

几个同事便呼啦啦拥了豆儿去了餐馆。吃去了豆儿的高压锅且让豆儿又倒贴了十几元钱。席间举杯频频猜拳行酒令打赌吟诗可谓百花齐放。直至全桌醉倒。豆儿是惯醉而苏小沪则是首次。

第二日考试消息见了报。说全市干部在讲师团辅导下有百分之九十几点儿通过了相当于大专水平的哲学考试。结论为这对于提高干部队伍素质将产生不可低估的影响。

苏小沪醉后三天没上班。第四天一反常态浓妆艳抹地款款而来,说是已经在办调动了。

豆儿问调哪。苏小沪说外贸局。一时间办公室几乎所有人都惊叫:好单位呀!苏小沪说:"是呀。我到我的中学同学家里去,见她家里几个大件都是进口货,其他各种生活小玩意又齐又漂亮。你看了就觉得这才活得像个人样。我同学说她在外贸局只是一般办事员,是最穷的人之一。要是站在一个要害点的位置上,国内国外人都得小心伺候,日子过得精彩得不得了。"

豆儿笑说:"难得小沪这么开阔通达。你是咱们这儿最后一个弄清人该怎么活的人。"

苏小沪说:"这得谢你的酒。狂饮一通后反而大醒。"

豆儿又笑说:"那么这之前是众人皆醒你独醉啰?"

苏小沪也笑,说:"现在是众人皆醒我亦醒。"

田平晚上到豆儿家去告诉豆儿说李亚最近到处找路子想要出家。豆儿说这比说太阳是绿的还要令人震惊。即问准备去哪儿。

田平说:"先想去少林寺当尼姑,后又想去武当山当道姑。最后觉得那两处都太苦,就挑了郊区的凌云寺。"

豆儿说:"已经去了?"

田平说:"不知道呀,最近老没见她来要车坐。怕是已经削发了。"

豆儿说:"明天咱俩去看看。庙里有内线没准能抽个好签。"

田平说:"那我得算婚姻,我想娶老婆了。"

次日豆儿坐了田平的车去了凌云寺。凌云寺不大但香火很旺。一些着西装牛仔裤之类的哥儿姐儿们嬉笑着烧香磕头,把那些真正的香客挤得没了地方,只呆呆地一边望着。牛仔裤绷紧着屁股跪下去却是得费一点工夫的。

豆儿和田平找到住持,问及李亚其人。住持说是来过这么个女人,长得太艳,又没介绍信,故而拒之于门外了。豆儿问开什么样的介绍信。住持说我们寺庙目前相当于正处级单位,不是什么人都能随便收的。豆儿说:"那您现在的级别相当于正处?"

住持说:"阿弥陀佛,出家人不说假话。"

正说着进来一个穿黑布衣的男人。问清眼前即住持后便点头哈腰,掏出一张纸递上然后又打给豆儿田平一人一支烟。豆儿点烟时便探头看那纸上内容。见是一张介绍信。上写有"兹介绍张大苟同志一人系中共党员(曾任大队党支部书记)前来你寺出家。请接洽并予以协助,为盼此致敬礼。河南×县×公社×乡×村。"

住持沉吟片刻说:"你先找地方住下,我们要研究一下。"

那张大苟说:"我身无分文付不了房钱。"

住持说:"你想法子克服吧,要出家也总得受些磨难。我们研究后还得报上级审批。哪能像你想的那样说来就来了?"

豆儿田平没听他俩谈完便出来了。一出门两人便忍不住相视而笑。笑罢即去抽签。田平抽得大吉之签而豆儿则是不好不坏,回去的路上便叹说:"要是李亚在,我肯定也是个大吉。"田平则说:"看来我的命硬。庙里无熟人居然也能克敌制胜。"

到晚上一直寻到了迪斯科舞厅也没能找着李亚。有趣的是在那儿竟碰着妇联的叶编辑。

豆儿说:"你到这儿来可是令人惊讶。"

叶编辑说:"正在搞一个采访,谈舞厅对家庭生活的冲击。到时绝对反应强烈。"

豆儿说:"那就提前祝贺你了。"

叶编辑说:"你上回写的《正义的胜利》反响也很大的嘛。"

豆儿说:"哪里哪里。不过吴教授现在怎么样了?"

叶编辑说:"算他走运,到底还是给离掉了。"然后便不顾斯文体面而大骂了一通,说是离婚不到一个月就同那女研究生结了婚,市长竟去贺喜,这情况几乎让妇联的人一个个全晕倒在地。豆儿大觉有异峰突起之感,忙兴趣百倍地问个究竟。被告之说市长新上任时,妇联的人都欣喜万分,料想吴教授的婚是离不掉的。因为早听说新市长先前是吴教授学校的校长,两人长期不和。吴教授重提离婚一事时,新市长果然含糊其辞且有谴责之意。不料吴教授一怒之下外出,左开一个会右去讲个学久久不回,而由他主持的一项科研则是市里重点之中的重点,指望着他在国际上打响的。新市长无奈,只得拍电报去找。电文是:"速回办离婚。"两天后吴教授便出现了。有市长做工作,这次办得很快,批准离了。很多同志想不通,认为这助长了陈世美的威风;市长说还是从大局着想吧,一切服从科研需要。余副主任在会上专门强调了说:"这项科研成果是要走向世界的。我们为走向世界开绿灯,值得。虽然多了一个陈世美,但同时也多了一个积极的科技工作者,对于社会并没亏什么。"这一说大家也就纷纷露出释然状。

豆儿同叶编辑分手时已近十二点。田平说:"这让我结婚有了信心。"豆儿说:"怎么讲?"田平说:"只要有恒心,想离也还是离得掉的。"

豆儿笑笑,未语,第二日便匆匆采访了吴教授,写了一个专访。大谈其科研的意义和新夫人对教授工作的支持。用了志同道合比翼双飞风雨同舟齐头并进诸语。

主任阅后对全室同人说:"当记者就得有豆儿这样的素质。

兔一样的快速，狗一样的机敏，牛一样的勤奋，羊一样的顺从，以及猪一般的超脱。"

主任说完后，同室人纷纷恭喜豆儿，说这回豆儿的中级职称绝对是没问题了。豆儿说："若这样，加了工资定然请诸位喝酒。"

众人说好好好，这段日子总算有了个盼头。

四

没人给李亚开介绍信且李亚在宗教管理处一个熟人都没有，所以出家当尼姑或道姑的事便成镜花水月。李亚出家并非看破红尘而消极人生。李亚对人生绝对持进取的态度，且始终不失其固有之浪漫主义特色。她自信像她这样的年轻姑娘一旦出家便笃定出名。比方给哪家刊物写一封痛苦的信，然后削发为尼或挽发为道；然后刊物登出许多善良之人给她写信其中不乏名流雅士；然后择一名流或一雅士回信此后便书信频频；然后找个合适的时候还俗且定要再给刊物写一封信且必言在刊物或名流的温暖下重返生活之路的心情；然后试看能否与名流或雅士结为秦晋之好。倘若此，生命之情节就可谓五音繁会、彩色缤纷了。可惜李亚做的是一个鸡蛋的梦。鸡蛋摔碎了，一切还是得从原处起步。

李亚一直在展览馆当讲解员。文章虽写得登不上大雅或小雅之堂，但错别字却毕竟只是百里挑一。李亚已拿到电大中文系文凭，填表格文化程度一格便写上了"大专"。自然不提没拿到高中文凭的事。有了"大专"之后立即觉出依然故我地干讲解员委实屈才。讲解员不算知识分子，而知识分子这些年行情看涨。于是李亚便长叹伯乐何在、千里马望眼欲穿，卞和可有、璞玉安能久埋。

贝贝尚在世时,李亚有一回拿着文凭找领导请调工作。不料领导欣然允之,说是你找好接收单位就来办手续吧。这结果令李亚恼怒万分。李亚说:"我在这里少说也工作了三年,是块石头也揣热了舍不得扔哩。"领导说:"就是因为你不是石头,又揣不得,老也热不起来,且不如换块石头。"李亚说:"你这样做太叫人寒心了。"领导说:"人才流通嘛,这山上不去上那山。总归得登个山头是不是?"李亚说:"那你为什么放我走?我是大专毕业,难道不是人才?"领导说:"想留就留下吧。展览馆少你一个也富不起来。"李亚这才有所安慰地回去,终于没调。李亚说:"他们巴不得我调走。我就是想走也偏不走。不能太便宜了他们。"贝贝说:"当然得有一些傲气。就是要亲眼看着他们一个一个地进火葬场。"

不过,没几天,李亚便亲眼看见贝贝进了火葬场,且亲眼看见贝贝从炉子里出来后被三锹两下地灌进了骨灰坛。

展览馆自建成以来就没办多少展览。关键是没什么东西可展,又关键是即令办了前去一观的人也寥寥可数,这就有得不偿失之嫌,便索性不办。如此一来,展览馆便常年凄清。馆员们自是穷得叮叮当当,工资既低又拿不到几个奖金,只好眼睁睁地看着栅栏外来来去去的人们红润着面孔揣着兜里一摞钞票将笑容一直展示到耳根。

所幸遇上改革之年。政策由方变圆。万事万物一经变圆就有活动之余地了。展览馆出现前所未有的新气象。所有的空荡荡的展厅很大家风度地租给了个体户私营商店以及什么企业服务公司。展览馆前所未有地引人注目起来。宛若夜空里升起一颗新星。人群如潮涌来。老少咸宜,雅俗共赏。领导搓手叫好。寂静的日子终于一去不返而随着租金的上涨馆员的奖金亦一月多于一月。原先总靠国家补贴,现今自己供养自己。展览馆由此一举而为改革的典型,且建馆以来首次评为先进集体。荣誉不是空的。年终每人得一床毛巾床罩以示鼓励。

李亚初始老是骂骂咧咧说展览馆像个杂货铺。自月月拿得奖金且又另得床罩后,骂声便日渐弱了下去。加上后又识得好些柜台上的老板并能以最便宜的价格买得最时髦的衣裙,骂声便更小甚至变出了些甜味来。改革的伟大意义到这时才被李亚认识清楚。且即在此时,有"奇人"姓马名亦光者,因李亚穿着在展览馆买的大红真丝长裙就对李亚一见钟情。这一来便改变了李亚全部的命运。

那天李亚同学的妹妹结婚。同学的妹妹的爱人在电视台搞摄影,李亚自贝贝死后一直没有固定的男朋友而贝贝的遗产却已经花得灰飞烟灭了。李亚很想找一个电视台的导演抑或编剧什么的,便随同学一起去参加了婚礼。李亚穿着大红裙子容光焕发把新娘子的气焰全然地压了下去。兼之李亚六分姿色四分活泼普通话又说得行云流水,便自然成了婚礼上的一枝花,弄得一些整新娘的人都调转枪口对准了她。

马亦光坐到李亚旁边时李亚并没在意。马亦光貌不惊人眼睛毫无挑逗之光彩。李亚将在座所有英俊小伙子都看了个遍,且打听了名姓和家史而唯独没注意马亦光。亦光只好扯了扯李亚的裙子说:"这裙子真耀眼。"李亚方看见眼皮下的他。

李亚说:"好看吗?"

亦光说:"非常好看。"

新郎官一直不搭理李亚,见亦光与李亚说话便立即热情洋溢地前来,说:"亦光可不是轻易夸人的。亦光的爸爸是咱们省里进入前五名的官儿。亦光在女孩面前向来是个骄傲的王子。"

李亚说:"是么？我倒是觉得他挺平易近人的。"

新郎说:"我都是头一次见亦光这么谦逊。亦光你是不是爱上李亚了？"

亦光便笑笑说:"可能吧。"

李亚说:"那我们俩就应了'心有灵犀一点通'这句诗了。"

新郎说:"这可真是喜上加喜,让我也觉得吉利。"然后转身便向公众宣布。一时间李亚周围掌声四起,并伴随着哇哇的尖叫和欢呼。美人事奇,奇人事美,喧宾夺主。李亚同亦光就这么在同学的妹妹的婚礼中定了关系。

李亚后来才知道亦光幼时得过脑膜炎,留下奇极妙极的后遗症:近记忆力一塌糊涂而远记忆力则超出常人。他能对一年以前的任何一件事都记得清清楚楚,甚至几月几日是星期几、国家有什么重要新闻、自己说了些什么话都能脱口而出,一如去年当日。但是今年的事就"有如东风射马耳"了。想让他再想起非得等到明年。李亚几乎想拉倒不干。因为李亚叫亦光帮她调动工作亦光始终不记得。后来想到亦光的背景和亦光明年就能记忆起来便决定还是继续下去。李亚高尚地对豆儿和田平说像亦光这样的人有权利享受一个好女人的温情。

亦光所住的三室一厅并非亦光他爸爸开后门弄的,而是有关人员自动为之安排的。亦光他爸爸若拒绝又怕有关人员说他拿架子或假清高什么的,兼之同僚们对此类事均采取谦虚顺从态度,自己特立独行便有搞特殊化之嫌,于是亦光便搬入了三室一厅内,连叹说没有家具放。

亦光他爸爸打算将亦光调到历史研究所去。他爸爸去年就对亦光说了,可亦光一直没记住。他爸爸日理万机,亦光不再提起,他爸爸自有其他许多要事待办。到了今年亦光记起来了,这才向爸爸催办此事。亦光显然早该调走。电视台注重的是今天而亦光却总生活在去年甚至更远。这就不能不影响亦光在评定职称时能否顺利地进入中级这一档次。尽管亦光的爸爸凛凛威风地坐在台上,但电视台这鬼地方有好些爸爸们也都凛凛威风地坐在高处,若想东风压倒西风抑或西风压倒东风就得凭自身的实力了。亦光除了头破血流地败下阵来显然无路可走。而调到历史研究所,亦光他爸爸说:"显然没有一个人能与我们亦光媲美。"

李亚说她与亦光的相识是她生命的转折点。为此李亚爱亦光爱得热火朝天气势磅礴,大有爱不成毋宁死之架势。然而亦光却在李亚走过之后不记得她。要想记起得到明年。这致使李亚每次见到亦光第一句话便说:我是李亚。我是你的未婚妻。有一回李亚出了车祸,大腿被划拉开一道口缝了十几针,打电话告诉了亦光。亦光当即去看了李亚,尔后却再也没露面。李亚气得几欲自杀,腿好后计划着同亦光大闹一场,不料见到亦光,亦光说:"我把风衣搁在咖啡厅第三排左边的椅背上忘了拿。"而这却是去年的事。李亚猛省,只好撤消计划。

李亚爱亦光是全身心的。李亚有观点云:在社交的场合中,最受众人注目和宠爱的女人第一是家庭地位很高的,第二是自身容貌美丽的,第三是才华横溢的。而地位、容貌和才华都占有的女人则可以征服天下。亦光给了李亚作为女人最重要的一条,而李亚容貌经化妆后也算得上漂亮。于是,李亚意欲征服天下,显示才华便成了她迫在眉睫的事。

李亚那天去亦光那儿见一个男人口若悬河地对亦光说个没完,而亦光却爱理不理地由他说去。李亚听了半天弄清楚这男人写了个电视剧,欲拉亦光做制片主任建立一个摄制组。亦光说:"我不屑于干。"

李亚说:"找电视剧部比找亦光强多了。"

那男人说:"电视剧部大老爷一个,我攀不上。"

李亚说:"那你还拍什么电视剧?"

那男人说:"自己搭班子嘛。剧本我已经写好了,就缺一个强有力的制片主任。如果亦光肯动大驾那就再好不过了。我们首先到工厂搞点赞助,然后用这些钱请导演摄像和演员之类人。拍完之后卖给电视台播出。"

李亚听此介绍有些兴奋,说:"这就行了?"

那男人说:"当然,外面都这么干。"

李亚说:"亦光不去我去。"

那男人眼睛立即亮了,连说:"太好了太好了。"又说,"搞赞助女人外交比男人外交行得多。"

事情就这么定了。那男人叫沙风,在副食品商店当采购,是那种让人见后便产生踢他两脚欲望的角色。

李亚向展览馆请了长假。少发一个人的工资展览馆自然也求之不得。虽说现今已财大气粗了,但节俭是革命的传家宝,能省几个当省几个。

沙风的剧本叫《情与血的抒情》。沙风说这是个情感片,是将强烈的抒情色彩和曲折的故事情节糅合在一起,如果导演的艺术感觉能达到及格的水平便能将这部片子拍得轰动全国,拿个金鹰奖或百花奖或别的什么专为评职称定工资设的奖是绝对不成问题。这一说令李亚意气风发,将两手抓住胸口的衣服激动地再三表白:为艺术什么都能豁出去。

李亚和沙风奔波了一个半星期,弄到了三万块钱的赞助费。沙风的舅舅在钢厂当厂长,沙风带李亚到舅舅家向舅舅介绍李亚是省里谁谁谁的儿媳妇。沙风节约了"未来"两个字,舅舅厂长立即满面春风说是见过见过且在一桌吃过饭,然后连称那是一个不可多得的好领导。李亚忙及时地说:"我对爸爸说今晚到您家拜访,爸爸也说他对您印象很深刻,还托我问您好。"

沙风说:"那自然。我舅舅的魄力在全省甚至全国都是颇有名气的。"

舅舅厂长说:"小风,跟李亚说说这没关系,到外面可得替我谦虚一点哦。李亚,回去替我谢谢你爸爸,也问候他好。"

李亚说:"一定办到。"然后便借助这友好和谐乐融融的气氛谈及电视剧及其经费问题。舅舅厂长果然是有魄力,当即答应赞助一万。舅舅厂长说:"别说剧本是我外甥小风写的,就是别的不相干的人写的,你李亚亲自登门来求,我还能不答应?"

李亚说:"您真像个乔厂长,我回去好好跟爸爸描述描述。爸爸最欣赏乔厂长这样的人。"出门后,沙风说:"李亚,你非常有才能。这部电视剧你得挂一个副导演的牌子。"

李亚说:"那当然更好。我被社会埋没了这么多年,也应该给我个副导演补偿一下。"

沙风说:"你在剧组当副导演兼制片主任,有了这个片子做基础,今后你走到哪里都底气足,腰杆壮。"

之后,沙风和李亚又跑了啤酒厂玩具厂毛纺厂。啤酒厂厂长同舅舅厂长去北京开会时同住过一屋,两人曾相见恨晚天天到小餐馆饮酒长谈。啤酒厂长见舅舅厂长给了一万且来者又是舅舅厂长之外甥又是省里谁谁谁之媳妇便允了八千。玩具厂厂长是女人。女人比男人小气。但女人像男人一样好出风头。沙风说要在玩具厂拍几组镜头并希望厂长能露面。沙风说:"只有三到五个镜头,还是厂长这个角色,这就免得我们再去找别人。"女厂长说:"可以可以。但厂里不像钢厂那样财大气粗,只能给三千,顶多也不能超过五千。"

李亚说:"那就五千吧。我听爸爸说过玩具厂经过改革后面貌焕然一新。我听爸爸的口气你们厂现在是很赚钱的。"

女厂长说:"赚是赚点,但家大口阔也难呀。给你们六千吧。"

毛纺厂厂长最痛快,一提赞助便答应给六千。然后说他有个侄子在餐馆当厨师,问剧组能不能将他借调出来。沙风说:"当然可以。只要他们餐馆肯放,我让他来干剧务。"毛纺厂厂长说:"放是没问题的。他们餐馆通过他找我们厂赞助两千块修门面,我明天就答应他们。我给了他们面子,他们还能不给我面子?"

李亚说:"就是。这一来就没问题了。"

毛纺厂厂长请吃了中饭。副厂长、书记均来作陪。八菜一汤皆美味佳肴。但没上酒。书记说整党之后有明文规定不许摆酒席,就只好在菜上下了点功夫,无酒不成席,这还是叫作便餐。厂长介绍说沙风是青年编剧,李亚是副导演兼制片主任且是谁谁谁的儿媳妇。一桌陪客便都嚼着肉啃着鸡腿说:这样才貌双全的女人也只有他的儿子配享受。

请来的导演是大电影厂科班出身的导演。虽因反右和浩劫之故平生未导过一部电影,但工龄在那儿搁着,谁还能否掉他的导演头衔不成。导演姓白,便将艺名起为"白黑"。沙风说:"这名字太棒了,令人过目难忘。"沙风的奉承虽说很叫人发自内心的舒服,但白导演在接受不接受这个片子问题上还是考虑了很久。毕竟不是正经八百电视台前来请的。而是"野鸡"班子(电视台的人都这么称呼他们系统之外的电视剧组。称呼时必然同时仰着头大笑几声)。不过当李亚又认真地谈起"爸爸"对这个摄制组的关心以及劳务费可比别处高两倍且节省的话还可分钱之后,白黑导演便不再迟疑了,大腿一拍说:"不看别的,就冲着你们俩的真诚我也干定了。今年以来好几家电视台请我搞巨片我都没同意。连谢晋找我合作我都回绝了。"

白 雾・241

然后又请演员。自然挑漂亮的请。白黑导演在外表美和气质美的问题上与现今流行的以气质美为美之第一的观点全然不一样。白黑导演认为关键还是在外貌上。人的容貌本身就具有极高的欣赏价值。一个美人的出现能使观众忘掉一切地盯住她不眨眼,甚至剧完了还恨不能砸开电视瞧瞧那美人还在里面否。有了美人,其他情节也好,道具真伪也好,思想深浅也好,都无所谓。美能战胜一切。

白黑导演将他的"美学"观念同沙风李亚谈了一夜,令此二人茅塞顿开,极点头称是。三人齐心合作,果然寻得漂亮无比之男女演员,个个皆搔首弄姿极尽媚态,实在让人百看不厌。暗想若在动物园,足以令其他动物嫉妒大自然对人的偏爱而肝火大发且致死。这也正是动物园铁笼内有各类动物而无人的重要原因。

摄制过程顺利得没什么情节。说好三万元若用不完便停机后分红。为此从导演到剧务勤杂人员个个皆以勤俭为本。饰一号角色的女演员亦宁可住四人一间的屋子而放弃了昔日必住的单间。沙风见此便几次对李亚摇头赞叹说:"我们的演员同志多么可爱呵。谁说她们都贵族化了?让那些说闲话的人来看看,看看我们演员们的心是怎样贴近人民的,是怎样和人民保持一致的。"

李亚说:"是呀是呀。她们在成才之后仍能保持劳动人民朴素的本色,真是难能可贵。"

李亚在说了难能可贵之后,忽然想到豆儿,便咚咚地跑去给豆儿挂了个电话,请豆儿来写一写他们的摄制组,写一写天才的导演和可爱的演员。豆儿说:"有酒有肉招待吗?"

李亚说:"别那么俗气。看贝贝的面子上来一趟吧。"

豆儿说:"贝贝?"然后说,"好吧,我来。"

豆儿如期到达，依次采访了导演编剧主要男女演员。完后，李亚说："怎么样？我的阵容如何？"

豆儿说："亏得你的勇气,也亏得他们的勇气。"

李亚说："别朦胧诗了。"

豆儿说："我估计这剧一播出后很多人要开始忙碌了。"

李亚说："忙碌什么？"

豆儿说："拍卖电视机。"

李亚有一段时间常跟沙风一唱一和嘲笑豆儿为"伪预言家"。《情与血的抒情》播出了，可拍卖电视机的场面并没出现。恰恰相反的是,临近国庆,家家商店都投放一批彩电上市,为此家家店门口都挤着一群群的人打听投放多少台什么牌子,均言豁出去排一通宵队。

但豆儿毕竟还是够朋友的。豆儿为《情与血的抒情》写了拍摄花絮。花絮之一谈了李亚。那一晚李亚亦光一起去亦光爸妈家吃饭,亦光爸爸说："李亚,你怎么到电视剧组当副导演了？"

李亚说："现在不是人才流通吗？我觉得我的才能更适合干导演,所以我不愿意束缚自己。我要走自己的路,自己设计自己。"

亦光爸爸说："现在的青年的确敢想敢干,比我年轻时有出息。李亚,我支持你。但有一点,不许到处打我的招牌。"

李亚说："我要想打您的招牌早就求上您了,也不等今天您看了报纸才知道。我就是要自己闯荡一番,让您在我的成就面前吓一跳。"

亦光爸爸笑笑,说："挺自信嘛。但是在外面要谦虚。"

第二日亦光爸爸即打电话找广播电视局局长,说是据了解展览馆有一个女讲解员,很年轻,最近还导了一部电视剧,听说还不错。这样的人才,不能随便浪费。现在电视剧队伍人才奇缺,可考虑让她归队的问题。局长立即说马上研究。

电视剧部主任副主任及在家的导演雷厉风行调看了《情与血的抒情》。自片头开始便"妈妈的"骂起,一直骂到剧终。一个叫叶子的导演说:"这,这,这,这叫我再提'导演'两个字就像提'屁股'两个字一样,首先想到难为情。"另一个叫家伙的编辑说:"电视剧搞到这地步就有希望了。老话说红肿之疮不及化脓。脓一穿头,就自会长出新肉。"主任姓吴,说:"别说得让人起鸡皮疙瘩,明天把李导演请来。"叶导演说:"真调来?"吴主任说:"组织上决定的事,不想执行也得执行。"

不几日李亚便在电视剧部上了班。头一天露面时,那个叫家伙的唤了她一声"李导演"之后,便向那个叫叶子的人说:"叶子,你从今天起提起'导演'就像提什么一样呀?"一屋人全笑了。笑得很响。李亚也格格地响着嗓子笑。

三万块钱自然没用完。众人各个分得几百作鸟兽散。临别时,纷纷对李亚说:"李导演,以后你导戏的机会多了,可别忘了我们是你的第一批道具。"白黑导演亦激动万分,说是从来没有遇到过像李亚这么配合默契的副导演,总是那么谦虚地以他的意见为主,从不多说一句。这话叫李亚感动得流了眼泪,连说希望下一次再合作,劳务费还按这次一样付。白黑说,一言为定,一言为定!

李亚的生活又揭开了新的一页。李亚很自信地对亦光说:"世界正是为我这样的人准备的。"

亦光忽而说:"你的腿不是被车撞了吗?"

五

"……老实告诉你,我依隐玩世,诽谑人间,也已乏了。我欣喜你来,因为我在饶舌之中,感觉寂寞,在絮絮之中,常起寒栗,我遨游于孤魂之间,看那些孤魂在梦中做扒手,互相偷窃,我欣喜你来,因为对他们,我常戴着俳优的假面具,我为他们学会傻笑的艺术。我凭这傻笑面具,与他们往来。……"

豆儿近日常练字。见书便不择段落地拈来一些,在纸上写得龙飞凤舞。报社一直没给豆儿发名片。豆儿常羡慕李亚见人便掏出一香喷喷之名片让人放鼻前又嗅又闻的派头。每遇此时,豆儿却不得不捉虫般在人家的笔记本抑或小纸片抑或手掌心留下自己的尊姓大名。名片没有,这种事就还得继续下去。豆儿虽说大学已毕业,钢笔字却写得歪歪斜斜,如同乡下民工盖房子搭的脚手架,令人一见便产生片刻即倾的感觉。字者于文章如人者之衣裳。豆儿若想文章漂亮便不得不挤出许多时间练字。

那日正练着,田平来了。田平已寻得未婚妻了。亦是开出租车的。田平说我俩是地道的鱼找鱼虾找虾乌龟找王八。田平翻翻豆儿抄的书,说:"没意思。不如这个。"便掏出适才在小摊上买的一书递给豆儿,又说:"专讲吃喝玩乐的。你先看,再教我。"豆儿说:"你这几日忙什么?"

田平说:"公司动员我们参加市里组织的集体婚礼,说是外国人要参观。"

豆儿说:"这倒好,可以省下酒席了。"

田平说:"省什么,婚礼完了自己再办一次。"

豆儿说:"岂不结两次婚了?"

田平说:"何止。星期天还让我们新郎新娘穿好服装在文化宫预演一次呢。怕外国人来了嫌站得不整齐。这就三次了。"

豆儿说:"有趣。新娘子能结一次换一次就好。"

田平说:"不行呀,肚子里已有了我的种。若是个儿子,换给别人岂不可惜。"

两人便大笑。笑完,豆儿说:"星期天我去欣赏欣赏结婚彩排。"

田平去后,豆儿信手翻阅他留下的书。读至金圣叹与其朋友在阴雨之中居庙宇而计算人生最快之事时,豆儿大为倾倒,便又抄文练字。

"夏七月,赤日停天,亦无风,亦无云;前后庭赫然如洪炉,无一鸟敢来飞。汗出遍身,纵横成渠。置饭于前,不可得吃。呼簟欲卧地上,则地湿如膏,苍蝇又来缘颈附鼻,驱之不去。正莫可如何,忽然大黑车轴,疾澎澎湃之声,如数百万金鼓。檐溜浩于瀑布。身汗顿收,地燥如扫,苍蝇尽去,饭便得吃。不亦快哉!

"街行见两措大执争一理,既皆目裂颈赤,如不戴天,而又高拱手,低曲腰,满口仍者也之乎等字。其语刺刺,势将连年不休。忽有壮夫掉臂而来,振威从中一喝而解。不亦快哉!

"夏日早起,看人于松棚下,锯大竹作筒用。不亦快哉!

"存得三四癞疮于私处,时呼热汤关门澡之。不亦快哉!

"作县官,每日打鼓退堂时,不亦快哉!"

星期天豆儿果然去了文化宫,见得双双对对红男绿女,虽则是练习结婚,却也个个眉梢带笑。纷纷传说外国人看了还要拍电影呢。言辞不免有些激动,如同自己即将坐上波音去纽约一般。豆儿暗笑。忽而想,见人结婚习以度礼拜,不亦快哉!

正觉快哉异常时,有人唤他,见是李亚。豆儿说:"你导演这结婚?"

李亚说:"这是团省委领导的。我也是来结婚的。"

豆儿说:"亦光呢?"

李亚说:"昨天同他说好了,可他肯定忘了。要想起得明年。"

豆儿笑了："岂不唱独角戏？"

李亚说："就是呀，影响多不好。程序安排中还有人模拟外国朋友同我交谈呢。"

豆儿说："外国人恰恰会找到你？"

李亚说："先安排好了。陪同人员对外国人说新娘子中还有一个青年导演。估计外国人有兴趣，就带过来同我握手。"

豆儿说："挺幽默的。"

李亚说："是啊，可是亦光没来，婚礼的领导会不高兴的。"

豆儿说："是有些煞风景。"

李亚说："要不，豆儿，你来顶替一下亦光行么？"

豆儿说："晚间上床也顶替？"

李亚说："别这么说。你要愿意，我自然心甘情愿。可是我知道你是世界上最骄傲的人。"

豆儿说："屁话少说。走吧，老婆。"

许多许多的新郎新娘，佩戴红花在音乐中入场。站在自己规定的位置上。向来宾鞠躬。向亲友鞠躬。互相鞠躬。有一对新人站错了地方，指挥的人提示了几次，他们仍不改正。弄得指挥只好命令全体停下，当众批评那两个活宝。豆儿看清，那是田平和他的鱼（或是虾或是王八）。两人嬉笑着回位，不料演习开始两人有错。便又停，又批评，如此几次。所有人皆明白他俩闹着玩。气得指挥几欲将他俩除名。

豆儿在欣赏田平二人表演时，点了支烟，然后对李亚说："代人结婚演习，有新郎新娘当众骚扰。悠然吸烟见婚礼之领导暴跳如雷，不亦快哉！"说罢，便将青烟吐出，望之徐徐升空顷刻化为乌有。

1987 年春写于武汉

风　景

　　……在浩漫的生存布景后面,在深渊最黑暗的所在,我清楚地看见那些奇异世界……

　　　　　　　　　　　　　　——波德莱尔

一

　　七哥说,当你把这个世界的一切连同这个世界本身都看得一钱不值时,你才会觉得自己活到这会儿才活出点滋味来,你才能天马行空般在人生路上洒脱地走个来回。

　　七哥说,生命如同树叶,来去匆匆。春日里的萌芽就是为了秋天里的飘落。殊途却同归,又何必在乎是不是抢了别人的营养而让自己肥绿肥绿的呢?

　　七哥说,号称清廉的人们大多为了自己的名声活着,虽未害人却也未为社会及人类做出什么贡献。而遭人贬斥的靠不义之财致富的人却有可能拿出一大笔钱修座医院抑或学校,让众多的人尽享其好处。这两种人你能说谁更好一些谁更坏一些么?

　　七哥只要一进家门,就像一条发了疯的狗毫无节制地乱叫乱嚷,仿佛是对他小时候从来没有说话的权利而进行的残酷报复。

　　父亲和母亲听不得七哥这一套,总是叫着"牙酸"然后跑到门外。京广铁路几乎是从屋檐边擦过。火车平均七分钟一趟,轰隆隆驶来时,夹带着呼啸而过的风和震耳欲聋的噪音。在这里,父亲和母亲能听到七哥的每一个音节都被庞大的车轮碾得粉碎。

依照父亲往日的脾气,七哥第一次这么干时,父亲就会拿出刀割下他的舌头。而现在父亲不敢了。七哥现在是个人物。父亲得忍住自己全部的骄傲去适应这个人物。

七哥已经很高很胖了。他脸上时常地泛出红油油的光。肚子恰如其分地挺出来一点点。很难想象支撑他这一身肉的仍然是他早先的那一副骨架。我怀疑他二十岁那次动手术没有割去盲肠而是换了骨头。否则就不好解释打那以后他越长越胖这个事实了。七哥穿上西装打上领带便仪表堂堂地像个港商。后来又戴了副无框眼镜便酷似教授抑或什么专家。七哥走在大街上常有些姑娘忍不住含情脉脉地凝视他。七哥在外面说话毫无疯狗气。文质彬彬地卖弄他那些据说是哲人也得几十年修炼才能悟出的思想。

七哥住过晴川饭店。起先父亲不信。父亲每天到江边溜达都能看到那高白高白的房子,父亲在汉口活了偌些年从来还没见过这么高的房子,便咬定只有毛主席或者是周总理这个级别的人才能住。母亲说毛主席和周总理来不及住进去就升天了。父亲说那还有胡总书记和赵总理能住哩。父亲说这话时是一九八四年。

七哥解释不清,便说那大楼里的"晴川饭店"写得像"暗川饭店",不信你们去查证。

父亲和母亲自然是不敢设想自己有机会去那里瞧瞧。直到有一天报上登着个体户住进晴川饭店的消息后,五哥和六哥各带一千块钱去了一趟。第二日回来对父亲说小七子的确在那里住过,那字真的写得像"暗"川饭店。

七哥说他去那里总是坐"的士",每回都有穿红衣服的小侍者为他打开车门,然后还鞠个躬说:"欢迎您的光临。"

五哥和六哥是坐公共汽车去的,下了大桥,还走了好远的路,无法证实七哥的话。但父亲母亲不必做何证实也完全相信了。

父亲再往江边转悠时,遇见熟人便忍不住说:"那个晴川饭店也就那样,我小七子住过好些回数。"

"哦?就是睡床底下的那个小七子?"熟人常惊叹着问。

父亲说:"是呀,是呀,硬是睡出个人物来了。"父亲说这话时,脸上充满慈爱和骄傲之气。

其实,过去父亲总怀疑七哥不是他的儿子。在母亲肚皮隆起时,父亲才知道有这么回事。父亲蹲在门口推算日期。算着算着便抓过母亲扇了两嘴巴。父亲说那时候他跟一只货船到安庆去了。一个老朋友要死了想再见他一面。他前后去了十五天,而母亲却在这段日子里怀上了七哥。母亲风骚了一辈子,这一点父亲是知道的。他一走半月,母亲如何能耐得住寂寞?父亲觉得隔壁的白礼泉最为可疑。白礼泉精瘦精瘦,眼珠滴溜溜地不怀好意,薄嘴皮能言会道勾引女人还有富余。而最关键的是父亲亲眼见过他和母亲打情骂俏。父亲越想越觉得真理在握。为此在母亲生七哥坐月子的时间里,父亲看都不看七哥一眼,若无其事地坐在屋门口大口喝酒,把下酒的炒黄豆嚼得"喀吧喀吧"地响。

服侍母亲的事全是大哥干的。大哥那时已经十七岁了。他十分庄严地照料这个小肉虫一样软软的七弟。半年后父亲头一次看了七哥。他看得很仔细,然后像扔个包袱一样把七哥朝床上一甩。七哥瘦瘦巴巴的,全然不似高高壮壮的父亲的骨肉。父亲揪住母亲的头发,追问她七哥到底是谁的儿子。母亲声嘶力竭地同他吵闹,骂他是野猪是恶狗是瞎了眼的魔鬼,说他到安庆去为他过去的情人送终还有脸回家吵架。父亲和母亲的喉咙都大得惊人。平均七分钟一趟的火车都没能压住他们的喧闹。于是左邻右舍来看热闹。那时正是晚饭时候,一个个的观众端着碗将门前围得密密匝匝。他们一边嚼着饭一边笑嘻嘻地对父亲和母亲评头论足。母亲朝父亲吐唾沫时,就有议论说母亲这个姿势没有以前好看了。父亲怒不可遏地砸碗时,好些声音又说砸碗没有砸开水瓶的声音好听。不过了解内情的人会立即补充说他们家主要是没有开水瓶,要不然父亲是不会砸碗的。所有人都能证明父亲是这个叫河南棚子的地方的一条响当当的好汉。

这个问题毋庸置疑,父亲的确是条好汉。全家人都崇拜父亲,母亲自然更甚。母亲一辈子唯一值得她骄傲的就是她拥有父亲这么个人。尽管她同他结婚四十年而挨打次数已逾万次,可她还是活得十分得意。父亲打母亲几乎是他们两人生活中的一个重要内容。母亲需要挨完打后父亲低三下四谦卑无比且极其温存的举动。为了这个,母亲在一段时间没挨打后还故意地挑起事端引得父亲暴跳如雷。母亲是个美丽的女人,自然风骚无比。但她的确从未背叛过父亲。喜欢在男人们面前挑逗和卖弄那是她的天性,仅此而已。母亲说难道世界上还会有比父亲更像男人的吗?母亲说如果有那才是真的见鬼了。母亲说除非父亲先她而死,她才会滚到另一个男人怀里。母亲说这话时才二十五岁,而现在她已六十了,父亲仍然健在。母亲毫无疑问地履行着她的诺言。所以父亲怀疑七哥是隔壁白礼泉的崽子显然是不讲道理。白礼泉比母亲小十八岁,母亲常忍不住去逗弄他,偶尔也动手动脚,但七哥绝对无误是父母的儿子。因为只有父亲这样的人才可能生出七哥这样的儿子。这个道理直到二十五年后七哥突然有一天说他被调到团省委当一个什么官了之后父亲才想明白。父亲从七哥那里听说团省委的人下一步就是去党省委,有运气到中央也是不难的。父亲几乎有点接受不了这个事实。父亲这辈子连县一级的官都没见过。父亲跟他认识的同样对方也认识他的最大的官员——搬运站的站长一共只说过两句半话。有半句是站长没听完就接电话去了。而现在,他的小七子居然比站长大好些级别并且还只有二十来岁。鉴于这点,对七哥一进家门就狂妄得像个无时无刻不高翘起他的尾巴的公鸡之状态,父亲一反常规地宽容大度。

二

父亲带着他的妻子和七男二女住在汉口河南棚子一个十三平方米的板壁屋子里。父亲从结婚那天就是住在这屋。他和母亲在这里用十七年时间生下了他们的九个儿女。第八个儿子生下来半个月就死掉了。父亲对这条小生命的早夭痛心疾首。父亲那年四十八岁。新生儿不仅同他一样属虎而且竟与他的生日同月同日同一时辰。十五天里,父亲欣喜若狂地每天必抱他的小儿子。他对所有的儿女都没给予过这样深厚的父爱。然而第十六天小婴儿突然全身抽筋随后在晚上咽了气。父亲悲哀的神情几乎把母亲吓晕过去。父亲买了木料做了一口小小的棺材把小婴儿埋在了窗下。那就是我。

我极其感激父亲给我的这块血肉并让我永远和家人待在一起。我宁静地看着我的哥哥姐姐们生活和成长,在困厄中挣扎和彼此殴斗。我听见他们每个人都对着窗下说过还是小八子舒服的话。我为我比他们每个人都拥有更多的幸福和安宁而忐忑不安。命运如此厚待了我而薄待了他们这完全不是我的过错。我常常是怀着内疚之情凝视我的父母和兄长。在他们最痛苦的时刻我甚至想挺身而出,让出我的一切幸福去与他们分享痛苦。但我始终没有勇气做到这一步。我对他们那个世界由衷地感到不寒而栗。我是一个懦弱的人,为此我常在心里请求我所有的亲人原谅我的这种懦弱,原谅我独自享受着本该属于全家人的安宁和温馨,原谅我以十分冷静的目光一滴不漏地看着他们劳碌奔波,看着他们的艰辛和凄惶。

那时是一九六一年。九个儿女都饿得伸着小细脖呆呆地望着父母。父亲和母亲才断然决定终止他们年轻时声称的生他一个排的计划。

小屋里有一张大床和一张矮矮的小饭桌。装衣物的木盆和纸盒堆在屋角。父亲为两个女儿搭了个极小的阁楼。其余七个儿子排一溜睡在夜晚临时搭的地铺上。父亲每天睡觉前点点数,知道儿女们都活着就行了。然后他一头倒下枕在母亲的胳膊上呼呼地打起鼾来。

父亲说这地方之所以叫河南棚子就是因为祖父他们那群逃荒者在此安营扎寨的缘故。河南棚子在今天差不多是在市中心的地盘上了。向南去翻过京广铁路便是车站路。汉口火车站阴郁地像个教堂立在路的尽头。走出车站路向右拐,便上了中山大道。这一段中山大道,几乎有门即是店。铁鸟照相馆老通城饭店首家服装厂扬子街江汉路六渡桥诸如此类汉口繁华处几乎占全。父亲每天越过中山大道一直走到滨江公园去练太极拳。父亲总是骄傲地对他的拳友们说他是河南棚子的老住客。而实际上老汉口人提起河南棚子这四个字,如果不用一种轻蔑的口气那简直是等于降低了他们的人格。

父亲说祖父是在光绪十二年从河南周口逃荒到汉口的。祖父在汉口扛码头。自他干上这一行后到四哥已经是第三代干这行了。三哥总说爷爷若一来便当兵,没准参加辛亥革命,没准还当上一个头领,那家里就富多了。说不定弟兄姐妹都是北京的高干子弟。父亲便吼放屁。父亲说人若不像祖父那样活着,那活得完全没有意思。祖父是个腰圆膀粗力大如牛有求必应的人。祖父老早就加入了洪帮。那时"打码头"风气极盛,祖父是打码头的好手。洪帮所有的龙头拐子都对他倍加赏识。祖父认朋友而不认是非,每有所唤都狂热地冲在最前面。父亲说他十四岁就跟着祖父打码头。他亲眼见过祖父是何等的英勇和凶悍。后来祖父在一次恶战中负了重伤。肋骨被打断了好几根,全身血流如注宛若红布裹着一般。祖父被抬到家时已经奄奄一息。尽管如此祖父却一直带着微笑。父亲说大头佬殷其周专门派人为祖父送来了云南白药。殷其周是当时汉口最有名的"码头皇帝"。父亲至今提起他的名字还激动得战栗不已。不过那药仍然没能救活祖父。祖父把手在父亲的肩上拍了两下便咽了气。那时父亲正跪在祖父面前垂泪。他见祖父头一歪便号叫一声扑在他身上。立即所有人都知道祖父已经走了。啜泣声便如远天滚过的雷。为祖父洒泪哀伤的人几乎是一望无际。父亲至今也没想明白究竟是怎么回事。父亲猜测大约是祖父善打码头的缘故。父亲时年二十岁,除了身子比祖父稍稍单薄一点以外,差不多同祖父一模一样。父亲安葬了祖父的第三天便被头佬叫去打码头。他虎视眈眈地往那儿一站,对方的人立即目瞪口呆。竟有人颤着声问他是人还是鬼。

父亲每回说到这里都要仰面哈哈大笑。笑罢又大饮一口酒,把十来颗黄豆扔进嘴里嚼得"喀吧喀吧"响。

父亲每回喝酒都要没完没了地讲述他的战史。这时刻他所有的儿子都必须老老实实坐在他的身边听他进行"传统教育"。有一次二哥想上他的朋友家去温习功课以便考上一中，不料刚走到门口，父亲便将一盘黄豆连盘子扔了过去。姐姐大香和小香立即尖声叫起。黄豆洒了一地，盘子划破了二哥的脸，血从额头一直淌到嘴角。父亲说："给老子坐下，听听你老子当初是怎么做人的。"从此，逢到父亲的这种时候谁也不敢把屁股挪动一下。七哥有几回都把尿憋了出来，湿了一裤。

最喜欢听父亲说往事的只有母亲。母亲记忆力比父亲强多了。父亲忘却的日期地点人名全靠母亲提醒，如果母亲也忘记了，父亲就得使劲地搔着脑袋想，想得一脸痛苦表情。父亲不想出来是绝不往下讲的。遇到这种意外，父亲的儿女们才如同大赦。有一回父亲为了想民国三十六年轰动武汉的徐家棚码头之争的日期整整地想了一星期。一星期后仍没想起便只好用季节代替日期重新召拢他的听众。父亲说那是民国三十六年的冬天，日本人刚跑掉，粤汉铁路通了车，徐家棚码头业务大增油水肥厚，一些头佬都眼馋得发疯，相互寻衅械斗好几次都没有结果，洪帮头子王理松托人约了父亲。父亲那几日正手痒，便一口应允了。父亲为了打徐家棚码头凌晨三点就起了床，过江的时候天还漆黑，凛冽的风横吹过来刺得脸皮一阵阵发麻。父亲穿一件黑袄，搭肩往腰间一扎，显得威风凛凛。他上船前喝了至少八两酒，酒精把他的血烧得一窜一窜的周身痒痒，故而他对挤进骨缝的寒风感到莫名的欢喜。他望着浩淼长江，脸上像单刀赴会的关羽一样毫无惧色。父亲手上拿的是扁担，父亲每次用的都是这根，深棕色油光油光的。他挥动起来得心应手，他觉得这玩意儿不比关公的青龙偃月刀逊色。父亲的同伴熊金苟坐在船舱里瑟瑟发抖。父亲指着他的腿笑得全身抽搐，然后说："老子

风　景·255

恨不得把你这个熊包扔到江里喂鱼。"江水浑浊不堪,小船咿呀地摇着一支很媚人的歌,在浅黑色的凌晨显得清丽幽婉。熊金苟总是哆嗦。不管父亲怎么辱骂他都不停止这个活动。这使得他旁边的几个人都一块儿干起这活儿来。熊金苟有个瞎眼的老母和三个细弱如草的小姑娘,第四个又把他老婆的肚子撑得老高老高了。父亲他们抵岸时天还没亮。他们捷足先登立即抢占了徐家棚的上中下码头。父亲他们全都剽悍体壮,吓得对方手足发软。当有人发现华清街的哑巴打手队之后,更是屁滚尿流地边跑边哀号爹妈何故只给了两条腿。

华清街的哑巴是鲁老十豢养的一群打手。那时说起"华清街之虎"鲁老十,人们会情不自禁地发抖。他的打手心狠手辣且从来不问为什么出手便打。不过他们也的确不会问为什么。父亲与鲁老十从无交情,哑巴中倒有一二曾崇拜过祖父。父亲他们那次自然打赢了。天亮以后他们把对方丢下的尸体绑上石头沉入江底。父亲是给一个姓张的人系的石头。父亲说他认识这个人。他们在一个码头干过活。父亲记得他曾经在父亲趔趄一下时扶了父亲一把。父亲晓得张是很老实的,但不晓得这回死在乱棍之下的怎么恰恰是他。想来想去父亲还是说这是命。父亲的腿在那一天被铁棍撕了个三角口,血流如注。父亲对流血已经很习惯了,他只用土擦了一下,第二天就去码头干活。那道伤痕至今还染着泥土的色彩留在父亲的腿上。打赢了的头佬总是在当夜便灯红酒绿地频频举杯祝捷。而那时,父亲们却在自己的茅棚中擦洗伤口抑或为受伤的同伴寻医为死去的朋友落泪。打哆嗦的熊金苟连轻伤都没负。他把父亲搀到屋里然后笑盈盈地走了。父亲说没打死他实在是件遗憾的事,因为半个月后的又一次械斗,他被头佬定为"打死"对象。头佬们为了扛着尸体打赢官司悄悄派手下人在混乱中将熊金苟打死了。父亲亲眼看见一根铁棍砸向熊金苟的。父亲喊了他一声,结果在他迟钝地一扭头时,铁棍正砸在他天灵盖上。他连哼也没哼便"噗"地倒地,血浆流淌着把他的头变得像个新品种西瓜。

父亲那一晚喝得酩酊大醉。他揍了母亲一顿然后起誓说他再不去打码头了。不过,父亲自然是要食言的。他打架斗殴像抽了鸦片一样难得戒掉。

父亲的精力过剩。他不这么消耗便会被堵塞在体内而散发不出的精力折磨而死。

那一幕幕悲壮的往事总是能让父亲激动得手舞足蹈。他有时还大口地喝着酒然后叫喊道:"儿子们你们什么时候能像老子这样来点惊险的事呢?"

三

父亲现在落寞得有些痛苦了。而像父亲这样的人能为什么事情产生痛苦感,那的确不是件很容易的事。毋庸置疑的是父亲确实痛苦了。父亲还是住在老房子里,而他的儿女们却一个个飞了出去。地铺上起伏的鼾声和讨厌的骚动以及阁楼上无端的娇笑,统统被寂静所替代。房子倒显得空荡起来。过年时,每个儿女各出十块钱为他买了一个沙发。沙发靠着墙壁,父亲从来不坐它。父亲说坐了屁股疼。晴天的时候,父亲便去马路边打牌,而雨天里便靠在床上长吁短叹。父亲说:"只有小八子陪我了。"父亲说这话时让我感动了好几天。后来父亲在我的覆身之土上种了些一串红。父亲对母亲说像小八子的头发。

苍凉的冬天到来的时候,父亲便闷着头默默地喝他的酒。北风吹得门板和窗哐哐地响。火车蓦然鸣一下整个房子在颤动中几乎意欲醉倒。母亲用她满是眼屎的目光凝望父亲。父亲退休之后就再也没揍过母亲,这使得母亲一下子衰老了起来。父亲和母亲之间已经没什么话好谈了,他们只是默契地生活。语言成了多余的东西。

回家次数最多的是七哥。七哥还没有成家。他总是在星期六回来。这天晚上偶尔也有其他弟兄拖儿带女地过来小坐片刻。父亲对他花团锦簇且粉团团的孙辈们毫无兴趣,父亲说人要像这么养着就会有一天变成猪。这话使父亲所有的媳妇对他恨之入骨。父亲说她们懂个屁。看我们小七子,不就是老子的拳脚教出来的么?要当个人物就得过些不像人的日子。

父亲每次这么说都令七哥心如刀绞。七哥不想对父亲辩白什么。他想他对父亲的感情仅仅是一个小畜牲对一个老畜牲的感情。是父亲给了他这条命。而命较之其他的一切显然重要得多。七哥总是在星期天一早就走,他厌恶这个家。他不想看父亲喝酒骂人然后"叭"地在屋中央吐一口浓绿浓绿的痰。他看不惯骨瘦如柴的母亲一见男人便做少女状,然后张嘴便说谁家的公公与媳妇如何,谁家的岳母勾引女婿。小屋里散发着永远的潮湿气,这气息总是能让七哥不由自主地打寒噤。

七哥在星期天一早出门时多半手里拿根鱼竿。有熟人路遇便说"你可真有闲情逸致啊",七哥只是笑笑。七哥从河南棚子穿巷走街,总摆一副富态高雅的架势,以显示他并非此地土著。七哥的外貌变化之大如沧海桑田以至于人们绝不可能想象他就是十几年前常在这一带转悠着拾破烂捡菜叶的小七子。

七哥表面上很是平静。他抿着嘴一副神态自若的样子。但他的眼睛里却充填着仇恨。倘若仔细地盯着他三分钟,你就会发现他的眼珠宛若两颗炸弹随时可能启爆。而他的生命则正是为了这启爆而存在。

七哥捡破烂的时候是五岁。那是孪生的五哥六哥在一天偷吃了水果铺腐烂的苹果同时患急性痢疾送进医院时七哥主动提出的。当时父亲正暴跳如雷。住院那一笔开销将他三个月所有的工资贴进去还远不够数。七哥蹲在门槛上看父亲吐着唾沫骂人。七哥感到喉咙痒了便轻咳了一声。父亲听见一步上前,一脚把他踢翻在门外。父亲说你再咳我掐死你。七哥说我不是咳我是想说我去捡破烂。父亲说你早就该去了。老子养了你五年,把你养得不如一条狗。

七哥对于他五岁就敢在河南棚子穿梭于小巷小道中拾破烂的胆略极其诧异。大香姐姐的孩子五岁还每天要叼着大香姐姐的奶头,而小香姐姐的孩子五岁却还不会自己蹲下撒尿。七哥记得他捡的第一件东西是一块破了角的手绢。手绢上有些黏黏糊糊的东西。七哥用舌头舔了一下,是甜的,便又舔了好多下,直到那手绢湿漉漉的。七哥相信他至死都不会忘记他蹲在墙根下虔诚地舔手绢的模样。七哥很少说话,有大人指着他的小篮子说些什么他也从来不理。七哥每天要把小篮子装到他提不动为止。他拾的破烂都堆在窗口下。那里因为埋了他的弟弟而有一块空地。七哥见过他的这个小弟弟,见过父亲亲他的小脸。那一刻七哥还摸了摸自己的脸,他不记得父亲在他这儿亲过没有。七哥对小弟弟能永远安宁地躺在那下面羡慕至极。他看见父亲把小弟弟放进一个盒子里然后又盖上了土。他很想让父亲也给他一个盒子让他老是睡在里面动也不动。然而他不敢开口。

七哥常常很饿很饿,看见别人吃东西便忍不住涎水往下巴那儿流。久而久之,下巴处流了两道白印子。那天七哥走过天桥到了火车站。又往前一点还走进了儿童商店。那里面有很多打扮得像画上一样的小娃娃。他们在买衣服和皮鞋。七哥对衣服皮鞋毫无欲望,他看见一个穿粉红衣的小姑娘在吃桃酥。她嚼得沙沙直响。七哥走到她身边,他闻到了那饼的香味,那香使七哥的胃和肠子一起扭动起来。七哥便一伸手抓住了那桃酥。小姑娘"妈呀"一叫松了手,桃酥便落在七哥手上了。小姑娘的妈妈瞪着眼说了句"小要饭的"便拉走了她的女儿。七哥简直不敢相信这块小饼归他所有了。他战战兢兢咬了一口,没有任何人干涉,的确是他的。他便像发了疯一样吞咽下去。七哥从来没有过这样的幸福时刻,那一瞬间获得的快感几乎使他想奔跑回去告诉家里的每一个人。七哥后来就常去儿童商店。他从任何一个小孩手上抓来的东西都归他所有。他吃了许多他根本想不出来应该叫什么名字的东西。儿童商店给了七哥童年中最璀璨的岁月。

七哥七岁上了小学。这是父亲极不情愿的事。父亲自己不识字,但他觉得自己活得也很自在也很惬意。父亲说世界上总得有人不识字才行。要不那些苦力活谁去干呢?父亲说这话是针对二哥的。二哥初中毕业坚持要考高中而不肯去帮父亲拉板车。二哥说读完了中学又去扛包完全是浪费人才。二哥同父亲吵了三夜,三哥也为二哥帮忙,父亲才气哼哼地向儿子妥协。这是在父亲做人的历史上极少出现的事情。父亲说政府怎么糊里糊涂的?让人都学了文化码头还办不办?凭良心说父亲的认识还是深刻的。码头要办下去就得有人扛码头。而读过书的人都不肯干这活儿,可不就是得让一些人不读书专门用来充实码头么?父亲是不会知道科学能发展到用金属做一个机器人出来的。

七哥终于在政府的要求下去上小学了。七哥对上学不感兴趣。他头一天衣衫褴褛地走进教室,就听到有声音说怎么来了这么个脏狗。后来,全班人都叫他脏狗。七哥对学校和同学的厌恶便从第一天就开始了。

七哥不再捡破烂。母亲说破烂卖不了什么钱不如去黑泥湖捡点菜回来。七哥便去捡菜了。七哥每天下午都逃学。一吃过中饭他就挎上篮子往郊外走。他要走过黄浦路从黄家墩穿刘家庙然后到黑泥湖一带。这里地多人少，到处是农民的菜园。有时只走到刘家庙就能拾到很好的菜叶。夏天的时候七哥还得带上叉子。父亲说每天都得叉一串青蛙回来给他下酒。七哥喜欢叉青蛙。他在河沟边跳来跳去敏捷而迅疾地叉中一个青蛙时总是高兴得想笑出声来。七哥在家里却从来没笑过。所有认识他的人都说这孩子天生缺少笑神经。

　　那一天，七哥走到刘家庙附近，见农民们都坐着小凳在田里给白菜间秧，七哥便静静地蹲在了一个大嫂身后。大嫂间下一把秧往自己篮子里扔去时，手边总是要漏掉几棵。这便是属于七哥的。七哥捡了半篮之后，大嫂身后又跟了一个小姑娘。七哥厌恶地瞥瞥她。她的手比七哥利索，总是先将大嫂漏下的拾进自己的小篮子。七哥几乎为此想砍掉她的手。这时刻大嫂回了头。大嫂问你们这是何苦呢，就这几棵菜。小姑娘说不捡菜就没有吃的。七哥说我也是。大嫂说你们就不累。小姑娘说累比挨打好受多了。七哥说我也是。那大嫂便叹口气扯下许多很好的菜秧给了七哥和小姑娘，把他们的篮子装得满满的。小姑娘高兴得笑个不停。七哥没笑，但心里也高兴极了。

　　后来七哥认识了小姑娘。她叫够够。够够说她住三眼桥。她是老五。生下她时她父亲一看是个女孩气得大吼她母亲一声："你够没够？"她母亲慌忙回答："够，够。"两人吵了一架后，就给她起个名字叫够够。尽管有了够够，她父亲却还是没让她母亲停止生产。够够又添了两个妹妹。够够说她妈妈又要生了，这回大家都说生男孩。她家已有七仙女了。就是八仙过海也得有一个异性。

风　景·261

七哥常常能碰上够够,碰上够够就约她一起走,于是他们总是在铁路边碰头。够够小嘴灵得像鸟儿,七哥总怀疑她是鸟变的。够够叽叽喳喳起来没个完,七哥便安静地听着,刚开始时有些不耐烦,后来就习惯了,再后来就喜欢听她讲。七哥想要是小香姐姐也能像够够这样该多好。够够和七哥的小香姐姐一样大,都比七哥大两岁。小香姐姐却从来不理睬七哥。她要是想起七哥就是七哥倒霉的时候到了。那天晚上父亲喝酒喝得高兴,小香姐姐连忙凑上去对父亲说七哥见到白礼泉就一面哭一面喊爸爸,还从白礼泉手上接过一块糖。父亲一听勃然大怒,他使劲地放下酒杯,吼着七哥:"给老子过来!"七哥已经吓得站不起来了。他如狗一般爬到父亲脚下。父亲用大脚趾抬起他的下巴,骂道:"你这个杂种。"然后一脚蹬翻了他。父亲令五哥提起七哥,将七哥推到墙壁前面壁而立。之后又指示六哥扒下七哥的裤子,用竹条抽打五十下,五哥和六哥乐呵呵地干着这些。父亲赏识他们时才会让他们干这样的活儿。小香姐姐坐在床沿边让大香姐姐用红药水给她染指甲。她俩尖声地笑着。七哥忍着全部的痛苦去听她们笑得如歌一般流畅。父亲又坐下喝酒了,嘴唇咂得"叭叭"地响。而母亲自始至终地低头剪着脚指甲,还从脚掌上剪下一条条的破皮。母亲喜欢看人整狗,而七哥不是狗,所以母亲连头都没抬一下。火车轰隆隆从门外驰过。雪亮的光一闪一闪。和它们叠在一起的是竹条以及它挥舞出来的音响。这一切成为七哥脑海中永恒的场景。

铁道线不知从何而来。伸延前去,又不知指向何处。够够在哪儿呢?或许她的灵魂一直在这儿飘荡,引得七哥无法克制自己而一次次走向那里。

这日子,是七哥最美丽和善良的日子。它在无数黑浓黑浓的日子里微弱地闪烁几星绚烂的光点。

四

只要大哥在家的日子,七哥就用他迷迷蒙蒙的眼睛一眨不眨地盯着大哥。大哥不理他。大哥不编造谎言让父亲的拳脚砸得他透不来气,大哥不用最刻薄的语言诅咒他,大哥不把他当白痴般玩物当一头要死没死的癞狗。小时候七哥以为大哥是他的父亲,后来才弄清他只是大哥。大哥和父亲是两类完全不同的东西。

大哥对七哥现在这副不可一世的模样从心底生厌。时间简直是个魔术师。当年睡在父亲床底下的七弟居然蜕掉了他那副可怜巴巴的外表而人模狗样地在小屋中央指手画脚。每逢大哥在家,七哥若酸溜溜地炫耀他的哲言时,大哥必定会暴吼一声:"小七子,你再动一下嘴皮看我割了你的舌!"

可惜大哥在家时间少极了,少极了。七哥从记事起就知道大哥从来不在家睡觉。弟兄们一天天长大,地铺上已经挤不下七条汉子了。父亲便一脚把七哥踢到了床底下,而大哥则开始成日成月成年地上夜班。

大哥总是在星光灿烂的时刻推门而出。他手里提着一个饭盒,里面有半斤米和一小碟咸菜。清早大哥回到家时,父亲和母亲都上班了,大哥便一头栽到床上呼呼地睡到太阳落山,然后起来同一家人一起吃晚饭。到星光灿烂父亲打长长的呵欠时,大哥便又推门而出,手里拎着那个饭盒。日复一日,年复一年。

大哥小学四年级没读完就进了工厂。大哥曾经留过两级。他跟二哥同了一年学之后又跟三哥同学。大哥比三哥大四岁,几乎高出三哥一个整头。班上同学都如三哥般弱小。他们管大哥叫"刘大爷"。起先大哥还乐呵呵地答应,后来三哥说那是骂他留级生大爷哩,大哥这才一听人如此叫唤便翻下虎脸。大哥打架出奇勇敢,出手迅猛有力,打在兴头上敢抢刀杀人。这是父亲最赏识他的地方。所有的同学对大哥都畏之如虎。其实大哥很少揍他的同学。他们太弱了。大哥不屑于对这种"小萝卜"——大哥的话——动手。大哥说他绝不学父亲。他不打比自己弱小的人。而父亲,打起自己的妻子和儿女像喝酒一样频繁且兴奋。

大哥是被学校开除的。那天上体育课。体育老师油头粉面的,他让大哥抬了跳箱又抬垫子。垫子是给女生翻跟斗的。大哥说他不抬。体育老师便说刘大爷不抬谁又会去抬呢。大哥便走上前,挥起小臂给了老师一肘,只一会儿,那白粉捏的一样的鼻子便淌出了两道红血。所有的学生都吓傻了,女生还嘤嘤地有人哭泣。大哥扫了他们一眼扬长而去。学校原本不想开除大哥,因为在场同学都证明老师骂了大哥大哥才动的手。晚上,那老师灰着脸跟在教导主任身后来到了河南棚子。父亲在门口堵住了他们。教导主任说是来向大哥道歉并也希望大哥向老师道歉的。父亲一瞪眼骂了几句直指祖宗的脏话然后说:"幸亏你撞在我儿子手下,他实在比老子小时候窝囊。换了我,莫说你的鼻子,叫你的牙都一颗剩不下。"父亲说完笑得洪钟一样嘹亮。教导主任和体育老师都不约而同地发起抖来。然后他们连退几步,大惶大惑的一副神态望着父亲,跟跄着远去。

大哥从此不再上学了。这是他第一天背起书包就盼望的事。大哥刚满十五岁。父亲把他送进了铁厂当学徒。大哥当了锻工。父亲说干这行拿钱多而且练身体。果然没多久大哥的胳膊就粗了起来,浑身黑油油的闪着乌光。大哥二十岁的时候已经像父亲那样粗壮了。他的下巴上浮出毛茸茸的胡子。大哥有时就用他这一点可怜的胡子扎七哥的脸。七哥一直等待着大哥的胡子长长。他常想如果长长了不是也可以像小香姐姐那样扎起小辫子吗？

大哥过了二十岁以后，脾气就变大了。晚饭时动不动就发火。进家门总是用大脚轰然一下踢开。大哥对父亲母亲都吵过架，吵得天翻地覆的。七哥总是爬进床底一动不敢动，他不明白大哥是为了什么。后来有一天，大哥同父亲打了一场恶架，那以后家里就平安了好多。

大哥和父亲打架，说起来完全是隔壁白礼泉的责任。白天里大哥是回家睡觉的。中午的饭总是母亲从她工作的打包社回来做。那时五哥六哥都刚上小学不久，而七哥还在从事拾破烂的事业。

母亲打包的手脚极利索。母亲的舌头嘴唇都仿佛是蜜做的。打包社的领导都吃她那一套，额外让母亲每天提前半个钟头回家弄饭。母亲洗菜时得去公用水管。母亲在那里经常碰得到白礼泉。白礼泉在武钢上班。三班倒的工作让人觉得他总在家里。母亲跟男人说话老使出一股子风骚劲。她扭腰肢的时候屁股也一摆一摆的像只想下蛋的母鸡。母亲的眼光很独特。从那里面射出来的光能让全世界的男人神魂颠倒。母亲在白礼泉面前从无顾忌。白礼泉的老婆漂亮苗条是他手掌上的明珠。但明珠生不出一个孩子而母亲却一气生了九个。这使得母亲常常嘲笑白礼泉而且一直要笑到他无地自容为止。无地自容的结果便是抬起头来同母亲调情。那天母亲洗完菜同白礼泉一起嘻嘻哈哈地走回屋里。白礼泉调侃着跟在母亲身后也嘻嘻地笑。白礼泉的手指细长细长跟父亲短粗短粗的手指感觉完全不一样。母亲弯下腰切菜时，她的乳房便像两只布袋一样垂了下来。白礼泉站在母亲背后将双手绕着母亲，然后细长的手指便捏揉起那两只布袋。母亲不理会他的动作,只是嘴里假骂道馋猫馋狗馋猪之类。白礼泉挨着骂手指却依然熟练而快速地运动。他的手越来越灵活,活动的地域也越来越广,母亲不由得兴奋地咯咯大笑。就在这个时候躺在床上的大哥醒了。大哥没吭气,只是长长地打了一个呵欠。

母亲说:"贱货!这时间了还不起?"大哥说:"贱货也是你生的。全都一块儿贱也不错。"白礼泉说:"哎呀,老大白天就这么睡?下午小五小六小七几个不闹翻天?"大哥说:"摊上这样的爹娘,只给了这一点地方,有什么法子。"白礼泉忙说:"你要不嫌弃,白天可以睡我屋里。我两口子都上班,你去睡觉还可以看个门。我那个收音机是五灯的,不放心得很哪。"大哥说:"这主意倒不坏。"母亲说:"那太谢谢你白叔叔了。"

白礼泉倒是言行一致。果然,大哥在白天住到他家里去了。先一段时间日子也过得相安无事。后来那天三八妇女节放假半天,白礼泉的老婆枝姐在家休息,于是日子便有异峰突兀而起了。枝姐在半天的休息时间里要把房间重新摆布一下,大哥便上前帮了忙。一阵折腾,大哥汗流浃背顺手脱下外衣。他露出黧黑的臂膀,凸起的肌肉在黑皮肤下鼓胀。阳光从窗口斜射进来,落在大哥熠熠发光的肩膀上。大哥有几次都不小心碰着了枝姐,让枝姐心里颤抖了好几回。在架床的时候,枝姐的手指叫床板夹了一下,疼得她尖声叫起,眼睛里一下子涌出泪花。大哥便一步上前捉住她的手将她的手指放进嘴里。大哥用他厚软的舌在枝姐手指上舔来舔去。大哥说这是止痛的祖传秘方。枝姐全信了。这之后她就老是夹着手,每次都要大哥动用祖传秘方。

枝姐比大哥大九岁,早过三十了。可是枝姐因为没有生小孩便依旧一副粉脸含春的少女模样。枝姐珠黑睛亮,眉若新月,随意瞟人一眼,便见得柔情如水似的娇羞。这对于青春勃发的大哥自然如铁遇磁。

从那天起,枝姐老是上半天班。不是病假就是调休什么的。最先察觉的是母亲。母亲一字不识但直觉却像所有杰出的女人那样灵敏。母亲对大哥说:"你小心那骚狐狸。她要勾引你哩。"大哥说:"就不会说我在勾引她?"母亲说:"你这王八蛋小子简直和你父亲一个样。"大哥说:"那女人简直跟你一样。"母亲说:"怎么跟我一样?"大哥说:"见男人就化了。巴不得上钩。"母亲说:"你小心点,她男人别看骨瘦如柴,倒也不是个好惹的货。"大哥说:"未必比我父亲还厉害一些?"母亲说:"你那天看见了什么?"大哥说:"什么都看见了。女人不值钱。"母亲便身体后倾着朗声大笑起来:"好小子,有出息。你老娘可没让他占多少便宜。你得比白礼泉高明点才行。"大哥也笑了,说:"那当然。我儿子大概已经在她肚子里了。"母亲惊喜地问:"真的?"

大哥和白礼泉的女人不干不净弄得邻近的人家都晓得了。那都是母亲在外面说的。母亲逢人就夸口,说是别看白礼泉的女人一扭三摆的妖精样,可在我大小子怀里比猫还乖哩。父亲好晚才知道,只是说想不到儿子也到了偷鱼吃的年岁了。

白礼泉最后一个听说。他不敢在枝姐面前逞凶便找上门来同大哥对骂。大哥说:"你再骂一句,我叫枝儿跟你离婚。她现在听我的。"白礼泉说:"我离了你想要她?"大哥说:"那当然。""好吧。那房子是我的,我要收回。你娶她吧,让她住在你们那个猪窝里。跟你的父亲住一起,跟你的弟兄住一起。让你全家人把她从头发根到脚丫子都看个一清二楚。还顺便看你俩是怎么过夜的。"白礼泉的话便是砸在大哥胸口上的石头。大哥突然脸色苍白,眼泪差点没落下来。这副熊样子不光被白礼泉看到了,也被刚干完活下班回家的父亲以及看热闹的观众们看到了。白礼泉阴险地笑出了声。他嘴上继续说着一些刻毒且下流的话。而大哥却默然不语。父亲上前"叭"地扇了大哥一个耳光,大骂大哥窝囊得不如一条虫。然后说:"白礼泉的女人看上你这种东西,那成色也就跟拉客的窑姐儿没什么两样。"大哥听完父亲的话便猛虎一样扑向父亲和父亲扭打成一团。大哥咒骂父亲,说世界上像父亲这样愚蠢低贱的人数不出几个。混了一辈子,却让儿女吃没吃穿没穿的像猪狗一样挤在这个十三平方米的小破屋里。这样的父亲居然还有脸面在儿女面前有滋有味地活着。

这场架打得灰尘四起,旁观者皆避之不及。父亲的脸被大哥的拳头打得青肿满是,而大哥的门牙叫父亲打脱了,手臂也被父亲用刀砍了一道深口,缝了十四针。

第二日白礼泉没去上班,中午乐滋滋地到家里来对大哥说上午他陪枝姐一起去了医院,只一会儿,就把她肚子里的胎儿打掉了。白礼泉说他虽然想要个小孩,但也不能养着个野种。大哥怒目圆睁暴吼了一声:"给老子滚!"

从此大哥再也没理睬枝姐,每当两人路遇,枝姐忧戚戚地频频顾盼大哥,大哥则抱拳当胸,傲然而去。

到大哥同大嫂结婚已是十年以后的事了。十年间,他除了自己家里的女人外,对全世界的女人都摆出一副不屑一顾的架势。母亲曾打算给他说门亲。大哥说:"你只要带她进这个家门我就杀了她。"

这十年中的第九年里,枝姐上班时被卡车压断大腿,流血而尽死去。在场的人都听见她一直叫着"大根"的名字。人们以为那是她丈夫。而实际上,"大根"是大哥的名字。

五

七哥最痛恨他的姐姐大香和小香。七哥从记事起就没同她们说过话。七哥记得他很小很小的时候尿湿了裤子,姐姐大香便用指甲拼命地掐他的屁股。大香为了学有钱人家的女孩,总是把指甲留得尖尖的。而小香更毒。只要她在家里,她就不许七哥站起来走路。小香说七哥是狗投生的,必须爬行。七哥忍气吞声,从不敢违抗。晚上吃饭时,小香则多半会指着七哥的黑膝盖告诉父亲说七哥故意学狗爬不学人走。小香长得像父亲又像母亲。小香伶牙俐齿活泼爱笑却心狠手辣,父亲宠爱她,每次为了让她高兴不惜惩治七哥。小香比七哥大两岁,出生在双胞胎五哥和六哥之后,在家排行也算老八了,故而娇得鼻眼不正。七哥在父亲的拳脚下奄奄一息,而小香则捂着嘴"哧哧"笑个不停,还把七哥麻木地忍受的姿态学给大香看。小香干这样的事一直干到七哥下乡那天。

在大哥同父亲打架之后,家里能给七哥一点温暖的就是二哥了。很久很久,七哥对二哥都没什么印象。二哥总是和三哥一起进出。七哥在他眼里似乎有又似乎无。七哥不记得二哥同他说过话没有,直到那件事发生之前。

那是一个夏天,七哥被父亲揍过之后便爬回到大床底下。他只有到这个黑洞洞的充满他熟悉的潮湿气的地方才感到几分安全。七哥那天浑身火辣辣地疼。他趴在那里一动也不想动。伤痛和闷热的天气几乎让他觉得自己快要死了。他这样趴了一天一夜。屋外每过一列火车都仿佛从他身上碾过。轰隆隆的声音使劲地撞击着他的脑袋,撞得似乎就要爆炸,他想爬出来,可一动弹大腿内侧便如刀剜割一样。七哥想干脆让我死吧,便

"呵"了一声死了过去。

等他醒来之时,七哥感到自己被人抱着。他的腿依然如刀剜割。他睁开眼睛见到一个陌生的脸庞,恍惚之中听到滴水之声。水滴了很长时间,七哥才渐渐看清那陌生的脸庞原来是二哥。二哥用毛巾擦着他的身体。七哥温顺地倚在二哥怀中一动不动。他第一次感到生命的安全,第一次认识到人体的温暖。晚上直到父亲回来的时候二哥仍小心地抱着七哥。"怎么搞得像个小少爷?"父亲说。

二哥将七哥放在床上,撩开盖在他腿上的布,对父亲说:"他还是条命。你也不要太狠了。他的腿伤口烂了,长了蛆。你要想让他活,就不能让他再睡床底下。里面又湿又闷,什么虫都有。"父亲看了七哥,冷冷地说:"他是老子养出来的,用不着你来教训。"二哥说:"正因为他是你的儿子也是我的弟弟,我才要求你好好爱护他。"父亲顺手重重地给了二哥一耳光。父亲说:"让你读点书你就邪了,在老子面前咬文嚼字。你给我滚。"

二哥愤怒地盯了父亲一眼,一跺脚出去了。七哥自然又回到了床底下,把他的小棉絮弄成弯的,他想象那是二哥的手臂,他躺在那手臂里宛如在二哥的怀中。

以后,二哥便格外地关照七哥了。每天吃饭时,二哥都有意坐在七哥旁边。二哥一筷子一筷子为七哥夹菜。而在此之前,七哥几乎全靠吃白饭填肚子,尽管家里的菜几乎全都是他捡来的。

那年冬天,七哥差不多满十二岁了。母亲说原先小五小六到这时候总能挖一些藕回来,小七子倒好,只会捡些烂菜叶。二哥说何必哩,捡什么吃什么好了。小香立刻叫道妈妈我要吃藕。七哥便用极干瘪的声音说我明天就去挖藕。

第二天刮风,寒飕飕的。七哥一出家门就被风吹斜了身子。

他斜斜地行走,小竹篮里还搁了一条麻袋。他一路走一路在算计哪一块藕塘比较好。风把七哥的脸吹得红通通的。左脸颊上的冻疮又鼓胀了起来。七哥并不觉得这日子有什么特殊的苦,他已经习惯这样的生活了。万一哪一天让他安安逸逸地享受一天,他倒是会惊恐不安地以为出了什么大事。七哥在铁路边碰上了够够。够够当时正迎着风尖起嗓门唱歌。那歌子的词是七哥一辈子忘不了的。"美丽的哈瓦那,那里有我的家,明媚的阳光照进屋,门前开红花。"够够总是唱这支歌,一遍又一遍地对七哥说如果有一个新家在哈瓦那,门口种满了鲜艳的花朵那该多好哇。讲得他俩都极羡慕哈瓦那了。

　　藕塘里的水已经抽干了。大人们已经仔细地挖过一遍。七哥绕着藕塘四周看了看,然后迅疾地扒下棉衣棉裤,等不及够够冲上来劝阻,他便下到了塘里。泥浆一下子淹到了他的胸部。七哥太矮小了。他的脸上现出恐惧状,吓得够够惊呼大叫快来人救命呀。几个路过的中学生把七哥扯了出来,然后把他送进一个牛棚里。牛棚里有一个独眼的老头。他给七哥倒了一杯滚烫的开水。七哥浑身筛糠一般颤抖。够够像大人一样用生气的口吻命令七哥脱下泥浆浸透的衣裤。七哥穿着空心棉衣棉裤,和独眼老头一起蜷在屋角的稻草堆中。七哥看着够够拿着脏衣服往湖边走去。在风中她像一只奇怪的大虾,弓着背越走越远。够够为他洗净泥浆,然后在牛棚中的火盆前为他烘烤。她的脸焕发出一层奇特的红光,眼珠嵌在红光之中宛若两块宝石。七哥呆呆地看着她。外面的风刮得干枝干叶噼噼啪啪地响。时而几声呼啸在长天中一划而过。七哥突然感到眼睛潮湿了。他觉得这时刻如若能痛哭一场该是多么愉快。够够无意识地瞟了七哥一眼,七哥便立即装作一副平常的神态。七哥从来不曾把他的心向任何人袒露过。七哥从不愿意让别人能猜测出他心里正想些什么。

天全黑了,够够才将七哥的衣裤烘干。七哥穿上后说了句很舒服。但他心里知道,今天又难逃过一顿毒打了。出门时,独眼老人叹着气从屋里拿出两节藕,分给七哥和够够。

七哥一路无言。分手时,够够将那一节藕也给了七哥说我家里不爱吃藕。七哥默默地接过放入麻袋。够够说你这个人怎么总是有心事的样子。七哥憋了半天终于说明天再告诉你。

七哥刚跨入家门,小香便叫:"爸、妈,野种回来了。"母亲冲上来揪住七哥的耳朵吼道:"你还晓得回家?你玩得好快活,害得你二哥一晚上去黑泥湖了。"七哥未缓过劲来,迎面又挨了一嘴巴,这是父亲扇过来的。父亲说:"你怎么不死?回家干什么?铁路又没有栏杆。为你这个小臭虫全家人都睡不成觉。你以为我们都像你这样舒服?"父亲骂了又打。七哥不语。他挨打从来都不语。他以往常想着长大了他将首先揍父亲还是首先揍母亲这个问题。而这回,他一直在回忆牛棚中红红的火光中够够的脸庞和眼睛。他的表情竟出奇的平静,这使得父亲极为恼怒。小香说:"爸,你看他还在笑。"父亲立即一脚踢向七哥的小腿,七哥轰然摔倒在地。红光在他的眼前烧成一片红云,腾腾地升起。所有的一切:人、物及声音,都在这红云中弥漫和融化。七哥真的不禁咧嘴笑了一笑。

七哥的腿红肿得无法迈步。他一步也不能行走。几乎在床底下躺了三天。他的视线里的红云依然飘浮和升腾,七哥这三天过得安静极了。二哥几次唤他出来要带他去医院,七哥都没答应。七哥说我是在休息哩。

第四天父亲说我家里的儿子命贱,没有人生病躺好几天这事。母亲弯下腰对着床下叫:"你还弄得像个阔少爷哩,你再不去捡菜就休想吃一颗米。"

父亲和母亲上班之后,七哥爬了出来,他摇晃着走出门。他走到那次同够够碰面的那一段铁路上。他坐在铁轨上一边等,一边想把什么都对够够说。等了好久好久,够够没来,七哥只好自己独自捡菜去了。

回来的路上,七哥又遇到牛棚。他想见见那独眼老人,想再去那稻草堆中蜷缩着看奇特的红光。七哥进去时,老人愣了一愣,然后问:"跟你一起的小姑娘呢?"七哥说:"她没来。我等了她好半天。"老人说:"前两天你们都一起回去的?"七哥说:"前两天我病了没出来。"老人说:"前天下午,一个女孩被火车碾了,不晓得是不是她。"七哥立即呆了。世界上所有的女孩都死掉也不能死够够。七哥拼了全身力气疯狂地向铁路边奔跑。他一声声呼唤"够够"的声音像野地里饿狼凄厉的嚎叫。

那出事的地方已经看不出有什么血迹了。只有在路坡底下,七哥看到一节竹篮上的提把,提把上拴着一根白纱布做的小绳子。这是够够编的,是很久前的一天七哥亲眼看见她编的。

够够永远消失了。七哥为此大病一场,几乎一星期昏迷不醒。这场病耗去了家里很多钱。父亲答应给大香和小香一人买一条围巾的钱;答应给五哥六哥一人买一双凉鞋的钱;答应为母亲买一双尼龙袜子的钱以及大哥存了多年打算买手表的钱全部被七哥这场病消耗一空。所有人都沉下脸不理睬七哥。连大哥都阴郁着面孔一句话不说。

此后七哥每天还是沿着他和够够的路线去捡菜。他每天都在够够死去的地方默默地坐十几分钟。他坐在这里用心向够够诉说他的一切。

八年的捡菜史给至今二十八岁的七哥留下了深深的印记。他曾尽情地怀念过够够和享受过完全归他所有的孤独。七哥大学毕业回来的第二天便不知不觉去了一趟黑泥湖。那里变化惊人。昔日的菜地上几乎全部覆盖着高低不等的房子。他已经无法辨认哪条路通向哪里了。只有一个地方无论发生什么变化，七哥也能一眼认出。七哥喜欢独自地坐在那里。七哥想够够该有三十了。说不定够够能成为他的妻子。尽管够够比他大两岁，可这又算得了什么呢？只要是够够，就是大十岁大一百岁七哥也不在乎。然而够够永远只能是十四岁。

铁轨纠缠在一起又分离开来，蜿蜒着扭曲着延伸向远方。七哥不知道它从何处而来又将指向何处。七哥常想他自己便是这铁轨般的命运。

六

当七哥觉得家里唯一能同他对话的人只有二哥时，二哥却已经死了。七哥想起二哥的死因，心底里总是升出一股冰凉的怜惜之感。

父亲却对二哥的死愤愤然之极。每逢二哥忌日父亲便大骂二哥是世界上最没出息的男人，混蛋一个，却装得像个情种。然后接下去必然骂这都是读书读木了脑袋。父亲骂二哥时若遇三哥在场二人便有一场恶战。

三哥和二哥关系好得让人不可思议。三哥是个粗鲁得像父亲一般不打架就难受的人，而二哥却文质彬彬得不像是父亲的儿子。二哥只比三哥大一岁。他俩共睡一个枕头几乎直到二哥死去的前夜。二哥极其细瘦，个子高得让人不那么顺眼。父亲对二哥这副骨架非常之不满，常愤愤然说这哪里像我哪里像我。然后捶着三哥的胸脯说真货是这样的是这样的。母亲为此跟父亲怄过好多回气。母亲疼爱二哥超过她另外六男二女，这原因是二哥救过母亲一条性命。那时二哥才三岁，摇摇晃晃地刚学会小跑步。一天母亲牵着二哥去买盐。行至路口遇见父亲搬运站的几个朋友。母亲便挑逗着同他们打情骂俏。搬运工男女相遇常有骇人之举,这便是扒下对方裤子或伸手到对方裤裆。虽是下流无比却也公开无遗。母亲撇下二哥同他们疯打到一辆货车旁,笑得长一声短一声接不上气。突然二哥颠颠地小跑到母亲身边,极怪异地大叫:"妈妈,我要撒尿!"那正是初冬时分,二哥若湿了裤子便没有了穿的。于是母亲立即抱着二哥往背风处跑。母亲刚一跑开,货车上的绳子便断了。货箱垮下来砸死了那群男人中的三个,其中之一刚喊完母亲的绰号还没来得及说出下面的话便脑浆四溅。母亲听得身后巨响如爆几乎魂飞魄散。她抱起二哥放肆地号啕大哭。二哥这时说:"妈妈,要回家。不尿尿了。"事后母亲想起二哥是临出门时才撒的尿,按正常情况那时他不应该叫撒尿的。而且那声音怪异使母亲在回忆时还感到几丝丝毛骨悚然。父亲说看来是有些莫名其妙。

二哥是一个言语极少的人。他的眼睛凹入脸庞显得阴郁而深沉。倘若不是他的鼻梁挺拔且嘴角的线条很好看的话,他那双眼睛就令人不堪入目了。恰恰上帝给了他相称那对眼睛的鼻子和嘴,这使得他显示出一种很独特的漂亮。邻人常夸双胞胎五哥和六哥算得上河南棚子最英俊的男人,而七哥,还有我都认为:五哥六哥同二哥相比还差一个等级。五哥六哥一肚子浅俗的人生哲学和空洞洞的眼睛使他们脸庞上那漂亮的组合毫无生气。

二哥用眼神就能制服父亲用拳头都难以制服的三哥,对这一点父亲始终感到是一种耻辱。尽管耻辱,他却不能不接受这一事实。二哥和三哥结成的是钢铁同盟。这使得父亲想揍他们中的任何一个时都不能不踌躇再三。为此二哥和三哥挨打次数极少。五哥六哥先是嫉妒后来则是献媚,意欲加入二哥三哥的联盟。二哥不置可否而三哥却严词拒绝了。三哥说不能让小七子一个人挨打,你俩得分担一些。三哥是家中的"二霸王"。这绰号是大香姐姐起的。"大霸王"自然是指父亲。三哥比大香姐姐大两岁。在一次争吵中大香姐姐脱口叫出"二霸王"三个字。三哥听了很得意,竟不再与大香姐姐吵闹且俨然是她的一个什么保护人。三哥在相当长一段时间充当河南棚子小年轻的"拐子哥",名气一直蔓延到球场街及西马路一带。所有知道他的人都尽可能不去惹他。三哥手下有一帮小喽啰。他们在百姓面前虎狼般凶煞恶极蛮不讲理,但在三哥面前却低三下四如同猪狗。他们都知道三哥的厉害。三哥曾跟一个走江湖卖狗皮膏药的师傅学过几年武艺。那师傅是父亲早年拜把子的兄弟,对三哥的教导极为尽心。三哥一巴掌砍下能使三块砖同时断裂是河南棚子的小哥们儿亲眼所见。三哥赤手空拳能使十个像他一样粗壮的小伙子在进攻他全都仰翻在地。三哥威武有力鲁莽无比却能屈服于二哥的眼神。三哥跟二哥好得像一个人。而二哥却是同三哥全然不同的人。

其实若不是一件偶然的事改变了二哥的命运,二哥是不会同家里人有什么质的变化的。那件事的出现使二哥步入一条与家里所有人全然不同的轨道。二哥愉快地在这轨道上一滴一滴地流尽鲜血而后死去。

那一瞬间发生的事还是在七哥刚出生的年月。二哥和三哥每天都去铁路外抑或货场偷煤。家里的煤从来都是这样弄来的。偷窃者对于这么干是否合法不予考虑。家里要煤烧而家里又无钱买煤,无条件地向外界索取便成了自然而然的事。二哥和三哥从多大开始干这活儿已经记不清了,只知道初始只是拾煤渣而已,而后是三哥进行了改革才发展成为后一阶段的用麻袋偷。冬天里,煤块烧得噼噼啪啪响时,父亲便放声称赞三哥聪明能干,是块好料。

那天火车经黄浦路道口时放慢了速度。三哥一挥手便扒了上去。二哥略一迟疑,也上了去。火车轰隆隆地向前开着。他俩在车上将煤装了满满一麻袋。快进煤厂时,三哥将麻袋往下一扔,然后自己飘然而下。二哥又迟疑了一下。待他小心翼翼跳下来时,却没能见到三哥的影子。二哥沿铁路往回走。当他走到一个池塘附近忽听见一个女孩惊恐万状的声音:"救命呀!""哥哥,你可别死呀!"二哥便朝那声音奔了去。我知道,就是这个惊恐的颤抖的声音改变了二哥整个的人生,使他本该活八十岁的生命在二十八岁时戛然中断,把剩余的五十二年变成蒙蒙的烟云,从情人的眼前飘拂而去,无声无息。

池塘里一双手挣扎的姿势像一个优秀的舞蹈演员在用空间线条感召他的观众。二哥连鞋都没脱便跳了下去。二哥的游泳技术是没话说的,从河南棚子翻过天桥到长江边至多只要半个钟头。夏天里的中午和黄昏,二哥三哥以及许多他们这样的人常去那里玩水。他们游到对岸然后再游回来简直像吃完饭用手抹抹嘴一样容易。尽管每年都有一两个伙伴沉入江底而成为长江的儿子,但这种悲剧一点也没影响他们畅游长江的情绪和兴致。二哥在同伴之中不是游得最好但也不差。这个小池塘对他来说便有澡盆之嫌了。二哥只几下就扑到了溺水者身边。那家伙性急而死死地勒住了二哥的脖子。二哥便只好凶狠地给了他一拳然后托着他的头从容地游到岸边。那家伙的肚子隆得圆圆像个孕妇。二哥拍了拍便一屁股坐在上面一松一压。女孩子尖叫道你不要弄死他你不要弄死他,然后去撕扯二哥衣服,二哥只好又给了她一巴掌。那一下委实重了一点,女孩苍白的脸上顿时起了五条红杠。女孩"哇"地大哭掉头跑了,这动作使二哥呆愣了好一会儿。

女孩再来时身后跟了两个张皇失措的大人。女孩说这是她的父母。他们的儿子此刻已经苏醒了，只是疲惫不堪地躺在地上不想动弹。他见到父母的第一句话是："没有他我就完了。"然后将目光移向二哥。那眼光中的感激、钦佩、真诚、温情一下子竟使二哥的心好一阵战栗。二哥从来没见过这样的眼光。

二哥以恩人的姿态出现在这个家庭里自然成了最受欢迎的人。溺水的男孩跟二哥一样大，叫杨朦。他的妹妹小三岁，叫杨朗。他们的父亲是市里一所大医院的著名医生而他们的母亲则是中学里的语文教员。为此他们的家庭显得极其洁净雅致。他们住在南京路英租界的一幢红楼里。他们有七个房间，整整占据了一层楼。仅保姆许姨住的房间都比二哥家的屋子大两个平方米。他们一家四口人住四间屋子还剩下一间客厅和一间贮藏室。杨朦说这房子是他的外祖父留下来的。他祖父的一幢房子更漂亮，前面有花园，后面有庭院。但他父亲老早就把它贡献给了国家。

说实话，这个家庭对二哥来说仿佛是外星来客。二哥是河南棚子长大的。他几乎都认定夫妻打架，父子斗殴，兄妹吵闹是每个家庭中最正常的现象。只有这些纠纷，才使家像个家，使自家人像自家人。否则跟公共场所有什么区别？而杨家却全然另一种活法。一家人这般地相亲相爱，这般地民主平等，这般地文质彬彬，这般地温情脉脉。二哥初次进杨家门时差不多不知道手如何动作脚如何迈步，两三个月后才稍稍适应过来。二哥完全被杨家的气氛所陶醉了。他觉得只有到了这儿他的心才感觉到它是在为一个真正的人跳动。他不知不觉地三天两头闯进杨家。

杨朦准备考到男一中去读高中。他是学校的尖子，胜券在握。而就学于民办中学的二哥学习成绩却平平淡淡。杨朦对自己的恩人极诚恳热情,谈话亦十分投机。于是二人结为莫逆之交。二哥渐渐地学会了喝咖啡。开始他以为那深褐色的水是中药,是杨大夫给他消毒的。后来才明白那玩意儿叫咖啡,上等人都爱喝它。二哥在杨家品尝到许多他从未吃过或见过的东西。有一天喝银耳汤,杨朗牙疼不喝多出一碗。杨朦硬叫二哥喝了。结果二哥一夜浑身燥得无法入睡。半夜里还怀疑汤里是不是放了什么怪药。问杨朦时,叫杨朦哈哈大笑了一阵。

二哥也打算考到男一中去。杨朦帮他补习了几天功课说凭二哥的智力今后考清华问题不大。这使得二哥的生活中陡然地树起了一个目标。

晚上,做完功课,语文老师常常拿出一本书来,轻言慢语地朗读给大家听。她的声音极柔美。缓缓的,像是从天上飘下来的。与二哥幻觉中神仙的声音完全一样。二哥常想母亲若也能这样那该是多么好呵。母亲说话仿佛有只手在她喉管里拼命地撑大她的声音。母亲唾沫横飞常使她旁边的人不得不时时用衣袖抹抹脸。母亲从来不读书,但母亲绝顶聪明。母亲会从许多语言中挑出最俏皮最刻毒且下流得让人发笑的话来骂人,令对方哭笑不得左右不是。而语文老师和她的儿女连最一般的粗话都不曾讲过。有一回二哥讲家里的玻璃窗被人砸了的事时不留意带出一句"他妈的",立即让一屋人都皱上了眉头。杨朗还捂着耳朵说:"难听死了,像小流氓一样。"二哥当即脸红得像抹了彩,好半天抬不起头来。没人再说他什么,自此他在杨家不敢吐一个脏字。二哥听语文老师读过高尔基的《海燕》、朱自清的《荷塘月色》以及但丁的《神曲》。一个星期六,月亮很好。月光穿透窗外的树影把屋里映得斑驳一片。杨朗让大家都坐在这碎月零光之下,然后把留声机上足发条。音乐轻缓地升起时,杨朗着一身白裙,赤着脚飘然上前,对着月光低吟:

我看见,那欢乐的岁月、哀伤的岁月——我自己的年华,把一片片黑影连接着掠过我的身。紧接着,我就觉察我背后正有个神秘的黑影在移动,而且一把揪住了我的发,往后拉,还有一声吆喝(我只是在挣扎):"这回是谁逮住你?猜!""死。"我答话。听啦,那银铃似的回音:"不是死,是爱!"

她最后一句爆发出热烈的欢笑,然后房间里的灯光大亮。所有人都被她美丽的表演所感染,杨朦跳了起来,大叫:"朗朗太了不起了!"

二哥被月光下飘动的那条白色之影震惊了。那一句一句的诗将他的心一层一层缠绕得紧紧。最外一层显赫地裸露着"不是死,是爱"五个字。在热烈的掌声鼓完后的那一刹那,二哥从心底涌出无限无限的忧伤。这忧伤之泉直到他死都不曾停止过喷涌。二哥咽气的最后一瞬还说的是"不是死,是爱"。然后才垂下他的头。他的眼睛是杨朦去关上的。那两口深奥的洞穴中装着没有人能够理解的忧伤。

二哥开始发奋。借着复习功课的名义,他三天两头到杨家去。他只要一进这家的大门,骚动的心立即变得安宁而平和。

二哥这么做使得三哥颇为不满。三哥不想读书,也觉得二哥犯不着读。三哥说,父亲没文化不也活得挺快活?二哥说,可他的儿女们活得并不快活。三哥说,我觉得还蛮好嘛。二哥说,我觉得像狗一样,特别是小七子,连狗都不如。二哥说这话时,七哥正一脸污垢地坐在门口,把鼻涕往嘴里抹,嘴还啧啧地咂响。

三哥对杨家有一种天生的厌恶。尤其对杨朗。他说这女孩子完全是妖精投胎。他说头一回时二哥只是瞪了他一眼。说第二回时,是二哥在路上碰到杨朗之后。那天是二哥和三哥在去偷煤的路上遇到杨朗和杨朦的。杨朦见二哥和三哥手里拿着麻袋便问你们去哪里。二哥支吾说去弄些煤。二哥回避了偷字也回避了捡字。杨朦说,需要我帮忙吗?杨朦话音刚落,杨朗就拽着他的衣服说:"那怎么行?脏死了,脏死了。"三哥这时板着脸对二哥说:"我一个人先走。"二哥忙对杨氏兄妹说了声:"我走了。"便同三哥匆匆而去。三哥脱口骂了句"臭妖精"。二哥立即站定,眼睛里喷着火,他咬牙切齿说:"你这是第二次骂了,如果我再听到第三次,我跟你的兄弟关系从此了结。"三哥莫名其妙,委屈得很。只得嘴上连连喊叫几句:"我怎么啦?我怎么啦?"

过了好多天,杨朗说"脏死了"的话被她母亲——语文老师知道了。语文老师要杨朗向二哥赔礼道歉。杨朗说"请原谅"时倒是大大方方,而二哥却"唰"地一下红了脸。二哥嗫嚅着向语文老师说他和弟弟实际是去偷煤的。语文老师没说什么只是长叹了一口气。那叹声显得那般沉重以致二哥的心被压迫得一阵阵发疼。那一晚复习功课老是走神。临走前,语文老师第一次把二哥送上了马路。月光铺在沥青路上泛起一片白色。语文老师说:"我知道你家里很困难,但人穷要穷得有骨气。这一点你应该理解。"二哥使劲地点了点头。

二哥错就错在他不该把语文教师的话原版说给父亲听。父亲气得当即把手里的酒瓶朝地上一砸,怒吼道:"什么叫没有骨气?叫她来过过我们这种日子,她就明白骨气这东西值多少钱了。"二哥吓得不敢吭气。父亲说:"你小子再敢去什么羊家猪家的,老子定砍了你的腿。"母亲也说:"哼,他们那种人不就是靠我们工人养活的吗?他们是吸我们的血才肥起来的。"二哥说:"他们家是医生,又不是资本家。"母亲说:"你若替他们讲话,就跟他们姓杨好了。"父亲说:"小子,什么叫骨气让我来告诉你。骨气就是不要跟有钱人打交道,让他们觉得你是流着口水羡慕他们过日子。"

二哥叫父亲说得一脸羞愧。他觉得自己的确有点像流着口水的角色。二哥果然一连几天没去杨家。他很难受，心口像坠着许多石头沉甸甸地在胸膛内摆来摆去。第七天，二哥和三哥背着煤回来时，遇到了杨朗。杨朗迎上前，说："你怎么不来了呢？"二哥张了张嘴，答不出。杨朗说："你恨我了是不是？我不是已经承认错误了吗？"二哥凝神望了她几秒才偏过头低沉地回了一句："我不配去。"杨朗随二哥进了屋，她第一次看清了这是一个什么样的家。杨朗说："你晚上还去吧，要不哥哥又要责怪我了。"二哥说："你告诉杨朦，我家里有事，这几天不能来。"杨朗说："好吧。"她退出去的时候，手不小心碰着了正往屋里走的七哥。她尖叫一声，迅速跳到门外，然后掏出小手绢一边走一边使劲地擦。直到她人影消失前的最后一个动作还是在擦手。

二哥最终还是没去杨家。他也没能考上一中。但这实在不能怪他没努力。好长一段时间他总是在路灯下复习功课，而临考前的一个星期，天一直下着雨。这使他根本找不到一块读书的地方。只得在家里窝在众弟兄中，一遍又一遍地听父亲讲他当年的故事。八点钟和全家人一起睡觉。

二哥被录取到八中。这在我们家已经是第一个了。如果不是七哥在极偶然的情况下去上了大学，那么，二哥这个高中生就算是家里学历最高的人了。杨朦自然上了一中。这也是二哥早料到的。假期中，杨朦曾经到家里玩过几次。他和二哥坐在门口看着一辆辆火车从眼边掠过，两人谈了很多很多。开学之后，渐渐二哥与杨家日益淡泊以致完全没有了往来。

二哥是一个出色的学生。他的派头和说话的口气同家里人越来越不一样。他对父亲说他要上大学，他想当一个建筑师。他要让父亲和母亲住进他亲手设计的世界上最美丽的房子里。

他说这些话时,深奥的眼睛里放射的光芒能照进所有人的心。父亲和母亲像被电击了一般呆望了他好一会儿。屋外一阵汽笛长鸣,小屋在火车的轰隆中摇摆时,父亲才一下子醒悟。父亲一反常态像一个小孩子一样狂喜狂叫道:"我儿子有出息。像我的种。"然后把二哥横看竖看拍拍打打了好半天。那一天全家人都兴奋至极,只有七哥一如往日小狗般爬进床底睡得死沉。

二哥上大学当建筑师的梦自然和许多许多人的梦一样,叫一场"文化大革命"冲得粉碎。二哥的工人出身使他可以当红卫兵司令,但他仍然感到心灰无比。他没参加任何一派,他被父亲指示回来干活。他有一排半截子大的弟妹,他得为生活劳碌。父亲给二哥弄了一辆板车,二哥每天到黄浦路货场往江边拖货,他能挣不少钱。冬天的时候,他让他的弟妹们都穿上了线袜子。

一天晚上,家里人全都睡下了。家里人总是睡得很早,因为明天要干活也因为不睡下小屋里便拥挤不堪嘈杂不堪。在屋里的鼾声此起彼伏时,突然门被敲得轰响。所有人都在同一刻被惊醒。这似乎是记忆中未曾有过的事情。父亲首先喊骂起来:"魂掉了?哪有这样个敲法?"不料答话的竟是杨朦。二哥从地铺上一跃而起,他显然有些紧张,仿佛预料到了什么。二哥开了门,他看见杨朦的右手紧紧揽着杨朗而杨朗全身哆嗦着两眼红肿。二哥急问:"出了什么事?"杨朦脸色很冷峻,说话时却很悲哀。他说他们的父母下午双双出去,到现在尚未回来。他们兄妹等到晚上觉得奇怪,便到父亲卧室里看看有没有什么纸条。结果发现父母联名给杨朦的信。信上要杨朦对家里所有发生的事都不要太吃惊。他唯一的责任就是照顾好妹妹。然后在最后一行写下"别了,亲爱的孩子们"几个字。杨朦的话还没说完,屋里的父亲立即吼了起来:"蠢猪,还慢慢说什么?他们去找阎王爷了。还不快去找。"杨朦说:"朗朗已经受不了了,许姨上个月就被赶回了老家。我想请你照顾她一下。"二哥说:"我去替你找,你照顾朗朗。"杨朦说:"那怎么行?"此刻父亲已经下了床。他用脚踢着正趴在地铺上听杨朦说话的三哥四哥五哥六哥,嘴上说:"起来起来,今晚都去找人。"父亲转身对杨朦说:"让二小子陪姑娘,这几个小子都派给你,你尽管指使他们。"杨朦说:"伯伯我该怎么感谢您呢?"父亲说:"少说几句废话就行了。"

二哥几乎是将杨朗背回去的。她软弱得无法走路,嘴上喃喃地说些二哥完全听不清楚的话。二哥三天三夜没有合眼。杨朗到家之后便发起了高烧。她的眼泪已经哭干了。脸烧得通红通红,嘴唇上的燎泡使她的模样完全变了。二哥为她请医生为她煮稀饭喂药然后小心地趴在床边哀声求她一定要坚强些。

第四天杨朦精疲力竭回来说父母找到了。他俩双双跳了长江。他母亲结婚时的一条白纱绸将他们的腰紧紧扎在一起。尸体在阳逻打捞出时已经肿胀得变了形。杨朦说完这些,双腿一软跪在地上痛苦地呕吐起来。他几天没吃什么,呕出一些黄水。脖子上的青筋扭动和鼓胀得令二哥无法直视。如果不是二哥急中生智,突然伏在他耳边说:"千万别这样,朗朗见了,就完了。"杨朦恐怕也挺不住了。朗朗正在屋里昏睡,一切情况都尽可能瞒着她。

一个星期后,丧事在二哥三哥及诸兄弟共同帮助努力下,算是比较顺利地办完了。医生和语文老师的骨灰合放入一口小小的白坛之中。父亲帮忙在扁担山寻了一块墓地,于是他们便长眠在那座寂寥的山头。二哥站在坟边,望着满山青枝绿叶黑坟白碑,心里陡生凄惶苍凉之感。生似蝼蚁,死如尘埃。这是包括他在内的多少生灵的写照呢?一个活人和一个死者这之间又有多大的差距呢?死者有没有可能在他们的世界里说他们本是活着的而世间芸芸众生则是死的呢？死，是不是进入了生命的更高一个层次呢？二哥产生一种他原先从未产生过的痛苦。这便是对生命的困惑和迷茫而导致的无法解脱的痛苦。这痛苦后来之所以没能长时间困扰他并致使他消沉于这种困扰之中，只是因为他几乎在产生这痛苦的同时也产生了爱情。爱情的强烈和炽热融化了他的生命。在爱情的天空之下，他活得那么坚强自如和坦然。直到一个阴天里爱情突然之间幻化为一阵烟云随风散去，他的生命又重新凝固起来。他的为生命而涌出的痛苦才又顽固地拍击着他的心。他想起扁担山上那幅青枝绿叶黑坟白碑的图景，也蓦然记忆起自己关于生命进入高一层次的思考。那个夜晚他便用刮胡子刀片割断了手腕上的血管。他将手臂垂下床沿，让血潺潺地流入泥土之中。同他挤在一床的三哥到清晨起床时才发现他已气若游丝。闻讯而来的杨朦杨朗惊骇地看着一地的血水。杨朗失声叫道："为什么非得去死呢？"二哥那一刻睁开了眼睛，清晰地说了一句"不是死，是爱！"然后头向一边歪去。

这是一九七五年在江汉平原东荆河北岸发生的事。迄今业已十个年头了。

七

七哥现在想起来当年他听到二哥的死讯之时完全像听到一个陌生人之死一样，表情很淡泊，尽管二哥曾有一段时间待他相当不错。七哥那时下乡也有一年了。他在大洪山中一座被树围得密密实实的小山村里。他一直没有回去。大哥歪歪倒倒的几个字告诉他二哥已死这个消息。这是他收到家中的唯一的一封信。他没有回信。

七哥下乡那天家里很平静。他一个人悄悄走的。走到巷口时,遇到小香姐姐同一个黑胡子男人。小香姐姐正同那男人搂搂抱抱地迎面而来。这是小香姐姐的第几个男人七哥已经搞不清了。只是不久前听母亲对父亲说小香姐姐要嫁给这个男人。一来她可以不下乡了,二来她已经有了他的孩子。小香姐姐已经不能再打胎了,要不她以后就根本不能生育。这是医生对陪小香姐姐去检查的母亲说的。小香的风骚劲同当年的母亲一模一样。唯一不同的是小香的男人换了许多而母亲的男人却只有父亲一个。七哥见到小香姐姐时忙谦卑地站到路边,让她嬉笑着过去然后自己再踽踽而行。小香姐姐仿佛根本没见到七哥一样,连瞟都没瞟他一眼。七哥最仇恨家里的三个女性,尤其以小香姐姐为最。七哥曾发过一个毒誓:若有报复机会,他将当着父亲的面将他的母亲和他的两个姐姐全部强奸一次。七哥起这个誓时是十五岁。原因是那一天他在床底下睡觉时五哥六哥带了一个女孩到屋里来。一会儿七哥听见那女孩子挣扎着哭泣,床板在七哥上面咯吱咯吱地响得厉害。七哥不知出了什么事便伸出了头。七哥看见五哥和六哥都赤裸着下身。五哥伏在女孩身上而六哥则按着她分开的腿。六哥看见七哥便使劲照他的头击了一下,吼道:"你什么也没看见,说!"七哥嗫嚅着说:"我什么也没看见!"然后缩回床底。他听见那女孩一阵阵的呻吟声,那呻吟中的痛苦使七哥感到浑身刺痛。他觉得只有眼见着世界灭亡的人才能发出那样的痛苦之声。当即他便想他得让他仇视的人:他的母亲和他的姐姐们也这么痛苦一次。

七哥的誓言当然成了他嘲笑自己的材料。当他后来有无数机会之时,他却毫无这种报复的欲望。

七哥是孤独一人进的小山村。这是七哥自己挑的地方。这里下了汽车还得走整整一天的山路。七哥就是想到这么一个地方,让所有人都不知道他在哪里。

　　七哥和他房东的儿子共睡一张床。这是他有生以来第一次在正经八百的床上睡觉。油污的床单下垫着玉米秆和稻草。满屋里散发着一股植物的香味。屋后有三棵香果树。七哥仰躺着。两尺之外的空间不再有黑压压的床板和父母翻身而引起的吱嘎之声。三步开外没有他并排躺在地铺上的一排兄长起伏的鼾声和梦呓。空间很大,有老鼠从梁上"唰"地跑过。月光白惨惨地从屋瓦的缝里泄了下来。云遮云开,那光如在屋子里飘忽。七哥突然感到万分恐惧。房东的儿子睡在那一头,死寂一般毫无声响。这让七哥觉得他正躺在人类之外的另一个世界。他从未想到过的关于死的问题在那一晚却想了数次。七哥想是不是他已经死了而他本人还不知道。人们把他埋在这里并告诉他这是到农村去而实际上却是在阴间的一个什么地方。七哥一连许多天都这么想个不停。他还试图在男人中找到他的弟弟——我。他想他的弟弟很可能是在这群人里,只不过他们分别已久彼此认不出来了。七哥他很高兴自己知道很多别人悟不到的东西。他明白他周围的人都是先他而来的阴魂。这些阴魂也不知道自己死了。他们很自豪地认定自己在阳世而且活得很舒服。七哥想只要看他们走路那种飘来飘去的劲儿,就知道换了世界。

　　七哥不同村里任何一个人交往。不到非说话不可的时候他绝不开口。他像一条沉默的狗,主人叫舔哪儿就乖乖地去哪儿舔上几口。村里人开始都说七哥老实透了,后来又说七哥其实是阴险之极。不叫的狗最为厉害这是老幼皆知的古训。最后大家还是一致认为七哥是个怪物。七哥对那些纷纷繁繁的议论充耳不闻。七哥认定正常的死人是不说话的。

　　七哥到村里住了三个月后听说村里最近开始闹鬼了。七哥觉得好笑,我们自己不都是鬼吗?七哥对那些越说越惊心动魄的鬼的故事毫不理会。但他倒是希望自己能碰上那鬼。说不定那是小八子,七哥这么想。

房东的儿子每天吃饭时都带回鬼的故事。那鬼是极瘦的。喏,像他那样。他指了指七哥。走起路来像飘一样。鬼每天围着村口的银杏树飘三圈然后就进林子。进了林子鬼就变成了白的。从一棵树飘到另一棵树。每飘到一棵树下就发出一阵凄厉的叫声。那声音极古怪。从林子上空缓缓越过村子然后转一个弯又回到林子里。就这么一直到下半夜,鬼才化作一股烟气消散。

过几日房东儿子又说:鬼现在要在林子很深很深的地方尖叫。那里的野兽都吓跑了。猎民在那里连一只野鸡都打不到。

再几日,房东儿子又报道:村头老鱼头的女儿回娘家,上山时崴了脚,半夜才跛到家。她在林子边遇见了鬼。起先她没发现,是鬼先飘到她跟前的。她吓得使劲把鬼一推拔腿就跑。到家后她说鬼是滑溜溜的。

村里到处都是鬼影,奇怪的是鬼并没有干恶事。便有人商讨是不是把鬼抓来看看究竟是什么样的。这主意自然是青年人出的。七哥原本也想去看看鬼到底是怎么回事,但他那天实在太困,便在天一擦黑时倒床睡下了。

那天夜里没有月亮。七八个年轻人都伏在林子里。房东的儿子也去了。他们个个都发着抖。抖得一边的灌木都不断发出籁籁的声音。子夜时分,鬼就围着树绕圈子了。果然极瘦,果然飘一般地走路。走入林子之后发现它果然是白色的。年轻人胆怯着不敢动手。终于其中一个干过猎人的小伙子抛出一根绳圈,一下套住了鬼。鬼凄厉地叫了。一连三声,又长又亮。全村人都听见了。它叫完之后,轰然倒下,不再声响。年轻人用绳子捆住了鬼。手摸上去,那鬼果然滑溜溜的。抬到村边亮处,才发现是一个活人。他均匀地呼吸着。沉睡一般。房东的儿子点了火,他失声叫了起来。人们都认出了,这是七哥。七哥浑身赤裸着。他身上的肌肤极白,他依然平稳地呼吸着,还很随意地翻了一个身。

有人照七哥屁股上狠踢了一脚。七哥"哎哟"一声,突然醒了。他莫名其妙地看着一圈又一圈围着他的男人和女人,眨了眨眼,低下头又发现自己一丝不挂。他低吼一句:"你们要干什么?"那声音沉闷而有力,仿佛是从远天穿过无数山脊之后落在这儿的。于是有人问,七哥你是不是天神派来的。七哥说,不是,我一直在阴间里老老实实做真正的死人。七哥是按自己的思路回答的,却叫所有的人毛骨悚然。天亮了,人们惶惶惑惑地散去。房东的儿子找回七哥的衣裤,极恭敬和谦卑。

七哥好久不明白到底他那一晚出了什么事。"鬼"仍然每夜出来在林子里飘荡。

七哥是一九七六年突然被推荐上大学的。他去的那所学校叫"北京大学"。在此前,七哥几乎没听过这所学校的名字,更不知道北京大学是中国最了不起的学府。七哥走的是狗屎运。七哥的父亲是苦大仇深的码头工人,这使其他知青望尘莫及。再加上村里人一直吵闹着要将七哥送走,鬼气在他们的生活中已日见浓郁,为此他们不能再忍受下去。北大不怕鬼,却极欣赏七哥苦大仇深的家史。父亲自七哥出生那天起就与他为敌,这会儿却不期然为他办了件好事。

七哥惆怅着走出那树林密绕的小山村。七哥觉得自己在那里已经活了一个世纪,眼下他又重新投胎回到人间了。七哥走上公路时,太阳已经当顶,光线明亮得让他感到一阵阵晕眩。一阵风过,路旁的树扬起轻松的呼呼声。鸟也叫得十分轻快。七哥喘了口气。他摸摸心口,觉得心跳动得比原先要响亮多了。

七哥要去北京,而且要堂堂正正坐火车去北京,而且火车要耀武扬威地从家门口一驰而过,这消息使得全家人都愤怒得想发疯。就凭癞狗一样的七哥,怎么能成为家里第一个坐火车远行的人呢?七哥到家那晚,父亲边饮酒边痛骂。七哥默默地爬到他的领地——床底下,忍听着眼前所有的一切。

七哥走的那天下着大雨。七哥只有一双洗得发白的球鞋。他怕到了学校没有鞋穿所以光着脚上的路。父亲和母亲一早都上班了,他们连一句话都没说,仿佛眼中并没有七哥这么个人。大哥把七哥送到巷口,然后给了他一毛钱,说雨太大了你坐一段公共汽车吧。七哥没有坐车。他淋着雨穿过大街小巷。他的行李越来越重,衣服紧紧贴在身上。他的骨头凸了出来使得七哥很有立体感。七哥想得很清楚,棉絮打湿了是没什么关系的,夏季的太阳一个下午就能把它晒干。

七哥一走三年未归。家里人简直不知他的死活。没人打听他,他也未曾写信。直到三年后七哥神采奕奕地出现在家门口时,所有在家里见到他的人都大吃了一惊。

"怎么都发呆了?还不是和你们一样的一个脑袋上七个孔。"七哥说。

归来的七哥已经完全是另一副样子了。

八

三哥宽肩细腰上身呈倒三角形,是女人尤为欣赏的体形。三哥在夏日里脱去汗衫,光膀子摇着大蒲扇坐在路边歇凉时,所有路过的女人都忍不住心跳要将他多看几眼。三哥袒臂露胸,肌肉神气活现地凸起,将皮肤撑得饱满。邻居白礼泉那天看了美国电影《第一滴血》后回来吹嘘说:"嘀,那个美国佬好块头,简直快赶上隔壁的小三子了。"弄得河南棚子好些人争相去看史泰龙的好块头。结果回来都说真不错,是快赶上小三子的块头了。但是三哥的相貌不及史泰龙,这也是公认的。三哥原先倒也长得像父亲年轻时一样英俊。但三哥脸上老是露一副凶相,渐渐地,便长出父亲所没有的横肉。那横肉便使三哥的模样不容易叫人接受。父亲说,心里没有女人的男人才生长出这种霸王肉来。

三哥心里是没有女人。三哥对女性持有一种敌视态度。三哥尽管已经过了三十五岁几乎奔四十了,他却仍然没有结婚。他根本不想结婚。常常有女人去找他,去向他献殷勤。三哥也不拒绝,在她们愿意的情况下三哥也留她们过夜。三哥怀着一股复仇的心理与她们厮混。三哥发泄的全是仇恨而没有爱。而女人们要的是三哥的身体,倒并不在乎感情是怎样的色彩。三哥是在二哥死后招到航运公司的。二哥的死给了三哥生命中最沉重的一击。二哥是三哥在人间一睁开眼就朝夕相处的亲哥哥。他爱他甚于超过爱自己,是因为三哥清楚记得他小时候莽莽撞撞干的许多坏事都被二哥勇敢地承担了。二哥为此遭过不少毒打,但在他长大后从来没对三哥提过一句。三哥把这一切都牢记在心。三哥正是这样一种人:谁要真心对他好,他也是肝脑涂地以心相报。而二哥除此外,还是与他一脉相承的兄长。二哥却被女人折磨死了。女人从那天起便像一把匕首插在三哥的心口上,使得三哥一见女人心口便痛得渗出血来。他常常愤怒地想女人怎能配得上男人的爱呢?男人竟然愚蠢到要去爱一个女人的地步了么?每当在街上他看见男人低三下四地拎一大堆包跟在一个趾高气扬的女人身后,抑或在墙角和树下什么的地方看见男人一脸胆怯向女人讨好时,他都恨不得冲上去将那些男女统统揍上一顿。这种事三哥不是没干过。一天晚上他送醉了酒的他的船长回家,返回时他抄近道走的是龟山上的小路。月光如水,山静如死。三哥打着饱嗝跌撞着乱窜,忽然他看见一棵树下的两个人影。他原本走过去视而不见的。不料人影中之一扑通一下跪到地上。他听见那是个男人的声音。那男人可怜巴巴地说:"求求你答应我。没有你我活不下去。"另一个人影只是用鼻子"哼"了一声,这果然是个女人。三哥七孔都冒出怒火。他连犹豫都没有,大吼一声冲上去,朝那熊包一般的男人拳打脚踢。然后回过身将吓傻的女人胸口抓住,用全力横扫几巴掌。巴掌在女人脸颊上撞击得啪啪响。声音清脆悦耳。三哥的心这才舒坦了许多。如此他才丢下那对男女继续打着饱嗝下山了。

三哥在驳船上当水手。他的船长十分赏识他。三哥安心住在船上从不觉得水手是份丢人的职业。三哥身高力大干起活儿来从不耍滑。三哥还能陪船长喝酒。这是船长感到最兴奋的事。船长说三哥是他有生以来最默契的酒友。他们俩在一起能将两斤白酒喝得瓶底朝天。夏天的时候,船长常会冒出些疯狂念头。他叫驳船继续行驶而自己拉了三哥跳入长江一路游去。船长和三哥游泳的本事也不相上下。他俩胆大包天,在长江里宛如两条棕色的龙。船长对三哥说,如果掉进漩涡就平摊开身体不要动,漩涡就会把你自动地甩出来。三哥故意激他,说你又没进去过怎么倒向我传授经验?船长急了说,你不信?这是老水手都清楚的。三哥说,我没见过的都不信。船长突然指着一个漩涡,那我就叫你见一次。没等三哥阻止他便几下冲了进去。三哥大汗淋漓呆愣愣地踩着水不敢往前。漩涡转得比想象的要快,三哥看不清船长在什么地方。但是一会儿他听见了呼叫。是船长在他的侧面嘻嘻地招手。当三哥游过去后船长说险些丢了命。三哥问怎么回事,船长说,像是有许多手把你往江底拽。我已经觉得完了的时候一下子被放出来了。船长说，平摊着不动也不行，得看什么时候动。三哥默然不语。忽而他见到一个漩涡立即对船长说了句看我的，便一头扎了进去。三哥在漩涡里身不由己。他被许多只巨手像掷球一样掷来掷去。他的肚皮上有另一种磁力将他往水底吸去。三哥不由失声叫了起来："救命呀。"他没有叫完又喝了好几口水。三哥瞬间想也好，进阴曹地府可能还能见到二哥哩。这一刻三哥被一只手轰地一下抛了出来。三哥傻瓜一样不明了方向。直到船长游到他跟前他才清醒。船长游过去扇了三哥几耳光，大声训斥道："小命也是可以开玩笑的？你死了，我还要受处分哩。"三哥的脸上火辣辣的但他感到很舒服。三哥说："我以漩涡报答漩涡。"

　　晚上抛锚后船长和三哥在甲板上饮酒。船长敬了三哥三杯酒，连声说一条好汉一条好汉一条好汉。

　　船长和三哥在甲板对酌时常叹说要有女人就好了。船长有老婆和两个小子，夜里也牵肠挂肚地想。三哥唯在这点上与船长不投。三哥说酒比女人好。最便宜的酒也比最漂亮的女人有味道。三哥说时常咂咂嘴连饮三杯。江上清风徐来，山间明月笼罩。取不尽用不竭。三哥说人生如此当心满意足。船长说，你没有女人为你搭一个窝，没有女人跟你心贴着心地掉眼泪，你做人的滋味也算没尝着。三哥不语。

　　三哥想他宁愿没尝着做人的滋味。女人害死了他的二哥，他还能跟女人心贴着心么？三哥说这简直是开玩笑。当年二哥对杨朗好到什么地步几乎没人想得出来。二哥原本可以不下乡然而杨朗下乡二哥也就下了。他把板车交给了四哥。三哥为了二哥也一块儿下到杨朗的队里。二哥几乎把该杨朗干的活儿全部揽下了，连杨朦都插不上手。那时间杨朗绕着二哥又是说又是笑。两人在河边草滩上抱着打滚连三哥都不好意思多看几眼。二哥一分一分地存钱。他要买最漂亮的家具布置新房。他要把家弄得像杨朗过去的家一样舒适。三哥也为这个目的同二哥一起奋斗着。一次又一次招工，没有杨朗。二哥一次又一次放弃自己的机会。三哥也陪伴着。每年修水利。二哥一星期都要回村一次。几十里路连夜走哇，只是为了看一眼他心爱的人。每年如此每周如此。直到有一天杨朗终于拿到了表格。杨朗填了表到县里去了。她一去就是三天。回来告诉大家这次必走无疑。职业是护士。二哥几乎将全公社的知青都请来喝了酒。有人告诉他杨朗是用贞操换来的职业。二哥呆愣了，手上的酒瓶落在地上。杨朦转身而去。他揪住了他妹妹的头发。杨朗承认了。但她没说那男人是谁。三哥手上已经拿了刀。三哥准备杀人去的。杨朗说她既然把身子交给了那个男人就打算和那人结婚。二哥让杨朦松开了他的手。他忍受不了他心爱的人被她哥哥揪扯住头发。二哥一缕一缕替杨朗理顺发丝，颤着声说："我知道你是迫不得已。我不怪你。我不计较那些。但你不能同那人结婚。那是个禽兽。"杨朗说："你就死了心吧。我是不可能嫁给你的。"二哥惊问为什么，杨朗说："我从来就没爱过你。我只是看你可怜才应付你一下。你千万不要当真。"二哥脸色煞白，他长啸一声冲出门去。三哥扔下刀追了出去。三哥把二哥拖到自己的屋里，他让半昏迷的二哥躺下了。他自己也躺在一边。三哥的怒火一蹿一蹿，他想去狠狠教训一顿杨朗，然而他寸步不敢离开二哥。他知道这给他的二哥是致命的一击。他知道二哥活不长了。三哥忧郁地想着迷迷糊糊睡了过去。他没料到他的二哥失去了爱情连一夜都不打算活。

　　杨朗终于走了而杨朦留了下来。他在二哥的坟前盖了个草棚。他说他将陪伴他的朋友直到他死。他替他的妹妹赎罪。三哥为此扔掉了那把准备杀死杨朗的刀子。这兄妹俩迥异的表现使三哥猜不透究竟是什么原因。三哥只能去设想：女人天生阴毒。

船长对三哥所说的一切不置可否。他只是对三哥说等你有一天碰上一个好女人时，你就知道男人跟女人比简直是臭虫一个。

可惜船长没能见到三哥碰到好女人的日子。船长对三哥说那一番话不久，驳船在青山岬水道翻了。一船人都沉到江底包括船长而唯独三哥逃了出来。

这是一九八五年的初春时节。三哥从此不敢上船，连游泳都不敢了。于是他辞了职。他像一个孤魂飘飘荡荡来无影去无踪。好多天好多天后，三哥申请了一个执照，添置了一套工具。每天坐在地下商场侧门，见人买了皮鞋便追着问："钉个掌怎么样？"

九

七哥成天里忙忙碌碌。又是开这个会又是起草那个文件又是接待先进典型又是帮助落后青年。每晚一头倒下在床上脑袋里混沌一片。他不知道自己究竟在干些什么事和干这些事的意义何在。他只知道如此这般卖命干了就能博得领导好印象。好印象的结果是提拔。而提拔的结果是有社会地位有权力。而有权力的结果是工资加高房子分到手福利优厚，以及来自四方的尊敬。如此，一个人的命运才能得到最为彻底的改变。七哥觉得他活着的目的就是为了改变命运。他想象不出来如果不上大学他将是什么样子。

七哥到学校第一个晚上梦游时就被同寝室的同学抓到了。

七哥睡的是上铺。下床时他蹬倒了床边的方凳子。他的下铺立即醒来。他看见七哥一件件脱下背心短裤然后赤裸着往外走,心里甚是骇然。七哥出门后,他便叫醒全屋人一起悄然跟上。他们跟着七哥出了宿舍楼,七哥看见树就绕圈子。绕了几圈后便发出令人毛骨悚然的尖啸。几个同学由害怕到不解,继而终有人悟出,说恐怕是梦游。于是一起上前,几双手拼命摇撼七哥。七哥睁开眼猛眨几下,身体一惊颤。说,你们干什么?一同学说,你梦游了,我们想叫你回去。七哥茫然四顾,再低头看自己一身,突然醒悟。他挣脱同学的手,疯狂地奔进房间,爬上床铺,一动不动。七哥想起曾经有过的关于鬼的故事。他想这么说来村子里白色的皮肤光滑的鬼就是他自己了。

七哥自小卑微惯了。入校后依然眉眼中露出怯生生之气,一副极委琐的样子。梦游的事成为全体同学的话柄,这使七哥愈加缩头缩脑自惭形秽。七哥每天三点一线。宿舍——教室——食堂。无人睬他,他也懒睬旁人。如此相安无事几乎一年。

学校的生活自是清苦。而对于七哥却是好得不得了的日子。七哥削尖的脸由此而圆润起来。七哥毕竟是父亲的儿子。父亲所有儿子中没有一个不是身架均匀五官搭配极佳的好男儿。七哥委琐归委琐,但相貌在那儿搁着。班上有极风流俊雅的女生叹惜说七哥如果有三分洒脱也可称全系的美男子。而七哥却喏喏嚅嚅的完全与洒脱无缘。美男子的称号只得落在七哥的下铺身上。

七哥的下铺是从苏北一个乡下来的。苏北佬在公社读高中时很能写文章。曾写过好几篇公社书记的先进事迹报道。这些报导通过有线广播弄得全县人都知道了那书记的大名。出了名的书记便在苏北佬毕业一年后乐呵呵地将他推荐到了大学。临走前欢送会上又开了他的入党宣誓会。为此,苏北佬一到学校便成了班上党支部的宣传委员。苏北佬白白净净典型的江南小生模样,大眼小唇温文尔雅故而很得那些女生的喜爱。班上女生大多高干子弟或女干部。自己泼辣能干张牙舞爪成性,却对温顺柔弱的男人有兴趣。这当然也是奇怪之至的事情。苏北佬被几个豪放过人的女孩子追得狗一样乱窜却不见他对其中某个产生兴趣。这劲头弄得女生泪眼涟涟男生醋意十足。

不料一日系里召集全系大会,在会上宣读了一封来信。信写得情真意切。写信人是一位女清洁工,说是她因患骨癌对生活感到绝望之时遇上了田水生。七哥想田水生不就是苏北佬么?是田水生诚恳的谈话使她放弃了死的计划。这之后田水生常常去看望她鼓励她。陪她去长城饱览万里河山,去香山欣赏深秋红叶,教会了她很多做人的真理。于是他们俩相爱了,爱得很深很深。但是近半年来,她的病情恶化得很厉害。癌细胞已遍布全身。水生却对她忠心耿耿百般照顾。为了使她享受到做人的幸福,水生已答应同她结婚。信中说:"我即将告别这个世界走向死亡那遥远的甬道。在我踏上那甬道之前,我有责任将这个青年美好的灵魂展现出来。我渴望向全世界人宣布我的丈夫是一个了不起的人。"

来信引起的反响不啻有人在图书馆放了炸弹并且准时爆响了。苏北佬一下子成了英雄。报社记者络绎不绝。每一篇报道都催人泪下。苏北佬出去讲用过好多次。据说每一次讲用效果皆佳。动人心弦的故事给命运套上了极艳丽的花环。苏北佬同清洁工结婚了。半年不到,她死了。而她给苏北佬带来的花环却依然栩栩如生大放异彩。

七哥却从苏北佬极诚挚的语言和极慷慨的激情之后看出那一丝丝古怪而诡谲的笑意。那笑意随着女人的离世而愈加明朗。一天早上起来苏北佬竟拿着小梳子对着小圆镜梳头发而嘴里却哼着一支极欢快的歌子。房间里同学都去早锻炼了。七哥刷牙回来听见这歌子不由直勾勾地盯着他。苏北佬放下镜子看见了七哥也看见了七哥直勾勾的目光。他尴尬地假咳两声逃也似的出了房门。那女清洁工死了才二十三天。这数字是七哥掐指算了好一会儿才算出的。

苏北佬知道七哥已勾去了他的真正的魂灵。苏北佬对七哥一下子亲善起来。七哥得了阑尾炎住院动了手术。这期间只有苏北佬天天来看望他。七哥从来没领教过时时被人记挂的感觉。面对苏北佬的殷勤和关心,七哥苍白的脸上不由自主浮现出许多感激之情。苏北佬总是淡然一笑说没什么没什么。

七哥的伤口快拆线的那天,七哥斜躺在病床上看书。那一堆书都是苏北佬带给七哥解闷的。七哥过去几乎没读过几本文学书籍,倒是这次住院开了一点眼界。窗外干风吹打着树枝啪啪地响。劈栅栏木条的人居然成为美国总统这一事使七哥激动不安,以致苏北佬进门来时七哥仍满额汗珠手指颤抖。

苏北佬坐在七哥床边,无言地也用那直勾勾的目光看着七哥。七哥感到他的魂灵也要被这目光勾走了。七哥突然说,我理解了你。苏北佬说,理解了就好。七哥说,我应该怎么办?苏北佬说,换一种活法。七哥说,怎么活?苏北佬说,干那些能够改变你的命运的事情,不要选择手段和方式。七哥说,得下狠心是么?苏北佬说,每天晚上去想你曾有过的一切痛苦,去想人们对你低微的地位而投出的蔑视的目光,去想你的子孙后代还将沿着你走过的路在社会的底层艰难跋涉。

七哥果然想了整整一夜。往事潮水一样涌来而又卷去。七哥惊恐地叫出了声。护士来时他正大汗淋漓地打着哆嗦。伤口又崩裂了。一丝一线地渗着血。护士说:"做噩梦了?"七哥说:"是,做噩梦了。"

一场噩梦已过。当太阳高升之时,七哥突然感到生命的原动力正在他周身集聚,感到血液正欢快而流畅地奔涌,感到骨骼为了他的青春正喀吧喀吧地作响,一种由衷的解脱和由衷的轻松在他的身心内全面生长。

那一年,七哥二十岁。两年后他分回了武汉。他在汉口一所普通的中学教书。七哥明白这里绝不是他的久留之地。七哥对寂然地活着已经腻味了。七哥渴望着叱咤风云而这种机会只要去寻找和创造总归还是会出现的。

十

七哥现在最难见到面的是他的四哥。七哥对四哥无好感亦无恶感。四哥对七哥也是这般。

四哥是个哑巴。他在六个月时发高烧而父亲那天打码头负了伤,母亲为父亲忙碌去了。高烧之后四哥虽然活了下来却丧失了听和说的能力。四哥能吃能喝心情愉快地在这个家庭中生长。只有他从来没挨过父亲的拳脚。这使得四哥对父亲格外亲热。只有四哥在看见父亲下班后才会欣喜地迎上前用他混浊不清的话叫着"爸……爸"。四哥只会叫这一个字,他不会叫妈。为此母亲并不因为他的残疾而格外怜爱他。

四哥十四岁就出去干零工了。他先跟泥瓦匠打下手。后来二哥随杨朗下乡后把他名下的板车交给了四哥,四哥便当了搬运工,一直稳定地干到今天。

四哥的经历平凡而顺畅。四哥二十四岁便和一个盲女子结了婚。四哥有眼而她有灵敏的耳和灵巧的嘴。这是一个完整的家庭。四哥分了间十六平方米的房子。这比父母住了一辈子的那间还要大一点。四哥便在这里和他的妻子生儿育女。四哥先生了一个女儿后来又生了一个儿子。四哥是赶在只许生一个的前面生的这个儿子。四哥的儿女漂亮如父聪明如母。这使得四哥每日咿咿哦哦地兴奋不已。四哥家里已添置了电视机和洗衣机。四嫂说电冰箱的钱也快攒齐了。

七哥到四哥家里去过一次。他看见四哥家的墙壁上贴满了各种奖状。那全是四嫂和侄儿侄女的。没有四哥一张。七哥问四嫂,为什么没有四哥的呢?四嫂说,他又不会说甜言蜜语。人家选先进时他又不晓得是干什么。四哥四嫂留七哥吃了饭。四哥拿出一瓶洋河大曲。四哥在这点上同父亲一模一样。只是四哥酒后绝不打他的儿女。七哥想这大约是四哥从未挨过打的缘故吧。

能有几人像四哥这样平和安宁地过自给自足的日子呢?这是因为嘈杂繁乱的世界之声完全进入不了他的心境,才使得他生活得这般和谐和安稳的么?

四哥又聋又哑啊。

十一

七哥在该恋爱的年龄里就自然而然地恋爱了。那女孩比七哥小两岁,长得眉清目秀的。连父亲都诧异万分,说小七子还真有能耐,把这样的姑娘都弄到了手。这是有七哥以来父亲夸奖他的第一句话。女孩教英语,外语学院毕业的。女孩的父亲是大学里的教授。儒雅之家使得女孩天生一股娴静悠然落落大方的风度。这气质使七哥大为倾倒。七哥同她恋爱了两年,便将自己也熏染得如教授之子般温文尔雅。七哥已经同他的女朋友一起商量买家具的事了。但因学校里一直没有房子,买家具和结婚的事就搁了下来。按照工龄和级别,七哥还得等上三年才能有一个小小的单间。这怨不了谁。学校里的老教师也不过如此,更何况小字辈。七哥几乎快没了耐心。

暑假里,七哥出了一趟差,到上海去观摩学习了二十天。回来时船逆流而行,时间极枯燥难熬。七哥认识了他的上铺,一个眼角已叠起鱼尾纹的女士。女士穿着很时髦谈吐不凡,与七哥的女朋友相比又有另外一番大家气派。三天的路程,七哥同她很聊得来。下船时,她给七哥留了地址和她家的电话号码。七哥看着她写下"水果湖"几个字就知道他遇上的不是一个普通人家的女性,及至她写下电话号码时,七哥心里猛然划过一道闪电。这电光刺得他的心有些隐隐作痛而痛过之后蓦地生出许多的兴奋。七哥含笑说,去你那里玩儿欢迎吗?女士说,大门永向有识之士敞开。

三天后,七哥给女士打了一个电话。她说她一直在等七哥电话。七哥的心陡地动了一动。于是七哥开始约她散步或吃饭,她也约七哥看内部电影或看演出。

七哥已经知道了她的父亲是何许人物。她比七哥大八岁,是老三届的学生。她父亲倒霉时她下了乡。她为了赎罪拼命地干活。结果她得了病。她丧失了生育能力。那是一个暴风雨的日子,她不顾月经来临而坚持上大堤抢险。在堤坝有裂缝时她像男人一样跳进水里同大家手挽手地阻止了洪水的冲击。最后她昏倒在了浪里。人们将她拖出来后她住了一个月的医院。出院时医生告诉了她这个对于女人来说最不幸的消息。她当时二十二岁,还没想过找男朋友的事,为此对生育问题更不介意。她只是淡淡地笑了笑。随着年龄的增长,这个问题才显得越来越严重。每次结识一个男朋友她都把这个情况诚实地告诉对方。大多数人都叹口气终止了同她的交往。她过了三十五岁后,心灵上的创伤已经无法愈合。她想如果四十岁她还是这样孑然一身地生活,那么她就到当年使她丧失她最宝贵东西的大堤上去自杀。就在她把这个问题一遍又一遍地考虑时,她认识了七哥。她愿意同七哥接触的初衷,仅仅是像所有女人一样喜欢同外貌漂亮而又显得有知识的男人接触,喜欢同陌生的异性谈自己内心深处的东西。但她万没料到半个月后她遭到七哥猛烈的追求。她在告诉七哥她不能为他生育时七哥连惊异的表示都没有。一如既往地出现在她身边,陪她买东西喝咖啡走亲友,在人烟稀少的地方把手臂揽在她的腰上,偶尔还微笑着在她额上留一个吻。在她的充满女性气息的房间里七哥总是拥抱着她使她气都喘不上来。这种充满热烈之情的拥抱使她感到迷醉而她的心底却痛苦不堪。在情绪稍稍平静时就有一个声音警钟似的呼叫,这个男人感兴趣的不是你而是你的父亲。她想摆脱这个警钟,而这声音却响得愈加频繁。

有一天她终于忍不住了。她问七哥:"如果我父亲是像你父亲一样的人,你会这样追求我吗?"七哥淡淡一笑,说:"何必问这么愚蠢的问题呢?"她说:"我知道你的动机、你的野心。"七哥冷静地直视她几秒,然后说:"如果你还是一个完整的女人,你会接受我这样家庭这样地位的人的爱情吗?"她低下了头。

几天后,七哥把她带到了河南棚子,带到了我们的家。七哥掀开床板指着那潮湿幽暗的地方告诉她,他曾在那儿睡到他下乡的前一日。七哥搬开新添的沙发用脚划出一块地盘说那是他的五个哥哥睡觉的地方。七哥说他的大哥因为没有地方住便成年累月上夜班。

屋里除了多出一架长沙发和小方桌上的一台黑白电视机外,一切都还是老样子。小屋的窗子因搭厨房而封死了,为此只剩得屋顶上嵌着的那片玻璃瓦。屋里全部的光线都是由那儿透入。墙壁还是当年的报纸糊的。泛黄的纸上还展示着昔日那些极有趣的文章。七哥说："你如果在这样的地方生活过一年,你就明白我所做的一切是多么重要。我选择你的确有百分之八十是因为你父亲的权力。而那百分之二十是为了你的诚实和善良。我需要通过你父亲这座桥梁来到达我的目的地。"七哥说:"我还可以告诉你在我认识你之前我有过一个女朋友。她父亲是个大学教授。我同她的关系已经很深了。我在几乎快打结婚证时碰到了你。你和你父亲比她和她父亲对我来说重要得多。"七哥说在中国教授这玩意儿毫不值钱。"他对我就像这些过时的报纸一样毫无帮助。所以我很果断地同原先那个女友分了手。我是带着百倍的信心和勇气走向你的。我一定要得到。"七哥的话语言之凿凿掷地作金石声。她惊愕得使那张青春已逝的脸如被人扭了一般,歪斜得可怖。她跨了一步给了七哥一个响亮的耳光然后抽身逃去。

七哥淡淡地笑了笑没说什么。七哥怀着无限的自信等待她的回心转意。七哥知道她需要他比他需要她更为强烈。有人写了一部小说叫"悲剧比没有剧好"。七哥没看过那小说但他觉得那题目起得棒极了。有魔鬼比什么都没有要好。七哥想,她最终会得出这么个结论的。

七哥的判断像诸葛亮一样准确无误。三天刚过,她红肿着眼泡来找七哥了。她没有别的男人可找。她只有七哥。况且七哥的确还不是个很差的角色。她对七哥说她是一时冲动,没能从七哥的角度去理解七哥。她请求七哥谅解。七哥一言未发,只是上前吻了吻她。她激动得热泪盈盈。七哥固然利用她达到自己的目的,而她也一样地利用七哥去获得全新的生活。七哥当天就把她所渴望的给了她。那种生命最彻底的快感使她衰败下去的容颜又焕发出光彩。当她神采奕奕出现在她的朋友们的面前时,人们几乎没法将她同昔日的形象相比。这是七哥为她创造的青春。由此她对七哥更是死心塌地和严加看管。

其实七哥全然不是寻花问柳之辈。七哥全部的用心不在那上面。如果认识不到这一点那就实在小看了七哥。七哥觉得把情欲看得很重是低能动物的水平。七哥不属于这些。七哥的目的在于进入上层社会,做叱咤风云的人物做世界瞩目的人物做一呼百应的人物。七哥想将他的穷根全部斩断埋葬,让命运完整地翻一个身。七哥想拯救自己。他觉得他有责任使自己像别人一样过上美好的日子。否则他会因为感到世界亏待了他而死后阴魂不散。

七哥调到了团省委,这是七哥提出的去处。七哥看过一张统计表,那上面记有解放以来历届团干离任后的情况。七哥记不得他们各自都干了些什么具体职业。但他唯一的印象是:从那扇门出来的人几乎全部升上了高处而且还在继续上升着。那些相当级别的职位一个挨一个排列着如一条冰凉的蛇从七哥心头爬过。七哥打了个寒噤然后欣喜若狂。七哥知道他已经找到了他的终南捷径。

七哥分到了很宽敞的房子。在他原先的学校拥有三十年教龄的老师也没资格住上七哥现在的房子。七哥的房子布置得像宫殿。落地的双层窗帘,先锋的组合音响,遥控的彩色电视,还有松软宽大的席梦思。七哥结婚前夕,父亲和母亲相携着去过一次。父亲坚持说那床一定要睡坏骨头的,而母亲则生气地说那窗帘浪费了好几件褂子的衣料。

七哥的蜜月是在广州和深圳度过的。七哥住在深圳湾大酒店的那几夜几乎夜夜都失眠。他的全身如火灼一般难受而又如火灼一般兴奋。他在他的妻子睡着之后还忍不住一次次把脸埋进她的胸脯里。七哥对她感激涕零。七哥有一种预感,那就是她给他带来的幸运,很可能在某一个日子超出他的想象。

那一段日子七哥纵情享受恣意欢笑如入天堂之门,却有另一个女孩子把眼泪哭干了把嘴唇咬破了。她的老父老母只能咬牙切齿地痛骂几句"小人"之类无伤大雅的话,然后陪着伤心欲绝的女儿长长地叹气。

十二

五哥辞职干个体户时并不知道六哥也辞职干个体户了。他俩碰面时是在轮船上。五哥进餐厅吃晚饭时看见了正在端菜的六哥,五哥惊叫了一声以致六哥手一滑菜盘掉在了地上。他俩相视片刻哈哈大笑了。五哥到南京去订购一批汗衫,而六哥则去南通进货棉纱长袜。

五哥和六哥是一对双胞胎。他俩的心似乎是相通的。五哥想到的东西六哥也能想到。五哥感冒六哥百分之百也要伤风流鼻涕。最奇特的是小学时一次语文考试,三个造句,他俩造得完全一样,而实际上他俩的座位却隔得很远。五哥六哥自小是一对坏种。打架骂人偷盗玩女孩无恶不作。直到各自娶了老婆添了儿子才走上正轨,像模像样地过开了日子。

五哥第一次带女朋友到家里来时,父亲和母亲正在吵架。那是为了母亲买回来的酒是兑过水的,父亲一怒之下连酒壶都扔到了铁路上。恰巧一列火车开过,酒壶碾成了薄铁皮。于是母亲便横着嗓子同父亲吵开了。五哥的女朋友如同巡视大员般,毫不把父亲和母亲放在眼里,只傲慢地将屋子环视一遍,说:"就这屁点破屋?"五哥未曾来得及答话,父亲却撇开母亲朝这边吼开了。父亲说:"嫌老子屋破,这里还没你的地盘哩。"那女朋友也不示弱:"这老家伙吃错了药,怎么见什么人就吼什么人?"说罢扬长而去。气得五哥跳起来对父亲乱叫了一通,便又噔噔噔地去追赶那女朋友。父亲发了一会儿呆,摇摇头说:"日月颠倒了,颠倒了。"然后自己找了个空瓶,长吁短叹地打酒去了。

结果是,五哥的女朋友再也不肯来家了,五哥只好做了上门女婿。五哥的女朋友是汉正街的。六哥常陪五哥去那里,于是六哥也找了个汉正街的姑娘。六哥知趣,不敢带女朋友回家,主动对父亲说想要倒插门。父亲大手一挥:"去去去,少废话。你俩反正是一对。"六哥如获大赦,轻松地告别了这个家,住进了老婆屋里。五哥和六哥几乎同时(只差三天呀!)各得一子。肥墩墩的,让岳父岳母们欢天喜地。五哥六哥当女婿比当儿子舒服多了。渐渐地不太记得河南棚子的老父老母。

汉正街自古便是商贾云集之处。以谦祥益商店为中心,上至武圣路下至集家嘴,沿街经商的个体户而今已经达两千多户。长街小摊,百货纷呈。五哥问清楚几乎有一千家已经成万元户,立即心慌意乱头脑混沌了。五哥是建筑队的泥瓦工,工资不算低。即使不低,细细想来辛辛苦苦一个月还不及个体户一天赚的钱多。五哥觉得自己活得窝囊,他得赚大钱过富日子才不枉做人一遭。五哥连同老婆商量一下的情绪都没有,当天便打了辞职报告。六哥只比五哥早一天。六哥的邻居仅从一百五十元的资金起家,不到一年已成了万元富户。这变化是六哥亲眼所见。六哥眼珠都快凸出来了,他想了一夜,辞去了运输公司汽车修理工的职务。

五哥订购的汗衫原本就是积压货。五哥订了一万件但却只销出了一千五。钱周转不了,五嫂夜夜指着五哥的鼻尖骂祖宗。五哥怕老婆,五哥在这一点上完全不像父亲。连日里五哥东奔西跑得下巴都尖了,汗衫还是积压着。

那天五嫂又砸杯子扔碗地骂祖宗了,五哥只好溜之乎也。

五哥信步溜达到航空路。航空路到商场一带是"飞虎队"的地盘。"飞虎队"是市民给那些流动小贩们的绰号。"飞虎队"的小贩们拉起生意来可以说是死皮赖脸。抬高价短斤两是他们的拿手好戏。圈套也做得像真的。五哥看见几个女子围着一个小贩高声议论羊毛衫的价格。五哥一眼看出他们都是一伙的。假卖假买地哄来一些真正的顾客。一个红衣女子的眉眼不断地向路人扫来扫去。她看到了五哥。她叫了声："哎呀,这羊毛衫要是让这个男的穿上简直可以成为三镇第一美男子。"五哥笑了笑,走过去。问小贩："多少钱一件?"小贩说："看你穿着肯定合适,我心里高兴,就便宜点卖给你,二十六吧,别人我都是卖三十呢。"五哥用手捏了捏,深知毛线中腈纶多于羊毛,便又笑笑说："出厂价,十六块,这我清楚。"然后意味深长地丢下一声笑,甩手而去。他听见小贩和几个女子冲着他的背脊骂骂咧咧的声音。五哥从来都不是好惹的家伙。五哥在家以外的地盘上还从来没输过。这回自然也是。五哥心里暗笑一下,拐到一个稍清静的地方,然后放开嗓子爆喊一声："工商局的人来了!"

这声喊宛如扔下一枚炸弹。五哥的眼前炸窝了。抢收衣服的,逃窜的,装作顾客若无其事地混杂入人群的,互相叮咛的,应有尽有丑态万千。一忽儿,"飞虎队"无踪无影,只丢些空纸盒在路上。五哥看得有趣。不由倚在墙根下捧腹大笑。待五哥笑得上气难接下气时,他的肩膀被一只手拍了一下。五哥回过头,认出了是红衣女子。五哥一笑,说："怎么不跑?"红衣女子冷冷地说："想看看你还有几手。"五哥说："闹着玩玩,何必当真。"红衣女子说："闹着玩也得看地方看人。"五哥呵呵一笑："你们拉客过后又骂人也没有看人看地方呀。"红衣女子打量了一下五哥,说："你还像个人物呀。"五哥说："当然。河南棚子的儿子汉正街的女婿,堂堂正正是个人物。"红衣女子说："汉正街的?万元户？"五哥说："万元户还得过两年。"红衣女子说："这么说是同行了？何必拿一路人开心，不都是端这个饭碗的？"五哥说："那我就道声对不起了。要不要去云鹤酒楼压惊？"红衣女子说："哥们儿还痛快，去就去。"

五哥同红衣女子一道上了三楼，红衣女子拿起菜谱就点。心狠手辣地完全不顾及五哥腰里并没带几块钱。烧甲鱼炖海参炒虾米白斩鸡外带一碗三鲜汤和四瓶青岛啤酒。点得五哥暗叫苦也。

红衣女子问五哥生意做得如何。五哥灌几口啤酒长叹一口气说正在倒霉。红衣女子问缘故。五哥便如实说了汗衫的滞销。红衣女子说："再不好销的东西，只要想好了办法，总是能赚到钱的。"五哥说："有什么好点子？"红衣女子说："就这么白给你出？"五哥说："当然给好处。"红衣女子说："怎么讲？"五哥伸出右手："五十张。"红衣女子说："半千还算钱？如果让你一件汗衫赚一块钱，那你得了多少？给我了多少？简直小气得不像男人。"五哥说："未必给你一千？"红衣女子说："说良心话，这我还不一定要呢。做生意眼光要放长远一点。"五哥默然不语。见啤酒已尽，说："我再去要两罐啤酒来。"五哥在服务台拿了啤酒刚转身欲回饭桌，见红衣女子正背对服务台，不禁心头一转，将啤酒装进裤兜里，自言自语道："再去买两盘冷菜。"便悠悠然地下了楼。五哥下了楼便直奔一路汽车站，一口气坐到了六渡桥，打着饱嗝到朋友家推了一夜麻将，第二日凌晨才摇摇晃晃地回到了家。

五嫂开门第一件事便是送给了五哥几耳光。五哥不动气，慢慢说："跟你讲件滑稽事。"便添油加醋地将昨日白吃一顿的事细细讲述了一遍。五嫂不由得笑倒在了床上。大骂女人的愚蠢和男人的狡猾。骂声中不禁为这男人是自己的丈夫而感到自豪起来。五哥这时则歪在沙发上呼呼地大睡开了。

一清早六哥大汗淋漓奔来时五哥还没起来。六哥将五哥打起,愤怒地叫道:"今天无论如何帮兄弟一把。"五哥忙问什么事。六哥说:"我一早刚把摊子摆出去,一个女的带了几个人,二话不说砸了我的摊子。他们人多,我又不敢对抗。临了,那女的丢下这件汗衫说一千块准备好,我到时来取。"五哥跳起来抓过汗衫细细查看。汗衫的胸前用圆珠笔勾勒了一个霍元甲打拳的形象。五哥心头豁然一亮,眉头舒展,连声叫:"妙极了妙极了。"倒将六哥弄得莫名其妙。五哥方将昨日之事一五一十说了一遍,拍着胸脯对六哥说:"你今天的损失我负责加倍赔你。绝不放空屁。"

五哥将他积压的近万件汗衫五千件印上了霍元甲三千件印上了陈真。电视连续剧刚放过不久,人们对这二人印象颇深。五哥拿出二十件送给玩武术的小伙子,不到三天,五哥的摊前购者如云。五哥暗暗又抬了三次价,汗衫依然畅销。五哥发了财,五嫂每日见五哥都眉开眼笑,又端茶又打扇还撒娇般地在五哥面前扭来扭去。五哥脑子里却抹不掉那红衣女子的模样。但是那女人却一直没有出现。

三个月后,五哥从广州回来,刚出汉口火车站,一个女人朝他嫣然一笑。蓦然他认出那是红衣女子,只不过红衣被一件橄榄绿的棒针衫所代替。五哥立即向她迎去。红衣女子说:"怎么,还认识?"五哥说:"恩人嘛,当然不敢忘。"红衣女子说:"我家在这附近,要不要去坐坐?"五哥说:"当然想,只要你瞧得起。"红衣女子笑道:"你一表人才又聪明又能干,我巴结都来不及哩。"五哥说:"我唯一佩服的女人就是你。"红衣女子眼一斜说:"是吗?"五哥被那一眼望得心乱了。五哥觉得这女人同他老婆比简直像仙女同讨饭婆相比一样。五哥想,要是能同这女人享受一场那么他也就宛若神仙了。五哥说："你家里……还有谁？"红衣女子说："就我一个。我丈夫到深圳去了。"五哥说："我刚从南边回。我提前了两天。我老婆还当我是后天到哩。"红衣女子笑了笑。五哥趁机把手放在了她的腰上。

五哥跟着她拐弯抹角。五哥满心欢喜。他几乎是怀着甜蜜的感情打量他身边这个女人的一切，眼睛眉毛嘴唇以及胸脯。五哥都有点按捺不住了。

五哥刚跟红衣女子走进家门，后脚便跟进几个彪形大汉。五哥觉出有些不对，忙堆起笑，说："上次你帮了大忙。我准备了两千块钱酬劳你。"红衣女子冷笑一声："我说一千就只要一千。钱我已经从你兄弟那儿取来了。不过事情还不那么简单。"五哥出汗了，说："还有什么，尽管说，尽管说。"红衣女子说："你姑奶奶不是随便让人耍的。冒充工商局的，是要第一次；在云鹤酒楼一拍屁股开溜是要第二次；今日一路不怀好意是要第三次。我明白告诉你，我今天只想叫人揍你一顿，叫你记清楚闹着玩玩得看人看地方。"

五哥无言以对。五哥自然也不会轻易讨饶。五哥毕竟是父亲的儿子。父亲说过做男人就是把刀架在脖子上也要硬着筋骨。五哥此刻便硬着了筋骨。五哥见几条大汉脱下了衣服，每人都露一件由他摊上卖出去的印有霍元甲的汗衫，不由得心一沉。突然，五哥说："朋友，我讲几句话。"红衣女子说："有屁快放。"五哥说："我们是一账还一账，所以今天这顿打我认了。打伤了我看病，打残了我躺床，打死了我不怪。不过这笔账了结后，我们井水不犯河水，不必死结冤家。生意兴旺靠朋友，互相拆台栽跟头。"红衣女子说："你还是条汉子。你放心。你死不了残不了。血还是要放一点的。拆台的事我不做，其他的人我不保证。"

红衣女子说罢出了门。五哥立即被拳脚包围了。很快五哥便人事不知地瘫倒在地。五哥醒的时候，天已黑了。屋里亮着灯。红衣女子正哗啦哗啦地滑动着编织机织毛衣。五哥艰难地站起来，一言不发，向门外走去。五哥快要跨出大门。忽飘来那女子软软的声音："代我跟你兄弟道个歉。说那天我认错了人。"

　　五哥回家时叫了出租车。一家人见他血淋淋的模样都惊呼大叫。五哥没敢说也没脸皮说挨打之故，只说在汽车上同流氓争吵结果动起手来。五哥躺了整一星期。父亲闻知后，鼻子一嗤说五哥是笨蛋加癞皮狗一个。笨在居然能被人打到这种地步。癞在居然还大大方方地躺上七天。父亲委实感叹一代不如一代。

　　一切都恍若做梦。五哥伤好之后生意照常做了下去。五哥担心还会有人前来挑衅，结果，一连几个月都相安无事。五哥不由从心底服了那女子。他曾到处打听过红衣女子的下落。五哥想同她交个朋友。可惜五哥至今仍未打听到。

　　五哥现已是汉正街万元户之一了。六哥自然也不例外。汉正街的万元户说起来只千来户人家而其实远远不止。潜伏在地底下的万元户们至少也有几百。五哥和六哥这种人，致富之后学会的第一桩事便是赌钱。起先是麻将。后来嫌麻将太磨人也太费脑子，便掷骰子。有人读过金庸的小说《鹿鼎记》，知道那里面有个善赌的韦小宝。便在摇骰子时爆喊一声："韦小宝来啦！"五哥六哥均不知韦小宝为何物，但每次轮到他们掷时，也长长地吆喝："韦小宝哇！"

　　偶尔五哥也回河南棚子看看父亲母亲。见父亲端端地坐在小凳上与一帮老朽们以一毛两毛钱这样的数目打牌，脸红脖子粗地叫喊这个是臭牌那个是霉星，便也如父亲嗤他一样对父亲嗤一鼻子。五哥说他们现在下赌注根本不数钞票的张数。父亲不服便傲然问道,那怎么算账?五哥说,把钱摞起来用尺量厚薄。五哥说,我下得最凶的一次赌注是十厘米。父亲说,十厘米有多少?未必比一百块还多?五哥说,压紧一点也就差不多一千块。父亲"呸"地朝五哥吐了一口浓痰,怒道:"吹牛找你孙子去莫找你老子。"五哥大骂着父亲混蛋透顶而去。而同父亲一起的牌友们直到五哥走得没影儿了惊愕的面孔还没复原。

这回父亲怀疑五哥和六哥是不是他的儿子了。

十三

七哥瞧不起五哥和六哥到了极点。七哥常在肚子里用最恶毒最尖刻的话骂五哥和六哥。童年时代五哥和六哥给七哥的伤害令七哥永生难忘。但七哥在组织个体户们座谈时却每一次都以自豪的口吻提到他有两个哥哥都是个体户。七哥说他对他的这两个哥哥极其敬重,因为他们全靠自己的勤劳和智慧创造自己的生活。七哥鼓励个体户青年不要自卑要自信,要认识到自己这个职业的高尚和伟大。七哥还诙谐地说他们这些搞政治工作的人只能靠嘴皮吃饭,别的什么本事都没有。假如有一天我干腻了这一行就辞职去干个体户。七哥说起码可以到深圳广州跑几趟而这两处他还没去过哩。七哥的话让那些常往南边跑的个体户们都笑了起来。个体户们都纷纷称赞七哥说这个人难得,便将七哥视为知音。而实际上他们都不知道七哥度蜜月在深圳住了二十天。

元旦时,七哥回了一趟家。恰恰五哥六哥也携子来家了。五哥六哥自小就没把七哥放在眼里,到现在依然是。他们完全不顾七哥是广大个体户的知音这一事实。五哥和六哥你一言我一语大声讽刺七哥费心思往上爬不如费心思赚点钱,然后故意把儿子的胖脸亲得"叭叭"地响。那响声在七哥的心上像是锤子砸下一样,一锤一锤地让他痛苦。

父亲对七嫂极不满意。父亲想这女人大概有妖术。要不凭她那年龄和不能生儿子这罪该万死的毛病怎么能把七哥给勾引上呢?父亲想没有男人愿意讨一个不会生孩子的女人。而女人生不下孩子,父亲想,那还有什么用?父亲说,不孝有三无后为大。父亲说,现如今又不能讨小,看小七子你今后怎么办?父亲说,不如把你那个休掉,再找个年轻漂亮的。七哥说,瞎吵什么,你懂个屁。七哥一句话噎得父亲说不上来了。父亲在七哥面前显得很谦卑。父亲常想着七哥是省里头的人。

元旦刚过几天,父亲突然颠颠赶到武昌来找到七哥。父亲说大香和小香都要请七哥吃饭,叙叙姐弟之情。七哥听得大吃一惊,那惊愕的程度不亚于听说里根总统请他赴宴。片刻,七哥冷笑一声:"黄鼠狼给鸡拜年,哪有好心。"父亲说:"她们当不了黄鼠狼,你也不是鸡。"七哥说:"我从来都只当没有姐姐的。"父亲说:"你们都是我养的。都是从你妈一个人肚子里钻出来的,有没有姐姐由不得你。"七哥又是一声冷笑。七嫂说既然请,那就去吧。何况父亲又老远跑来了。七哥听七嫂的,便淡淡地回父亲说:"请就请。有吃的何乐而不为?"

小香姐姐住在黄孝河边。小香姐姐当年嫁的那个黑胡子男人是个无业游民。小香姐姐跟他结婚三个半月后生了一个女孩。那黑胡子要的是男孩而小香姐姐却没有办到。小香姐姐在七哥面前可以为所欲为地打骂撕咬,却不能将她的丈夫奈何下去。没等女孩满两岁黑胡子假称回老家将小香卖到了河南。河南乡下的日子清苦,这使小香一次又一次地逃跑,终于三年后跑了回来。到家里怀里又抱着一个男孩。那天母亲几乎以为她是个讨饭的。直到小香姐姐凄苦地喊了声妈妈,母亲才认出这是她的小女儿。

小香姐姐一年不到又结了婚。没有男人小香姐姐是活不下去的。甚至只有一个男人她也依然觉得日子难熬。小香姐姐为这回的丈夫生了一个儿子。小香的丈夫是菜农,因为妻子生了一个女孩而一怒之下与之离婚。这回小香称了他的心愿,便万事百事由着小香姐姐。儿子已经有了,老婆的意义就不大了。逗儿子逗得高兴时,即使小香领了情人来家调情他也无所谓。他抱着儿子给小香做菜还殷勤地问客人味道如何。

小香姐姐有了一女二子。河南带回的那个连户口都没有。小香姐姐想起了七哥。

几乎同时,大香姐姐也在想七哥了。大香结婚甚早。大香有三个小老虎似的儿子。小的也都初中毕业了,而大的业已开始了待业。大香姐姐十八岁就结了婚。大香姐姐丈夫是木匠,木匠比大香大十岁。大香姐姐小日子过得十分富足。大香常常在休假之日坐在门口晒太阳,嗑着瓜子同一帮老娘们扯三拉四地聊天。星期天则提一点吃的或酒回河南棚子看望父母亲,大香姐姐住在三眼桥,这也是汉口下层人历来所居之地。

父亲告诉大香和小香,说是七哥答应去她们那里吃饭。大香说,那就先去我那儿吧。小香说,不不不,先去我那儿。大香说,你那破地方,七弟怎么能踏得进脚。小香说,你不要什么都想得到手,你的日子过得够好的了。大香说,就是日子过得好了,才要多为子孙后代想。小香说,我则是一心为七弟着想。大香说,你心肠好,怎么小时候不为七弟想?小香说,你比七弟大那么多却从不照顾他。大香姐姐和小香姐姐争吵得互相骂了祖宗,倒没想到她俩是同一个祖宗下的儿女。

父亲说,吵个什么名堂,就在我这儿吧。你们俩一起做东,打点好酒来。老子陪小七子喝酒,你俩有什么屁就在饭桌上放。"父亲的话令两个女儿皆大欢喜。

七哥那天进门时见到大香姐姐和小香姐姐的笑容几乎当场呕吐。火车依旧哐啷哐啷地从门前开过,震得房子微微颤动。小桌放在了屋中央。桌面上加了一层圆桌面。扩大了的桌面上已摆上了香肠卤牛肉花生米之类冷盘。酒是黄鹤楼牌的。父亲眯着眼边闻边咂着嘴唇。桌上倒了三杯酒。父亲把大哥也叫来了。七哥父亲大哥,三个男人坐在桌旁。而所有的女人——母亲大香小香——都在他们身边忙碌,谦卑地问七哥菜如何酒如何。七哥不知道到底为了什么事。他只觉得自己仿佛在一个陌生人家里做客。

父亲在三杯酒下肚后,舌头便又润滑了起来。父亲说:"小七子你这辈子不能光你两口子过。"七哥说:"您这是什么意思?"父亲说:"得有儿子。要不你费老命奔的前途有谁能接着走下去?"大哥说:"小七子,爸爸的话说得对。你的社会地位再高,你一死百事全了。还是得有儿子继承才是。"七哥没言语。他觉得父亲和大哥的话倒是不错。七哥想自己把自己的命运彻底地翻了个面,可又怎么样呢?没有儿孙为自己的这番奋斗自豪,亦没有儿孙能享受到自己的成果。这岂不是有些枉然?父亲说:"小七子,你可以过继一个儿子。"小香姐姐立即说:"我的老二,你晓得的,身体又结实,长相也不错,为了弟弟到老有依靠,我豁出去把他交给你了。"七哥吃了一惊:"你儿子?"小香姐姐夹了一只鸡腿给七哥,说:"是呀,那是个好小子。"大香姐姐说:"小七子别听她的。那小子是她跟河南乡下农民养的,蠢头蠢脑。我那个老三,一表人才,年龄虽大了点,不过,过继给你也合适。"七哥又一惊:"你说三毛?"大香姐姐说:"是呀,三毛常说他最佩服的人就是他七舅哩。"小香姐姐说:"三毛十五岁了怎么合适?"大香姐姐说:"那也比杂种要好呀。"大香姐姐和小香姐姐又一顿好吵。七哥心烦意乱毫无吃兴。一桌酒菜便如毒药般让他汗毛耸起。七哥站起来,对父亲和大哥说:"我不吃了。"父亲喝息了大香和小香的战火对七哥说:"再坐坐,你不陪你老子也陪陪你大哥。"大哥说:"七弟要走就让他走。不过话还是得跟你说明白。你小时在家里受够了苦,这我清楚。吃得苦中苦方为人上人。现如今你出息了,再出息的人也得有子嗣。大香和小香的儿子是你的外甥。你们血缘亲近,你过继哪一个可以挑,但最好还是要过继有血缘关系的。否则,我们家不承认那个孙子。"七哥说:"我得想想。"七哥一出家门,大香姐姐和小香姐姐的声音便在身后炸起。走了老远,还能听到她俩尖锐的叫喊。这一切使七哥恍若又回到了他过去的日子。七哥恐惧地加快了脚步,而心底里却一忽儿一个寒噤。七哥终于忍不住了,他扶着一棵树,勾下头将适才的饭菜呕吐一尽。他想将心底的恐惧和寒气一起呕出去。吐完,七哥望着灰蒙蒙的天空,想:家里过去又在什么时候承认过我这个儿子呢?

三天后七哥回家了一趟。七哥告诉父亲:他已到孤儿院领了一个小男孩,那孩子刚一岁。七哥说:"不管你们承认不承认他是你们的孙子,但我得说,他是我的儿子!"七哥说完扬长而去。七哥的行为叫父亲目瞪口呆。父亲想骂人而终未骂出。父亲不敢骂七哥。父亲心里的七哥是政府的儿子而不是他的。

十四

河南棚子盖起了好些新房子。那些陈旧的板壁屋便如衣衫褴褛的童养媳夹杂在青枝绿叶般的新娘子之间。据说新火车站要修到建设大道的方向去,教堂般的汉口火车站从此结束它的使命。穿越城市的铁路要改为高质量的公路,公路两边的破旧房屋全部拆除,重新盖起高楼大厦。

邻居们都欢呼雀跃,纷纷盘算旧屋该折价多少,如何向政府讨价还价多分几套房子。只有父亲愁眉不展。父亲说没火车叫他是睡不着觉的。父亲说住楼房沾不到地气人要短寿。父亲说小八子怎么办。那几日父亲常坐在窗口下唠唠叨叨地说:"我只有一个小八子还留在身边。"

我知道我再也不可能和父亲母亲一起了。二十多个幸福的岁月,我享受到了无比无比多而热烈的亲情之爱。那温暖的土层包裹着我弱小的身躯。开放在这热土之上的一串红火一般的艳丽。火车雄壮地隆隆而过,那播撒的光芒雪亮地照耀父亲的小屋。很难想象没有父亲这小屋会是什么样子。

父亲把我挖出的那天是个大晴天。太阳刺眼地照射着大地。父亲叫来了三哥。三哥将小木盒置入一个大纸盒里,然后用绳子捆绑好。三哥说:"我把他埋到二哥旁边吧,有个伴儿。"三哥把纸盒架在自行车后,左脚一蹬,右脚飞越过纸盒踩上踏板。三哥的车铃丁零按响的时候,父亲和母亲,相拥着望着我们远去。他们像一对恩爱的老夫妻慈善着面孔望了很远很远,然后一起颓然地坐在门槛上。这一天我才发现,父亲和母亲已经非常苍老非常憔悴非常软弱了。

三哥将我埋在二哥身边,然后抚着二哥的墓碑,阴着面孔长舒了一口气。直到天黑三哥才缓缓地向山下走去。他的脚步是那么沉重和孤独,一声声敲打着地心,仿佛告诉这山头所有的朋友,他累极了累极了。

星星出来了。灿烂的夜空没能化解这山头上的静谧,月光惨然地洒下它的光,普照着我们这个永远平和安宁的国土。

我想起七哥的话。七哥说生命如同树叶,所有的生长都是为了死亡。殊途却是同归。七哥说谁是好人谁是坏人直到死都是无法判清的。七哥说你把这个世界连同它本身都看透了之后你才会弄清你该有个什么样的活法。我将七哥的话品味了很久很久,但我仍然没有悟出他到底看透了什么,到底做怎样的判断,到底是选择生长还是死亡。我想七哥毕竟还幼稚且浅薄得像每一个活着的人。

而我和七哥不一样。我什么都不是。我只是冷静而恒久地去看山下那变幻无穷的最美丽的风景。

1987 年 2 月于武汉

黑　　洞

一

　　陆建桥走到路灯下时,雨点大了起来。整个巷子寂然无声。一扇薄门将温暖的家之喧声关闭在各自的空间内。自己的家,这是多么有诱惑的字眼。那种无家的惆怅仿佛在他心里已经盘踞了一千年。而实际上,从他亲眼看见自己的旧屋被推土机摧毁的那一刹那到现在,也不过一年半左右的光景。

　　陆建桥仰面看了看天。天空深邃得令人恐惧。几粒很大的雨点滴在了陆建桥脸上。他撑开了伞。伞是姐姐的,满是红绿黄的彩条,很漂亮。他是下意识地挑了这把漂亮的伞,而根本没想到其他的什么。出门时,正在厨房洗碗的姐姐将锅往新砌的瓷砖炉台上一磕,冷冷地说:"这伞是我上个月才买的。"

　　陆建桥怔了怔,想说这炉台是我上星期才帮你搭的。但他终于未说,只是依然拿了伞出门且在门口有意将伞"叭"地一下撑得格外响亮。

　　姐姐将锅"呼"地从炉台挥到地上。撞击声使陆建桥的心砰砰地连跳几下,他艰难地咽了一口唾沫。锅又不是我的,摔坏了自然不必我掏钱买新的,且由她去,陆建桥想。这么想着,心里坦然了好多。

　　雨珠沿着屋檐流成了一注水线。邻近几家的灯光隔着水线折射出几条光带,光带中的色彩斑斓得宛如来自另一个世界的信号。因为下雨的缘故,一向围坐在路灯下打牌的老头们一个也没露面。没有他们的吆喝,小巷失却了生气,死虫般,懒懒地趴在密集的房屋之间。

新干道从巷口前磅礴地伸向远处。路那一边新住宅区的高楼耸立在雨夜中。从窗内涌出的日光灯光芒给大楼抹上一层如火如荼的氛围。白灿灿的光块从地面爬向高空。

那儿的人过的才是真正的生活哩,陆建桥想。他在巷口停下步子,目光投靠对面大楼第三层拐角的窗口。还是黑的。陆建桥轻叹一口气。其实,他走出来时也就料到是这么个结果,但不愿放弃有可能会出现的一点点希望。

一个人将公文包顶在头上匆匆跑来。在巷口见陆建桥怔了怔,说:"还看啦?"

"还想看看。"陆建桥说。

"就死了这份心吧,就是人来了,他也不见得会同情你。他们要知道同情老百姓,事情就好办多了。"

"那倒是。"陆建桥说,"不过,总有点不甘心。"

"唉,你对这世道还是看得不穿呀。"那人说罢,又顶着包跑向巷里,一忽儿,消失在一扇门内。

他是姐姐的邻居,同陆建桥熟。他在市郊一个中学教了二十年语文,虽然总是一副落拓寒酸的样子,但却常常口出狂言。牢骚发得令你觉出他对整个人种都一肚子不满。正是他告诉陆建桥对面三楼那一套房子的主人是市里一个领导的女儿,那女孩儿十七岁,一个人不敢住进去,依然赖在父母家中,所以那房子一直空着。说罢还大骂了一顿世道不公之类的话。陆建桥将此事对老婆说了。老婆眼珠一转,说:"与其这么挤在姐姐家,不如找到那房主,找她租住几个月。出个好价钱,想必她多几个零花钱也不会肚子疼。"陆建桥想想甚觉有理。哪怕房租出到五十块都行,无非是腰带勒紧几个月而已。老婆说:"如果能在这样的房子里住住,夜晚的梦恐怕会香一些。"老婆可怜,自小到大,从没住过砖砌的房子,楼房就更不必说了。

但是,陆建桥等了三个月,始终没能见到那女孩。他想得太简单了。想着那女孩哪天回来亮了屋里的灯,然后他就可以寻去同她好好商量一番。可他未料到,女孩儿从来就不来这儿。连他老婆都丧失了信心,而陆建桥仍然坚持每天来观察一阵子。说不出为了什么,或许是这种观察已成了生活中的一个部分。

窗口仿佛吞进了无涯无际的空间,连想象力都难以遍及。幽黑如洞。在整幢大楼璀璨的灯火反衬下,显出别一种的深奥和神秘。

陆建桥转过了身。一股凄清之感蓦地袭击了他的心。他是个很少很少忧愁的人。这一刻却觉出这种忧思愁情如这潇潇之雨,一层一层地笼罩着他。他想象他和他老婆这样的活法又有多大意思呢?或许,他又想,很多像他一样活着的人都是把这种没意思当作一种意思。

陆建桥到家时,姐姐一家已经睡了。姐姐在菜场工作,每天凌晨就得起床上班。而姐夫在铁路上扳道,陆建桥永远搞不清他那班是怎么个上法。外甥女小兰睡在客厅里临时拉开的折叠床上。小兰现在见了他连话都不说了。小兰刚上初中,没有考取重点中学,回家后大哭一场,从此她对一家没有了好脸色。陆建桥情知原委,但也无奈。是的,他一家占了小兰的房间,他的儿子宝宝在小兰做功课时总是咿咿呀呀地要同姐姐玩玩。小兰早就说过:如果考不上重点中学就得同宝宝算账。不过,陆建桥想,难道仅仅是宝宝的原因么?小兰的妈妈他的姐姐,三天两头来一帮牌友,麻将抹得轰轰烈烈,赢了的笑,输了的吵,小兰即令有自己单独一间也未必不受影响？老婆的话也说得有几分理:凭小兰厚嘴唇肿眼泡那副呆样子,就是给她一个人住一千个房间,她也考不上重点中学。

姐姐家是两室一厅,陆建桥住靠西的房间。他进屋时,老婆正换睡衣上床。

"又白跑吧？真是吃饱了没事。"老婆说。

"这个主意还不是你出的吗？再说我辛辛苦苦地站在那里像个铜人像,未必只是为了我自己？"陆建桥说。

"等不到就算了嘛。不如到房屋开发中心多跑几趟。"

"跑一百趟也没有用。你又不是省长的姑娘市长的媳妇。"

"放屁。你堂堂一个大男人赌狠还是会的吧！现在的人,我晓得,一是要钱,一是怕狠。"

"赌狠容易,关键是找哪一个赌呢？找小办事员是白赌,找经理,根本没有办法见到他的面。"

"照你说就这样算了？说好一年搬回,这都过了一年半了,政府还讲不讲信用！"

"说话欠水平。政府几时跟你讲过信用？拆房子时是求着你,当然什么好话都堆起来说。现在是你求着他,耳朵就不会有先前那么舒服了。"

陆建桥说着走到桌前。他渴了。每逢一提到房子的事,喉咙就会无缘无故地冒烟。仿佛肚子里正燃着一堆火。他摇了摇水瓶,空的。转身问老婆:"怎么不烧点开水？"

老婆已坐在了床上,手里为儿子织着一件棒针衫。听得此话,冷然一笑:"你姐姐说没煤气了。"

陆建桥气弱了,说:"那就用'热得快'烧一点也是好的嘛。"

老婆说:"你姐姐说啦,电费两家平均摊,这样用电,怎么个算法？"

陆建桥不语。居人屋檐下，尚且要低头，而居人房间内，不仅要低头，还得把尾巴夹得紧紧的。近几个月，姐姐已明显表示出对他一家的敌意了。上月他将二十元房租交给姐姐时，姐姐说："而今二十元钱顶得了个屁用。"当晚上同老婆商量将二十元升为三十元时，老婆几乎扇了他一巴掌，眼见得又要交这个月的房租了，他都不知道该怎么把它交到姐姐手上。姐姐在菜场卖肉，一张利嘴不好惹，但老婆是公共汽车售票员，同样利嘴一张，也不好惹。

陆建桥不再说什么，脸脚也懒得洗便上了床。老婆踹了他一脚，说："臭烘烘的，滚到沙发上去。"

陆建桥抱起一床毯子，"滚"到沙发上了。陆建桥在老婆面前一向以忍为主。他想不起来当初是怎么答应这门婚事的。只记得那天他同一个顾客吵架吵输了，正呼呼生气时，姐姐来找他，说是去见女朋友。这个女朋友就是他现在的老婆。他和姐姐上了她卖票的那趟车。那时，她正与三个乘客吵架。见了他姐姐和他，得意地瞥了一眼，然后继续她的"战斗"。从祖宗一直骂到乘客父母的床上。车上所有人都笑得一哄一哄的，且有人叫好，就像夹了一块上好的五花肉咬到嘴里不禁叫绝似的。陆建桥有些难为情，但最终见她吵赢了，便又轻松一口气，难为情统统化为钦佩之感。姐姐说："找老婆就得找这样的。不光自己吃不了亏，而且还能占到别人的便宜。"这件事就这么敲定了。结婚后，初始并不把老婆放在眼里，待得一连吵过三次架之后，方彻底认识到在吵架问题上虽然他自己已有相当功力，但仍然远远不是老婆对手。于是早先有过的钦佩之情一咕噜全变为了恐惧。陆建桥倒不是如何如何怕老婆。只是老婆一开口吵，便从床上的事开头，这结果使得陆建桥很没面子。传到同事耳中的话,足以能当作笑料供人谈论一年不止。倘若吵得太厉害,陆建桥一口气咽不下,必然会挥手揍老婆一顿。而这一顿揍换来的只会是离婚报告。离婚算不了什么,但重找一个就费事了。找不到,日子不好过。再好的男人缺了女人,那过的也叫不像人过的日子。而找到了,也不好过。那意味着除了满天下去张罗钞票之外,还需准备相当的体力去对付那一场足以令人昏天黑地的结婚,纵如此,也还未见得能讨到岳父岳母大人的欢喜。与其如此,还不如娶一而终。一旦预见老婆有吵架的神气便小心翼翼地提着心走路和说话。更何况,老婆还能为他生儿子。

陆建桥昏昏然进入梦中,老婆一张碎嘴啰里吧嗦地唠叨些什么,他全然不知。梦中那个黑洞已深深吸引了他,他努力地睁大着眼睛向洞中探寻。但依然是漆黑一片。黑得你不知所措。

二

陆建桥上班时眼圈发黑,眼白上的红丝像地图中的公路线。沙发是四合一式的,下面装有万向轮,稍一翻身,便有一二沙发滑向一边。半夜里,不小心翻得太重,结果让最边一只沙发撞到了方桌上,桌上一个茶杯咕噜咕噜滚下来摔了个粉碎。陆建桥还没完全醒彻底,老婆便骂起来了。夜深人静,老婆尖细细的声音显得十分刺耳,陆建桥不敢做声,只是默默地爬起,寻了撮箕扫帚,将地上的碎屑一一扫尽。但老婆仍是不依不饶。结果终于惊动了姐姐姐夫。姐姐披了件外衣过来,见陆建桥便破口大骂。而老婆则放过了陆建桥同姐姐吵了起来。听女人骂架比眼睁睁地看世界灭亡更令人可怖,比看一个满身脓疮的糟老头儿嫖一个如花似玉的小女孩更令人恶心。姐夫踢踏着鞋过来,陆建桥同他相互一注目,嘴角似笑非笑地怔了一下,未说话。姐夫上前,将姐姐头发一揪,伸出手,照姐姐脸上便是两巴掌。然后说:"你够了吧?再吵,我扒光你的衣服让你到大桥头去吵个够。"姐姐"噢噢"叫了两声,不敢反抗,乖乖跟着姐夫回东边屋了。陆建桥受到姐夫两巴掌的鼓励,也气呼呼地走到妻子前,心里想着该挥手揍她一顿才是。但在欲抬手的瞬间,他改变了主意。陆建桥"扑通"一声跪了下来,说:"我求求你,莫跟她吵好不好?"

老婆眼一翻说:"她骂我们就不管啦,未必让她骂够?"

陆建桥说:"她是我的亲姐姐,我们一母同生,她骂我还不等于骂了她自己?"

老婆说:"你倒会想,那我呢,八百代跟你家都无关,那就让她白骂了?"

陆建桥说:"想穿点也没什么,都是猴祖宗变的……"

"放屁!"老婆吼了起来。睡在墙边的儿子浑身一震,然后哇哇大哭。陆建桥一肚子火没处出,走过去掀开小被子,照儿子屁股打了几巴掌。立即地,几条通红的手指印交叉在儿子的白皮肤上。儿子哭得几乎喘不上气。老婆一下扑了过来,边哭边骂:"你算什么男人。狗屁本事没有,只会欺负女人毒打小孩。"陆建桥见儿子哭得那般痛苦委屈,心如刀割。

睡意全然没了。屋子里吵哄哄的;连个坐下来静静想一想的地方都没有。陆建桥一跺脚出了门。在关门的一刹那,他听见外甥女小兰说了声"讨厌"。

雨仍淅淅沥沥地下着。小巷死寂一片。偶尔能听到撒尿声。在空旷的夜里,那声音蕴含着一种别一样的温馨。陆建桥立在墙角也撒了一泡尿。然后他走出巷口,上了大路。

橙色的路灯在静夜之中懒懒地眯着眼。陆建桥没带雨伞,一会儿,头发便湿漉漉了。雨水顺着脖子一直流向背心。一阵沁人心脾的凉气从背上往内脏爬去。宛如一注冰冷的水射入心中,将他茫然的心绪一下子切割开来。

老婆是不会为他担忧的,而且他堂堂一条汉子也用不着她来担忧。只是,陆建桥看了看自己身上,不知身上这件白衬衣淋过雨后会不会变得发黄,如同旧货。这是老婆专为配他新买的高尔夫西装送给他的。统共只洗过一水。倘若变了色,自然又免不了一顿狠吵。而目前住在姐姐家,夫妻的吵架稍一放声就扩大为两家的骂架。陆建桥最怕的就是这。他没有地方落脚,亲人中又只有一个姐姐,出了姐姐家门,谁还会收留他呢?而他的房子,房屋开发中心的一个办事员说:可能还得等一年。一年,说说很短,过起来却又何其漫长。

天已经依稀地有了一点亮色。陆建桥负气而出时,忘了拿表。他估计将近五点了。于是索性往他工作的照相馆走去。陆建桥所在的照相馆位于车站路附近。那里虽不及江汉路、六渡桥繁华,但也算汉口相当热闹之处。中山大道从照相馆门前通过。粤汉码头距此亦不过几百米。每每过江船到,乘客潮水般从江上涌到岸上。这使得车站路一带亦有着水流不断的人群。

陆建桥他们照相馆生意不错。陆建桥的职业是开票或取相。他原想当摄影师。但因为他跟书记的关系不是特别好,所以书记总是鼓励他要他安心工作,服从党的安排。陆建桥想,我又不是党员,为什么我的职业也要归党安排呢?此话说与他的同事柳红叶听时,柳红叶说:"我们这条命就是属于党的,这自然也包括职业了。你连这也不懂?"陆建桥细想想觉得也是。暗笑自己一时糊涂连常识都不知道了。

到了照相馆门口,铁栅栏大锁紧闭。陆建桥找了个个体户小摊。买了两个面窝一碗水饺。水饺虽未涨价,但却只见饺皮不见肉。面窝由昔日的四分变为六分,个体户说同别的东西比,这根本不算涨了。陆建桥想说:可是六分的个头比四分的小了好多呀。不过,他没说,常来这儿吃早点,大家都有点面熟,何必说呢?再说你不吃他的东西吃别人的,也一样有皮无肉兼六分钱小个头。

陆建桥刚进门,柳红叶就到了。见他细细打量一眼,说:"一夜没睡?"

陆建桥笑笑说:"好眼力?"

"同老婆亲热了一夜?"柳红叶说。

"当然,"陆建桥戏道,"要是你,还得加一个白天才能过个足瘾。你比我老婆胖一半。"

柳红叶啐了他一口,说:"去你妈的,邪货篓子,一肚子坏水。"

"多少讲点文明礼貌嘛。再就是要注意选择器物。坏水装在篓子里,百分之百漏得精光。"

柳红叶笑了,说:"你那张嘴今天早上搽了几两油?"

陆建桥也一笑,说:"油没搽,但是昨晚同老婆练习了一夜。"

两个便这么骂骂咧咧、说说笑笑地开始工作。

陆建桥近期分管取照,柳红叶管开票,两人天天并肩而坐,朝夕相处。虽无私情,但打情骂俏却是每日重要的生活之一,必不可少。仿佛你捏我一把,我嘲你一句,便如给生活这碗菜加了味精似的,吃起来津津有味。

上午一般清闲。尤其陆建桥这边。柳红叶这几日迷着看琼瑶小说,看得鼻涕一把眼泪一把。顾不得同陆建桥聊天调情。陆建桥到了此刻,睡意方来。于是,他歪着头打起盹来。梦几乎随后即到。依然是变化着的黑洞。一忽儿大,一忽儿小,一忽儿近得抬脚能进,一忽儿又远得只一个淡淡的阴影。他努力地想睁开眼,看清入洞之路,但却怎么都看不清。他挣扎着扭动着甚至试着抬起手用手指将眼皮拨开,但手又仿佛被捆绑着了。他脑子里一个声音说:"我睡着了。我必须醒来。要不然错过了这个机会。"于是他又努力让自己醒来。似乎他已在用手指掐自己的腿了,他觉得疼痛能刺激大脑,使之苏醒。他与自己顽强地抗争着,终于,他浑身陡然一颤,醒了。

黑洞的幻象随梦而去。柜台上发出脆耳的"嘚嘚哆哆"敲击声。一只苍老的脸展现在高柜台的窗口。这是一个老头儿。陆建桥厌恶地皱皱眉。

"取相。"老头儿说。

"条子呢?"陆建桥不耐烦地答一句。

老头儿递过取相条。陆建桥边核对号码边说:"敲个什么柜台,未必不能文明一点?喊一声,舌头就掉了?"

老头儿说:"喊一声?已经喊了十声都不止。您在梦里正开心咧,光喊能出来?不信,你问这个女同志。"

柳红叶抬起头,说:"哎哎,莫要扯我。我是什么都没有听见的。"

陆建桥寻出相袋,利索地往柜台一甩,冷冷地说:"那个梦的确让人开心。像你这样的老干巴,想做都做不出来。"

"你,你,"老头儿气得手发抖,相片袋都打不开,好一会儿才说,"你这样的人,就是在旧社会也够得上一个泼皮的水平。脸模子生得像人,心肝就是另外一回事了。"

陆建桥说:"你骂人还有点水平咧。看来当年也不是个简单人物。"

老头儿没来得及回话,忽而惊问:"这是怎么回事?"

陆建桥见老头儿举着一张大底片,一脸惊讶的样子。蓦然间想起,摄影师大陈头天交待过,说是这张合家团圆相,应顾客要求照两张选其中一张加洗。而他那天同女朋友闹矛盾，心不在焉，照第二张时忘了换底版，结果两张照片都照在一张底片上，重叠了。大陈再三拜托陆建桥，在顾客取相片时，一定好言相慰，并请他们再来补照。却没料到，恰恰是这老头儿的相片，而且已经同他吵破了脸。

陆建桥接过底片，装模作样在工作灯下照了照，然后对老头儿说："照坏了，重照。"

老头儿说："怎么会？我们专门拍了两张，未必两张都坏了？"

陆建桥淡淡一笑，说："坏就坏在你们拍两张上。照叠了。叫你家人再跑一趟，重照一张。"

老头儿不信，拿过底片到门口亮处透着光看了看。看罢，眼泪簌簌地落了下来。转至柜台前，老头儿说："哪么容易，我九个儿女撒在全国各地。这回专为我八十高寿生日请假回汉口团聚。我这辈子哪里还有这样的机会？"

陆建桥心里抖了一下，一股内疚和怜惜之情油然而起。他想表示一下歉意，好言好语同老头儿赔个不是，但实在不习惯。在他的工作史上尚没有这样的记录。他已经抹不开这样的面子了，更何况这儿还坐了个第三者柳红叶，日后传出去，其他同事皆会没事找事地笑他在顾客面前低三下四，有失人格。于是，他说："家里有几个人就来几个吧。又不收你一分钱。"

老头儿说："那又有什么意思？早晓得你们是这种水平，请我我都不会来。"

陆建桥说："下次再莫到这里来了。我们就只有这个水平怎么办呢？只怪您当初也不调查清楚就领一帮儿孙跑这儿来。我们补救工作还不是麻烦？多一些事！"

老头儿说："这么说责任还在我了？"

陆建桥说:"双方都承担一点。事物都是一分为二的嘛。重照一张,不收一分钱,也算对得起你了。总不能让我们店给你儿子赔路费吧?"

老头儿抬起手臂,干枯的手指几乎快指到了陆建桥的鼻子。老头儿说:"你,你这个下流胚子。照出这样的相片来,一句好话都不说,还有什么脸面理直气壮?!"

陆建桥说:"有话好说,不要骂人。老人家尤其要以身作则,教育后代。另外要调查清楚再发言。这张相片又不是我照的,我的脸面不应该有任何损失。"

老头儿手指颤抖着,说:"好,好,这是你说的,我要告你,告你。"

陆建桥说:"欢迎你告。不过你告我什么呢?态度不好?是你先骂的人。相片坏了?又不是我的手艺。随便你告。"

老头儿愣了愣,落魂失魄地望着陆建桥。

柳红叶一边"哧哧"地笑出了声。陆建桥得意地对她扮了个鬼脸,说:"在家里搞不赢老婆,但搞这种人,"他一指老头儿,莞尔一笑,接着说,"那能力还是绰绰有余的。"

柳红叶说:"亏你讲得出口。"

老头儿颓然地坐在长凳上,好一会儿,没动静。柳红叶心里一紧,对陆建桥说:"你莫把老头子气死在我们店里哟,那个皮就不好扯了。就是扯清了,也莫想再评为'文明店'。直接影响到主任的提拔,你就没什么好日子过了。"

陆建桥站起来,目光越过柜台向椅子方向看了看,然后很有把握地说:"不会,那老头子身体好得很,起码能活九十岁,再照一张全家福。"

正说时,老头儿嘤嘤地哭了起来,间或擤了擤鼻涕,哭得老脸上泪水纵横。十来分钟后,便自己站起,颤巍巍地走了。

陆建桥隔着柜台的玻璃看着老人离去。那微驼的背影在门口的阳光下一闪，便消失了。突然之间，仿佛有一只手将他的心捏住。那背影是那么熟悉和亲切，就像他老迈的祖父。很早很早的时候，他每天都看着那背影肩荷药锄，腰挎竹篓，在东方熹微之时，隐入屋前的树林。

陆建桥体内一阵骚动，他忽地站起来。说不清是不是想追回老头儿，向他致歉并设法解决这个问题。柳红叶在他的屁股上拍了几下，说："老实点，又想什么歪点子了？说实在的，那个老家伙莫看他老得不成人形，但绝对是个相当刻薄的人。他说话言词蛮重呀。"

陆建桥噎住了，他想了想，复又坐下。整个上午，陆建桥都心不在焉，说不出的烦躁使得他心绪茫然。直到临近中午，他才平定了一些。叹了叹气，自慰道："反正爷爷已经死了。"

柳红叶说："咦，你居然也叹气？昨晚同老婆吵骂输惨了？"

"惨不忍睹。"陆建桥说。

三

陆建桥进家门时就觉得屋里气氛不对。姐姐坐在厅里的沙发上织毛衣，脸皮绷得像一块生铁皮。陆建桥按捺住心里乱七八糟的思绪，讨好地上前叫了声"姐"，又说："姐的手真快，才几天就织这么多了。我姐夫太有福气了。"

姐姐依然不语，依然以铁皮脸相对。陆建桥甚觉没趣，赶紧回自己房间。陆建桥父母双双早逝，姐弟二人自小便由祖父养育。祖父居于神农架大山坳中，为了不使他姐弟二人将来守贫受苦一辈子，以年老不适为由，将陆建桥和姐姐一起带至汉口舅舅家寄养。户口也因此落入城中。陆建桥舅舅在铁路上当工人。对姐姐的一双儿女,既无嫌弃亦无疼爱。为此,他们更多的是自己照应自己。许多年来,陆建桥同姐姐的关系一直很亲密。即令成家后,陆建桥亦每星期必定探望姐姐一次,并看看姐姐有什么需要帮忙的。然而,这次因房屋拆迁之故,在姐姐家长住一年半之久,姐弟关系日益变得奇异、冷漠。昔日的情感仿佛都如烟云般随风而去。

陆建桥呆坐在窗前。一抹夕阳余光斜射进来,落在老婆梳头的镜子上。镜子反弹出一块白晃晃的光斑,镶嵌在屋顶。

陆建桥想了一会儿,又折入厅里,他掏出三十块钱递给姐姐,说:"姐,从这个月起,我们给你三十块钱的房租,物价涨得骇人,姐姐的日子也过得紧。"

姐姐冷冷地朝茶几上扫一眼。陆建桥赶紧把钱往茶几上一搁。

姐姐说:"几个钱多一点少一点倒无所谓,关键是不好住。小兰老住厅里也有意见。再说弟妹又有点夹生,跟她相处人也蛮累。"

陆建桥说:"那是,那是。"心里却道,她不是你相中的么,不是你一口一个如何如何能干、聪明,不会在外吃亏的么?早说了与她相处太累,岂不是免得我累一辈子?

姐姐说:"桥桥,绝不是姐姐嫌你,也是有一大堆实际困难,你再到开发中心去催一催好不好?明明说好一年后迁回,回迁证上也写得明明白白,为什么不算数?"

"姐,你未必还信这?"陆建桥说,"那说好了二〇〇〇年实现'四化',实现不了你也怪别人说话不算数?这里头有些突然冒出的情况哟。"

姐姐冷笑一声,说:"你还蛮想得开。反正在我这里,活得也蛮方便,晚些时搬也算不了什么。"

陆建桥忙堆出一脸笑,说:"我不是这个意思,我是说,不管是哪个说的话,都不必相信。而今的世界,哪个不哄哪个?哄赢了,你自享其乐,哄输了,你自认霉气。"

"那你这房子到底怎么办?"

"我当然还是要去找他们扯扯皮。开发中心的那帮人滑头得很,每次找他们,话都是说得滴水不漏,但是你就是搞不清几时能搬回去。"

姐姐说:"莫舍不得钱,该破费时还是要破费一点。我当初从汉阳调到汉口来,头几年光写申请,屁用没有。后来学聪明了,两边送礼,百把块钱送下地,什么都好办了。钱是花了一些,可人少吃了多少亏?"

陆建桥说:"我晓得。她已经把刚到期的五百块钱的定期取回来了,就是准备花在这上面的。不过,现在的钱不值钱,花百把块钱,都拿不出像样的礼来。"

姐姐说:"只要你攒劲去办,不怕事不成。姐姐我也可以给你帮帮忙。外贸局食堂跟我们菜场是老关系。那个采购员跟我也熟。找他买点俏货,价钱又便宜的,他肯定会帮忙。他回回在我手上称肉,我都多给了。这他心里有数得很。"

陆建桥说:"那好。我的事总归还是靠姐姐多操心,别的哪个都是靠不住的。"

姐姐的脸终于松弛了下来。她放下毛衣,起身进了厨房。不一会儿端出一碗银耳汤,递给陆建桥说:"这是我昨天为你姐夫煮的。特地给你留了一碗。你当着我的面喝下。免得趁我不注意又留给你老婆了。"

陆建桥心头一热,往事一起在脑海间涌动。他接过碗,说:"那怎么会?这是姐姐对我的心意。"然后大口大口将一碗银耳汤喝得精光。姐姐到底是姐姐,这种血缘关系比什么都牢固,甚至婚姻关系。前者维系的是血肉,而后者则只是一纸婚书。

老婆下班回来说了一个惊人的消息:新房已经竣工了!老婆两片薄嘴唇喋喋不休地嚅动。说是12号的老魏坐了她的车。他刚去了房屋开发中心,送出了两条良友,别人才告诉他这个信息。良友还是在三阳路华侨商店买的,用的是兑换券。所以比黑市价便宜一半。中心的人抽了一支,判断是真良友,就泄露情报说这一次搬迁五十户,按旧房拆除时谁先搬出的顺序编号。老魏编在61号。现在得到许诺插到50号以前去。老魏从起点坐到终点站,一直说个不停,害得她没有心思查票,眼睁睁地看着几个农民没买票下了车也忘了去抓。那一趟只卖了两块三毛钱的票。老魏下车时只嘻嘻一笑,就这么白坐了一趟车走了。

陆建桥打断她的话,说:"你没问问他,我们家排在几号?"

老婆尖声叫道:"还几号?我们是最后搬出去的一家,等到别人把新房都住成了旧的还不定能轮上呢。"

陆建桥说:"那怪谁?还不是你,硬要我用些破砖头在平台上搭出一间房来,别人不肯算那里的面积你就不搬,白白扯了两个月的皮,结果呢,到头来害自己一场。"

老婆说:"搞了半天你还怪我。当初你还不是夸我点子多?再说最后还是折半算了面积吧?多八个平方米就能分到两室一厅,这你就不说了?"

姐姐从自己屋里踱出来,斥道:"现在吵这些顶屁用。还不赶快想点办法插到50号前面去?正经事情总抓不住,鸡毛蒜皮的事倒争得津津有味。没见过你们这种人。"

陆建桥看见老婆的脸红得开始发亮了,耳垂也抖了起来。这是她准备恶吵一场的兆头。陆建桥立即把她的腰一搂。结婚以后他便再没有过这动作,见别人丈夫搂着妻子腰他还觉得恶心不过,又不是谈恋爱,何必那么做作。而这会儿他紧搂着老婆的腰,急切地说:"走,到房间去,好好商量一下对策。你的脑袋瓜最灵活。你出主意,我出行动,肯定能成功。今天晚上我们就开始进入战备状态。"

老婆的耳垂停止了抖动,喘了几口粗气,又狠狠地横了姐姐一眼,嘴里低声地咕咕噜噜,然后在陆建桥手臂的作用力下进屋了。

陆建桥和他老婆认得的三教九流人物也算不少了。如果自家盖房子搞点社会主义的水泥和砖而不出分文,也是不难的。至于搞便宜的烟酒、木料以及钢筋油漆之类,更是不在话下。如今人都是,鱼有鱼路,虾有虾路。但是,所有往来的朋友,没一个是当官的。好容易发现中学时的同桌当过副科级,但他老兄却弃官不干,考取了师范,现在当了个中学老师,可怜得叮当响。陆建桥偶有所遇,每回都见他比上次细了一圈。关键还不在这,而是他自己为了结婚排队等房子,房子没等到,女朋友倒急不可耐地成了别人的老婆。找他帮忙自然是瞎了眼。

老婆说:"关键是要跟开发中心的经理牵上线。如果跟他老婆牵上线那效果更好。"

陆建桥说:"这不一定。经理要是有外遇呢?那还会听他老婆的?"

老婆振振有词说:"那更好说话。他为了达到离婚目的,什么都会依他老婆的。"

陆建桥笑笑说:"你说得轻松,人家经理老婆会为了你的房子去跟她荣华富贵的丈夫离婚?真是做梦。"

老婆不服,说:"人家经理身子贵,再说肯定是党员,他会干那种有外遇的事?这种下三滥的事只有你这样的人干。"

陆建桥说:"真正干不出那档事的还就是我这样的人。谁要我?除了你!经理就是因为当了经理,又是党员才觉得自己值钱,才转着换换老婆换换口味的心思。"

姐姐在门口叉起了腰,说:"说是没见过你们这样的人还是个真话。怪不得你们甘愿住别人家里看脸色。就只这个命。"

姐姐说罢,扬长而去。老婆脸色又红得发亮,不光耳垂抖动,连嘴唇也抖个不停。陆建桥一肚子酸甜苦辣不知怎么才能倒出去。的确就只有这个命。的确也只能俯首做看姐姐脸色的小人。他不想劝阻老婆了,她若愿同姐姐恶吵一架也就由她去。他就要赖在姐姐家一直到迁居新房时。难道姐姐还能杀了他不成?如若杀了他,姐姐自己也活不了,同归于尽也是划算的。

老婆抖了半天,结果没冲出门同姐姐大吵,倒是反手照他的脸颊甩了一巴掌。然后一头栽到被子上,哇哇地大哭起来,口里不断夹带着"我的命好苦呀"之类的号叫。

陆建桥呆呆地坐在床沿,一动不动。什么也没想,什么也想不出。天渐渐有些昏黑了。老婆的眼泪还没流完。蓦然间,她从床上弹了起来,惊叫道:"宝宝呢?还没接宝宝!"

陆建桥心一紧,吼了她一句:"你混蛋!"然后拔腿往外冲。

在巷口,他看见宝宝一手拿着一支棒棒糖,在姐姐的怀抱里手舞足蹈。他叫了一声"姐",嗓子眼里涌动着一个什么东西,一句想表达谢意的话没说出口。

姐姐白了他一眼,嘴角挂着几丝轻蔑的笑。

"爸爸,姑姑吃糖糖。"宝宝拍着姐姐的脸咿咿呀呀说。

"托儿所只剩了他一个,老师都拍着大腿骂娘了。天下有这等女人,就是天塌了也得先想着儿子呀。"姐姐说。

老婆从巷子里快步走来,宝宝眼尖,欢声叫道:"妈妈,要妈妈。"

陆建桥赶紧压低嗓音说:"宝宝别闹,姑姑比妈妈更亲哩。"

宝宝全然不理,依然伸胳膊蹬腿叫着:"妈妈来了,妈妈接宝宝来了。"

老婆走近后,从姐姐手上接过孩子。脸上很平和,不似大哭一场后的模样。陆建桥有些诧异。不料老婆更有惊人之举。老婆对姐姐不太自然地笑笑,然后说:"姐,让你费心了。宝宝有这样的姑,真是有福气。"

陆建桥和姐姐都警惕地注视着她,各自揣摸这话里是不是另有讽刺之意。

老婆又笑笑,这回自然了好多。只见她用手拍拍宝宝的脸颊,说:"宝宝,谢谢姑姑。"

宝宝倾斜过身子,嗅到姐姐脸边,在姐姐已松垮得叠出许多皱纹的脸上,响亮亮地咂了一下。

姐姐一下子泛出了笑意。慈爱地在宝宝脸上亲了亲。然后收敛起笑,眼睛望着远处,说:"谢什么?见外了。宝宝是我们陆家的根。他的命就是我的命。"

那一刻,陆建桥才真正从心底感激妻子,幸亏她为陆家生了个儿子。若是女儿,他和姐姐的关系不堪设想。而世界上,他只有姐姐这个无论何时都一心为他着想的亲人。他依恋她有一点像旁人依恋母亲的味道。

晚间,上了床后,老婆才说:"我想起一个人,他肯定会帮我们的忙。"

"谁?"

"余志文。"老婆得意地说。

"他?"陆建桥想想说,"那不可能吧。姐姐现在和他没来往,再说,就是有来往,姐姐也未见得肯动用这个关系。"

"为什么不肯?未必她情愿我们总这么挤着她?"老婆不以为然。

陆建桥说:"那是姐姐青年时代的一个梦。志文大哥虽说一直痴情于姐姐,但他痴情的是过去的姐姐,而不是现在这个菜场的服务员。"

老婆说:"亏得你是男人,但你根本不懂男人。余志文虽然有了老婆孩子,但没有得到的东西总是最吊胃口的。再说试一试又不会感冒,怕什么?"

陆建桥说:"那,我跟姐姐说说?"

老婆说:"不能光是说,要央求,一直到她同意为止。你姐表面上凶你,其实她像你妈一样疼你。"

陆建桥吞吞吐吐地说:"那,那,好吧。"

老婆赌气地扭过身,把背脊对着他,气呼呼说了句:"窝囊废。"然后再也没说话。

陆建桥睁着眼望着天花板。望得眼睛发酸,酸得眼角竟爬出两行清泪,分两边流到枕头上。妈的,怎么搞的,别人还以为他像个娘们哩。他想。

老婆已开始打呼噜了。女人也会打呼噜,这是他结婚后才知道的。假如婚前能得手跟老婆先睡上一觉就好了。可能,他就不会娶她。女人打呼噜,给你一种母猪的感觉。渐渐地,他也打起了呼噜,比他老婆的更响亮。

但他的梦却是静悄悄的。那个黑洞又在远远近近,大大小小地变幻,以一种浓郁的神秘引诱着他的神志。在梦里,他想,糟了,今天没去巷口观察,会不会正好今晚亮灯呢?于是他开始懊伤。整个梦都涂满了懊伤的色彩。

四

日子整个儿过得不顺气。有三天的时间,陆建桥都在找他姐姐过去的情人余志文。余志文曾是姐姐初中到高中的同学,下乡又在一个生产队。他和姐姐有几乎长达十年的感情。结果因为邻居姑娘照料了他体弱多病的母亲五年之久,母亲在病榻上敲定了他和邻居姑娘相配的婚事。而且指天呼喊,若不同意,她立即撞死。余志文同姐姐抱头痛哭,三天三夜粒米未进。两人意欲殉情而死,但行至江边,涉入水中,各个又挂念各自的母亲和弟弟,于是又携手同返。这事终于以余志文的母亲得胜而告终。老太太在儿子婚后三个月便一命呜呼,而余志文却抑郁不快了十多年。每次见到陆建桥或姐姐,眼睛里都满是悲戚,一副黯然神伤的模样。姐姐是在同他分手的一星期后,便闪电式地同姐夫结了婚。婚礼时,余志文一直在距姐夫家十米处的地方徘徊,焦躁不安,像一头受伤的野兽。那一整个夜晚,是陆建桥陪伴着余志文度过的。余志文不曾对他说一句话,只是铁青着脸来来回回地踱步。陆建桥从他那表情中看出,余志文的心一辈子都不会安宁。沧海桑田,白云苍狗。余志文后来竟上了大学。毕业后又分到省委里工作。有一日陆建桥和姐姐带着宝宝和小兰去汉阳动物园。看大耳羊时正巧遇上了余志文和他的女儿。余志文很客气,眼睛里依然阴郁悲哀,说完了自己的现状,然后情意绵绵地望着姐姐说:"有什么需要帮助的,就来找我。我会舍命相助的。"姐姐亦客客气气地答应了。但回家后却暗暗哭了一场。完后对陆建桥说:"我这一辈子绝不会找他干任何事。"

姐姐的话果然价值千金。无论陆建桥怎么央求,乃至淌泪,姐姐都坚决不干。甚至说道:"我宁肯你不认我这个姐姐。余志文我是绝对不会去见的。"

陆建桥于是只好罢了。幸而他同余志文也曾有过情同手足的年月。他想我自己去找余志文难道他就不会伸手相助?但陆建桥没料到他居然无论如何都找不到余志文。为此他专门跑了一趟水果湖。像个绿头苍蝇般乱碰乱撞。几乎所有被他询问的人都用怀疑的目光打量他,仿佛他是哪个山沟沟里来的乡巴佬。陆建桥想起老婆骂他的"窝囊废",他想老婆骂的的确正确。他找到了余志文的办公室,甚至还找到了他的家,但他仍然没能找到余志文。奇怪的是认识余志文的人没一个愿意告诉他余志文干什么去了,什么时间能来。陆建桥在心里挑着一串串的脏话骂着那帮家伙,骂得极其痛快淋漓。然而他还是一无所获地返回汉口。

白白请了半天假。下午到馆里。刚进门,柳红叶笑盈盈告诉他:"大喜啊,主任有请。叫你立即去见他。"

"什么事?你晓得不?"陆建桥问。

柳红叶狡黠一笑,说:"莫不是要给你加工资吧?再不就是评你为先进突击手什么的了。"

陆建桥冷笑着打量了柳红叶一下,才说:"如果给我加工资或是评突击手,你还会这么轻松?照相馆的大门都要被你这个骚喉咙震破。"

柳红叶说:"算你说对了。快去吧。老头儿给晚报'九头鸟'写了信,'九头鸟'上午专门来拜访过了。"

陆建桥的心呼地往上一提。这几日忙房子他几乎把那老头儿忘得干干净净。想不到这老头儿真的认真起来了。而过去,他或者柳红叶或者别的人包括主任,跟顾客吵的架比这厉害得多得多的都有,却从来没有人惊动过报社。莫不是那老头儿恰好有个儿子孙子什么的人在报社当头儿?陆建桥脸色有些灰了。

柳红叶咯咯地笑个不停,边笑边说:"上去呀,男子汉连死都不怕,还怕这?带上弓箭,见九头鸟就放一箭,算得了什么。"

"去你妈的,女妖精。"陆建桥骂了一句,转身"噔噔噔"地上楼去了。

在楼梯口,碰见摄影师大陈。大陈照他的肩狠狠拍了一掌,说:"伙计,你干得太不清爽了。我拜托你好好跟人家赔赔小心,你不帮忙也可以,何必非要跟人家吵一架,还要他告我。"

陆建桥肩疼得直咧嘴,却连忙赔着笑,说:"对不起,兄弟,这里有一点误会,等一下我详细告诉你。"

大陈说:"误会?这一误会就去了一个季度的奖金。老子的职称上不上得去也成问题。"

"一个季度的奖金?罚这么重?"陆建桥大惊失色。

"就这还没有定。这是主任提的。局里人说应该罚一年,工资下浮一级。如果报纸上披露了,那更下不了台。搞不好调离工作岗位,下面打杂去。"大陈说。

"真的?!"陆建桥被吓住了。没想到一个小小的事能闹得这样惊天动地。他对那些老头曾经产生过的内疚和怜惜一扫而尽。不由破口骂道:"这个老不死的。自己也活不了几年了,害我们干什么?来世投胎叫他变成猪,让人用刀宰才解恨。"

"这种老家伙确实该活着送火葬场去。"大陈也骂道。

"伙计,也许不会那么严重,今晚上,无论如何跟我上一趟老通城。到三楼雅座,我跟你赔罪。"陆建桥说。

"一言为定,我柜子里还有一瓶'白云边',本来想去孝敬老丈人,去他的,喝了算了。"大陈一副豁出去的样子说。

"伙计,你够朋友!我陆建桥记得住的。下班一起走。"陆建桥说。

陆建桥摸摸裤子口袋,里面大概还有三十多块钱。照老通城雅座的价格,照他和大陈两人的酒量和饭量,这点钱远远不够。大陈父母都是搞外贸的,他也算是吃香喝辣惯了,点起菜来还不往狠处点?这三十块钱是交宝宝的托儿费的,除此外,还得找人借五十方是。这一甩手八十块便没了,老婆知道了岂不要提刀杀人?陆建桥有点不寒而栗,对大陈,也有些恨恨然。难道他大陈一点责任也没有?不是他那破手艺何至于他陆建桥倒这么个大霉?再说,凭人家这么珍贵的纪念相片,就是一句架不吵,人家也会告到"九头鸟"的。他大陈的奖金照样要扣,工作照样成问题。而现在,却搭上了他。分明他是个冤枉陪宰的,倒仿佛成了他是死囚而大陈吃了冤枉官司。世间有多少不平的事?从即日起又多了一桩。他居然还提出设宴赔罪,岂不是自家花钱买罪过?陆建桥狠狠砸了自家脑袋一拳头。十分后悔刚才说出的去老通城的话。

陆建桥不敢像往日般一脚踢开办公室的门,而是小心翼翼地敲了几下,像个极温文尔雅的绅士。门"哗啦"拉开了,主任正笑着跟办公室的人说什么,见他立即垮下了脸。陆建桥点头哈腰地走进去,心里拼命告诫自己不管主任书记怎么骂,也得态度老实,放乖点、放乖点、放乖点。

办公室只有书记和主任两人,他们平常是不和的,看来,陆建桥想,这回联合起来对付我了。

书记说:"小陆,我记得文明礼貌月时开会谈自己的认识,你谈得很不错嘛。"

陆建桥唯唯诺诺地说:"我知道自己现在退步了。"

主任一拍桌,说:"你他妈不是存心败坏我们照相馆的名声吗?起码三年翻不了身。"

陆建桥几乎要落泪了,他说:"我知道我做了对不起党对不起人民的事。我愿意做深刻检讨。"

"检讨能检回损失?"主任说。

陆建桥不语,暗自骂道:平日里关系都蛮不错的,何必落井下石。早先请吃的那桌酒岂不喂了狗?就是前不久还"孝敬"

了一条长嘴红双喜哩。担当一点,未必你家就绝种了?

书记说:"这件事要结合眼下抓职业道德教育,严肃处理。你明天在家写检讨。扣一天工资。"

"那……"陆建桥说,"我晚上写行不?"

"晚上那一点时间,难道够你反思吗?这个教训沉痛得很啦。"书记痛苦万分地说。这种教训天天都有。陆建桥心里说。哪个没同顾客吵过架。全武汉能找出一个这样的不?人家六渡桥商店学熊汉仙学得汗流浃背,武汉商场、中南大楼广告做得惊天动地,可服务人员哪个不跟顾客吹胡子瞪眼睛?不来劲时喊破天都不理,至少他在馆里还没出现过这种情况吧?所有的人都如此这般,他陆建桥未必能特殊得了?他若对顾客热情得如一盆火,顾客不把他当神经病才怪。顾客早就被吼惯了,怠慢惯了,一旦没了这招,他们肯定认为货物是假的抑或你照相技术不行,硬用笑脸栽给他。到那时生意还真做不出去咧。

陆建桥没听清书记又说了些什么。书记是局里的优秀政治工作者,好容易有了个机会开展他的工作,定是不会浪费掉的。用柳红叶的话说,书记最近一两年等着别人犯错误以便他好苦口婆心地教育已经等得有些痛苦了。这主要关系到下一届优秀还有没有他的份儿的重大问题。陆建桥想,这回我可帮了你这个狗杂种一个大忙了。

陆建桥告辞出来时,书记把他送到门口,拍着他的肩,微笑着说:"通过这件事改正错误,照样还是好同志。别灰心。"

陆建桥点点头,说:"谢谢书记的帮助,我都记住了。"说完想,老子把你肚子里的臭狗屎都看得一清二楚。

陆建桥下来回到柜台。柳红叶问:"几两训面?"

陆建桥说:"论吨还差不多。你未必想不出书记那张嘴脸?"

柳红叶说:"那嘴脸腌起来也没几两肉,有什么好想的。"

说得陆建桥忍不住笑,然后尽自己才能把书记、主任各个学了一遍。书记是天门人,那语言带点色眯眯的味道。柳红叶笑得趴在工作台上直不起身来。一个顾客来照相,唤了半天也没人理。顾客喊了起来,柳红叶说:"吼什么吼,未必连笑的权利也没有了。照几寸?说,姓什么?拿钱来。这大年龄,还两口子一起照相,也不怕年轻人笑话。"顾客忍气吞声,嘴里嘟噜了几句,便去摄影室了。

陆建桥说:"你大概也想吃书记几吨训面?"

柳红叶说:"没你那个运气,柴米油盐酱醋茶,外加上买不到白糖,搭不上汽车;定不了职称,加不上工资;一大堆杂事,个个都逃不脱。哪有闲心事到这里来告状。除了你那个老头子八十岁,实在没有活干,不找点事来打发光阴,那不是笔直去火葬场了?"

一席话,令陆建桥哑然。柳红叶是个聪明不过的人,唇如薄刀。虽说靠补习功课才拿到初中文凭,比他陆建桥更不如,但经常说点什么话倒是入木三分。损起人来,只让你觉得她凭着那两片薄唇,活生生地能剐下了对方的皮。

下班时,大陈推了自行车在门口等,他换了套西装。斜条纹领带是高档金利来的。相形之下,陆建桥颇有些寒酸。他只着一件灯心绒夹克,红格子衬衣也是棉布的,虽说眼下时兴这种布衬衫,但衣领挺不起来也是实际存在的。其实,西装陆建桥也是有的。好容易鼓足勇气掏了七十块钱买了一套西装。兴奋得同老婆把中山大道、解放大道最热闹的几处都逛了一遍。不料第二日穿到馆里来,被大陈誉为全局穿廉价西服的代表人物。众同事皆一哄一笑地应和。从此后,陆建桥的西装便成了衣柜里的常驻代表。老婆为此同他吵了三架都不止。陆建桥自叹自己不如大陈。大陈的衣服全部都是从深圳沙头角用港币买来的。天知道他怎么有那么多的港币和那么多代他买服装的人。

"钱带足了没有?"大陈问。

"那还用说。没钱敢对你这样的人开口?"陆建桥粲然一笑说。柳红叶把一毛两毛的票子都掏出来了,这才凑足陆建桥要借的五十元。至于怎么个还法,陆建桥想都不敢想了。过了今天再说。

老通城在大智路,路程很近。只是下班时间,自行车多极。虽说已是单行线,但行进起来仍然慢得你一路骂娘。汉口地形狭长,城镇沿江伸展,纵干道几十年只有三条。第四条干道直到近年有关人员睡醒了才开始修筑。要命的不光是人多得令你生厌,而且住在长江上游的人偏偏在下游上班,住在武昌的人恰恰在汉口赚钱。每逢上午六点到八点,下午五点到六点半,车船挤得让人觉出全武汉三镇的人都在距自己家最远的地方工作。若能在这些人中找出一个不骂武汉交通的人,那才是比建造金字塔还大的奇迹。倘有一任市长能解决武汉的交通问题,百姓们把他当祖宗供起来是毫无疑问的。

陆建桥和大陈在这个问题上观点完全一致。

老通城的招牌已经在望了。老通城以豆皮煎得好而著称。说是毛主席当年在这儿吃得赞不绝口。其实,毛主席吃的老通城并不是这个老通城。外来人定要认准这个,汉口人也就闭一眼睁一眼地由他们去。天下讹传的事何其之多。毛主席在哪儿吃的豆皮并不要紧。无论是哪个老通城,归根结底的是该放多少油的还放多少油,该涨价的也照样涨价。并不因为毛主席吃得香而显得味道特殊抑或便宜市民。

陆建桥和大陈听到有人叫时,同时刹了车。害得后面倒下了一长条,仿佛多米诺骨牌。骂人声从后面又如浪般一直涌到陆建桥和大陈面前。从车流中穿出来的是主任。

"你们俩怎么走到了这儿?"主任笑容可掬地说。

"我们……"陆建桥望了大陈一眼。

大陈说:"我们觉得这几天有些霉气,想去老通城喝点酒,刺激一下。"

"借酒浇愁?"主任笑说。

陆建桥说:"有什么法子。命该倒霉时也只有硬着头皮认了。"

主任打了一个哈哈,说:"莫说得可怜巴巴的,书记在场,我不好打圆场。把你们处分重了,我心里未必舒服。这两天,我到几个主张重罚的人屋里走走,尽量弄成最轻处理。不过检讨还是要做的。建桥,明天你安心在家里写,到时候我还是算你出公差。写检讨也是为了配合抓职业道德教育,当然算公事。而且是大公事。"

三人不知不觉推车走到了老通城门口,又一起停了车,又一起上了三楼。主任在干这桩事上有高度的自觉性。陆建桥和大陈都没邀他,但他则自自然然地同他们坐到了一起。菜谱送来时,自是主任点菜。主任比大陈地位高,自然又比大陈更加能吃善喝。熟悉中国国情的百姓无不通晓此点。陆建桥不由得忧心忡忡,他暗暗捏住裤兜里一大把价值八十元的钞票,心想这数字不晓得打不打得住。

五

陆建桥昨天到家时几近夜里十点。喝得多了,脑袋晕晕乎乎,骑至球场街还莫名其妙跟人撞了一个跟头,膝盖一直火辣辣地痛。

巷口的路灯在暗夜中伶仃而立,与遥距几米远的大道上项链般的街灯相比,它显得别一样的凄惶。

陆建桥在巷口凝望了新大楼几分钟。那里还是黑沉沉的一个洞口。如果不是整幢大楼的灯火构成一副框架,为了对称,三楼拐角那房间必须存在,不然你简直就感觉不到那里会有房间。

陆建桥朝那房间的方向狠狠吐了一口痰。他的头晕得厉害,心里有一个什么东西正一蹿一蹿的。他简直有一种想站在江汉路的立交桥上顶天立地地骂一通娘的欲望。骂一通又有谁敢把他怎么样呢？汉口人到哪儿不都骂骂咧咧的？要不岂不枉为汉口人？

老婆已经睡着了。鼾声如雷。他重重地关了一下门。老婆惊了一下,然后醒了。老婆连个迷蒙过程都没有,一醒便开口骂人了:"若嫖女人,该在外面过夜才是。"

"放屁!"他说。他的酒劲正在头上,火也正烧在心里。他忘了老婆是应该怕的,像他往常一样。

老婆一掀被子,坐了起来,吼道:"你竟敢骂我放屁。"

"骂了又怎么样？"陆建桥说。

"骂了老子跟你下不了地。"老婆跳下床扑了上来,又踢又咬,又吼又骂,外加鼻涕眼泪一大把的。

陆建桥被这闪电般的攻击搞蒙了,迷茫着眼睛任老婆撕打。他突然间觉得自己晕极了,晕得想不如死了。于是一跟头倒在地上,肚中的污秽从嘴里一直往外喷得满身都是。

醒来时,他已躺在了沙发上,周身衣服也全部换了干净的。太阳很明媚地照着,玻璃窗亮晃晃地透着光。屋里只剩了他一个。到处干干净净的。儿子显然已送去了幼儿园。厨房里传出哗哗的洗衣服声。老婆上中班,这会儿还没走。小屋里充满了阳光的味道。多么温馨的家呀。如果是自己的,该有多好。

他浑身软软的,四肢乏力。他真想就这么躺一辈子,永远不起来。不去照相馆,不去看黑洞,也不去找余志文,更不同主任、大陈上老通城,而在他温暖的家中睡着了永远不再醒。

老婆进屋拿衣架,她穿着一件天蓝色的尼龙上衣。鼓胀胀的乳房被紧身的衣服塑造成两个大馒头,随着老婆的步子一颤一颤。老婆的脖子很白很光滑。他记得刚结婚时他最喜欢把脸放在老婆的脖子上擦来擦去。陆建桥突然觉得他老婆是很漂亮的。至少比主任的老婆漂亮十倍。他不禁产生一种渴望。情不自禁地喊了一声:"莲莲。"

老婆侧过脸,冷冷地说:"抽什么筋!嫁了你这种男人,活该我倒霉。你倒自在,在外面吃香喝辣,也不问问,看看,你老婆天天吃些什么?"

陆建桥想起昨晚的"牛蛙肉",想起"鸡腿",不觉有些羞愧。

老婆过来朝沙发踢了一脚,说:"还不起来?你不上班了?"

陆建桥忙说:"今天派我公务,在家写点东西。"

老婆一声冷笑,说:"你们头头也瞎了眼,让你写东西也不怕浪费了国家的纸。"

陆建桥坐起来。老婆又吼:"既然不上班,又何必起来。有什么东西可写的?不都是你哄我我哄你的。醉酒伤身子,跟你说了一千遍,耳朵打苍蝇去了?"

陆建桥说:"我还是起来算了。干脆利用今天时间到房屋开发中心去走走。"

"余志文没找到?狗东西。"

"没他也一样。多破费点钱,上下打点到,比有熟人不差。"

"老实告诉你,今年再不搬出你这个恶鸡婆姐姐家,我不跟你过了。"

"何必这么说?"陆建桥说。

"我活着为人,还想过几年人过的日子。"老婆说。

"我未必不这样想?可是有什么办法?当初要分我去省委招待所食堂当大师傅,我去了就好了。到而今,最少也落得两室一厅。何苦遭这个罪。"陆建桥叹说。

"桌上有凉面,面窝在碰柜里,自己拿。少在这里屁话连天。要办事就早走。"老婆说。

陆建桥到开发中心时,刚到九点。那里宛如开什么交易会,人群熙攘。拎包背包的大有人在。谁也不知道那里面装些什么。陆建桥自然也有。买东西时,他着实费了一点神。开发中心的人,一个个也差不多肥得流油了。随便送点东西,他们根本不放在眼里,倒反而会被说成小家子气,落得个花钱不讨好的下场。陆建桥虽然去的是三阳路华侨商店,但他绕店三圈,也没确定买点什么。最后狠了半天心,买下了四瓶一百五十克的"雀巢"咖啡,几乎花尽了一百元。老婆将存款取出了五百块,咬咬牙说这五百专门拿去"开路"。钱从银行出来在陆建桥手上还没搁到一小时,便只剩了四百。剩下的,陆建桥想,还是交给姐姐,请她让搞外贸的人帮忙买点便宜的洋货。时下的中国人,见了洋货,每个人的眼珠儿都会在瞬间凸出框来。

开发中心的人一个个红光满面,一看便知是每顿有肉吃的"贵族"。但红脸上的表情却一律呈不耐烦状。遇上这样的脸,陆建桥想,还是不去惹他们好。咖啡虽说买了四瓶,可无论如何还是应该不见鬼子不挂弦才是。

陆建桥几乎逛荡了半个钟头,还没发现一个值得他"挂弦"的人。眼见日头已快高挂中天了,他的事还没一点毛毛影。更何况,下午能不能把检讨写完还是个问号。他心里不觉有了几分急。

陆续的,来开发中心的人渐渐少了些。或探得一些消息,或了解到自家搬迁有份,或觉出自己空手前来显然无用。总而言之,陆建桥心里已为竞争对手的减少而愉快了好多。

"喂,83号的,你也来了?"

陆建桥听得此声,迅疾倒转头循声寻人。

"哦,小路呀,太好了!"陆建桥有些喜出望外。拆迁时,到陆建桥家做工作的人正是小路。陆建桥为多算几个平方米,送给小路一条"万宝路",而且还在一次动员工作做完了以后,两人一起去个体户的小酒馆里美美吃喝了一顿。小路对陆建桥的评价是:"仗义。"说是交陆建桥这样的朋友,别的不说,绝对可靠这一点是无疑问的。陆建桥极是感激,几乎认定知己者,莫过小路了。拆迁时,小路果然从中帮了忙。陆建桥在听说拆迁消息后临时在平台上搭的十六平方米的房间,原本不能算面积的。因为小路周旋而折成了一半。

"我正找你找得心慌。听61号的说你找路子调深圳了?"陆建桥说。

"哪里话。哄他们的。问房子的事问得心烦,找个由头打发那伙计。"小路说。

陆建桥说:"莫那么心烦。今天会不会又调到上海、北京?我也是为房子来的。"

小路说:"你来找我有什么话说?我跟你的交情你还不晓得。我最烦61号那个伙计,一搞就说他有个亲戚在市委,认得市长。我特地访了一下,算是搞清楚他说话节省了一半,他亲戚在市委的食堂里烧火!"

陆建桥和小路同时嘎嘎大笑。几片树叶从顶上飘了下来,擦着陆建桥的脸落下。陆建桥闪过一念:秋又来了。

陆建桥将小路往墙边一拉,从包里摸出一瓶"雀巢",递给小路,说:"你们有文化的人喜欢这个,我晓得。这是我姐姐给我的,我喝不来,苦得直流眼泪。不如给你算了。"

小路掂着"雀巢",满脸喜色,说:"伙计,这家伙贵得很啦。"

陆建桥说:"了不起五块钱吧!而今五块钱还叫钱?"

小路说:"你硬是个老农民货色。这起码二十好几。我老婆写一点子歪诗,一搞要呷这。我倒无所谓,有好烟,饭都可以不吃。"

陆建桥笑说:"这一说,还骇住了我。险些把它给了我老婆的舅爷了。我们不要的东西总是送到他那里。"

小路也笑,说:"雀巢碰到你舅爷,可能还会往猪圈里送哩。"

陆建桥说:"那天下喝咖啡的绅士都会觉得自己喝咖啡是件丢脸的事了。"

说罢两人又大笑。树叶又零星飘下几片,从陆建桥衣摆上掉下地。陆建桥想,入秋了,已在姐姐家过了一个秋天,难道这一秋还在那里?

"中午有什么事?"陆建桥问。

"没有什么事。"小路说,"想喝酒?"

"吃点便饭怎么样?好久没坐一起聊聊了。"陆建桥说。

"那是。要论酒友,你得排第一位。"小路说。

陆建桥笑笑,眼睛朝开发中心对面的小饭馆一示意,两人即朝那边走去。

陆建桥昨日醉倒,此刻想起酒,心里还觉恶心。但是,为了家,再苦也得认下。还有什么苦比寄人篱下更苦呢?虽然是姐姐,但日日里想着她的脸色,凡事得听她的指教,凡话得说得让她顺耳,那日子也如同腌过一般,左右都提不来劲儿。

小路对陆建桥可谓真心。几乎把这次分房的底细全摊给了陆建桥。分房确如12号的老魏所说。完全按搬迁时的顺序分配。先搬的先迁新房。雷打不动。经理再三强调过，就是搬了阎王爷来，也得一丝不苟地照顺序分。谁走后门便开除谁的公职。

"那你们就言而无信了。拆迁证上写好一年迁回，这眼下已经快两年了，又怎么交代？"陆建桥说。

"这里面情况复杂得很。房子刚打地基，后面废品公司来扯皮了，说是新大楼离他们的宿舍楼太近，将使他们永远晒不到太阳。天晓得他们哪来的门路，上面责令我们停工了。一停三个月，好容易谈判才达成协议。由他们出一部分钱，把他们宿舍拆了重盖。新大楼设计成拐角式的。那个三层楼的破宿舍，一家一间，密密麻麻住了几十家，全部得首批搬进新房子。你想想，这一搬，新大楼还剩得几间？"小路一边呷酒一边大啃鸡腿，嗫嚅不清地说了一长串。

陆建桥本来就无食欲喝酒吃肉，听得此说更无了食欲，恨不能将一桌酒菜一咕嘟全掀到马路上去。废品公司在他家屋后，原本就堆一些破烂，招来蚊虫无数，让他臭骂过不止一千回，而眼下，害得自己无房之苦如此之长久的居然又是他们。

"老子恨不能一把火烧了他妈的废品公司。"陆建桥破口骂道。

小路说："只要你不坐牢，我还是支持的。我本来可以帮我弟弟搞一套的，结果排来排去，硬是被挤掉了。"

"你弟弟？他不是在省电视台吗？"

"电视台说起来好听，你去看看他们住的，真不如省委市委烧火做饭抹桌子的。出门去倒是一个记者派头神气得不得了。我弟弟说，他一到县里拍片子，觉得自己像个贵族，一回家，就想自己可能是给贵族擦皮鞋的。"

"这倒没想到。我以为他们高楼大厦住得欢哩。看他们一天到晚拍些繁荣富强欣欣向荣的片子,马屁拍得那么热烈,也就这么个结果,那还拍个什么呢?"

小路笑笑,说:"亏得马屁拍得凶,要不,越发没住的。你给我脸上涂黑,我未必还让你住房子舒舒服服地去涂?天下没有这傻的官。"

"那……"陆建桥见酒菜差不多了,且小路又吃得颇有兴致,便归到他的中心思路上,"这回,无论如何你要帮我一把。我老婆跟我姐姐一天到晚吵架打架,的确弄得我走投无路了。你小路的本事我晓得,这点忙还是帮得起的。你们经理看重你的才能,他未必不给你这么个小面子?再说我们也是名正言顺的拆迁户。"

"你这个家伙会说话。先免费送些漂亮话来,叫我都回绝不了了。"小路笑说。

"你晓得,我这个人一向不虚伪,有什么说什么。对你小路,我明里暗里都这么说:才华过人,前途无量。"陆建桥堆一脸笑,忙立起身又给小路斟了一杯酒。

"喝不得了,够了,够了。"小路用手推辞着。

"啧,莫客气。酒量和才气相等,你这才动了十分之一的酒量哩。"陆建桥倒罢又摇摇只剩得一点底的"黄鹤楼"。转身又朝饭馆的伙计做了个手势。伙计过来,陆建桥说:"再加个鱼乔,要有鲜虾仁,也上一个。"

如果小路能办成此事,即使再请他吃一顿抑或再送一瓶"雀巢",也不过花出二百元。这一来,五百元专款能省出三百,正好填了昨日在老通城所花的票子。老婆横直是摸不清这底细的。陆建桥想着,不觉又有些欢喜。接下来,食欲也涌出一些,便狠狠夹了几筷子鱼乔,以同小路不相上下的兴致,大嚼起来。

黑 洞·353

六

陆建桥送检讨去办公室时,办公室坐了好几个派头看上去很大的人。书记和主任正忙不迭地倒水泡茶。唯唯诺诺的没了往日接见陆建桥们的神气。

主任一抬头看见陆建桥,笑得堆在脸颊上的两块肉立刻垮了下来。他严肃得有些像呵斥地问:"检讨写好了吗?是不是深刻地剖析了自己?"

"是的,我写了五页纸。自己觉得比较深刻,请领导多帮助指正。"陆建桥恭恭敬敬递上检讨,心里骂道,狗娘养的,把老子老通城的酒肉都吐出来!

书记谦卑地对屋里几个不约而同开始打量陆建桥的人说:"这就是陆建桥。我们正在抓紧对他的处理。一定要通过这个教训,使全馆同志增强职业道德感。"

"陆建桥,你坐下。"一个大模样的人指着方凳说。那口气宛如陆建桥是罪犯。

好汉不吃眼前亏。忍字头上是把刀。小不忍则乱大谋。当让人处且让人。陆建桥反反复复默念着这几句话,顺从地坐到凳上。

"大陈!"主任在办公室门口叫道。

"哎!"大陈一阵小跑上前来。

"去,到'美的'去买点饮料,要好一点的。健力宝、高橙都可以。"主任说。

"那摄影室……"大陈说。

"啰嗦个什么,跟顾客解释一下,就十来分钟时间。"主任说。

"好的。"大陈一阵小跑,又去了。

陆建桥心里怒骂不歇。祸根原本是大陈种下的,他倒像没事一般。凭什么如此欺负人?若不是怕丢了铁饭碗,老婆不依他,陆建桥倒真想就此闹一场。

大陈买了百事可乐和高橙,又寻了几个玻璃杯,满脸媚笑地给来者一一倒满。嘴上殷勤地说:"领导同志,请喝饮料。"临了,离办公室时,双目同陆建桥一对视,大陈扮了个得意的鬼脸,下楼了。隐约地,陆建桥似乎还听见他轻快的口哨声。

"陆建桥,我们是局里临时组成的调查组。这一位,"大模样的人指着一个穿得很时髦的小伙子说,"这位是晚报记者。吴老人是市里的民主人士,他给市长写信反映了他在你们照相馆的遭遇。市里很重视这个问题,责成局里调查此事。我们希望你如实地谈谈那天的情况。"

"你平常油腔滑调惯了,但对调查组的询问,你必须以老实、严肃的态度回答。"主任说。

陆建桥说:"那自然,那自然。我还要争取从宽处理哩。"心里道,拍马屁又何必这么露骨,你主任也快进五十了,拍上天也未见得能提你到局里做官。你做不了官,又何苦来把我得罪惨了呢?

"说实在的,我们这儿,像小陆这样的人也是极个别的。不过,为了给大家敲警钟,也确实要杀一儆百,扭转作风。要保住我们文明店的牌子,还必须敢于下狠心才是。"书记对局里大模样的人说。

"还是让小陆先谈谈。"时髦记者说。他虽年轻,却还和气。这里面,就他还算是个人。其他的,全他妈狗。陆建桥想。

便一五一十说了那天的争吵。自然在言词中也为自己做了不少开脱。比方因房子问题一夜未睡;又比方老头骂了他下流胚子，他受不了这个；但错误还是认了，不该打瞌睡，不该在老头骂了他之后同老头儿吵架，而应忍耐。颠来倒去，话说回来，话说过去，这么着讲了一个多小时。讲得大模大样的人打出一个很长的呵欠。陆建桥暗笑，你居然也知道不耐烦？还以为你们这等人刀架上了脖子也能忍哩。

记者在小本上窸窸窣窣地记得飞快。间或问一两句。陆建桥只怕老婆不怕记者。不管你记者将他陆建桥的事写成怎样龌龊的文章，他都大可不必介意。老婆除了广播电视报外，什么报都不屑看。姐姐亦是。而其他人，看到了又算得了什么？凭他们那几下，还没这种运气在报纸上露面哩。

"你们平常同顾客吵架的事多吗？"记者问。

"多得很。"陆建桥说。

"咳。"书记咳嗽了一声，朝他翻一白眼。

"但'五讲四美'运动开展之后，我们书记对每个人都做了耐心的思想工作，所以后来就很少了。"陆建桥灵活地一转，说。

记者看了书记一眼，书记以微笑作答。主任的面色显得不那么自在起来。对此，陆建桥尽收眼底，又说："同时，主任又抓了业务训练，组织了'能手赛'，这种训练提高了大家的素质，我们店被评为'文明单位'也正是这个训练的结果。"记者转脸向主任致意。主任说："这是我们的业务范围的事，应该做的。我只不过起了个牵头作用。"

"牵头就很重要了，雁无头不成行嘛。"记者笑笑说。

书记的嘴上挂了几丝冷笑。陆建桥说："我们照相馆一向深得顾客喜爱，最主要的还是主任书记他们配合得好，一个抓思想，一个抓业务，使大家思想业务双飞跃。这一次吵架，完全是我个人责任，是我的失误，虽然跟自家后院起火有关，但不应把这火迁怒于别人，尤其是那位老人。我愿上老人家里负荆请罪，希望组织上给我一次机会,我还年轻,改正也来得及。"

书记主任的脸色都和缓了。局里大模样的人说:"今天就到这儿吧。总的说来,陆建桥的认罪态度还是很好的。"

陆建桥听得"罪"字,不觉反胃。嘴上则立即重复:"我认罪,我认罪。"

记者合上小本,笑笑说:"一个错误而已,并不算罪,如果这算罪,全武汉市所有服务员都有罪了。因为几乎难得见到不吵架的服务员。这种事我们真见得太多了。当然,你的错误也算严重的了。不过依我看,这还是个集体的错误。"

主任书记吓一跳,同声问:"为什么?"

"因为如果不出照相技术上的错,老人不会受到如此伤害,而只有马虎透顶的人才会出这种错误,这种人搞摄影或许本身就是个误会。"记者说。

陆建桥心里几乎在为他鼓掌了。真该请这家伙好好吃顿酒。是不是,他转而又想,找人托了这记者,让他为自己开脱一下?陆建桥开始用劲回忆,他的朋友中哪一位同晚报记者熟稔。

"不过,"记者调转了枪口,"小陆,你应该有一点集体荣誉感才是。这相片无疑是出了你们馆的大丑。在这种情况下,你应该小心赔礼或解释。但是你用那么刻毒的话讥讽老人,也够缺德的。我这话重了一点,但有准确性。"

陆建桥不语,心想自己也是。看人家七老八十一个,也该善待才对。怪起来,总账还是得算在老婆头上。正是她瞎闹,弄得他陆建桥一身霉气,百事不顺。不过,姐姐也有责任,住一下房子,也就一年多,何必那么苛刻?当然开发公司、废品公司更是混蛋透顶。还有那个黑洞,永远黑咕隆咚的窗口。

下午,按早先安排,归陆建桥做检讨。书记去局里开一个什么党风建设的会议去了。主任做了主持人。因为平常大家关系早已熟悉了,为此,无论开怎样的会,甚至追悼会,都没人能严肃认真起来。

柳红叶说:"主任,开场白多讲几句,免得陆建桥做长检讨。"

"没关系,没关系,"陆建桥说时扬了扬手中的纸说,"本人写了五张纸,史无前例的长文。"

主任笑说:"这一点倒是我没想到的。小陆的检讨写得还满像回事。"

"我看看,哎呀,还用了形容词哩。'痛心疾首'这是什么意思?"

"让我看,真的。'熊掌和鱼,二者不可得兼'。这是什么话?"

"'老迈龙钟,长髯飘然',这是说那老头儿?"

同事们七嘴八舌,"那老头子哪里有长胡子?"柳红叶说。

主任犯疑问:"你检讨里怎么还写了熊掌和鱼?山珍海味还都弄全了?"

一阵哄笑,陆建桥自己也笑,说:"莫笑,我也搞不清,这是我姐姐巷子里一个语文老师帮我写的。人家才是人才,一晚上搞了这五页纸。"

主任说:"弄了半天,是别人帮你检讨哇,你的认识呢?"

"这是我谈他写的。"陆建桥忙说,"再说我也没让他白干。我一晚上帮他搭了个灶台,又漂亮又结实。"

"这狗东西。"同事们纷纷骂。

"算了算了,闲话少说。大家耐着性子忍一下,让陆建桥顺顺当当过这一关。"主任喝息了嘈杂声,即令陆建桥念检讨书。

陆建桥吭吭巴巴地念不流畅,心里不觉暗骂语文老师故意洒文。下面哄笑一起接一起,念到不识字处,陆建桥还得停下来问旁边的人。有一个"杳"字,差不多问遍了所有人,却没一人识得。还是主任宽容,说:"再不认识的,跳过去不读算了。"陆建桥共问了主任五个字,他有四个答不出,另一个答出了,但被柳红叶纠正说不是那个字。主任显然不敢再说第六个字了。

陆建桥读完检讨,将这一叠纸交给了主任,他有一种如释重负之感。主任说:"检讨得不错,我就这么送到局里去,至于怎么处理,全看你运气了。"

柳红叶说:"主任到局里美言几句嘛,何必难为小陆?都是一个单位的,山不转水转,说不定你退休时,归小陆当了主任,那他还不好重礼欢送?"

主任一笑,说:"小柳一张嘴呀,实在厉害。局里我自然会去活动。小陆还是安心工作,该怎么活就怎么活。我不会亏待你的。"

陆建桥说:"这还用说,我最相信您。您在局里人头都熟,路子又广,办这点事,还不是小菜一种?"

一忽儿,众同事作鸟兽散去。陆建桥蹬了他的自行车颇轻松地往家返。骑至三阳路,他忽而心血来潮想去看看新大楼,于是又调转车头往相反方向骑。

公共汽车吱吱嘎嘎地驶过。正值下班时间,每辆车都爆满。窗口见得一些头和胳膊伸出来,仿佛是给挤胀出的。几乎每辆车上都在吵架,叫骂声在解放大道上一路播撒。陆建桥似听见他老婆的声音。又尖又脆,节奏极快。她这辈子大概从来都没同人吵输过,陆建桥想。而他这回却输给了一个糟老头子。怎么没人也给他老婆写封信去晚报告一状呢?至少,他陆建桥是看晚报周末版的。这一来,他则可在家中神气几天。这种运气的事也不知此生轮得到她否。

新楼很漂亮。同外国的自然不敢比,尤其是厕所和厨房。

但对于陆建桥来说已经有梦境般的美丽了。住进了正正规规的楼房,平台上摆满了盆花,葡萄藤在平台上织出青绿青绿的帘子。从这帘子缝隙中,能俯瞰大马路上爬虫般的汽车和芸芸众生。这种梦几乎做了他这小半辈子。眼见得自己果真能成梦中之人了。陆建桥不觉亢奋起来。他跟看门人说了好些好话,又递了烟,方得到允许进楼看看。他寻得一套二室一厅的屋子,用手掌量着门窗尺寸。盗贼凶狠,铁门必须早做。窗帘架得用新式的。最好做落地窗帘,而且要双层。大房间留给自己和老婆,小房间是宝宝长大单独住的。比起他小时候,宝宝真是舒服得不能再舒服了。陆建桥觉得他极对得起他的儿子。他一定会让他儿子成为人上之人。这辈子,他自己也没什么奔头了。只能是想法子过得自在一点而已。而他儿子则必须出人头地。要么培养他上大学,要么鼓励他当个大官。总而言之,他陆家的振兴,全靠他儿子了。陆建桥想,如果儿子找了媳妇,就让他们住大房间。所有的家用电器一律买外国的、高档的,他必须做得令全世界任何人都不敢小瞧他。

陆建桥从巷子口过时,根本没朝新住宅区望一眼。他头脑里盘踞了很久很久的那个黑洞无端地消失了。

姐姐见他进门,劈头盖脸一顿训斥:"回来这么晚!房子都没得住的,倒有闲心逛街。你们如果不要宝宝,就干脆过继给我。"

宝宝咿咿呀呀从屋里摇晃而出。陆建桥知道又是姐姐去接的儿子。老婆上中班,常常是姐姐去托儿所,这原本已有过无数次了,今天却为此发火。陆建桥有些不悦,但还是忍了。

"姐,告诉你个好消息,小路答应第一批把我们弄进新房子去。我去看了房子,好得要命。"陆建桥说。

"好不好跟我有什么关系。我只要你们早点搬走,耳根清净点。这样住下去,真怕要少活十几年哩。"姐姐依然冷着面孔说。

陆建桥怏怏的,好情绪一散而去。"说得那么骇人,未必我们就这么招你嫌?"他咕噜道。

"我几时嫌了你们。让你们住这里,帮你们接小伢,烧火做饭,你倒还觉得我嫌了你们。天地良心,居然有你这样的人。都是叫你老婆教唆成这种样子。不是东西!"姐姐一怒而起,顺手砸了个杯子。

"莫吵莫吵,过几天我搬出去就是了。"陆建桥亦大声嚷起。

"有了新房子,气也粗了。说话都不一样。姐姐也不消认了。你现在搬都可以,你还当我舍不得?"姐姐声更高些。宝宝吓得哇哇哭起来。

"吵个什么嘛,人家在做作业。烦死人的。"小兰在里面屋尖声尖气地喊道。

姐姐立即抱起宝宝,拿了条湿毛巾给他揩了揩脸,又从口袋里摸出一块巧克力递给宝宝,嘴上说:"宝宝莫哭,姑姑喜欢宝宝。"说罢正欲抬头继续骂陆建桥时,陆建桥已趁机折回自己房间,且顺手把门关了起来。

老婆回来时,他已睡了好几个钟头。连晚饭都没吃。宝宝跟着姐姐在看电视。老婆踢了他一下,他方才豁然而醒。

"猪狗一样。"老婆说。

"告诉你个好消息。"陆建桥说。

"不消说得,小路搭了我的车,说事情难办,因为我们是倒数第二家搬走的,没有配合拆迁工作,得最后一批分。"老婆冷冷地说。

"真的?"陆建桥傻了眼。雀巢咖啡、鱼乔虾仁以及黄鹤楼的酒,一起从心里涌出来。"他又不是不晓得我们最后搬。找他帮忙也就是想插个队。要不然我何必送礼给他?他又何必收礼又答应帮我?"陆建桥说。

"答应你是要你的东西,东西到了手,还管你一个呵欠。"老婆说。

陆建桥呆呆坐在床沿上,一言不语。他想难道他被小路耍了一次?但凭他多年同人打交道的经验,觉得小路不致如此。倘若真这样了,他陆建桥又能怎样呢?陆建桥觉得自己这些日子运气太差。老头儿哭唏唏的模样从眼前浮起。他妈的,他想,若小路耍了他,他也会告状。给市长,或给晚报"九头鸟"写,至少出口气,语文老师笔头厉害,大不了再帮他干些别的活儿。但是他一转念,出了气又怎么办呢?房子终归还没有,甚至可能比现在更糟糕。老头儿不在他们那儿照相还可去"铁鸟""品芳"诸处,而他,离了房屋开发中心,又能在何处寻得一席安居之地?他几乎可以满不在乎地把全世界的人都得罪,也断不可惹恼小路和他的同僚。无论他们怎样地把臭脚丫子放在他的头顶,他也必须像供菩萨一样,把他们供奉得满面笑容。

陆建桥心烦意乱。老婆嘴上啰啰嗦嗦,手上则开始清理她的衣服,扬言这日子没法过了,她明日就回娘家。老婆总是在他心烦的时候另给他生些麻烦。他不知道别人家老婆是不是这样。陆建桥连劝阻之意也懒得产生了。她要回就回吧,回到娘家,三个嫂嫂的嘴如三把刀,难道还抵不上他一个姐姐?更何况丈母娘的折叠床还容不下这个姑娘哩。想到此,陆建桥冷笑出了声。

屋里突然停电了。宝宝惊乍地叫了一声。姐姐乱喊叫着:"点蜡烛,快,点蜡烛。"姐夫混浊的声音正毫无目标地骂着。一串骂出来,句句又脏又臭。小兰"咻咻"地娇笑着。宝宝也咿呀地笑了。

老婆颓然地坐在了床边。她长叹着气。陆建桥觉出,老婆已意识到回娘家并非良策,而且已放弃了这个打算。老婆也可怜,他想着,为自己无力使她过得比别人舒坦些而难过起来。

陆建桥在黑地里坐了片刻,然后他站起来向外走去。老婆的腿伸得很长,险些绊了他一个趔趄。他稳住身子后,说了句:"早点睡吧。"便独自走了。

巷里一片漆黑,荧荧之光从每家的窗口泻出来。路灯下,老头儿们打牌尚在高潮之中。老嘎嘎的笑声一阵一阵。他们比年轻人对生活的忧虑少多了。也或许是因为太多,多到了不必忧虑的程度。为此,他们每日每夜都过得这般超然。

陆建桥习惯性地倚在巷口那一杆孤独的路灯下。新干道对面住宅楼灯火灿烂,而那里——陆建桥下意识凝视大楼三层的拐角之处,居然看到那里正大放光明,白晃晃的光照刺人眼目。陆建桥几乎呆住了。他观察了三个月,天天盼望的就是这个,而当这光芒真的使黑洞幻化为一个货真价实的房间时,他却茫然不知所措了。

好一会儿,他才转过神来,立即箭一般向那里冲去,过马路时,几乎让一辆大卡车撞着。

他噔噔地上楼,然后咚咚咚地敲门。敲了好一阵,无人回应。他又增加了一些力。即便是聋子也会感受到房屋的振动的。却依然无人问话。倒是对面房间的人开了门,问:"找哪个?"

陆建桥说:"找6号的主人。"

对面人说:"这家没主人。房子盖好后就没人来过。"

陆建桥说:"我晓得,但今晚亮了灯。"

对面人说:"看花了眼吧。这哪像亮灯的样子?"

陆建桥说:"真的,我亲眼看见的。"

黑 洞 · 363

对面人正欲说什么,屋里又出来一人说:"这人大概有病,莫理他。"

哐当。那扇门关了。

陆建桥呆呆地站了几分钟,想不清什么原因,便悻然下楼。回到路灯处,他仍觉出那屋里有灯通亮通亮,光芒刺得他眼睛难受极了。

……电来了。他发现自己正斜靠在床上。老婆依然颓然地坐在床边。她的脸上满是泪痕。电视机里正播放着巴西的一个漫长漫长的电视剧。姐姐和姐夫的议论声时高时低。

陆建桥又合上了眼。他觉出自己正在一个深不可测的黑洞中下坠。一直坠着坠着,没完没了。怎么没有底呢?倘若坠穿了地球,会不会从地球上掉下去呢?他想。

1988年春写于武汉

白　　驹

人生天地之间,若白驹之过隙,忽然而已。

——《庄子·知北游》

一

麦子给夏春冬秋打电话告说小男自杀的消息时,夏春冬秋立即地笑出了声。尽管几十里的电话把夏春冬秋隔得老远,可那笑声还是一丝不漏地灌入了麦子的耳朵。

夏春冬秋说:"我宁可相信人是毛驴变的也不能相信小男会寻死。对你的话,我一向只动用百分之二十的信任感。"麦子笑说:"干你这行的,一般能获得老百姓零点九的信任感,如此比较起来,你对我的评价还是相当高的。"夏春冬秋说:"你也是错觉。老百姓比相信自己更相信报纸。明知是假,见报纸如是说,也就当了真的来安慰自己。这一点我比你有发言权。"麦子说:"少跟我弯弯绕了。说真的,小男的确消失了。他一头撞了汽车。"夏春冬秋说:"为什么?干吗不去喝正义的'来福灵',或者吃它十瓶八瓶安眠药,要是我就绝不选择汽车那玩意儿。"麦子说:"可不,连个全尸都没落下。"夏春冬秋说:"选在什么地方?"麦子说:"刚出风景区的下山路上。"夏春冬秋说:"啊,这一带就那儿风光还行。"麦子说:"那条路又宽又直,简直像外国人修的。小男骑着自行车拼命追汽车,跟汽车比赛似的。好容易追上,他老人家却特地把龙头朝右一拐,就这一下,全完了。"夏春冬秋说:"身首分家了?"麦子说:"岂止?汽车左轮不偏不倚地碾过他的脖子,脑袋碾去一半,剩下了半个头盖骨一路骨碌碌滚了几十米。"夏春冬秋说:"啊,那太遗憾了,小男他爸没法为他化妆了。"麦子说:"正是。他爸就为这事痛苦得死去活来。说是此生没将小男生得英俊,原想或许会以自己这手艺弥补一下的,不料小男竟连这个机会都没给他。"夏春冬秋说:"这倒真让人怀疑小男是不是故意让他爸痛苦一次。"麦子说:"这父子俩的关系不怎样,这种可能性倒也存在。"小男他爸是殡葬馆的化妆师。生得一米八四的大高个,浓眉鼓眼极威严厚重的一副模样,让人觉得他是阎王爷的保镖或者侍卫队长什么的。小男他爸极热爱自己的事业,为此每年的先进生产者都少不了他。有一年省电视台春节晚会还请了小男他爸参加。那次麦子作为青年改革家也去了。回来后麦子对夏春冬秋说小男他爸虎视眈眈地将所有与会者的脸巡视了一遍。然后一直在算计某人的鼻梁应当勾长点而某人的嘴唇可化丰厚些。有理论云鼻梁线长显得人潇洒,嘴唇丰厚则富于性感。但凡有人向小男他爸致敬示意,小男他爸都热情洋溢地说:"欢迎您光临我们馆,我一定以最高的服务质量使您满意。"话说得每个人都脸色煞白地拂袖而去。当然麦子得到的更多一些,大约是熟人之故。小男他爸好几次用手掌托着麦子的下巴,以极严肃的职业眼光端详着麦子说,你的底色一直要抹到耳根下,方能显示出面阔耳长的贵族气。致使麦子欣然大喜。当场同小男他爸订了合同。说是如若死在小男他爸之前,定留遗嘱要小男他爸化妆。小男他爸说:"我可以按内部职工待遇,给你开优惠价。"

夏春冬秋沉默了几秒,忽而说:"原先还以为自杀是一门挺高尚的艺术哩。"麦子说:"可不,连小男这样的人都玩起了自杀,可见而今这活儿也很不值钱了。"夏春冬秋说:"有没有可能不是自杀?"麦子说:"难道还是他杀?"夏春冬秋说:"我宁可相信这个。"麦子笑了,说:"倘若如此,你在这下半年就不至于长吁短叹地叫嚷人生空虚了。"夏春冬秋亦笑,说:"没准是桩谋杀案,我倒真打算调查一下。协助公安局破案可得多少奖金?"麦子说:"不知道。不过我给你提供了线索,这个我可是要进行提成的哟。"夏春冬秋说:"行呀,今晚先预支给你。"麦子歇了歇,方说:"今晚我不回来。"夏春冬秋说:"我对你回不回来也无所谓。只是有几件秋衣你得拿去。你的情人不会为你想到这些的。"麦子笑笑,说:"不至于。她倒是给我买了件毛衣,不过没你买的式样和质地好。是腈纶的。"夏春冬秋说:"所以偶然心动给我打电话。"麦子说:"当然也是看看你是否还活着并且告诉你我也还活着。"

麦子搁下电话,呆了几分钟,甚无味。便拿起这些日很流行的谢尔顿小说翻阅。麦子的办公室很气派,据说是专门从广州请来工匠装潢布置的。时值正午,同僚们纷纷然午睡去了,办公室便生出一些空旷静谧的味道。麦子不好午睡,曾及时地宣传贯彻上级关于免去午睡、节省时间、提高效率的通知。但没能成功。众官员和众百姓协同一致对抗上级指示精神,这大约是建国以来第一次。全国人仍都午睡,他的公司也就不便搞特殊化。只是麦子还是拒绝午睡,办公室人便讪笑说麦子大约不是纯种中国人。

这理论自然站不住脚。因为眼下无论什么人只要能证实自己有些"杂"处,便急急忙忙漂洋过海,投奔乐园,哪怕洗盘子当保姆做妓女。麦子未必能免俗。麦子说他大哥是生在高粱地里的,为此起名高粱。这之后他爸便以粮为纲,分别给他二哥和姐姐起了包谷和小豆的名字。轮上他便叫了麦子。麦子他爸说:"粮食规格的提高充分表明了我们的生活蒸蒸日上。"

麦子姓金。金麦子这个名字便于记忆且充满诗意。极易为女孩所注目。麦子对此感觉极佳。常吹说:"在一千个名字中,人们首先记住的只可能是金麦子。"当然名字的痛苦也不是没有过。在大学里上党史大课时,老师提问总是眼望天花板想也不想便脱口而出:"金麦子!"而麦子永远也记不住在什么阶段有什么样的基本路线等诸如此类问题。更何况他什么课都采取逃跑政策而对党史课却不能不一星期扎扎实实坐上两小时。

麦子是一九七六年上大学的,一如许多干部子弟一样在轮着他下乡时便去了军队。吃不了军队的苦便又雄赳赳上了大学。麦子学的是历史。七六级学生牌子仍是"工农兵"的,但功课却毫无道理地严于前几届。这就造成了麦子门门功课不及格的恶果。幸而麦子洒脱,挥挥手告别校园,笑说:"我特地为正确的教育路线提供一点证据,说明工农兵学员的确不行。"然后吹着一支很愉快的口哨回家了。

麦子现在是一家名为"环宇"的实业公司的副总经理。像麦子这样三十刚出头的年轻人能跷着二郎腿坐在副总经理的交椅上一根接一根地抽"555"或"万宝路",在中国这个老人说话算数的礼仪之国中显然不是个人奋斗的结果。很多人都希望至少麦子这么精明能干的人是自己叱咤风云干出来的,但结果仍然恰恰相反。麦子他爸到底是个什么级别的官儿几乎谁也没弄清。但凭着麦子光棍一条却拥有三室一厅的房子达五年之久便让人三分气短地不敢贸然推测相当于什么级别了。九九归一为来头不小尚握实权未曾离休就是了。

麦子毕业原本是分在地势很高的机关工作,尽管他一门功课没能及格,各单位仍然抢着要他。平心而论,麦子根本没动用他爸的权力。如果连这都需要他爸亲口来说，那么也太伤害下面人的感情了。仿佛他们连这一点都想不到似的。要命的则是麦子宁可到纱厂去跟女工打情骂俏或去码头同搬运工喝酒赌博，也不愿去机关里看那一张张冲着他笑得宛若蒙了假皮的脸。幸而"环宇"公司总经理再三再四去机关领导那儿要求麦子来当他的副职，这才使麦子如同死里逃生般出了机关大楼。

麦子去的头天一听公司名为"环宇"，便立即高谈阔论说："宇宙能环吗？连它是圆是方都搞不清便想去环？岂不惹人耻笑。"然后又笑说："起这名字的人实在是屁虫一样的学问。"旁边人听他如是说皆嗤嗤发笑。麦子奇怪问缘故。方有人告诉：公司原本叫"环球"，是麦子他爸红笔一勾改为"环宇"的。因为邻省有一个环球公司，这儿自然不能小于他们才是。麦子他爸边改边说："就像隔壁人家屋里买了台双缸洗衣机，我们就得买全自动的。这就叫志气。"麦子听罢大笑，说："这就可以理解了，起高粱包谷小豆和麦子的人能起出'环宇'这样的名字，也算从农民意识走向了现代意识。可谓历史性进步。"众人面面相觑，然后纷纷然推举麦子为副总经理。麦子先是竭力推辞，直到有人说麦子你若不干人家会议论我们的。说我们没把你爸爸放在眼里，甚至很有可能引起一些猜测：你爸爸是不是内定离休了？这一来，我们公司的局面就会非常被动。麦子无奈这才答应下来。走马上任那天给夏春冬秋打电话说："无论如何得委屈自己而尊重人民的感情，不然他们会痛苦的。"夏春冬秋在那一端笑说："狗屁！"

二

夏春冬秋是市早报"社会临摹"栏目的记者。实属"天上事知道一半,地上事全知"一类的人物。夏春冬秋的父亲是个诗人。五十年代末因为《四季》一诗轰动文坛,为此心血来潮将他那年出世的女儿取了夏春冬秋的名字。夏春冬秋长大后常笑他父亲,说是幸而姓了夏,如若姓了别的岂不得动用五个字?又如若姓了苟、史、梅之类,那又如何叫得?其父亦笑,说是正因为人世间没那么多的"如若",所以才能漂漂亮亮地叫上夏春冬秋。不过夏春冬秋上户口时遇到一点小麻烦。户籍警认为如此叫法不规范,不是中国的传统且有仿日本之嫌,坚持不给上户口。并提议说,现在女孩最流行的名字是"超英""超美",何不取这样上个?诗人的思维方式自然是与众不同的,听此言,立即愤慨着说:"我女儿原本就超过了英国佬美国猪,我何苦让她挂这个招牌。"户籍警忙解释他所说的超英超美并非指人,而是整个国家。诗人便说:"那么就让中国叫'超英''超美'国好了,为什么非让我女儿叫呢?她一叫这名,国家就超了?"争执中,派出所所长去了。幸而所长是个诗歌爱好者且又极渴望得到夏诗人的诗集,于是便让户籍警放松了尺寸,给了夏春冬秋的公民权利。诗人极赞所长机智灵活,然后约了在夏春冬秋满月那天去家里吃酒并送一本有诗人亲自签名的诗集。

夏春冬秋既为诗人之女,自然也很有些诗人的气质和傲气。尤其少年时,颇有些鼻尖朝天的意味。只是在后来得知其父在"文革"中也悄悄地写过一些别的诗人的揭发材料,这材料且使一个夏春冬秋很喜欢的诗人去新疆流放达十年之久。从这以后,夏春冬秋便开始生出了那种名为"自卑"的东西。及至前两年,偶尔见她父亲对前去拜他为师的女孩又是拍头又是摸脸地亲昵之后,再听她父亲教导她做人要正派要清高之类言语时,便情不自禁地吐。闹得几乎家里人都认为她得了胃癌。有一回,她在一家人关切地询问下,笑了笑说:"癌这种东西还是由爸爸这样的人得上更好。"

夏春冬秋和麦子可以说是一见钟情。所有认识和了解他俩的都禁不住赞叹他们乃天造地设的一对。夏春冬秋认识麦子是在她的舅舅家里。舅舅是大学里的历史教师,曾给麦子所学的功课打过不及格的分。但麦子仍然不计前嫌地在年节闲暇时前去看望一番。麦子是个热心肠且兼有豪侠之气的人。交了满天下的朋友并不介意对方的地位、家庭、职业之类东西。麦子说话好拍胸脯且不时抖动双腿。那一日在夏春冬秋舅舅家时也这么干。舅舅便说这习惯不怎么样。麦子笑了。完后说他的姐姐小豆常嘲笑他不像是他们这样家庭出生的人,倒更像是哪个搬运工或者什么江湖术士的儿子,毫无贵族之气。麦子说他当即便进行了反驳。说是他爸当年也不过是哪个山谷旯里的农民后生,轮着他麦子摆贵族脸谱还太早了一点。骨髓里的东西得经过几代人的扬弃才能变得纯正。比如他的姐姐小豆,站则晃头晃脑,坐则两腿大叉,说起话来张牙舞爪唾沫像天女散花,走上大街还又嗑瓜子又啃甘蔗的,吃完用手掌抹抹嘴,一点老底即刻泄露得干干净净,到哪儿谈什么贵族气?顶多不过在脸上搁一点老头子的权力,见平民百姓便傲慢无礼得如同脖子被拧了一般。麦子说我看见这些人就想笑。麦子的高谈阔论吸引了舅舅家的所有人,这之中也包括刚去那里一会儿的夏春冬秋。舅舅听罢一直后悔自己缺少眼光,居然没能让麦子的历史专业课及格。舅舅说他一向认为中国没贵族,早年的皇亲国戚公侯伯子男之类均在近几十年的风雨变幻中摸爬滚打全然无了贵族之气,没准一些还混迹于街口小餐馆邋遢的炸油饼大娘或路边看手相的老头儿之中。如今的显贵倒是不少,但大多数来自农民和市井中,一个个脾气倒是早早具备了贵族派头,但教养和气质却依旧是他爹妈的一套。舅舅说他自己乃世代书香之家,但读书人的历史便是清贫的历史。到了现代社会也不可能一箪食一瓢饮在陋巷而不改其乐。首先抽水马桶要坏,自来水要停,出差要领钱买车票,做学问要复印资料以及论文,诸如此类,全得情不自禁地对有关人员哈腰点头低三下四做小人状。谁也不敢有丝毫贵族气。舅舅的话说得听者们皆哈哈大笑。夏春冬秋说:"按舅舅的思路来分析,在中国,能贵族一点儿的还是他爹他们。"说罢扬手指了指麦子,又说:"因为他们不用求人,而人都得求他们。"麦子说:"不是他爹他们,而是他爹的儿女们。但不能算贵族,还是称暴发户为宜。"夏春冬秋说:"你真坦率,你不也是你爹的儿女么?"麦子笑说:"是呀,我一面当他爹的儿女,一面当他爹的儿女的叛逆。"夏春冬秋说:"够英勇的嘛。"麦子说:"不不不,只是玩玩而已。社会玩你太被动,显得老没志气的,得你玩社会才是。所谓强者、开拓者大约都是这样。"

这之后,麦子同夏春冬秋便愈谈愈投机。笑谈人生,宛如两个站在岸上的人俯瞰江流中起伏不定的泳者。再之后,便心血来潮打了结婚证。婚礼上,舅舅喝得两颊发红,跟人说:"我以为天下再难见到比他俩更合适的一对了。倘若他俩不能白头到老那我简直不相信白头偕老这个词了。"麦子和夏春冬秋互一对视,笑了。麦子说:"恰恰我俩最难白头到老,比不得农民同他的老婆。"舅舅问为何。夏春冬秋说:"因为太易痛苦。"舅舅又问为什么而痛苦。麦子说:"什么也不为。"夏春冬秋则说:"因为智慧。"

果然两年之后,他们分居了。

夏春冬秋骑她新买的"飞达"牌二十四英寸自行车前往小男家。骑新自行车常给人这样一种感觉:即组装自行车的人仿佛特意不上紧螺丝。夏春冬秋的车骑不过五天,螺丝却已脱落八个。跟报社几个同事提及此事大发牢骚。同事皆笑说连这最正常不过的情况也发牢骚,得亏你肠子结实。自行车虽掉螺丝但毕竟还是金属做的,本质尚好,不似那桐油奶粉白酒以及晋江的药。这一说便让夏春冬秋得到一种平衡,想想,可不?!

小男的家住在过去日租界一幢浅黄色楼房里。那里原先住着一个资本家遗弃的两房姨太太。两位姨太太虽没男人却也整日里妖妖娆娆地自得其乐。这种好吃懒做之辈显然为附近无产者所难容。难容的结果是一九六六年将她们赶回各自老家,然后自己呼啦啦搬将进去。小男他爸高扬着他每天摸死人面颊的手抢占了小楼里最大的一个房间。其他十来户人虽嫉恨小男他爸但毕竟自己也有所得且思索着终究一天要转到小男他爸手上去便也罢了。见面依然笑脸相迎。小男他妈是织布厂的,所识汉字虽不及王力老先生多,但毕竟也有二三十个能读出音来。为此她曾在好长一段时间里做过大学工宣队。据说大学教授见她都点头哈腰,于是小男他妈一神气将读得出的二三十个字也尽情忘掉了。

小男对他爸毫无兴趣,却极钦佩他妈。钦佩的第一感觉是深为自己已识得几百字而且怎么都忘不掉而痛苦不堪。待业时有一回去一家仓库玩儿,听说那里面存有高档香烟,小男自然也想趁机摸几根,不料库房门口写了"闲人免进,违者重罚"的字牌。气得小男猛烈敲击自己脑袋,大喊道:"我怎么连这几个字都没忘呢?我怎么还没忘记呢?"终于怕重罚,没敢溜进去过瘾。又一次,小男在小摊上,乘摊主不备时偷了两个苹果放口袋里,不料叫居委会一个积极分子大娘瞧见了,立即揭发了他。事后且在小男家门口贴了警告,警告为:"王小男二十岁偷小摊苹果实属品质卑劣,念其态度尚好暂不计较只此警告下不为例。"小男外出而回,见警告,竟一字没错地通读了下来。读完则又两拳击头,号叫着:"我怎么还记得这么多呢,连'卑劣'这么难的都认识,这多让我丢脸。"号完便一脸痛苦地蹲在墙角,且顺手将邻居晒在那里的萝卜干吃了一串半。

夏春冬秋正是听麦子如此介绍小男之后,才产生同小男认识的愿望的。有一次麦子特地带上她去小男家。行至黄楼附近,见一干瘦的男人正同一女子吵架。麦子便指着那男人说:"这就是王小男。"然后说正好见见小男的真面目。于是两人便挤在围观者中看热闹。情况大约是那女人经过黄楼时,小男由窗口泼下一盆脏水,恰恰劈头盖脸浇在那女人身上,于是便开始了骂架。那女人善骂粗话,声音却还尖细。小男却很文明地扮一副笑脸,说是你还算运气好,我没洗脚。那天一个老头撞上的还是洗脚水,人家都没你吵得这么凶。说罢还跷起脚蠕动了一下又黑又脏的脚丫子。那女人不示弱连骂脏话且动用一些内涵复杂的词汇,引得一帮围观者大声喝彩,仿佛自己吃着肉一般过瘾。小男亦跟着叫好,叫完后说:"我跟你头回见面,还没来得及上床,你怎么把我体会得这样深刻?叫我都觉得自己有点儿雄伟壮丽了。"于是又是一阵又响又长的大笑。麦子在这时才走了过去。麦子朝小男腿肚子踢了一脚,说:"你练什么嘴皮子?打算参加演讲比赛怎么着?"小男见是他,立即笑说:"好了好了,来了君子,你快将那女人救走,要不我对象来了还以为她是第三者哩。"麦子说:"狗屁!"然后将小男推推搡搡弄进屋。一场恶战才结束。只是围观者们都怨恨地瞥了麦子几眼,方带着尚未满足的遗憾散去。

麦子向小男介绍了夏春冬秋。小男一本正经打量了夏春冬秋几眼,便向麦子讨了支烟,边点烟边压着嗓子对麦子说:"不算漂亮嘛。"夏春冬秋一笑,说:"可比你要强得多,是不是?"小男:"那自然,我把自己漂亮的机会留给下一辈了。只求上帝下辈子别让我投生为马,漂亮马人人都爱骑,我可受用不了。"夏春冬秋说:"那就投胎为狗吧,漂亮的狗总是被贵妇人搂着。"小男听罢跳了起来,说:"这主意不坏。你还够意思。挺配我麦子老兄的。"

这之后,夏春冬秋便同小男熟了。常同麦子笑说:"世间若有无赖协会,小男当主席的资格是足够了的。"

夏春冬秋推开小男家的门,小男他妈立即一脸堆笑地迎了上来。仿佛家中并未死人而只是死了一条狗抑或一只鸡什么的。小男他妈说:"夏姑娘,是什么风吹你来的?小甲,给夏姑娘倒茶。夏姑娘,这茶不错哩。小男是月初死的,他工厂挺仗义,给发了全月工资。好多厂这种情况只给半月的哩。昨天,我用零头买了这茶,好像知道今天会来贵客。"

夏春冬秋说:"大妈,小男究竟是为了什么想不开,您知道不?"

小男他妈说:"不知道哇。他爸说小男活了二十来年,就这一件事干得不像我们王家人。"

夏春冬秋说:"小男死前同家里人吵过架了没有?"

小男他妈说:"小男只要在家就没有不吵架的日子,不是跟他爸就是跟他弟小甲和小由。"

夏春冬秋说:"最近一次为什么吵?"

小男他妈说:"这次吵的时间最短,才一个半小时。小男和小甲,一个人睡床一个人睡地板,两人一月对调一次。不料这回小男睡了一个月床后竟霸占不想让了。说是交了个女朋友晚上若要钻他的被窝不好让她跟他睡地板。而且小甲可以俯瞰他们,那也太占便宜了。小甲不干,也说有女朋友也要来钻他的被窝也不能容忍小男俯瞰占便宜。小男说:'在我死之前,你别想上床。'说完这话,第二天他就钻了汽车。想到他钻汽车也不是为了给小甲腾床的缘故,小甲便高高兴兴拾了个大便宜。"

夏春冬秋说:"小男说那话时,表情如何?"

小男他妈说:"他不就那副样子,嬉着脸皮,二郎腿跷着抖抖的。怎么,你要登报纸?"

夏春冬秋说:"不不不,我只是觉得小男死得有点怪,恐怕有别的原因。"

小男他妈说:"你别哄我,我在大学里工作过好几年,晓得你们知识分子的把戏。你如果拿小男的事写了文章,卖得的钱该分给我们一些不是?"

夏春冬秋说:"那自然,那自然。"瞬间,觉得喉管宛如有虫蠕动,忙告辞小男他妈出来。

小男他妈跟着追喊:"钱要亲自交我手上,寄来也行,我的名字叫黄细姣。"夏春冬秋说好的好的,头也不回,迅疾出了门。一上马路,便将一胃的东西吐了个干净。那是早晨在小摊上吃的油饼稀饭。揩面时,仰头望天,天极蓝,有几许卷帘云优雅地舒展和飘移着,久望之,令人无端生出崇高感和圣洁感。夏春冬秋闭了眼,心想,且将那崇高圣洁之类玩意儿留给儿子辈吧。天空是他们的,而自己还是只能低头看黑泥更好。不觉一低头,地上却正是她适才呕吐的一堆污秽。夏春冬秋无奈,只得耸肩一笑,蹬车而去。

三

环宇公司在麦子去之前正处在生死危机之中,环宇公司经理之所以把脸皮笑得松垮着去请麦子出山也正是为了在死亡中求活。全公司老百姓都知道,麦子这种人出现在哪里,哪里的问题就如冰见火立即消融了。这结果自然是使公司赚大钱。这结果又自然使公司百姓各自多得几个。至于北京有学生骂"太子党"之类,大大地不必理睬。经理在会上都说不让他们干难道还让你们干?你们算什么?说话管用,让你弄一百台冰箱你能弄来?让你跟外国什么老板联系投资你有门路?他们想当又有条件当又何必要你去折腾?没见李向南?电视剧里清清白白告诉你改革要想前进一步就得靠李向南这样的人,而李向南这样的人没有他爹在背后站着成得了李向南吗?金麦子就是我公司请来的李向南!一番话说得人人点头称是。《新星》哪个老百姓没看过?哪个不崇拜李向南?哪个不明白李向南没他爹早完蛋了?如果不完蛋那便是他连当县委书记的运气都没有。后来麦子知道了他在人们心目中乃环宇公司的李向南,便笑说:"最好给我找两个漂亮女人来配合一下,要不然我可当得不那么像。"弄得几个女秘书都在麦子面前跃跃欲试。

环宇公司像众多公司一样于半年前贴过一张广告。告消费者说可以买到日立牌彩电,十四、十八英寸皆有,预先付款,半年后提货。这消息令四周百姓奔走相告满天下筹款夜半三更找门路,生怕轮不上自己。连副市长都亲自打了电话说是无论如何得让他的外甥女把款交上。原以为交了钱届时提货便是,并未考虑公司虽为公家单位但也有失误之时骗人之意。半年过后,宣布货已订,不日将回。不料又过了三个月,仍是原话。中国百姓虽说忍耐性是极佳的,但一想自家手上的一千多块钱在别人兜里便五内如焚坐卧不安。终于有人耐不住了,找公司经理询问。说是如果是公家的钱,十万八万放你这儿都没关系,但这是私人的呀。是一毛一块地攒起来的呀。经理深表同情,说是采购员在外,已来电报即日将回。又说自己也很着急,若是公家的东西倒也由它去了,但这是私人的,责任就重多了。并告说副市长的外甥女也订了货。前去询问的人听说副市长的外甥女亦在订货者之列,便平静了好多。纷纷想连她都没拿着,我们这点委屈就算不得什么了。又一个月后,采购员仍然杳无音信,终于有内线者探出:采购员携了巨款带了女友去南方提货,见得眼花缭乱之世界不知所措,于挠耳弄腮的激情中又吃又赌,不仅将彩电输得精光,连女友也输给了一个干瘦的老头。输光之后方醒悟自己在劫难逃,便跳了珠江。消息不胫而走,立即,围攻者吵闹者哭骂者告状者将环宇公司弄得鸡犬不宁,人人皆心惊胆战。副市长的批评自然是所有批评中最严厉的。

便是在这危难之际麦子出现了,且走马上任了。麦子那天对围挤在公司的订货者们首先介绍了他爸爸的情况,无非名姓、简历和现任职务而已。然后说:"我是他的儿子。"这时刻下面鸦雀无声。麦子说:"从现在起,这件事交给我来处理。如果两个月之后诸位再拿不到彩电,我将以双倍的人民币退还给诸位。"说罢,为每个人留了字据,以示可靠。闹事者们听得此说且拿了字据便欢天喜地而去。既有麦子这样的人亲自出面,又何愁彩电弄不来呢?

这种直觉显然可靠。不足两个月,每个买主都喜滋滋地抱了彩电回去。纷纷夸麦子乃人民信得过的好经理(激动中省略了"副"字),颂歌献辞说得麦子消化不良。副市长自然又有言曰:"麦子实在是开拓型人才。所谓开拓型人才便是能于危难之际力挽狂澜,于死亡之时寻出生路。"而麦子实际上连他爸都没惊动。只是给他爸的老部下以及老战友的儿子分别挂了电话,然后一飞机坐到南方,悠悠然然地花了十天时间玩了西丽湖香蜜湖海上世界以及所有能称得上豪华型的酒吧和舞厅,第十一天便电报到公司叫人前去押货返回了。

便是在这期间麦子认识了一个叫香香的歌星。

香香一如众多歌星般能将流行歌曲唱得撕肝裂肺地痛苦，却在平日里只能傻乎乎地调情。香香有一副值钱的嗓子兼之模仿能力十分厉害。不必费多大劲便可将凤飞飞汪明荃陈美龄什么的学得惟妙惟肖。仅此而已。香香从不思考，为此活得如鸡如猫般无忧无虑。更何况她有钱。灌盒式带电视台录像年节演出歌星汇唱诸如此类，所赚钞票每月顶十个教授不止。教授们若想听香香之流歌星音乐会，买票时手还得好一阵颤抖。

麦子同香香交往常常只动用百分之一的智力。这就使麦子产生一种从头皮到脚板心都彻底放松了的感觉。与此相比，便想往日里曾没完没了地同夏春冬秋默然相对以心交谈简直同码头扛大包一样累人。那时刻总仿佛有一只手把心给捏住而且搓揉而且死命往下拽，拽得周身沉甸甸的。人若这样活着倒真不如学屈原一死了之。若不想死，做渔夫岂不更好？香香叽叽喳喳又丢媚眼又扭屁股的使你轻飘得宛如没有了心。只此一点，麦子觉得香香的境界在某种程度上已远远在夏春冬秋之上。

于是回家后即把香香的相片递给夏春冬秋。夏春冬秋扫一眼说："珠光宝气的，还挺有时代特点。"麦子说："可不？是个歌星，自称已跟世界歌星同步了。"夏春冬秋笑笑，说："这么说今后看她唱歌不用掏四块钱买门票了？"麦子说："那自然，有我哩。"夏春冬秋说："这就说定了。你们俩还挺配的。"麦子说："我也是这么想。我们俩再一起过，不出一年全得自杀。"夏春冬秋想想说："也是。不过，请你给我一个星期时间，我得租房间去。原先集体宿舍的床位早叫人占领了。"麦子笑了："别小家子气十足。我再去搞一套。这一套你先住着。我让给你并不是表示我高尚。拍马屁的人反正多，不给他们一两个机会他们还发愁得不行哩。"夏春冬秋也笑，说："那好吧，省得我折腾。没有了丈夫却有了房子，结婚一场也算是很划得来了。"

麦子当夜即住进了宾馆。香香被邀请参加一家公司成立三周年纪念的演出活动,在宾馆里包了一个房间。麦子便趾高气扬地当起了男主人。

那天麦子刚出宾馆没走出十米,便听见有人叫他的名字。麦子张望半天,方发现马路对面有一个人冲着他又挥手又呐喊的。马路为了交通安全树起了高高的铁栅栏。一共三道。左右两排阻拦行人,以免除汽车撞人之患,中间一排隔开车辆,以免除汽车互撞,三排铁栅栏威风凛凛地挺立于阳光之下,便让人觉出对面那伙计有囚牢呼救的架势。麦子不由好笑。汽车来回呜呜乱叫,喊话自是听不明白。麦子只好自认倒霉地做了个手势表示自己将绕人行横道线过来。人行横道线老远,绕一趟多少得好几分钟。过马路时,麦子方想起某年某月夏春冬秋曾在报纸上歌颂铁栅栏之好处一二三的文章乃纯属屁话。

喊麦子的是建筑公司邬经理的秘书小丛。邬经理是麦子在企业家俱乐部里认识的。有一回新年送挂历,邬经理的一本元月份那张有些污点,这使邬经理发了近半小时的牢骚。恰巧那天麦子坐他旁边,听他啰啰嗦嗦得恨不能割下耳朵。于是便将自己的一本送给了他。邬经理是一个重义气的人,绝不会得了别人的好处不回报的。便再三再四问麦子需不需要搭灶台砌洗澡池诸类事,如需要,他可派最好的泥工,清一色镶白瓷砖而且不收一分钱。麦子不忍拒绝他的好意,便给他开了小男家的住址。三天不到,小男家的厕所便被修得比他们的房间还要典雅。果然没收一分钱。乐得小男手舞足蹈,开着他厂里的东风140卡车为麦子公司拖了三批货,也没收一分钱费用。

麦子说:"心急火燎的,出了什么事,小丛?"

小丛说:"邬经理今晚要请新闻界名流吃饭,请你务必同你夫人一起赏光。邬经理交代了,别人寄份请柬即可,但麦子和夏记者是专人请。这不特派了我。"

小丛是邬经理的外甥。原先在县下面的区,区之下的乡里一家食堂掌大勺。小丛能弄一手好菜。自吹曾有省领导调他去西欧某使馆当师傅,因为他舅舅邬经理赏识他并调他到自己身边工作,便知恩图报而放弃了西欧。士为知己者死。小丛自然颇具"士"气。只是小丛不识字,这个缺陷令邬经理伤神不少。但小丛能烧一手好菜,便又将那伤去的神通过酒肉补了回来。所以邬经理还是觉得合算。更兼小丛是他姐姐的长子,即令吃了亏也算不了什么。公司别的领导有意见,但都没当面提过,只是纷纷然在背后说长道短个没完且将自己的外甥以及侄儿以及妻弟以及八竿子打不着的亲戚全都从乡下从小地方弄来身边。与此同时,每逢年节,小丛便挽起袖子去各位领导家大显身手,外带上虾米香菇猴头菌类配料,终于使各领导一一同邬经理会心一笑,握手言欢,千怨万恨便在谈笑中同"希尔顿""良友""红塔山"一起化为灰烬。

麦子说:"就这事呀,咋咋呼呼的,我还以为你们要炸掉这房子在这儿修大坝哩。"麦子说时随手一指刚竣工的博物馆大厦。

小丛说:"您可真神。怪不得邬经理一提您的名字就毕毕敬敬的。大坝虽不修,但也的确和这博物馆有关。"

麦子说:"一目了然。这楼肯定是外表装修得漂亮,里面却是一塌糊涂,就像一个穿了丝绸衣的白痴。"

小丛说:"近墨者黑,你也学得同记者一样了,不管好事坏事一律夸大。你不晓得,我们也是同社会各行业同步前进哩。质量太高,老百姓全都来夸奖我们,再又抬出我们抨击别人,岂不遭人怨恨?"小丛跟了邬经理一些日子,字仍没学得几个,但思想境界和言谈水准已经颇有些邬经理的高度了。

麦子说："是窗子关不严还是楼梯扶手垮了？"

小丛说："都有一点，问题不大。顶要紧的也不过是厕所不通。其实原本是通的，后期施工的一帮小子每天去那儿拉屎，又没水冲，日久天长，屎越积越厚而且变得又干又硬，便堵住了。这种鸡毛小事，怎能算质量不过关呢？若是民居，就是天花板垮下来，都有人打架去抢哩。"

麦子呵然一笑，说："这么说比起民居来，你们已是客气多了。"

"那当然。"小丛说，"民居嘛，再破再差也没关系。搬家时哪个不是欣喜若狂？再说家家都能自己找到门路把房间修理得比设计得还好，这个我们建筑部门清楚得很。"

麦子问："博物馆的人怎么说？"

小丛说："嗐，别提，他们真不好伺候，验收时啰啰嗦嗦。那个馆长简直不像在中国长大的。请他上馆子吃饭，他倒说：'你我又不是深交，请吃饭干什么？'说完还一副好奇怪的样子望着你。土得跟兵马俑没两样。邬经理说最怕遇到这号人，自己对社会常识一窍不通还自以为是。"

麦子一乐，笑说："有趣。不过这样的人眼下也剩不得几个了。"

小丛说："就是，要不我们建筑公司怎么发展得了？"

麦子说："你的话绝对深刻。"

小丛说："我们邬经理才是真正深刻。早就料到知识分子难缠，所以一再叮嘱少捞油水，保证质量。我原先还想同他们交往，说不定私下里会给点唐马汉砖什么的让我们到外面换点活钱花。不料他们头摆得像货郎鼓，说是一根针都得登记。见鬼了。我们小喽啰倒没什么，可我们邬经理看中的那个青瓷花瓶，就是冒冒风险也该给一个嘛。没有他,你们那大楼能盖好吗?听了邬经理要我们少捞油水的指示,我连一句话都没说他们。这下好,马屁全拍到了马背上。博物馆长竟扬言要通过新闻界捅出去。"

麦子说:"那怎么办?"

小丛说:"所以我们邬经理要宴请新闻界人士。我们保证做好善后处理,新闻界也就别多管这事,让夏记者给同行们递个话,就说中央一直认为目前形势一片大好,不是小好,把这事闹得天下纷纷乱乱的,岂不是没同中央保持一致?"

麦子说:"难得你为新闻界考虑得这么周到。"

小丛说:"嗐,别客气,要想闯荡世界,哪能不互相照顾。今晚'醉太白'酒楼就看你和夏记者的水平了,留点肚子,三百块一桌的。"

麦子说:"我和夏记者分居了。"

小丛说:"打了离婚证?"

麦子说:"还没有。"

小丛说:"这就没关系了。横直都还是你老婆,你尽管搂着她出门下饭馆,法律也是管不着的。"

麦子笑笑,说:"好吧,那就听你的。"

四

夏春冬秋听麦子电话里说完有人让我带你一起下馆子吃酒席的话后,便笑了,说:"行呀,有吃就上,正是眼下最时髦的。"麦子说:"那么我们先在'好好'咖啡厅碰头如何?"夏春冬秋说:"可以。为什么不来家里一起走呢?"麦子说:"让我家老头子的耳报神们见着可不怎么样,跑去他那儿献个小殷勤不打紧,可得让我耳朵长达半个月不那么舒服。"夏春冬秋说:"那好吧,干得秘密一点,像真正的国产电视剧情节一样。"说罢便又笑,笑完方挂电话。

"好好"咖啡厅距"醉太白"酒楼乃百步之遥。麦子和夏春冬秋过去常来这儿小饮。分居两个月后,两人皆未再光临过。麦子在门口见到夏春冬秋时,不由怔了怔。夏春冬秋一袭白色连衣裙飘飘袅袅宛若仙女临界。眉眼均前所未有地抹了淡妆。同艳丽香浓的香香比,又别是一番超凡脱俗的韵致。麦子想怎的三个月不见面便变成如此高洁女子了。待挽了夏春冬秋进咖啡厅坐下后,才发现,那白裙仍是一年前自己送给夏春冬秋的那条。夏春冬秋超然的笑意后依然藏着厚重的阴郁之气。

虽是很高档的咖啡厅,但女招待们依然很下九流地围着一个男招待打情骂俏。红衣红裙在一片浪笑中火一样刺激人眼。且有一串串比粪便略为干净点的语言从中穿越跃动。麦子千呼万唤无人搭腔。最后夏春冬秋起了身,很是优雅地掏出记者证说是想见见贵店经理。这方使一团红火迅速散开,忙不迭地致歉且殷殷勤勤端上咖啡,其浓度至少是过去的三倍。既如此认真地改正错误,夏春冬秋便罢了。麦子一直笑而不语,唯观看而已,恰如公园看猴表演,目光扫过来又扫过去。最后喝着咖啡说:"我估计他们今年想争取成为商业局先进,否则不可能把你那张'派司'当文件。"夏春冬秋笑了笑,顺便问了一个女招待,果然如此。女招待说:"去年没弄到先进,奖金都少了几十块,还有一条床单。今年就不那么蠢了。我们专门派了个副经理在局里活动,他是局里刘书记一条线上的。局长现在忙着年底出国考察的事,顾不得刘书记线上的活动。所以,我们被弄上先进的希望还是很大的。您可千万别捅一刀子,让我们都白忙了一年。"夏春冬秋说:"好吧。"

咖啡厅里流行歌曲始终唱着。一忽儿激昂万分,一派精忠报国的豪气;一忽儿又幽幽怨怨,伤感得如几死几活。麦子和夏春冬秋无言以对,又似倾心听歌。咖啡具虽缺口掉柄的,但咖啡却是纯正的麦氏三合一。天顶上的日光灯坏了两管,另有一管忽明忽暗,使得所有喝咖啡的人脸上不断变幻色调,白去紫来,善走恶出。

夏春冬秋突然说:"'在每张脸庞后面你看到那种精神空虚正在加深,/只留下无所可想的越增越剧的恐惧。'"

麦子一笑,说:"艾略特?'或当头脑是有意识的,但什么都意识不到时,/在那些时刻,我对我的灵魂说,静下来,不怀希望地等待,/因为希望也会是对于错误事物的希望;不带爱情地等待,/因为爱情也会是对错了的事物的爱情;还有信仰……'"

夏春冬秋插了上去:"'不假思索地等待,因为你没准备好怎样思想,/所以黑暗将是光明,静止将是舞蹈。'麦子,我奇怪你怎么对艾略特有了兴趣。那你把香香搁哪儿了?"

麦子说:"把香香搁在肉上,把艾略特搁心里。不过,那书是你原先托我买的,我刚买到,昨天偶尔翻到这一段,觉得有意思……"

夏春冬秋似笑非笑盯着麦子,然后说:"我们真的像在演国产电视剧了。"

麦子说:"可不,跟香香唱流行歌曲一样档次了。"

夏春冬秋说:"换个话题吧,比方小男自杀案。"

麦子说:"还真立了案?你立的?找到原因了吗?"

夏春冬秋说:"应该能找到,可奇怪的是还没有。"

夏春冬秋说她找过十来个目击者。目击者皆是一家毛线厂的工人,由共青团组织到风景区游玩的。领队说:"先是见一个小伙子骑车同我们汽车比赛,大家还挺开心。好多人都又喊又叫地笑骂他,不料他一超过汽车就撞进去了。不过很显然他是故意往里撞的。"

目击者之二说:"我们笑骂他,他也还嘴,不过声音不大,听不清他喊的什么,谁也没想到他会自杀。"

目击者之三说:"在风景区餐馆我见过这人。他还得意洋洋喝了两瓶啤酒。为了抢座位跟一个妇女吵了一架。他很会骂人,话骂得又刁钻又下流,当然那女人也不逊色,我根本没想到能那样骂女人的人也会有自杀的念头。"

目击者之四说:"我站在车前面,那小子超过我们车时,我还骂了他一句,说超到前面来就多活几年?没想到刚说完他就死了。他是故意往车轮下歪的,司机没责任。"

目击者之五说:"那小子混蛋一个。想死去跳河好了,何必撞汽车,让我们白白待了好几小时不能回家。司机小白第二天要结婚。为了这,婚期延长了一个月。现在这么热结婚,睡觉都不能抱着。那小子的确死得混蛋。"

司机去外地度蜜月了,得两星期之后才能回。夏春冬秋从目击者那里得到的是千篇一律的情况,无疑小男是自杀。

麦子说:"小男有几个狐朋狗友,说不定他们知道点什么。"

夏春冬秋说:"干这种调查比谈恋爱还吸引人,我一边干一边写小说,第二章已写完了。"

麦子说:"你又恋爱了?"

夏春冬秋说:"怎么不?"

麦子说:"还是缓缓为好。香香下个月就走了。而且,我不再让她来了。"

夏春冬秋说:"那与我无关吧。女人又不是出租车,挥手即去,招手即停。"

麦子笑了,说:"好吧,那你还是当巴士吧,该停时自己去停。"

夏春冬秋亦笑,说:"若想上车,你得自己找个站去等着。"

说罢两人均嘎嘎大笑,笑得咖啡厅的人均怒目而视,唯女招待一脸紧张过来问:"我们还有什么没做好,请指正,请指正。"

城市里的宾馆饭店酒楼商场日见伟岸豪华,个个膀大腰圆一如大丈夫比试肌肉看谁强壮丰实。唯将医院学校幼儿园挤得宛若大户人家的小媳妇一脸酸楚地蹲在高墙大院的角落。极让人觉出人活一世有吃有喝有商场逛即足矣,至于生病以及上学以及入托那都是外国人的事。麦子就此话题曾同邬经理探讨过。邬经理笑说:"这真是简单不过了。就像老百姓,把买衬裤的钱攒起来买冰箱放客厅里。来人见有冰箱而不见无衬裤矣。"麦子想想也是,便不多语,何况他已不必上学读书且进医院也有门路,管那么多政府的事干什么。

麦子同夏春冬秋相偕去了"醉太白","醉太白"乃市里一流的酒楼。一流的酒楼往往装饰极雅致,设施极考究,服务极周到,但菜肴却不见得比个体户小摊强得了什么。不过麦子和夏春冬秋这样的人对吃的氛围看得比吃本身要重要。故而总是一次次宽容了大师傅的手艺而屡屡光临"醉太白"。雅座里光线柔和舒适,桌椅洁净光滑,杯碗晶莹明亮(偶有缺柄破瓷的,外国人来了不拿出来就是了),且有白衣裙少女递菜送热毛巾,时而笑微微为你斟满酒杯。远远的,有极轻松的音乐和风缓缓而来。如此这般,被麦子和夏春冬秋称为"惊人的优雅"。便常笑说人若是能活在这种境界里,那么做人也就还有点意思了。

建筑公司邬经理早已在酒楼恭候新闻界诸人士了。干这种事人们一般比较准时,绝不似开这个那个的会议,通知八点你尽管九点去绝对不会迟到。酒菜准时上了桌,一碰杯,彼此便不分主客了。你来我往,甜言蜜语多得比桌上肥肉更让人腻。邬经理极能饮酒,亦极能劝酒,众人便纷纷夸说此乃典型的干部人才。并举例说某工厂为了能陪好上级的各类检查团,专门将车间一个极善饮酒的锻工提了干。锻工喝一斤半白酒仍能轻松地骑着自行车回家。每来检查团,只要有他出马,各路人员均能满意地打着嗝出厂大门。为此厂里每项检查都顺利得到通过。全厂干部无一不说那锻工是这些年新发现的特殊人才,弄得厂里一帮酒鬼均称自己是人才并谋求改换办公室的工作。邬经理是不是因酒而提干的,尚不得知。麦子在见他一连干下八杯白酒依旧谈笑自若时,不由大叹,说看来邬经理的官还能大下去,的确是非同小可的人才。说得邬经理朗声大笑,笑完又将手中一杯一饮而尽,此乃第九杯了。

夏春冬秋笑说:"若能饮酒且又能将马屁拍得尽善尽美,那么一个人的前途便不可估量了。"

小丛说:"拍马屁已过时了。人人都拍马屁,马屁便只是一个马屁的价了。"

夏春冬秋说:"这话有点道理。比方《红楼梦》里,人人都拍老祖宗的马屁,只有王熙凤插科打诨地反着话说,结果倒是受宠不过。"

麦子说:"那其实仍然是拍马屁,只不过艺术性高一些罢了。"

邬经理说:"王熙凤的马屁显得人不那么贱。而有些人,好话堆成山,他就觉得他卑微。人既卑微,一日到头拍别人马屁也就理所当然了。"

小丛说:"对对对,我们经理就喜欢王熙凤这样的底下人。此外,经理本人也具有王熙凤式的艺术水平。"

小丛的话引得众人哈哈一笑。邬经理待大家笑过,便拈须扬眉,神采奕然地说:"这一说我就非得'王熙凤'一次喽。讲个故事给大家解解闷吧。"众人皆吼:"欢迎欢迎。"于是邬经理说:"我老家最近传出个笑话,我一个远房亲戚,因婚姻问题想不通,便去供销社买了瓶农药。这愣小子进家门咕噜咕噜将农药灌进肚里。然后找了件新褂子套上,打算去其恋人家一死了之。不料那家伙蹲在附近等药劲上来,等了老半天也没什么反应,只好败兴而归,大骂供销社。其父弄清原委,喜极而泣,知道亏了假农药才救得他儿子一命,便连夜请人用大红纸写了感谢信,一大清早便贴在了供销社门口。"

在场人,连同端菜倒酒的女招待均听得目瞪口呆。麦子最先缓过来,说:"可谓精彩漂亮。"

邬经理说:"所以现在流行的是以假充真。各行各业都如此。比较起来我们建筑部门倒强多了。不管怎么样,那房子总归一砖一瓦砌起来,看得见触得着。"

众人皆着嚅喝着西米银耳汤说:"那是,那是。"

邬经理又说:"纵然有一点什么问题,也是一目了然,何况只要我们一发现,改正的速度比闪电还快。总归不会出个毒酒毒盐那一类的后果。比方市博物馆大楼,有几处小地方不太合标准,对方并没提出什么异议,但我们发现了,仍然要用百分之百的力量去修正,我们的目的就是要用户百分之百满意。哈哈哈。"

麦子心里暗笑,不觉望小丛。小丛却正点头磕脑地应和着是呀是呀,极正直和虔诚的一副面孔。记者们便打着响嗝异口同声说不错不错。麦子将嘴贴近夏春冬秋的耳根,说:"人若能修炼到邬经理这地步,也算没白活。"夏春冬秋笑答:"此乃智者。你爸爸之类尚够不上这等档次。"正说时,小丛忽而大叫:"你俩分的什么居?在大庭广众下还亲嘴亲耳哩。"说得满屋一哄,酒席便散了。

五

麦子已经几天没去香香那儿了，急得香香四处打电话寻找却无一次找到。既找不到麦子，又不能寂寞地活，便顺理成章地向别的英俊小生丢开了媚眼。好在香香姿色尚在，名声又大兼腰袋里钞票饱满厚实，为此英俊小生全心全意肝脑涂地一塌糊涂地拜倒在香香的超短裙下也是大大可以理解的事了。何况古来便有英雄爱美人之说，既爱了美人，又落得英雄之名，岂不美哉。唯一使香香有点扫兴的是：有个"英雄"居然问她，你同那么多男人好过，会不会有艾滋病？

麦子终于给香香打了电话，虽然香香已换了好几个情人，但仍然热情洋溢地向麦子撒娇。

麦子说："把我的行装清一下，有人晚上来拿。你想留下什么做个纪念就拿出来，除了汗衫短裤。"香香说："这么说你那块雷达表是可以留下的喽？"麦子方想起雷达表一直放在枕头下，不觉吞咽了一下，宛若吃进一只苍蝇，旋即笑说："只要你愿意，什么都行。我认识你几个月，最后也总算看到你聪明的一面。"没说完，她便挂了电话。麦子有点怅然，心想香香竟能根据话意挂下电话，可见得还是有些智商的。

麦子在办公室里搭了折叠床。次日便有手下人主动给装了布帘，将床桌分隔开来。布帘乃淡绿底白菊花尼龙绸，横空一垂，倒给生意味儿十足的办公室平添几分典雅之气。不料次日小丛来打探新闻界对博物馆大楼的反映情况，见此状，便夸下海口，愿将自己的两室一厅借出一室给麦子住，一直住到邬经理帮麦子再搞到一套新房为止。且说新开辟的小区已盖起了二十来栋楼，虽然社会上为房子打架扯皮要人命地闹个没完，但他们想搞一两套永远是轻而易举的。麦子想想堂堂副总经理住办公室,无论多雅也仍然不雅。兼之同小丛住一起,日日享用他的手艺也不失为人生一大乐趣,便欣然允了。周瑜打黄盖,打与被打皆心甘情愿,一如他麦子和小丛,吃与被吃皆心甘情愿一样。

当晚便喝了酒,小丛单身,尚未结婚。从前在乡下曾有过对象,但一进城便同大多数人一样不再喜欢土里土气的乡下女子了。尽管那姑娘为了他烫了发修了眉且买了高跟鞋满身上洒了浓浓的香水,小丛仍然嫌土。且说:"猴不穿衣,让人还觉得是个猴,猴穿了衣服,猴性还在那儿搁着,便让人觉得人不人猴不猴的比原先还可嫌。"说得她当即哭脸,哭完又人不人猴不猴地跑到小丛妈那儿屋前屋后地伺候,忍着小丛妈没完没了的刁钻话,铁了心肠不改初衷。以致隔壁邻居村里村外皆夸那姑娘忠贞不贰实乃高尚情操。纷纷指点着那姑娘的背脊让自家女孩要学她那样为人。

麦子问小丛,进城后又交了女朋友没有。小丛说交了又吹了。现在看中了一个公共汽车售票员,已打听清楚她刚满二十三岁。父母亲皆个体户,十分富有,只是寻了几次机会都没能接近她。有朋友介绍他认识了一个叫熊熊的男人。说熊熊是最能帮人解决这一类问题的。麦子问:"熊熊?住租界街黄房子的那个?"

小丛说:"是呀是呀,你认识?"

麦子说:"老熟人了。我有个同学叫王小男,住熊熊楼下,他俩是真正的狗熊朋友。"

小丛说:"王小男?我认识他呀。就是他介绍我认识熊熊的。刚介绍没三天,那家伙就闯了汽车。"

麦子说:"你怎么认识小男的?"

小丛说:"他的车帮我们拖过几车材料。邬经理老丈人家盖房子,就是小男帮忙跑的车。这小子极够朋友,没刁难过一次,叫跑几趟就跑几趟。干了三个晚上,我只给了他一方木料。换了别人,起码要两方,另外还得加上其他小费。"

麦子说:"想不到小男还有点大家风度。"

小丛说:"那当然。要不我怎么同他交朋友。想不到你同他也熟,可见我的眼力。"

麦子说:"那你知不知道他为什么撞汽车?"

小丛说:"我也正奇怪哩。他让我帮忙搞套房子,说是要结婚。我答应考虑考虑,总不会就为这吧?"

麦子说:"小男要结婚,真有女朋友?我还以为他自己吹牛哩。竟有女孩肯嫁给他。"

小丛大笑了,说:"你这话说得好奇怪,男人就是一条癞皮狗,也会有女人找上门的。还听小男说他的女朋友是个什么大学生哩。已经同小男睡了好几觉了,真馋人得很。"

麦子说:"大学生?大学生能看上王小男,那我就弄不清她那大学是怎么读的了。"

小丛说:"你以为大学生就值钱了?一个个说话酸溜溜的,让我找个大学生,我的牙还受不了。"

麦子一笑,说:"我也是大学毕业哩。"

小丛愣了愣,打量麦子一番,然后说:"不那么像呀,你恐怕书读得不怎么样吧?要不怎么能跟我们这号人一块儿喝酒?"

麦子说:"你的眼力的确不错。"

麦子带着酒意上床,按以往,头碰枕便呼呼睡过去了。不料这回却因了小男找了个大学生女朋友的事折磨得他翻来覆去辗转反侧使尽人间所有办法,却无法令自己沉入黑洞之乡。便只好眼睁睁盯着天花板想小男的事。

麦子跟小男几乎从小学一直同学到高中毕业,曾有一段时间,班上几个高头大马的男生天天追逐小男,追上即打,宣言说是练练拳头。小男虽欺软,但却格外怕硬,每日狗一样号叫着奔跑。麦子有一天看不过意了,仗义救了小男,自然自己也被打得鼻青脸肿。但从那次后,高头大马们再也没有动小男一根毫毛,使小男只剩得了欺负别人的历史。小男为此对麦子感激涕零。朝天俯地赌咒要给麦子做一辈子奴才。麦子不介意,由他去做,权当自己多了一条狗。十几年过去了,小男果真对麦子忠心耿耿,这使得麦子终于把这条狗深深印在自己心上。所遗憾的是,麦子为小男付出的代价远远超过他从小男那儿得到的实惠。小男为了追随麦子,经常去麦子家帮忙干活儿。比方拖个地板洗个碗什么的,干过一些回数后,麦子父亲便渐渐发现只要小男露过一下面,桌上的好烟及打火机巧克力外加小瓷人钢笔之类皆不翼而飞。有一回小男在晒台帮忙浇花又顺带偷了麦子姐姐小豆的三角裤。最要命的是恰恰被小豆眼疾瞧见了。当时不便发作,只是暗自忍辱落泪。待小男前脚出门,小豆便立即冲进麦子房间同麦子恶吵一架。父母大人归来询问,自然气得手脚冰凉,一律臭骂麦子不同自己一个阶层的人来往,尽交些下三滥的朋友。尤其是王小男,比流氓还下贱。骂完即下通告:若不同小男断绝外交关系,从此别想得到一文钱生活费用。起先麦子自是不睬,后来见情况发展不那么妙,掏起钱愈来愈心跳手软像个上海街头的老百姓,委实在众朋友面前抬不起头来。他只好求了他父亲的朋友,着一身军衣去了部队。临了对小男说:"这全是你把我送去当光荣解放军的。一想到起早床训练这一条我的肚子就开始晕乎乎的不像肚子了。"小男说:"没问题,有我呢。"麦子为小男这话琢磨了好久,始终没弄明白它的内涵和外延。好多年后,麦子又回来了,小男则继续追随其后,不改初衷。于是麦子家的小玩意儿又开始不辞而别。好在麦子他爸已不介意了。现在的东西大多为外人所送。来得太易去之亦不惜。兼之小豆已出嫁，生了孩子，成了肥硕的娘们一个。其三角裤改换成大裤衩子，对小男毫无吸引力。但有一回麦子还是忍不住就小男贪小的议题择尽世界上最尖酸刻薄的话，将小男好好鄙薄了一顿。其目的倒不在于帮助小男改邪归正，而是因为麦子那天吃得太多，遵医生之嘱，得寻点事情帮助消化。小男偏着脑袋听麦子说，时而矫正麦子运用得不够熟练的时髦俏皮话，一副从容大度的大家派头。最后待麦子肠胃通畅了，连连放了数个响屁打了一串响嗝一头栽倒在床上昏然欲睡之际，小男方哈哈一笑，说："我若不拿，谁帮你家吐故纳新？不吐故纳新，你爸爸哪有那么多地方放东西？没了地方，岂不令好些人失去了拍马屁的机会？不拍马屁，这一辈子又该怎么活下去？我的行动虽小，却也是关系到国计民生的大事。"麦子听罢，不禁失笑，睡意顿去。禁不住高声赞叹小男虽龌龊，但却龌龊得深刻。

上午，两个前来洽谈生意的香港人西装革履，操着广东普通话一本正经同麦子谈判。谈了一会儿，其中之一突然脱了皮鞋，将一只右脚贴在左小腿上搓来搓去。发黑的尼龙袜使暴露在外的大指头和脚后跟明亮得招人耳目。麦子不觉疑了心，便在自家的普通话中夹带了河北河南湖南江西陕西诸地的土语。此二人听懂了河南的。麦子便笑了笑，说："二位是河南人？"对方一听此话，不觉一愣，双方交换了一下表情。麦子说："可见得你们还不老练。撞到师傅门上了。回老家去吧，关起门来练习半年，再来我这儿试试，能过我这一关，你们也就能闯天下了。"那二人听得大汗淋漓，依然用广东普通话说："同志，你误会了，你误会了。"然后生意也不谈了，提了豪华公文包鼠窜而去。

麦子笑望他们背影，心想天下果然活了，什么样的人都能出来闯荡。笑完忽觉心口堵得慌,大有心肌梗塞之意,便立即信手抓起桌边搁着的金庸之小说《鹿鼎记》读上几页,大笑不止,心口通道便又畅行无阻。

麦子想起来该给夏春冬秋挂个电话了。关于小男女朋友的信息无疑能对小男自杀之谜提供一点线索。

电话挂到报社,接电话者不提夏春冬秋在与不在,倒是一再追问:"你是什么人?你找她有什么事?"麦子说:"你这儿是报社还是公安局呀?"对方说:"你搞不清楚打什么电话?"麦子说:"所以才请教于你嘛。"对方说:"是报社,又怎么样?"麦子说:"是报社就让人发愁了,怎么弄出跟公安局一个味儿?告诉你,我是夏春冬秋的情夫,你呢?"对方竟笑了笑,说:"我也是。"然后"叭嗒"挂断电话。他的回答叫麦子怔了半天,心想若说气话倒也罢了,无非占了点小便宜,若来真格的,麦子咽了咽口水,压下去一些肚子里涌出来的醋意。

晚间麦子约了小丛一道去租界的黄房子找熊熊。敲门后,听得里面稀里哗啦地一片慌乱。麦子说:"熊,别吓得成真狗熊了,那是要送动物园的。"话刚完,门即开了,熊熊给麦子当胸一拳,说话如吼:"是你这狗东西。到手的运气全让你冲了。"

小丛立即点头磕脑说:"冲了熊大哥的财喜,今后我来补,我来补。"

麦子进门笑笑说:"熊,知道我现在的身份么?"

小丛忙说:"麦子大哥现在是环宇公司的副总经理,相当于副处级了。"

熊熊说:"这等好事还能不知?小男一天到晚挂嘴上给自己壮胆。中国的副处级比垃圾都多,这吓唬得了谁,就只把小男爹妈吓唬得一愣一愣的。"

麦子说:"他爸愣什么,管谁多大的官儿,终究得归到他那儿去呀?"

熊熊说:"我死后是不找小男他爸抹脸蛋的,他爸那手,粗糙。脸上不划拉一些印子才怪。再说,他爸每天坐家门口搓脚丫子,他那手还能在你脸上来回抹?"

麦子说:"你倒讲究。你的手不也是揩完屁股又拿油条吃吗? 完了还用指甲进嘴里挑牙缝里的肉渣。"

熊熊说:"文雅点文雅点,小心说得明日我不敢再抓油条了。"然后即笑,笑完问,"麦子大哥轻易不上我的门,此行找我有何贵干?"

麦子说:"听说你给小男介绍了一个女朋友?"

熊熊说:"嘿,精彩极了,你也想要一个?"

小丛说:"他有老婆了,是我想要。"

熊熊打量了一下小丛,说:"你比麦子困难多了,你太瘦,打不过我,怎么也打不过。"

麦子说:"又不要你,跟你打什么? 未必夺你的女朋友?"

熊熊说:"麦子,这就不怕你聪明过人了。打死你你也猜不出我怎么给小男介绍女朋友的。"

麦子说:"打死我我自然猜不出,若活着还有可能性。"

熊熊说:"你猜,起码我们在哪个公园后门碰上那丫头你都不知道。"

麦子说:"可我已知道你们肯定是一个装歹徒一个装英雄,把人家姑娘弄到手。"

熊熊说:"麦子你还真神哩。怪不得小男最服你,说玉皇大帝也比你差几箩筐。"

麦子说:"这是老套子了,我老婆三年前的一篇小说里就写的这。"

熊熊说:"真的? 看的人不多吧? 可别抢了我的生意。"

麦子说：" 怎么，干起了专业户？"

熊熊说："这叫专利，搞一次五十块。搞成功拿了婚票，再加一百。我主要给朋友帮忙，收费收得低。"

麦子说："小男那是第几次？"

熊熊说："小男开的头哩。"然后告诉麦子，小男一直想交个女朋友。可老没人看上他。好容易找一个，可那女人还没跟小男睡一次觉，就在有天上班时，被一个急刹车弄瞎了一只眼。只怪那只弄瞎的眼视力太棒，正好插在坐在椅子上的一个女人的毛线针上。小男虽想女人，但也不打算找个瞎子，便立马同那女人吹了。熊熊说我劝他花点钱到火车站找暗娼玩玩免得一个人闷得慌。小男不干，说是自己已经这么干瘦，再得个花柳病，小命就保不住了。熊熊又说我又劝他不如强拉个女孩算了。小男不敢，说是坐牢倒不怕，万一碰上了严惩时期，被枪毙了也太不合算。小男既不干又不敢，便只有在汽车上一脸享受地捏捏女孩的屁股，再不就趁邻居没留神顺手偷几条女人的三角裤穿上，熊熊说罢大笑，说唯有小男撞汽车这一回，让人觉得小男归根结底是个男人，有股男人气。

麦子说："小男的女朋友是哪儿的？"

熊熊说："在松林公园捡来的。"

小丛说："这么容易？"

熊熊说："松林公园后门边你知道，虽有路灯但从来没亮过。我带小男去那儿，告诉他只要听见女人叫喊声，就冲上前营救。小男笨狗一条，说是他打架不行，若被人揍了几天都回不了原形。我说老子能把你往狠处揍吗？小男这才醒悟，忙说他是沙鼻子，一碰就出血，你用胳膊拐一下那儿，别处最好都不碰。我首先便踢了他一屁股，自己去了。只一会儿，便见了一个女孩过来，我刚拦腰一抱，她便杀猪般地叫。小男倒快，颠颠地冲上来。刚想打我,又缩回了手,结果他这狗绕到我背后,两手爪伸进我腰眼里死命挠痒痒,弄得我几乎笑出声来。说他笨,他也鬼。老子浑身一软,松了那女孩。最后气他不过,把他踢翻在地。"

麦子和小丛听到此也忍不住笑出声,仿佛也有人正挠他们的腰眼似的。熊熊说第二日小男找上门,说是幸亏熊熊踹了他一脚,那女孩原准备逃命的,小男躺在地上便"哎哟"起来。女孩只好回转身,扶起小男,且一边替小男拍灰一边说感谢话。小男说太多了,再说几遍谢谢,我还得再救你一次才能消受得了。女孩笑了,说是你这么瘦怎敢同那个肥壮的流氓打。小男说我是不敢而且打不过,但是我能用智,我到他背后挠他的痒,他就没劲了。女孩一下子笑得咯咯咯喘不出气。小男越发上劲了,说笑死了挠痒也救不了,快哭几声调剂一下。这么一来一去,女孩就由着小男送她回家了。且还说欢迎小男去玩。

小男之后拿出五十元钱给熊熊作为答谢,且说如拿了婚票再加倍给。熊熊轻易得了钱,才想出这条绝妙的生财之道。

小丛说:"我先付一百块钱,事成之后再加倍。"

熊熊说:"有钱就好办。你要的那女人不像小男那个,小男那是碰上什么是什么。你是指定的,不好跟踪,所以……"

小丛说:"不必说透,小弟心里明白。放心好了,我舅舅是建筑公司经理,腰杆不细。别人办不到的他都能帮我办到。"

熊熊说:"好说好说。"

麦子说:"那女孩是大学生?"

熊熊说:"原来听说是,后又说是电大毕业。在邮局管发电报。我去看过一次。见长得还俏,但嘴巴最毒。你去洪桥路邮局,谁最凶谁就是小男的女朋友。可怜小男不知被那母夜叉怎么给整得闯了汽车。"

小丛说:"不会不会,不会是这个原因。小男还让我帮忙搞房子结婚哩。"

麦子说:"熊,小男死之前,有没有输钱的事?"

熊熊说:"输屁,他死的头一晚赢了个肚子发胀,给我的地盘费是三百五十。"

麦子说:"会不会有人抢了他的钱,他想不开自杀了?"

熊熊说:"银行在隔壁,他百分之百转身就存进去了。"

麦子说:"那小男一个人跑风景区干什么呢?他平常总是开自己的车到处跑的。"

熊熊说:"他的车倒是在修理厂。为什么去风景区那里得去问洪桥路邮局的母夜叉。不瞒你说,麦子,我想问问,小男已经死了这些天数,你打算干什么?可以发一笔死人财?"

麦子笑笑,说:"有可能。"

熊熊说:"那你如果不让我提点成就不公平了吧?"

麦子说:"是。"然后告辞出来,小丛要留下继续同熊熊协商帮他搞对象的事,便交了门钥匙给麦子,让他先回。

麦子出了黄房子,甚觉精神恍惚。记得夏春冬秋说过她那天一出这个楼来便在街头呕吐了一地。麦子不禁亦有呕吐感,一摸口袋,内里装有一瓶风油精,便三七二十一全不顾,仰头往嘴里倒了大半瓶。苦涩且不说,一吐气,几米内皆飘浮起风油精的气味。

麦子恍惚中竟闯到夏春冬秋处。分居以来,麦子还是头一次回来。时已十点,夏春冬秋只开了一盏台灯,满屋幽暗阴森一派寂寥之气。夏春冬秋蜷腿坐在沙发上,一支烟已抽去了大半。夏春冬秋说:"你来干什么?"

麦子说:"想老婆了,回家看看。"

夏春冬秋说:"到下一站等着吧。"

麦子说:"你情夫是报社的?不怎么文明嘛。"

夏春冬秋说:"兔子不吃窝边草。找报社的人发疯。"

麦子说:"那是哪儿的?"

夏春冬秋说:"小说里的。这段情还没了结。"

麦子说:"看来我老婆还贞洁,今天收留我么?"

夏春冬秋说:"今天还打算贞洁贞洁。"

麦子说:"那好吧。"

麦子刚出门,觉出一些凉意。夏春冬秋追上来,递给麦子一件外套和几片口香糖。夏春冬秋说:"想呕吐时嚼嚼口香糖,立即产生我们的生活比蜜甜的快感,然后吐意全失。"

麦子推开口香糖,披了外套,笑笑说:"我们可不都是在甜水里生甜水里长的么?甜得发腻才呕吐,来不得口香糖。"说罢,摇摇晃晃融进夜色,与迷茫之黑雾合为一体。

六

报社里这一段日子气氛紧张。早几月便有闲言碎语说即将评定职称,业务人员纷纷奔走相告欢呼雀跃勾脖伸脑地盼望这一天的来临,唯行政干部一个个垮下面孔,把一肚子不服气挂在脸上。岂不料,喧哗一阵子,职称评定一事竟渐渐愈来愈没了声气。副刊部主任是个豁达大度之士,便在会上劝慰众将士,说是得缓缓,国家没钱。众人亦不愧为豁达大度之士的部下,皆笑说没关系,等国家有了钱再说。不料"国家没钱"一说出笼没几日,渐渐地到处提拔了一些处长副处长之类且一夜之间全都将工资补得恰如其分。那些曾经垮下去的脸也在一个清早一律又圆了起来。

夏春冬秋们便纷纷质问主任,主任笑说:"你们这么聪明的人,怎么一下子全都傻笨起来了:加工资的事原本就归处长科长们管着,自己都有份儿,能让它们多过几夜吗?他想偷懒,他老婆还不干哩。"质问者们想想也是,活儿虽是自己这一伙干的,但自己这一伙得归人家管。自然得看着人家红红胖胖地安顿好自己的日子再用一点闲暇来安顿尔等。好在全国都一样,并非自己报社特殊,也就罢了。更何况拿了钱的那帮处长什么的自然会一脸慈祥地开会发言要你为国家着想,替国家分忧。

评职称的事终于开始落实了,开始之后方晓得没有人会让你轻轻松松拿个职称又增长工资的,报社这回是试点。文件下达后,全社职工皆放下手中一切事情,比如写小说写报告文学采访名流到风景区开会旅行结婚休假探亲住院疗养送儿子去北京上大学,诸如此类。职称评定核心小组人员的家中开始渐渐多出了高级香烟、上等好酒、土特产以及新鲜柑橘鱼虾螃蟹诸物。登门造访者不厌其烦地叙述自己的功绩,一直说到你觉得若不将他弄上一个满意的职称他便唠叨到你自杀的那一刻。

副刊部一向有些吊儿郎当,这些时却出其不意地人员整齐。每日学习精神领会意义,自我表态填表格自传,集中讨论个别交换意见,群众评论核心小组再复议再研究再潜伏,下去摸底再调查核实鉴定……累得人人死去活来提心吊胆相互窥探暗中比较并且乐此不疲,都道职称虽是虚荣,评不评皆干一样的活儿。但倘若评职称关联到涨工资的问题,这便一切都实。谁让小白菜四毛钱一斤而鸡蛋一块钱三个半呢?

夏春冬秋在买了小白菜和鸡蛋过后,始见人则立即堆一脸子的笑容。人亦将笑容堆得一脸。同事之间关系突然间亲密友善得全体以为进了"文明礼貌月"。唯腮帮子因笑得太频显得酸胀且略有变形,以致熟悉不过的面孔一律多出些陌生感来。

这时间持续了好几个月。夏春冬秋终于有些不耐烦了。便想起自己十天休假再不用便过期了。于是去了主任办公室告假。

主任正跷着二郎腿侧身疾书着什么。听人推门没抬头即说："有事明天来,我这会儿正忙。"夏春冬秋说："若是明天的事还会提前到今天来找?都这么先进现代化就早实现了,我这是半个月前的事哩。"

主任抬起头,叹一口气,说："夏春冬秋呀,是你找,那我就是失火也得放下水桶。"

夏春冬秋说："这您就错了,现在都用灭火器。"

主任说："我说的是农村失火。"

夏春冬秋笑了,说："什么事这么紧张,该不是写什么交代材料吧。"

主任说："不不不,我的问题历史早做出了结论。现在是关系到高级职称的问题。"

夏春冬秋说："您还要那玩意儿干什么?扛着不怕累?您现在是处座,处座相当于正教授,大学里分房子都是这么排列的。"

主任说："副编审的派头比处座大多了。房子嘛,我已经有三室一厅了。并不指望副编审的牌子能弄到比这更好的一套。只是业务职称表示对一个人一生事业的评价问题。"

夏春冬秋说："处长的官衔难道不是一个人一生事业的肯定?"

主任说："小夏你是聪明人。处长这席位什么混蛋都能坐,只要马屁和运气畅通,但混个副高级就不那么容易了。"

夏春冬秋说："虽这么说,但您又何必发愁?反正决定职称都是你们这些处长局长什么的,互相抬举点,把自己弄上去还不是跟搞套房子一样容易的事?您连这点深刻都没有?"

主任说:"你说得有道理。只是趁现在还是有权说了算,得抓紧才是。"

夏春冬秋说:"职称得多久才能批下来?"

主任说:"短则一年,长则三年。"

夏春冬秋说:"那大家的腮帮子怎么受得了这种持久战?"

主任说:"今年冬天落实知识分子政策,每人发只口罩。"

夏春冬秋说:"这个主意倒不坏。"

主任说:"我们老的都不急。你年轻,更要对这类事采取从容态度。俗话说,好事多磨。时间越磨得长,届时大家才能加倍地产生喜悦之情,这件事的意义也就愈加显得重大。"

夏春冬秋说:"太深刻了,那我将专门去各大学采访一下那些磨够了而格外激动的教授们,弄一篇叫得响的稿子。"

主任一拍桌霍地站起。夏春冬秋吓了一跳。主任说:"小夏,我就是欣赏你的这种机智灵活。这个点子好,争取搞个头版头条的通讯,让广大知识分子倍感党的雨露甘霖。"

夏春冬秋说:"没问题。不过,从下星期一起,轮我休假了,全年的。"

主任想想说:"今年很忙。你这个重头稿也做点准备。是不是再缓缓?"

夏春冬秋说:"可以考虑。"

主任说:"另外,可以给你透露,不少同志都认为你已够了党员标准。我们想下一批发展你。如果你能放弃今年休假,我介绍你的情况时,有利条件就多多了。实在怕吃亏,明年我多批你几天就是。"

夏春冬秋笑了,说:"这等美事留给别人吧,我不敢当。"

主任说:"我劝你灵活点,入党不入党完全不一样。说句真话,假如犯了什么法,还可以有个开除党籍缓冲一下,要不一下抓进大狱那味道不怎么好受。"

夏春冬秋说:"这还算条说得过去的理由。不过,我想写一篇'蹲大狱印象记'的文章,一直愁没有机会哩。"说罢,夏春冬秋走出门口,关门时丢下一句话:"就为这,下星期一起,我十天不来!"

夏春冬秋果然不顾主任一片好心,一意孤行地在家休假了。有知其事者皆奇怪夏春冬秋一向聪明伶俐为何这次将一块分明到嘴的肥肉给扔了。夏春冬秋笑笑,然后一本正经解释说:"我减肥。"此话传开,又有人议论,说夏春冬秋很苗条减什么肥呢?

休假头三日,夏春冬秋在家蒙头大睡,指望梦中能寻见一块乐园并借此时机好好放松放松。不料两日两夜睡过,皆无梦。无梦也罢,却将头睡得宛若有人装了炸弹随时可能起爆般地痛。便又吃去痛片抹风油精刮痧按摩热水袋敷凉毛巾浸,用尽世间去痛方法,仍未将炸弹取出。这才明白睡得太厉害比忙得厉害更为痛苦,于是又熬了两个通宵看书,方将神经平衡了过来。

"我还将说吗?为了要来到那里,/来到你在的地方,离开你不在的地方,/你必须沿着一条其中没有狂喜的路走。/为了来到你所不知道的地方,/你必须用一种无知的方法去走。/为了占有你没有占有的东西,/你必须用一种剥夺的方法去做。/为了成为你还不是的人,/你必须沿着你还不是的那个人走的道路。/而你不知道的东西正是你唯一知道的东西,/你拥有的东西正是你不拥有的东西,/你在的地方正是你不在的地方。"书上总是这一套。

麦子找到夏春冬秋时,夏春冬秋正一脸发呆地望着桌上一堆稿纸。稿纸上一片空白。麦子说:"打算写一部无字书?"夏春冬秋说:"若有出版社肯用倒可以一试。"麦子笑说:"那还不如让人买图画本得了。"夏春冬秋说:"书脊上注明此乃小说,便具有了同图画全然不同的意义。"麦子说:"那稿费怎么算?出版社可是论字给钱的呀。"夏春冬秋听罢大笑。

麦子从包里摸出一套书,说:"我劝你读读这个。读通了,便懂得如何生活。"

夏春冬秋接过翻翻,见是金庸的《鹿鼎记》,便说:"听办公室人士议论过,说是有一个天底下最聪明的人叫韦小宝?"

麦子说:"正是。做不成史可法郑成功之类人物以匡扶天下精忠报国为己任,做个韦小宝也是不错的。"

夏春冬秋说:"其实你我谁也做不了,只能做金麦子和夏春冬秋。"

麦子说:"此话怎讲?"

夏春冬秋说:"因为文化。因为你知道黑格尔马克思萨特,知道孔子老子庄子,还有李白李清照鲁迅巴金郭小川以及步鑫生张海迪鲁冠球以及刘宾雁方励之邓力群诸人士,你就只能成为你自己。韦小宝则只是你的一个梦或是你的一点自我慰藉。"

麦子说:"我原本想好今晚回家住的,看来还是不行。我叫你一开口,浑身上下筋骨到每一根汗毛都累。"

夏春冬秋一笑,说:"你知道累,这本身就做不成韦小宝了。"

麦子说:"那我就还是告辞的好,洪桥路邮局去过了?"

夏春冬秋说:"险些忘了。"

麦子说:"小男走的路似乎本是你该走的。"

夏春冬秋说:"但小男已挪用了我的归宿,我只好留下他了。"

麦子说:"这倒不错。小男的名言是'好死不如赖活着'。

我希望你尊重他。"

夏春冬秋说:"当然,这也是小男死后我悟出来的。"

麦子几乎没落座又告辞。夏春冬秋随他一块儿出了门。太阳有些刺目。夏春冬秋几天没出屋,不觉感到眼睛酸胀,有初黄了的树叶在她朦胧的目光中飘落。

洪桥路紧靠洪桥,洪桥乃城市中一座老旧的石桥。早年也是繁华之处,因了新的石桥修在了百米开外处,这儿便显得寥落起来。洪桥路邮局虽立在桥头醒目处,但其中邮客只三两人来去,唯门口倒卖邮票的一团一丛围得密密匝匝。

夏春冬秋果然见得一个俏丽的女孩在"电报"的小牌之后,欲上前打探时,方想起并不知其名姓且并不知此女孩是否便是小男的那个。夏春冬秋略一思索,便买了一张电报单,恶作剧般写道:"王小男自杀身亡所欠款项请寄我处。"

女孩趴在"电报"小牌后打瞌睡,脑袋时而被睡眠压迫得往胸前一坠。夏春冬秋唤了几声未见动静,便屈起中指敲了敲工作台。那女孩打了个呵欠,方睁眼,见夏春冬秋便吼一声:"敲什么嘛?放文明点。"

夏春冬秋笑笑:"文明是要用在文明人身上的。"

女孩说:"你要干什么?嬉皮笑脸的。"

夏春冬秋说:"要发电报。你打算干什么?虎视眈眈的。"

女孩用鼻子哼了一声说:"你认识了几个字还丢词。凭你这样子送妓院都不够格。"

夏春冬秋说:"你长得倒像个城里的女孩,怎么这张嘴的水平跟乡下的公共厕所一个档次。"夏春冬秋说完又笑了笑。门口几个看倒卖邮票的人听见吵架顷刻围上,听得此一说,便哄然笑起。

女孩大怒:"笑什么笑?一个个没文化的样子。"

笑者之一说:"你也差不多嘛。"

女孩说:"笑话,我电大毕业,文凭拿到了手。"

夏春冬秋说:"这一说你就更不能吵了。我是本科毕业,应邀给电大新闻专业当了三年授课教师。"

女孩打量着夏春冬秋,然后说:"你?吹牛又不犯法。鬼才知道。"说罢,一手抓过夏春冬秋的电报单,看了好半天没说话。

夏春冬秋说:"没什么生字呀,电大生应该都认识。"

女孩放下电报单,盯着夏春冬秋说:"你是王小男什么人?"

夏春冬秋说:"发电报还查户口?你说我是什么人呢?"

女孩说:"告诉你,我是王小男的女朋友,我有权问你。如果你是第三者,我就能找到你单位告你。"

夏春冬秋说:"哦,你就是小男的女朋友?我叫夏春冬秋,是金麦子的爱人。你听说过金麦子吧?"

女孩大惊,说:"你是麦子的夫人?在报社?"

夏春冬秋说:"是呀,还想跟我吵架?"

女孩立即堆一脸笑,软声软气说:"不不不,夏姐姐,都是我有眼不识货,请原谅。麦子是小男的好朋友,我们也应该成为好朋友。"

夏春冬秋说:"行呀。只是我想问问小男自杀前有没有什么反常情况?"

女孩一听便流开了眼泪,边哭边说:"对别人我不好说,对你,夏姐姐,我说真心话,小男是为我而死的。"

夏春冬秋说:"为什么?"

女孩说:"我每星期二四六都去小男家睡觉。但是那个星期六我有别的事,没有去。第二天小男就自杀了。我知道,他爱我爱得很深。我没去,他很痛苦。痛苦得受不了,就寻了死。我不敢跟别人说,怕小男家怪罪我。万一抓进牢里,我就活不下去了。"

夏春冬秋说:"就为这点事?不太可能吧。"

女孩说:"怎么不可能?你完全不了解小男,小男是一个极专一极痴情极温存的男子,既具有英雄的气概又具有诗人的缠绵。他离我而去,使我痛不欲生。"

夏春冬秋说:"那你知道他为什么一个人跑到风景区去呢?"

女孩说:"正是因为他去了那里,我才知道他是为我而死。"

夏春冬秋说:"为什么?"

女孩说:"因为我们第一次……是在风景区的树林里。我经验很丰富,小男几乎是我教会的,所以那一次他特别开心。他回忆了自己曾有过的好时光,就带着满足的心情去死了。"女孩说至此,又流开了泪,一串串的,在日光灯下,很是晶亮。夏春冬秋看去觉得甚有趣。

已另有拍电报的人站成了队。有人全然不理解女孩的悲伤,开始发牢骚:"是工作要紧还是聊天要紧?眼泪留着晚间被窝里流吧。"女孩双眉一竖,伸出手指指点着牢骚者鼻尖云:"老子想聊天就聊天,要流泪就流泪,未必还留在被窝里给你看?"这一说便有几个嬉皮笑脸起哄而笑,下流话如水泡一咕噜一咕噜往上冒。夏春冬秋见之不妙,便趁女孩不备,抽身溜了。

孰料夏春冬秋正开自行车锁时,女孩追了出来。女孩说:"夏姐姐,我想问问是谁欠了小男的钱,欠了多少。我跟小男虽没打结婚证,但我们是事实上的夫妻,这一点他们全家都知道。他家小甲可能还亲眼见过。所以我觉得……"

夏春冬秋说:"我觉得这事得去问上帝。"说罢蹬上了自行车。

女孩跟车后追了几步,喊道:"这是很重要的事,我要请律师来过问。我男朋友的爸爸是公检法的……"女孩费了好大劲方把"炊事员"三个字吞进肚里。又喊道:"我叫钱小品。"

夏春冬秋遇到第一个电话亭便下了车进去给麦子挂了个电话,说了女孩编派出的小男之死因。麦子说:"纯属屁话。小男死的头一夜在熊熊家打麻将而且赢了一大笔钱。"

夏春冬秋听罢半天不语,麦子说:"喂,喂,喂,你怎么不说话?你怎么啦?"

夏春冬秋长吁一气,方说:"我不舒服。你晚上能不能……回来一下?"

麦子说:"需要我干什么?"

她说:"把韦小宝最精彩的一段读给我听听。"

七

休假的最后一天,夏春冬秋终于找到了开车碾死王小男的司机小白。小白是一个潇洒的小伙子。见夏春冬秋便落落大方说:"你还很有点记者风度,就是眼光有些阴郁,好像全世界都欠着你什么。"夏春冬秋微微一笑,说:"看得出,你是个不同凡响的人。"小白说:"老三届的,做过红卫兵领袖。领略过世界。我们那时常用的词是火眼金睛。"夏春冬秋说:"怎么到这年头才去度蜜月?"小白说:"离了,这是第二轮。"夏春冬秋说:"怪不得你眉眼间都是喜气。在中国能享受两个女人的人也不多嘛。"小白说:"那自然。"夏春冬秋说:"听说那个自杀的王小男害你差点误了婚期。"小白说:"可不,而且还害得我现在见不得白色。一见便有那家伙的脑浆在眼里晃来晃去。"夏春冬秋说:"豆腐是没法吃的了。"小白说:"快别提了,我已经有点儿作呕了。"然后走开几步干呕了一会儿。

"不过,"小白干呕过来说,"那小子自杀倒是救了我的大驾。"

夏春冬秋说:"为什么?"

小白告诉她,交通大队来现场检查时,所有人都证实王小男是自己撞车死的,司机毫无责任。那时,他坐在路边一动不想动,突然在往车底看时,他发现汽车前轮的横拉杆脱了一边,横拉杆脱落,方向盘即失灵。下山那一路宽且直,他一直没发现。倘再开一百米,路向左拐,他的车就有翻下坡的危险。小白说这种巧合只能说是上帝帮助了他。

夏春冬秋忽而心动,说:"王小男在后面追汽车时是不是高喊些什么?"

小白略一回忆,说:"好像喊过。"

她说:"倘若他想自杀,为什么要大声喊叫呢?"

小白怔了怔,没有回答。

夏春冬秋觉出心里蓦然开了一扇窗,一切都透亮了,不由兴奋起来。她说:"我调查了,很长时间,找不出一丝一点可以使王小男自杀的原因。而王小男这样的人,据我对他的了解,他也没有头脑想到自杀或说没有力量进行自杀。那么,目前就有另一种可能:那便是王小男发现了你们的危险,便开始追你们。喊叫无法使你停车,他便走了极端,即舍身救人。"

小白说:"这种可能性倒有。"

夏春冬秋突然叫起:"一定是这样,是这样!王小男本人是司机。"

小白带了夏春冬秋向毛线厂领导详细汇报了这一新发现。厂领导甚觉意外,重新召集起那一日车上所有的乘客。便有目击者纷纷说:"的确听他喊'停车'二字,以为他想搭便车,车上人便都起哄。"又有人说:"他喊时还不断扬扬手,一副很焦急的样子。倒是不像去自杀的神态。"更有人说:"似乎记得听到他喊危险,以为他在欺诈。"

线索越来越多,团委书记忽然想起,说:"可以向那个农民调查一下。他的自行车是我们厂赔的。他说王小男抢了他的车。王小男为什么要抢他的车呢?"

夏春冬秋说:"有这事?那必须找他查问一下。"

厂里当即便派了小白和团委书记二人陪夏春冬秋驱车去风景区。在那附近找到那农民。农民说他正站在路边小便,一辆汽车开过后,突然听得身后一个人叫了声:"哎呀,不好!"冲上来蹬了他的自行车便追汽车去了。夏春冬秋对小白说:"如果小男自杀,他不会这么叫,只能是这时他发现了车的问题。"

情况再次汇报,没有一个人再否认小男之死乃是为救人救车。一夜间,小男便成了英雄。所有骂过小男的人皆后悔不已。毛线厂厂长是个脑袋瓜灵活的改革家,当即紧握夏春冬秋的手说:"夏记者,王小男同志救了我们厂几十号人,是个英雄呀,你们报纸得好好宣传宣传。"转脸又向众厂员说:"凡是目击者都写写纪念文章。我们厂要利用宣传英雄的机会把厂名打出去。在轰轰烈烈的学英雄高潮中将我们三个产品的毛线也宣传得轰轰烈烈。上个月的新品种取名为'学男'牌。"厂长话音刚落,轰起一阵掌声。小白对夏春冬秋说:"王小男看来既救了人又救了厂。"夏春冬秋说:"怎么讲?"小白说:"厂里毛线积压惊人,月月亏损,这回指望翻身了。"

夏春冬秋叹一气,说:"想不到生之王小男没干过一点好事,死之王小男却如此了得。可谓生如蝼蚁,死如泰山。"

毛线厂将感谢信和向王小男英雄学习的标语贴至小男生前

工作过的化工厂里,几乎全厂领导都笑得一仰。厂长叹道:"若是王小男一夜间变成癞皮狗,厂里人会认为那是很自然不过的事。可惜小男一夜间变成了英雄,就实在有些让人们心里不好想了。"

夏春冬秋说:"不好想什么?"

厂长说:"不好想英雄这个词是不是卖不出去而大跌价了。"

毛线厂去送感谢信的宣传部长说:"不能这么说嘛,无论癞狗癞猫,没有王小男,就会有另几十条生命横尸人间。要允许英雄有缺点嘛。"

厂长又叹一口气说:"那也只好这么想了。"

化工厂工人们见王小男的放大相片挂在大门口时,皆笑得一哄一哄。笑完,颇不解。互相询问,待得知小男之死实实在在是为了救一车人命,便也通情达理地接受了。纷纷感叹:小男赖活了一场好死了一次,倒也不失为一条汉子!

夏春冬秋带了采访本寻些小男的生前好友,意欲发掘一点闪光的东西为小男装饰一下。英雄至少有百分之七十皆为人所塑造,这也不是夏春冬秋的发明。为此,她暗想自己那支笔塑造小男还是绰绰有余的。

被夏春冬秋问到的人,一提小男皆首先哧哧发笑,夏春冬秋亦笑,自己先说:"小男的劣迹我已尽知。比方借饭菜票从来不还。喜欢在女人面前占点小便宜。还有工作时能偷懒则偷懒。如此之类,多如牛毛。正因为他是这样一种人,所以对于他能舍身救人我们都感到惊讶。我要了解他正面的一面,也是想寻出他这么做的根源。"无论夏春冬秋把这话说了多少遍,人们还是很难想出小男在厂里到底干过什么好事。

终于有宣传科科长说了小男是一个勇于承认错误心胸豁达

的人。夏春冬秋请他举出实例,他拉了夏春冬秋在一边说,厂里有小青工议论保卫科长同人事科副科长,她是女的,有点那个关系。保卫科长的儿子同王小男在一个车队,坚持说那纯属谣言。小男不服,便说可以验证一下。结果他请了一个女司机学人事科副科长的声音给保卫科长打了电话,娇滴滴地约保卫科长晚间去松林公园石桥下的小木椅处幽会。然后自己又模仿保卫科长的声音给人事科副科长挂了电话。这一切都是瞒了保卫科长的儿子干的。晚间,汽车队一帮喜欢凑热闹的小伙子约了保卫科长的儿子一起去松林公园,告诉他说是有一件极有趣的事即将发生。一伙人埋伏在石桥周围。果然见有一男一女先后到了小木椅处坐下,然后拥抱然后接吻然后又是一些不宜公开的动作。到此时小男一声"冲呀",小伙子们连同保卫科长的儿子一起皆亢奋地冲了过去并形成包围圈。结果当然证明了厂里流传的那些话并非谣言。保卫科长的儿子上前先将他老子揍了几拳头,接下转身揪住王小男死命地揍了一顿。有趣的是,当下围了好几人都无一上前扯劝。保卫科长和人事科副科长丢尽脸面不说且还受到调离原工作岗位和党内警告处分。但参与这件事的所有人都没有什么好果子吃。说是全部将扣除半年奖金且记过处分。结果开全厂职工大会时,小男站了起来把责任全揽了。说是这事是他的总指挥,别人皆不晓得。他愿意接受任何处分,并愿意到任何一个场合做检讨,而且保证检讨深刻。因为小男态度尚好,厂里也就只是批评教育了一下。从此,小男便改了,再也没干过这一类的坏事。

夏春冬秋记罢,心里暗笑小男的阴刁。竟让那两男女蒙受如此巨大的羞辱,真不知这辈子如何在儿女面前做长辈。午餐时,同前来陪她的车队队长议起此事,队长笑说:"他妈的王小男,他收了我们每人二十元钱,说是愿意当出头鸟,替大家担担子。我们一想也是,舍财免灾吧。先还想难得小男这么够朋友,不料小男拿了一百八十块,花了八十块给厂长书记送了些礼,又托了个叫麦子还是大米的什么人给厂里领导打了电话,说是望关照一下小男。结果小男得了一百块钱,只是被批评教育了几句。比起他往日受的批评不知轻到哪里去了。"

夏春冬秋听罢,仰脸哈哈大笑,笑得眼泪水都冒了出来,笑完告诉那队长:"那个叫麦子还是大米的什么人是我的丈夫。"

夏春冬秋将小男的这情况简述给麦子听,并追问麦子有无此事时,麦子亦笑得一仰一合。完毕方说:"的确有一次小男说他厂里要整他,请我给他的领导打个电话,让厂里关照一下。那厂长恰是我哥哥高粱的同学,三言两语便解决了。我并不知其中缘故。"麦子说罢又笑,说:"想不到小男还有这等英雄事迹,这倒比我印象中的他要高大得多了。"

夏春冬秋将拟好的写王小男英雄事迹的通讯提纲交给主任看时,主任说:"好,这样的青年能在非常时刻挺身而出,说明他的本质是纯正的。他的人性的光芒在他生命的最后一刹那照亮了他人生的全程,所有那些污秽在这光芒照射下皆化为烟云而散。为了他最后的一举,人们能够原谅他过去的无数。小夏,按这样的基调去写,今年的优秀通讯稿奖绝对少不了你的。"

主任给了夏春冬秋五天假。夏春冬秋闭门不出,撕烂的稿纸达三本之多,始终无法将小男铺垫成为英雄。除去最后一举,无论怎么看,小男皆是地道的流氓无赖无疑。而从流氓无赖摇身而为英雄,这之间的催化剂从何而来?搜肠刮肚绞尽脑汁以至于头顶生出数根白发,仍然未能将绝对能得奖的通讯弄成。她深感自己才思已尽笔力如秋风落叶没了精神。便放下了王小男,顺手抄起麦子搁在这儿的《鹿鼎记》消遣一番。看时,大笑不已,越发没了写小男的兴致。

晚间,麦子突然来此,并领了一个尖嘴猴腮的青年。麦子一指尖嘴猴腮,说:"他给我们带来了关于小男的新情况。"

夏春冬秋说:"什么?"

尖嘴猴腮哭丧着脸,用一副爹妈全死的可怜腔说:"我原来不想说的,但小男的英雄事迹感动了我。我要向他学习,改正自己的缺点,所以我想找你说说,请你写文章时,能把我作为一个通过学习小男,后进变先进的典型写进去。要不,我老婆要同我离婚。"

夏春冬秋说:"你说吧,什么事?"

尖嘴猴腮说:"你答应了?太感谢了。"

夏春冬秋说:"我得看你说的事重不重要。"

尖嘴猴腮说:"重要,非常重要。我约了小男到风景区谈一笔买卖。不瞒您,跟走私有关。只有我俩晓得。小男预付了我一千五百元钱,结果他自杀了。当时我还有些高兴,弄不清小男为什么要死,心想那一千五百元我是得定了。昨天,听人说小男是为救一车人而死的,便同我老婆说了这事。我老婆大骂我没良心,说若不是人家小男,你的小命早在山坡下面给狗撕了。你若不在那车上,私吞这钱倒情有可原,偏你也是小男用命换回来的,若再私吞小男的钱,老天爷都会惩罚的。刚好那几日,家里不是热水瓶爆了就是儿子摔骨折了胳膊。今晚我老婆挤汽车时又叫人用刀划破了裤子,钱包被偷跑了。尽管里面只有几张厂里的饭菜票,但总不是好兆头呀。我老婆到家就令我立即把那笔钱送出门,说靠死人发财的没什么好下场,定要舍财保命。喏,这就是那钱,一分不少。"

夏春冬秋见尖嘴猴腮递上的一摞钞票,笑了笑,立即抽出一张稿纸,信笔写了张收条交给尖嘴猴腮。然后说:"不管怎样,你能交出这笔钱也是够不简单的了。这本来可以买一台彩电的。"

尖嘴猴腮说:"是呀是呀,我原打算买台编织机,让我老婆找相熟医生开全休的证明,在家帮个体户编织加工毛衣,那一月可赚好几百哩。"

麦子说:"好了好了,你还有什么事?"

他说:"没了没了。谢谢你们帮我提高了觉悟。"

麦子将尖嘴猴腮送至门口,又折回屋里。夏春冬秋说:"他怎么找到了你?"

麦子说:"熊熊领去的。"

夏春冬秋说:"你现在还回小丛那儿?"

麦子说:"熊熊帮小丛弄了个女朋友,他们在一起过夜,我去那里不太方便了。"

夏春冬秋说:"那你怎么办?"

麦子说:"站在车站,看有没有出租车停下,比方,你这辆。"

夏春冬秋笑了,说:"你没见车站正有一辆的士在等么?"

麦子说:"是呀,所以我就上来了。"

夏春冬秋说:"请不要随意换车了。"

半夜,麦子已迷糊过去了,猛然间被夏春冬秋摇醒。夏春冬秋说:"我有了惊人的突破。假设小男见汽车出了问题,首先想到的是那尖嘴猴腮的小子不能死,若他一死,小男的一千五必定成了其家属口袋里的钞票了,为此,小男拼命追车。追到车前,或许他只是想制造个小事故,比方拐一下车龙头而人被甩到一边,可能会受伤,但不至于死,那笔钱又不至于成为他人之物。最后的结果是在操作中,小男用力不当,或是衣服被钩挂住了,不幸被车碾死。"

麦子想了想,说:"似有道理,这更像小男。只是这如何向别人交代呢？而且所有的又只是推测。"

夏春冬秋不语,默然地睁眼望着浓黑不见的天花板呆思。

夏春冬秋终究是没有将能得奖的通讯写成,仅以极简单的语言写了一则消息。小男妈打电话问这消息给多少钱,夏春冬秋说:"五块。"便挂了电话。

下午便骑了自行车去黄房子,从自己刚领的工资中抽了五块来给了小男妈。小男妈欢天喜地说:"小男厂里和毛线厂给小男专门发了奖金,这数字我不能告诉你。小男这么出息,让我跟他爸脸上都生光了。"

夏春冬秋没能听完她的唠叨,便抽身而去。

晚上,有文艺界人士请看话剧,夏春冬秋便同麦子相携而去。话剧是关于改革家的。麦子虽是改革人物之一,却在剧院里睡得鼾声如雷。出门时,夏春冬秋笑话他。麦子说:"彼时魂在台上。"再问夏春冬秋台上究竟演些什么。夏春冬秋想了想,说:"有好几位西装革履人士走来走去,且时而有女人穿插其间。其中一人说过一句话:'人生天地之间,若白驹之过隙,忽然而已。'"

麦子说:"如此说来,人竟是可怜得很啦。"

夏春冬秋说:"人若能自知自己可怜,便能进入生命的另一个层次了。一个高一点儿的,或许这一种类的名称并不称为'人'。"

麦子说:"叫什么？赶快回去翻翻《辞海》,造出一个,然后我们去申请专利,有一笔钱哩。"

说罢两人皆大笑。笑得一个警察踱来,一脸尊严地吼道:"笑什么？文明点,这儿是马路,不是娱乐场!"

1988年冬写于武汉